黄晋凯先生肖像，高莽先生绘于 1978 年

黄晋凯先生，拍摄于 2016 年 10 月

黄晋凯先生从巴黎购回的原版《巴尔扎克全集》

黄晋凯先生在萨舍巴尔扎克博物馆，1983 年

位于法国图尔市西南的萨舍巴尔扎克博物馆

巴尔扎克雕像，罗丹作品

L'univers de Balzac

巴尔扎克长短录

黄晋凯 著

漓江出版社
桂林

图书在版编目(CIP)数据

巴尔扎克长短录/黄晋凯 著. —桂林:漓江出版社,2018.6
ISBN 978-7-5407-8385-3

Ⅰ.①巴… Ⅱ.①黄… Ⅲ.①巴尔扎克(Balzac,Honore De 1799-1850)-文学研究 Ⅳ.①I565.064

中国版本图书馆 CIP 数据核字(2018)第 002885 号

责任编辑:吴晓妮
助理编辑:吴玉闩
封面设计:左奎星
内文制作:姜政宏

出版人:刘迪才
漓江出版社有限公司出版发行
广西桂林市南环路 22 号　邮政编码:541002
网址:http://www.lijiangbook.com
全国新华书店经销
销售热线:0773-2583322

山东德州新华印务有限责任公司印刷
(山东省德州市经济开发区晶华大道 2306 号　邮政编码:253000)
开本:880mm×1 230mm　1/32
印张:11.75　插页:2　字数:228 千字
2018 年 6 月第 1 版　2018 年 6 月第 1 次印刷
定价:45.00 元

代序

人只是会思想的芦苇吗?

黄晋凯

大家可能不知道,我曾经在当时被叫作北京师范学院中文系的外国文学教研室里工作过相当长的一段时间。可能现在在座的很多老师都不知道这些历史了。我所熟悉的是你们文学院外国文学教研室里执教过的、几位讲授外国文学课程的老大姐,如曹淑芬、王珊、葛杏春、郭谦等。可能这些人,你们现在都没有见过。我是怎么来首都师范大学的呢?其实是被北京师院收容进来的。因为上世纪70年代初北京高校撤校合并,我先是接到命令,要从人民大学中文系转到江西干校。其实到那里是参加劳动,各种体力活均体验过一番,甚至垒过土坯房。后来林彪事件发生之后,突然接到命令,又撤回了北京。其实返京后是要等待重新发落。当时我们撤回北京的时候,人民大学已经被砸烂了。事实上它明确地被取消了。人民大学校内几幢教学楼里的教室均已被二炮部队单位占领了,所以突然间我们属于无家可归的人。就在这风雨飘摇的时候,北京师范学院收留了我们。也因为这样的因缘巧合,我来到了北京师范学院中文系外国文学教研室,正式回归了外国文学研究的队伍,在这里开始参与编写教材《外国文学简编》。从教书到编写教材，这些工作都是从北京师范学院中文系外国文学教研室开始的，所以我与首都师范大学结下了很深的关系。对于这段工作经历，对于北京师范学院对我的厚爱，我要表示诚挚的谢意。虽然过去了很多年，我至今依然对北京师范学院那时收留了我，心存感激。

此次被邀请致辞，有很多感触。这种感触来自我刚才提及的那段人生经历。就我个人而言，我本人与顶层不可能有什么关系，我只是很普通的小人物，但是让我感到奇怪的是我们这些小人物的命运。我们是根据林副统帅的“一号命令”从北京开往五七干校，那时候几乎是全体教师，除了老弱病死，几乎全体，都被调往江西干校，还在江西搞了一个备战备荒运动。当时根据林彪的“一号命令”，我们还要做好另外一个准备，就是准备打仗，搞战备疏散，并且上级说了，要根据这样的精神一直搞下去。等到我们下放不久，又接到通知，突然宣布人民大学撤销，不办了。所以我们这些人当时就已经做好了扎根江西一辈子的思想准备。我们已经没有再返回北京高校这种想法了。但是命运很奇怪，九·一三事件发生了，林副统帅发生了坠机事故，而这个事件又把我们的命运改变了。就这样，我们分批地从江西干校回到了北京。

现在回想起来我都觉得很奇怪：怎么林彪的“一号命令”把我们下放了，林彪坠机了，我们又回来了。事实上这个事情跟我们有什么关系呢？毫无关系。但是我们却成了这个事件里的一个棋子，我们这些小人物的命运是随着时代政治风云的变化而变化的。

由此我想到大家都非常熟悉的一个命题，就是 17 世纪法国思想家帕斯卡尔所提出的“人是会思想的芦苇”。这句话好像已经被收到中学生的课本上了。

帕斯卡尔是17世纪法国著名的思想家和哲学家。我想他讲这番话时,或者说提出这个命题时,他可能强调的是思想对于人的重要性。在他看来,与其他相比,对于人来说,思想是无比强大的和伟大的。他的言下之意就是要强调能够思想就使人高于万物。这是他当时的想法。而我现在思考和反思他那番话时,我就觉得挺奇怪的是,帕斯卡尔那个时代是17世纪,在他那个时代,他本身应该是作为高康大、庞大固埃的后代,他应该是“宇宙的精华、万物的灵长”的同龄人。当时人们对人的看法是将人摆在很高的位置上。这是“人气最旺”的一个时代,就是那个“需要巨人,也出现了巨人”的时代。但就是在这个巨人时代,思想家帕斯卡尔,却把人比作一根芦苇。虽然人是有思想的芦苇,但毕竟是芦苇,毕竟是一棵非常脆弱的、非常渺小的芦苇。我为什么会联想到这个问题呢?帕斯卡尔之后几百年的历史证明,现在事实上也证明,思想确实是越来越伟大,越来越漫天飞舞,让人应接不暇,可是个体的生命呢?我感觉是越来越卑微,这是一个反差,一个很大的反差。

大家都清楚芦苇是非常脆弱的,随时会被强风吹倒。为什么芦苇那么轻易地、随时会被强风吹倒?是因为它的茎秆立不住,缺乏抵御灾难、困难的能力,缺乏足以支撑它个体存在的强大生命力,所以它才是脆弱的。而人不应当做随便倒伏的芦苇吧。所以我在想,可不可以说,能否有一天,人不再是一棵随风飘荡的芦苇,不再是一下子说倒伏就倒伏的一大片芦苇。能否有一天,社会现实能够提供这样一个社会基础或者条件,人们可以自豪地说,人能变成一棵会思想的大树?人是一棵会思考的大树,它可以自强不息地屹立于大地上。或者说,我们期望芦苇变成坚强的大树。有没有这样的可能性?用芦苇变成大树这个作比喻,我是借此思考人的尊严,尤其是当下知识分子作为人的尊严问题。人的存在,或者说个体的存在,他的命运是否可以不被偶然的、外在的社会力量或者其他种种外在因素所支配或决定;人仅仅凭借其思想而变得强大,变得有尊严。我们现在都已经到了这么发达的现代社会,如果我们仍然是一根脆弱的芦苇,随时因外界风吹草动而随时倾伏,那么人的存在意义和价值何在?人活着可能就谈不上有什么尊严了。如果芦苇有一天果真变成了坚强的大树,如果真能这样,那将是值得自豪的最佳时候。

这些年来,我对外国文学研究发展状况、对世界文学现状也有些思考。我很惊叹世界文学变化之快。从这次会议的标题就可以看出,现在已到了后经典时代了。其实不管是经典时代也好,还是后经典时代,或者世界文学时代,总之,世界文学的发展与进步是巨大的,这其实也是有益于社会进步,有益于个体的健康发展的。

所以我想,世界文学现在变化得如此之快,但是它该阐释什么?是否就像你们这次会议标题("后经典时代世界文学经典阐释及教学策略研讨会"),一口气都念不下来,需要喘三口气才能把它念下来?它想阐释的东西是否有些吃力?所以该阐释什么,怎么阐释,如何找到阐释的最佳路径与方法,这是非常重要的,也是这次会议大家需要深入思考和探讨的问题。我刚才谈及的是不是也可以算"后经典时代"的一种"歪批",而不叫阐释。总之,我就是希望世界文学的发展能够真正有益于社会的进步,特别是有利于个体生命的成熟与成长。好,废话到此为止。

编者按:本文是黄晋凯先生应首都师范大学文学院比较文学系特邀,在 2016 年 11 月 26 日于北京召开的"后经典时代世界文学经典阐释与教学策略”学术研讨会开幕式上所作的致辞。这是黄晋凯先生生前在公开场合发表的最后一次谈话，引起强烈共鸣与反响。

2017年10月8日23时50分，黄晋凯先生因病逝于北京。这次讲话某种意义上成为黄老师对世界所作的一篇完美的告别辞，是对他那一代知识分子人生的总结与反思，也是对后学的激励与警醒。

经黄晋凯夫人金陵女士允许，特以此文作为黄先生这部遗著的序言，以示纪念。感谢黄晋凯先生弟子、首都师范大学的吴康茹老师提供文本。因黄晋凯先生讲话从不写文字稿，所以本文是根据现场会议记录整理而成，收入本书时略有删节。

目　录

辑一

巴尔扎克与《人间喜剧》

“有思想的人，才是有至高无上权力的人。国王左右民族不过一朝一代，艺术家的影响却可以延续好几个世纪。他可以使事物改观，可以发起一定模式的革命，他能左右全球并塑造一个世界。”[1]奥诺雷·德·巴尔扎克（1799—1850），这位文化大国法兰西的文化巨人，以傲视的目光扫视历史，深信伟大艺术家的无限生命力。

1999年，巴尔扎克诞辰200周年；2000年，巴尔扎克辞世150周年。在这两个特殊年份相交的特殊日子里，当我们纪念作家、审度历史时，尽管不能说他为现实重塑了一个世界，但不容置疑的是，他创造了一个真正意义上的“艺术世界”。作家的影响远远超过了那些叱咤风云、权重一时的大人物，他超越了国界、超越了时代，是一位永远能给人类以智慧启迪的伟大艺术家、历史学家和哲学家。他以毕生精力谱写的“未完成交响曲”——《人间喜剧》（作家原计划在此总题下要写140部小说，但不期而至的死神，却使他只完成了90多部），气势恢宏，余音不绝，是人类文艺史上的奇迹。

1999年，在世界纪念巴尔扎克诞辰200周年的热潮中，我国几代翻译家辛勤劳动的结晶——30卷本《巴尔扎克全集》终于面世。它标志着我国的巴学研究攀升到了一个新的高度，也更拉近了中国广大读者和这位法国文学巨匠的距离……

---

1 巴尔扎克：《论艺术家（一）》，《巴尔扎克全集》27卷，第572页，人民文学出版社1999年版。

一、半世纪丰满人生

他的一生是短促的,然而也是饱满的;作品比岁月还多。

——雨果

痴迷作家梦

1789 年,巴黎人民一举攻占巴士底狱的英勇壮举,给法国的封建制度以毁灭性的打击。以此为发端的法国资产阶级大革命,对整个欧洲 19 世纪的历史产生了极其巨大的影响。

10 年之后,1799 年 5 月 20 日,在卢瓦尔河畔的小城图尔市,意大利军街 25 号,诞生了一个至今仍使法兰西民族引以为荣的伟人,他的父母给他取名为:奥诺雷·巴尔扎克。就在这同一年的冬天,法国政治舞台上出现了一个强有力的人物,这就是法国史上赫赫有名的独裁者拿破仑。他代表大资产阶级的利益,实行专制统治,对内镇压贵族的复辟势力,对外抵抗欧洲封建联盟的武装干涉,促进了资本主义的发展。但是,通过拿破仑的野心表现出来的大资产阶级的贪婪，使法国还没来得及走上经济繁荣的道路，就陷入了无休止的对外侵略战争的泥潭。

法国的资产阶级革命、拿破仑的登基（他于 1804 年称帝，建立法兰西第一帝国）和他在连连得胜的扩张中建立的显赫功业，不仅关系到法国历史的进程，而且对图尔市那个小小的巴尔扎克家庭也不无影响。

巴尔扎克的祖上是姓“巴尔萨”的农民世家。他的父亲伯纳尔-弗朗索瓦不甘贫穷，善于应变，富有进取精神，又正赶上大革命的风潮，便巧妙钻营，先后到军需处、银行等颇为实惠的部门里任职，经济地位逐步上升，甚至还曾在政界露过头角。他的姓氏也就变成与其地位相适应的、具有资产阶级气息的“巴尔扎克”了。这个中产阶级家庭的发迹史，使巴尔扎克自然对大革命和拿破仑时代充满感情。

奥诺雷·巴尔扎克有两个妹妹和一个弟弟，他是这个家庭的长子，但他却几乎没有领略过家庭的温暖，自私的父母从未对他表示过丝毫的慈爱之情。他是在图尔市附近的农村长大的。8 岁时，他被送到更远的旺多姆市的教会学校寄读。在那里，他度过了 6 年（1807—1813）监狱般的痛苦生活。

资产阶级革命在轰轰烈烈地进行着，但在这些外省的教会学校里，教育却仍然完全是中世纪式的。环境肮脏而闭塞，制度古板而严格，教师冷漠而残酷，学习单调而乏味。这对于一般七八岁的儿童来说，该是多么痛苦难挨的生活！生性敏感的巴尔扎克更是度日如年，身心都受到了严重的摧残。据说，在入学时他是个胖乎乎、红脸蛋儿的孩子，离校时，却变成了虚弱的小瘦猴，神情显得有些痴呆了。大约在 20 年之后（1832 年），巴尔扎克在一本带有自传性的小说《路易·朗贝尔》里，对这段悲惨童年的辛酸回顾和愤怒控诉，使人可以想见，它在作家的心灵留下的创伤有多么深重。

人才常常是在逆境的磨难中成长的。巴尔扎克特殊顽强的意志，同样也曾“得益”于苦难的童年。幼小的巴尔扎克并没有在高大的围墙里枯萎，他忍受着教师的辱骂和鞭笞，敷衍着课堂上令人生厌的学业，同时，却在书籍的王国里找到了无穷的乐趣。通过一位老师的帮助，他获得了在图书馆里借书的权利。于是，哲学、历史、文学、科学、神学……凡是伸手可及的著作，他都不愿放过。巴尔扎克既无目的、也无指导地独自在知识的海洋里遨游。阅读，似乎成了本能的需要，也是他对窒息生机的环境的一种反叛。厚实的学识基础就在这样漫无边际的广泛涉猎中不知不觉地奠定下来了。只有巴尔扎克自己才能说得清，也许连他自己也说不清，为此究竟耗费了他多少精力。1813 年，他结束了在旺多姆的学习，进了图尔市的一所中学。

为了争夺欧洲的霸权，从 1812 年起，拿破仑亲自率军东征，一直攻打到莫斯科。野蛮的入侵，激起了各国人民的英勇抵抗。英、俄、普等国趁机再次组成反法同盟，在莱比锡激战中给拿破仑以毁灭性的打击。拿破仑被迫退位，并遭囚禁。1814 年 3 月，联军攻入巴黎。在他们刺刀的保护下，法国封建王室的代表路易十八又钻进了杜伊勒里宫，登上他哥哥坐过的王位（路易十六是在 1793 年的革命高潮中被巴黎人民送上断头台的）。但是，1815 年 3 月，被囚禁在地中海厄尔巴岛上的拿破仑潜回法国，率残部又打回了巴黎。大概是汲取了兄长的惨痛教训，心有余悸，路易十八立即仓皇出逃。反法盟军在滑铁卢一战中彻底打垮了拿破仑,路易十八才得以颤巍巍地重回巴黎。拿破仑被放逐到大西洋上的圣赫勒拿岛上。

以路易十八为首的封建复辟政权在历史上被称作波旁王朝(1814—1830)。在这时期,大量在大革命时期流亡国外的封建贵族纷纷回国,妄图重建旧日的天堂。但是,经历过大革命风暴和拿破仑时代的法国,毕竟已经进入了资本主义时代,资产阶级已经发展成为不容忽视的强大力量,彻底恢复封建秩序是不可能的了。因此,波旁王朝的统治实际上是建立在贵族阶级和大资产阶级妥协的基础上的。两个阶级又斗争又联合,相互排斥又相互渗透,便成了这一时期阶级关系的特点。

巴尔扎克一家,正是在波旁王朝复辟的 1814 年迁居巴黎的。那是由于他父亲被任命为驻巴黎的第一师的军需官。人们常说,只有认识巴黎,才能了解法国。这次搬迁,对于未来的作家巴尔扎克的重要意义,当时是谁也没有想到的。

巴尔扎克被送进黎毕德拉学校。不久,又转了一次学。不论在哪里,父母和教师都没有对巴尔扎克抱什么希望,更不要说发现他的什么天才了。这也难怪,他在一次只有 35 名学生参加的拉丁文考试中,竟名列第三十二。这种成绩的学生,在人们的眼里还会有什么出息呢!

1816—1819 年,巴尔扎克结束了中学的学习,进入大学攻读法律。与此同时,他还先后在律师迈维尔和公证人巴赛的事务所里当过助手。巴尔扎克后来曾称这些事务所为"巴黎最可怕的魔窟"。在那些年月里,事务所每天都要接待各色各样的人物,受理各色各样的案子,办案者则权衡利弊、玩弄法律条文。这段生活,不仅使巴尔扎克熟悉了复杂烦琐的诉讼业务,而且使他透过事务所的窗口,初次看到了千奇百怪的巴黎社会,看到了“很多为法律治不了的万恶的事”,也看到了资产阶级法律的虚伪。这对巴尔扎克日后的创作无疑是十分有益的。

在当时的法国,由于极端利己主义风气的蔓延,人与人之间的利害冲突日甚一日,特别是围绕财产问题的纠葛日益增多。因此,诉讼业务十分繁忙,律师、诉讼代理人等职业被看作是“铁饭碗”,既有可靠的收入,又有体面的社会地位。巴尔扎克的父母都为这个平庸的孩子能够走上这条正道而暗暗庆幸,他们开始对他产生了希望。

是啊,法学士学位考试已经通过,巴赛事务所的录事已经当上了,往后,只要勤勤恳恳,左右逢源,到手一份称心的差事,还会有什么问题吗?甚至可以说,平步青云、财运亨通的前景,已展现在这个年轻人的面前了。但是,万万没有想到,这个呆头呆脑的孩子竟会如此的不安分!他居然在诸事如意的当口突然宣布,他讨厌这一切,他憎恨这一切,他要当作家!

这个突如其来的消息,使巴尔扎克的父母目瞪口呆。难道他疯了吗?放着这样一份多少年轻人可望而不可即的美差不干,居然想去当什么作家。作家,这种摇笔杆子的文人,谁瞧得起!再说,收入也毫无保证,要是稿子卖不出去,靠什么生活?而且,他又什么时候显示过他的文学才能呢?总之,这是异想天开,是胡来!

但是,20 岁的巴尔扎克作出这样的决定,并非一时的冲动。早在少年时代,他就爱上了阅读和写作。因为他的那些涂鸦之作,旺多姆的同学们还曾送给他“诗人”的绰号呢。之后,他一直保持着对哲学和文学的浓厚兴趣。到巴黎后,他又经常到图书馆去博览群书,并在巴黎大学旁听文学课。可见,这个对他父母犹如晴天霹雳的决定,在巴尔扎克来说,却只不过是对父母之命的一次公开反抗而已。这时的巴尔扎克,虽然对自己的才能还没有真正的了解,也不可能预见到未来的辉煌成功,但他毅然作出的选择也绝不是轻率的。顽强的性格使他立下了百折不回的决心。拗不过这个倔强的小伙子,巴尔扎克一家在反复商议之后作出了一个妥协性的决议:给巴尔扎克为期两年的试验期,如果在这期间,巴尔扎克没有表现出足够的才能,取得令人信服的成绩,他就必须抛弃这一莫名其妙的邪念,立即回到事务所的办公桌前,老老实实地还去和那些卷宗文本打交道。

1819 年夏天,巴尔扎克开始了他的“作家生涯”。不过,这位遐迩闻名的大作家的“摇篮”,却不是敞亮舒适的创作间,更不是山村或海滨的幽静别墅,而是巴黎贫困的圣安东郊区,莱特居耶尔街 9 号,五层楼上的一间阁楼,咫尺见方,穷陋寒酸,无异于低等的囚室。但是,巴尔扎克在这里却感到从未有过的自由。他独立了,他可以全身心地投入他所热爱的文学创作了。

生活是极端困苦的。父母在试验期供给他的费用十分有限,他不得不对每个苏[1]的用途都做出周密的安排。即使这样,他还常常挨饿。他曾在给他妹妹罗尔的信中诙谐地写道:“你那注定应享有伟大荣誉的哥哥,饮食起居也像一个伟人,那就是说他快饿死了。”然而,这时候使巴尔扎克最苦恼的并不是他的赤贫,而是迟迟决定不了他究竟应该写什么,他时而构思一部长篇,时而又写下几行诗句;时而开始拟定悲剧的提纲;时而又想

1 苏是法币的一个单位。

在喜剧上显一显身手……同时，他还贪婪地阅读着高乃依、拉辛、伏尔泰等前辈大师们的杰作，希望从中得到借鉴，汲取营养。

终于，他为自己定下了一个题目——诗体悲剧《克伦威尔》。克伦威尔（1599—1658）将军是17世纪英国资产阶级革命时的领袖人物，胜利后在英国实行独裁统治。在复辟王朝时期，巴尔扎克偏偏选中了这样一个题材，正表明了这个年轻人的政治倾向，也可看出他对英雄人物的崇敬仰慕之情。

像是战士听到了冲锋的号角，巴尔扎克一往无前地出发了。没有白天，没有黑夜，没有休息，没有娱乐，巴尔扎克坐在那张破桌前，或者，为了御寒干脆坐在床上的被窝里，写呀，写呀……饿了，啃几口干面包；困了，喝几口黑咖啡。除了购买必需的食品和用品外，他几乎从不离开他那鸽笼似的阁楼。为了未来的荣誉，他心甘情愿地过着苦行僧式的生活。和许多刚刚开始学步的文学青年一样，巴尔扎克对自己的这份处女作充满了极端矛盾的心情。有时，他觉得它肯定是一部可以一鸣惊人的传世之作，想入非非的狂热使他兴奋；有时，他又认为它简直不值一读，彻底失败的危险使他惶恐。可贵的是，顽强的意志帮助他排除了杂念的干扰，抵御了困苦的折磨。经过半年多的发奋努力，巴尔扎克终于答完了他的“试卷”。

1820年4月底，在巴黎郊区的巴尔扎克家里举行了一次奇特的“面试”。“考官”是巴尔扎克的父母、妹妹罗尔和她的未婚夫苏维尔以及他们专门请来的朋友，另一位是铁器商人，一位是外科医生。巴尔扎克卖力地读着诗句（按照当时的文学传统，悲剧的台词都要写成格律严谨的诗句），考官们吃力地听着诗句……不知是作者的诗写得太不高明，还是听者的文学修养太差,或者是两个原因的总和,总之,这个近四小时的朗诵会,越来越沉闷,越来越乏味,巴尔扎克的第一次文学尝试,就以彻底失败而告终。

会不会仅仅因为一次考试的失利,人类就此失去一位伟大的文学家呢？如果真是这样,那该是多大的遗憾啊！

十年坎坷路

失败使巴尔扎克痛苦,但却没有使他绝望。他不是那种轻易可以被击垮的懦夫。

两年的期限还没有到。巴尔扎克又回到了巴黎那间囚室般的阁楼上去。他要继续走他的路。

但是,面对现实,巴尔扎克意识到要想获得成功,他首先应当设法在经济上独立。从1819年他父亲退休之后,家庭生活就每况愈下。再加上苛刻的母亲对他的文学才能始终抱怀疑态度,所以家里给他提供的费用常常难以维持最低的生活水平。即使这样,巴尔扎克还不得不担忧,有一天父母会突然停止对他的供给,命令他回到诉讼代理人的事务所里去,那他当作家的希望就会立即化成泡影。不,这是他绝对不能忍受的。于是,他开始为自谋生计而奋斗。在和金钱打交道的过程中,他认识了金钱。

他决定还是用自己的笔来开路。什么崇高的悲剧,什么作家的声誉,先统统放到一边去吧！钱,当务之急是钱,只要写的东西能卖出去,能变成钱,写的是什么又有何相干呢！天赐良缘,巴尔扎克结识了与他年龄相仿的市侩文人维列尔格莱。此人已经出版过一两本东西，因而与末等书商颇有交往。现在，他需要一个文章快手做合作者，以便多多出书，快快挣钱。这样，两人一拍即合，开始从事文学投机生意。他们合作的第一个产品，是长篇小说《毕拉格的女继承人》，巴尔扎克的署名是罗纳勋爵。这本书换来了 800 法郎。这是这位大作家的第一笔文学收入。

从此，巴尔扎克便更加发愤地写起来了，用他母亲的话来说："奥诺雷像一匹马一样地干着，简直是玩儿命。"一些光怪陆离的东西，就像开了闸的河水似的，源源不断地从巴尔扎克的笔端流出。至于其中的内容，那是完全由市面的行情来决定的：历史的轶事，离奇的情节，浪漫的故事……说它们像河水，不仅是形容其多和快，而且也说明其毫无价值，随着岁月的流逝，很快就被人们遗忘了，甚至连作者也羞于承认这是出自他的手笔。（巴尔扎克在 1842 年写的《〈人间喜剧〉前言》中郑重声明："用我的名字发表的作品我才承认是我的。"）

这种无聊文人的生活，给巴尔扎克带来了微薄的收入，使他得到了些许的安慰。但是，他并没有从中尝到过创作的快乐，这绝不是他所热切希冀的作家生涯。他在 1821 年给妹妹罗尔的一封信中写道："我指望靠这些小说发财。简直是堕落！……为什么我不该有一千五百法郎的年金来保证我体面地工作呢！然而，为了必不可少的独立，我只得采用这种可耻的方法：污染纸张，玷污名声。"翌年，他干脆把《毕拉格的女继承人》称作是"真正的文学破烂儿"，并且还不无感慨地写道："我每天都在为我赢得了职业上的幸运的独立而祝福，并满以为我会因此而挣到钱。但是，现在我才认识到自己的力量，我为自己将智慧之花献给了这些荒谬绝伦的东西而深感遗憾……”金钱的重压在折磨着这个年轻人的心灵，也严重地阻碍着他文学才能的尽早发挥。如此卖文度日，使巴尔扎克陷入了痛苦的矛盾心境。不过，这段写作实践，对于未来的作家来说，也还不是毫无积极意义的。巴尔扎克后来在对批评家尚佛勒里谈及年轻时代的这些作品时就曾说过：“我曾用七部小说来从事简单的创作锻炼：一本练习对话，一本学习描写，一本研究组织人物，一本揣摩结构安排。”[1]

贫民区的生活给巴尔扎克打开了又一个天地。同样的穷困，使他产生了对工人的同情心和了解他们的欲望。这是巴尔扎克后来能接受空想社会主义学说的基础。短篇小说《法西诺·加纳》(1836年)里关于“我”的活动的描写，显然带有一定的自传性质，有助于我们认识此时的巴尔扎克：“……我喜欢观察我所住的那一郊区的各种风俗习惯，当地的居民和他们的性格。我和工人穿得一样褴褛，又不拘礼节，所以他们对我倒也一点不存戒心。我可以和他们混在一起，看他们做买卖，看他们工作完毕后怎样互相争吵。对我来说，这种观察已经成为一种直觉，我的观察既能不忽略外表，又能深入对方的心灵；或者也可以说，就因为我能很好地抓住外表的一切细节，所以才能马上透过外表，深入内心。”巴尔扎克还写到“我”怎样跟在工人们的后面听他们的谈话：“听着这些人的谈话，我就能深深体会他们的生活。仿佛自己身上就穿着他们那破旧不堪的衣服，脚上就穿着他们那满是窟窿的鞋子；他们的欲望，他们的需求，这一切都深入了我的心灵，我的心灵和他们的心灵已经融而为一了……

1　转引自雷蒙的《革命以来的小说》。

从那时起，我已经把那称作‘人民’的五光十色的东西加以分解，进行了全面的剖析，以便能识别他们好坏不同的各种品性。我那时已经明白这个郊区、这个革命的策源地可能有些什么用处……”从这段叙述中，我们不仅可以看到贫民区对巴尔扎克思想意识的熏陶，而且还可以了解巴尔扎克是怎样对生活和人物进行观察和分析的。这种深入观察和分析的习惯，正是一个想成为作家的人必不可少的。

巴尔扎克生活在一个阶级关系十分复杂的社会里，他所处的环境也相当复杂。在这个贵族得势的波旁王朝时期，思想敏锐的巴尔扎克不可能不受到相应的影响。

1821 年 9 月，巴尔扎克的第二个妹妹罗朗斯出嫁。为此，巴尔扎克的父母发出了两种请帖。一种是给近亲和密友的，另一种是给较为疏远的亲朋的。在后一种请帖上，他们悄悄地在姓氏前面加上了代表贵族身份的“德”字，署名就变成了“德·巴尔扎克先生”。这个在资产阶级革命中飘浮起来的家庭，又跃跃欲试地想向贵族阶级“过渡”了。小小的插曲，反映了社会的潮流。20 年代初期，波旁王朝进入了它的黄金季节，贵族阶级和资产阶级相互渗透的过程在加剧。境况大不如前的老巴尔扎克，出人头地的虚荣心却不减当年。他没有足够的财产去换取贵族的头衔，便故技重演，又采用了偷偷改换姓氏的办法。巴尔扎克把父母的这个“小动作”留在了记忆中。

在此前后，巴尔扎克认识了他家的邻居——比他年长二十多岁的别尔尼夫人，并结成忘年之交。别尔尼先生是贵族子弟，曾担任过王室法庭的法律顾问。别尔尼夫人的母亲曾是皇后的侍女，对宫廷生活十分熟悉。同这个家庭的频繁往来，使巴尔扎克能够颇多地了解贵族的圈子，也潜移默化地受到了贵族意识的影响。在他手头拮据，甚至濒临破产的时候，别尔尼夫人曾不止一次地慷慨相助。巴尔扎克对贵族的好感在渐渐萌生。1824年，巴尔扎克匿名发表了一本名为《论长子继承权》的小册子，竭力维护封建的长子继承权，这又是与他本人的长子地位相关联的。

人是社会关系的总和。在对巴尔扎克的思想深有影响的朋友中，不仅有像别尔尼夫人这样的贵族，还有许多具有各种政治信仰的人物，这也是作家世界观多元化的重要原因。譬如，就在这同一个时期里，他妹妹罗尔的好友朱玛·卡洛夫人也很快就变成了巴尔扎克最信任的挚友。卡洛夫人是一个炮兵上尉的妻子，具有明确的共和主义倾向，并对文学创作深有见地。她起初住在巴黎，后迁居法国南部的昂古列姆（拉斯蒂涅和吕西安的家乡被安排在这里，看来并非偶然）。巴尔扎克一直和她保持着密切的联系，并常到她家去休息或写作，和她推心置腹地讨论政治和文学问题。到七月王朝时期，巴尔扎克就在给她的信中坦率地谈过自己"仇恨我的党（指保王党）"这一"政治思想的秘密"。

这时，巴尔扎克的写作范围越来越广。除长篇小说外，他还写剧本、随笔、杂文、通讯……成为巴黎许多家小报的撰稿人。他就像是一部日日夜夜都在转动着的制造文学商品的机器，只要能够出售，它是无须顾及产品的型号和质量的。即使这样出卖大强度的脑力劳动，也没能使巴尔扎克富裕起来。他又在设法寻找新的生财之道。

1825年，巴尔扎克在继续写作的同时，与一出版商合作，企图通过出版一些古典名家的精致的袖珍本全集来赢利。列入最初计划的是17世纪的喜剧家莫里哀和寓言诗人拉封丹。苦心经营一年有余,巴尔扎克亲自写了序言,又请画家德维里亚画了精美的插图,原想一本万利的买卖,不料却一败涂地。初版印刷的1000册,竟然只卖出了不到20本。这次倒霉的生意,使巴尔扎克欠债达万余法郎之多(我们不会忘记,前面引录的一封给妹妹的信中,巴尔扎克曾希望有1500法郎的年金而不得。两相比较,便可看出这笔债务之巨)。其后,巴尔扎克又相继经营过印刷厂和铸字厂,结果是负债数字直线上升。到1828年两厂先后倒闭时,巴尔扎克的债务已近6万法郎。在此期间,巴尔扎克不得不和各种各样的商人和债权人打交道,正是在这个过程中,他得以见识了这些铜臭人物的贪婪本相。

如果巴尔扎克没有这样一段经商、借债、挣扎、奋斗,直至几乎因破产而身败名裂的历史,那么,人们就不可能在《人间喜剧》里读到那些有关逼债、清算、高利盘剥、敲诈勒索等精彩的描写,更难看到资本主义社会中人与人之间金钱关系的深刻揭示。反之,如果巴尔扎克像他笔下的人物葛朗台或纽沁根那样具有发财致富、搜刮掠夺的本领(哪怕仅有其十分之一、百分之一),那么,法兰西这块沃土也就不能给人类历史贡献一位文学巨人了,巴尔扎克这个光辉的名字就会消失在庸俗不堪的市侩、商人、资产者的长长的名单中,而永远不会再被人们提及。值得庆幸的是,这两种假设都没有成为现实,巴尔扎克在争钱夺利的角斗场上被摔了出来。头破血流的记录,拖累终生的债务,使他丧失了在商业圈中继续参加竞争的勇气,但却为他丰富了生活的积累。祸福相倚,晦气重重的经商活动,也是作家成长史上不可缺少的一段经历。

巴尔扎克搬进巴黎卡西尼街一号,又回到了写字台前。这次,他决心以严肃的态度从事文学事业。他在自己的书房里,布置了一座拿破仑的小像,并写下这样一行文字来激励自己的斗志:“我要用笔完成他用剑所未能完成的事业。”从这个座右铭中,我们既可以了解巴尔扎克此时立下的雄心大志,也可以看到他对拿破仑的崇拜之情。拿破仑这个名字,自然是与贵族的复辟政治完全对立的,同时,它对怀才不遇的中小资产阶级青年又具有独特的吸引力。因为,拿破仑是凭借自己的“才干”从一个低级军官爬上最高统治者的地位的,他的成功怎么会不令巴尔扎克这一代有志之士钦羡呢!

现在,巴尔扎克不再以面壁虚构、浪漫想象或剪辑、拼凑现成的公式来进行“创作”了。他选中了1799年共和军在旺岱地区镇压反动贵族的朱安党人叛乱事件作为题材,但是他没有立即动手写书。他以大量阅读有关历史文献和回忆录开始了他的调查研究,认认真真地做了许多笔记。这还不够,他又离开巴黎去走访当事人,并到布列塔尼实地考察。巴尔扎克在追求真实,事件的真实、人物的真实,特别是环境的真实。他在探索着现实主义的创作方法。

1829年3月,《最后一个舒昂党人,或1800年的布列塔尼》(现通译为《舒昂党人》)问世。这部长篇小说,表现了巴尔扎克的共和主义思想,也流露了他对封建贵族的同情;显示了巴尔扎克的现实主义才能,也保留了当时流行小说对他的影响。但是,这的确是一部成功的作品,它是巴尔扎克走向现实主义的坚实的第一步。

真正的作家巴尔扎克诞生了。

神笔写巨书

《舒昂党人》的出版，虽然未能立即使巴尔扎克蜚声文坛，但也毕竟给这位作家带来了应有的荣誉，使他得到了社会的承认。1829 年 7 月 10 日，巴尔扎克第一次出席了在诗人雨果家举行的作品朗诵会。此后，他经常在各种文艺沙龙和作品朗诵会上抛头露面，并相继结识了作家雨果、梅里美、大仲马、贝朗瑞、缪塞、乔治·桑、戈蒂埃，批评家圣-佩韦，画家德拉克洛瓦，音乐家罗西尼等知名人士。在共同的事业中，他和许多文学艺术家结下了深情厚谊。

在巴尔扎克写作《舒昂党人》的时候，查理十世统治下的波旁王朝正孕育着风暴。查理十世在 1824 年继位后，不断加强封建专制统治，激起了资产阶级和广大劳动人民的强烈不满，统治集团和各阶级群众之间的矛盾迅速加剧。1830 年 7 月，查理十世公然颁布敕令，取消中下层工商业资产者的选举权，悍然解散新选举产生的议会。这就直接触发了酝酿着的革命斗争。7 月 27 日至 29 日，资产阶级领导的、以广大群众为主力的七月革命，一举推翻了查理十世的统治，结束了封建复辟的波旁时期，建立了以路易·菲力蒲为国王的七月王朝。“在路易·菲力蒲时代掌握统治权的不是法国资产阶级，而只是这个资产阶级中的一个集团……即所谓金融贵族。”[1]七月革命的成果，只落在了一小

1 马克思：《1848 年至 1850 年的法兰西阶级斗争》，《马克思恩格斯选集》第 1 卷，第 394 页。

撮大金融资产阶级的手里，广大人民群众并没有得到他们所要求的自由和平等。然而，七月革命的意义仍然是重大的，它在1789年大革命胜利的基础上，进一步廓清了前进的道路，使法国的资本主义社会进入了稳固发展的时期。

七月革命前后，是巴尔扎克世界观逐步形成、现实主义创作逐步成熟的时期。革命的兴起及其结局，都对作家的思想产生了深刻的影响。

巴尔扎克仇恨封建复辟，热情地欢迎这次革命，希望革命能创造出新的局面。但是，现实很快就使他的幻想破灭了，背信弃义的七月王朝没有给中小资产阶级带来实利，巴尔扎克对新政权表示了极大的愤慨。1831年的随笔《一年两遇》反映了作家的情感变化。文章开始，巴尔扎克激情地写道："这是沉睡了十五年后觉醒的日子。巴黎弥漫着硝烟，空中呼啸着子弹，人民高喊着'自由'！"为了"共同的事业"，人们奋勇地投入了战斗。一位将军在视察临时改建成的医院时，遇到了两名受伤的战士——一个是大学生，一个是工人。"他们只想到祖国，完全忘记了自己的痛苦。"一年之后，他们理应在纪念大会上重逢，命运却使他们在监狱里相遇："三个朋友都看到了共同的不幸，他们以同样的动作、同样的眼色相互致意。面对这阴郁的、沉默的隐情，我们可以用一个词来表达整个这个时代的历史：背叛！"

"背叛！"巴尔扎克的判词明确而尖锐，他站到了七月王朝反对派的一边。但是，出路何在？启蒙思想家们鼓吹的"理性王国"的再次破灭，使巴尔扎克陷入痛苦的思索。他害怕工人阶级的力量，也不满意中小资产阶级的软弱。而攀附名贵的虚荣和追求金钱的欲望，对资产阶级唯利是图的道德准则的痛恨，都使他较多地寄希望于贵族阶级。贵族们也由于他的名声渐起而曲意相迎。

1830年初,巴尔扎克就效法其父,在一些作品和书信的署名中,堂而皇之地在姓氏前加上了表示贵族身份的“德”字。渐渐地,奥诺雷·德·巴尔扎克的名字便正式通用起来了。其后,他在周围贵族的包围和拉拢下,参加了保王党,在政治上成为正统派。1832年,巴尔扎克还在女友加斯特丽的舅舅(保王党头目之一)的怂恿下,作为保王党的候选人参加过众议院议员的竞选。保王党的正统派是波旁王朝时期的当权者,代表世袭封建大地主的利益,到七月王朝时期它成了一个反对派。这个政治派别在这时候虽然还摆着封建主义的资格,抱着高贵门第的高傲态度,但随着资本主义势力的发展,其中的大部分成员已经卷入了交易所、矿山和铁路等投机生意。因此,它已不再是个纯粹的封建贵族政党,而是明显地资产阶级化了。巴尔扎克参加保王党,主要是出于对七月王朝的不满,也说明他的思想是倾向保守的。但是,他和这个党的政见并不完全一致。他的政策建议曾受到该党的拒绝,他的作品曾受到该党的痛骂,他对保王党也是怨气重重,实际上只保留着貌合神离的关系。1834年8月11日,巴尔扎克在给韩斯卡夫人的信中甚至发出了这样的怨言:“您知道,宣称自己是保王党人是需要勇气的,这个党很卑鄙。”[1]可见,巴尔扎克向贵族靠拢,并没有改变他中小资产阶级的基本立场。对社会现实不断进行的观察和剖析,更帮助他越

1 本书所用给韩斯卡夫人的书信,均引自四卷本《致韩斯卡夫人的书信》;其他书信均引自巴尔扎克四卷本的《通讯录》。下文均不再注。

来越清楚地看到,贵族阶级不仅没有力量改变七月王朝的现状,也没有力量挽回本阶级必然没落的颓势。资本剥削把工人推入了贫困的深渊,1831 年和 1834 年里昂纺织工人两次被迫起义,揭开了无产阶级反抗资产阶级的斗争序幕。他们明确地宣告:"1830 年 7 月,资产阶级为自己完成了革命,现在我们也要进行自己的革命。"同时,空想社会主义思想也得到了更为广泛的传播。巴尔扎克同情劳动群众的悲惨境遇,赞赏劳动人民朴实善良的美德,还描写过里昂工人的起义斗争。他在对社会前途的探索中,也对圣西门和傅立叶的空想社会主义学说发生过浓厚的兴趣。但是,受阶级意识的局限,巴尔扎克对工人的处境始终没有超越"同情"的界限。

1833 年发表的《乡村医生》,全面地反映了作者的乌托邦理想和政治主张。小说描写了一个愚昧、贫困、民不聊生的山村,经过乡下医生贝纳西呕心沥血的惨淡经营之后变成人人平等、丰衣足食的世外桃源的故事。巴尔扎克在小说中,以其对理想乐园的描绘和主人公的长篇议论相互印证,表达了他的政治见解。针对贫富悬殊的现象,他提出人人劳动、人人富裕的理想;针对人民的疾苦,他主张改善人民的生活;针对大资产阶级对中小资产阶级的排挤,他主张给有志者和有能力者提供"崭露头角"的机会;针对金融贵族对经济命脉的控制,他指出"竞争是实业的生命";针对金钱的腐蚀作用,他希望"金钱一方面使人安居乐业,一方面还使人得着健康、富足和快乐";针对社会经济的停滞不前,他主张发展资本主义工商业,"需要产生实业,实业产生商业,商业产生利益,利益产生幸福。因而幸福便产生有益的思想";针对"人欲横流"的恶疾和阶级的尖锐对立,他主张以宗教感情来"压制坏倾向,发扬好倾向",并调和阶级矛盾:"基督教告诉穷人容忍富人,告诉富人减轻穷人的困难";针对政府的无能,他主张实行强权政治,为防止革命,他还建议"除去那些在群众中蛊惑人心的勇士"……在这里,宗教教义、君主政体和资产阶级人道主义、空想社会主义都奇妙地糅合到一起了。思想虽然驳杂,但仍然可以看出,巴尔扎克所向往的是"合理"的资本主义,而非历史的倒退。

1832年2月28日,从遥远的乌克兰敖德萨市发出了一封给巴尔扎克的信函,署名是"外国女人"。作家此时当然不会预见到这封神秘来信对他未来生活的巨大影响,但他却感到异常兴奋,这无疑极大地刺激了他的好奇心,也证明他的声誉已传播到了欧洲的另一端。4月2日,巴尔扎克即在《法兰西日报》上登载了一则启事:"巴先生收到了2月28日的来信,他深为无法作复而遗憾。如果他的意愿未能在此发表,他希望他的沉默能够得到理解。……""外国女人"显然没有读到这则启事,她在11月7日的第二封信中要求巴尔扎克"在《每日新闻》上登一句话,告知我您确实收到了我的信,我就可以毫无顾虑地继续给您去信了"。并告诉他这样落款:"致外——奥·巴"。作家十分默契地在12月9日的《每日新闻》上按此落款又刊载了一次启事:"巴先生收到了给他的来信,他只能在今天通过这份报纸发出讯息,但他很遗憾不知道向何处回函。"由此,他们之间罗曼蒂克的交往开始了。先是频繁的书信传播,后是在诺沙特尔、日内瓦、维也纳、彼得堡等地会面,直至1850年正式结合成为夫妇。这个"外国女人"就是原籍波兰的俄国贵妇韩斯卡夫人。巴尔扎克给她写的大量信件,详尽地谈及他的生活、思想、创作,成为后人研究作家的珍贵资料。

在三四十年代里，巴尔扎克以惊人的热情、惊人的毅力、惊人的速度、惊人的文思从事创作劳动，最后，获得了惊人的成就。

创作的冲动，就像是突然爆发的火山口：

"我完全被构思、想象、布局、写作和理解所吞没了，它们在我的脑子里不断涌现，沸腾，发光，使我变得疯狂。"（1833 年 2 月 20 日给加洛夫人的信）

巴尔扎克一天究竟工作多少时间，这是谁也说不清楚的。春夏秋冬，白昼黑夜，对他来说都没有什么意义。只要他亲手调煮的浓烈的黑咖啡能够帮助他支持住疲惫不堪的身体，巴尔扎克就总是伏案不起，一刻不停地写作：

"我每天工作十八个小时。"（1833 年 1 月底给韩斯卡夫人的信）

这是他自己提供的一张作息时间表：

"我六点起床，修改《舒昂党人》。然后，从晚上八点到早上四点，利用八个小时来写《战役》。白天我就修改晚上写下的东西。这就是我的生活。"（1832 年 7 月 19 日给母亲的信）

这是又一份时间表：

"从半夜到中午我工作，就是说要在椅子里坐上十二个小时，全力以赴地书写、创作。然后，从中午到四点修改校样；五点半我才上床，半夜又起来工作。"（1833 年 11 月 13 日给韩斯卡夫人的信）

这是速度：

"……《卢日里的秘密》是我一夜之间写成的……《老姑娘》花了三个晚上的工夫。《该死的儿子》的最后部分'碎了的珍珠’写了一个晚上……《无神论者望弥撒》和《法西诺·卡讷》也是这样写出来的;我在萨什,用了三天时间,写成《幻灭》开头的一百页。”(1836 年 10 月 1 日给韩斯卡夫人的信)

神奇的速度,是否意味着粗制滥造呢?或者,仅仅是由于他过人的天赋?无疑,巴尔扎克是个极有天赋的作家。但是,他成功的主要秘密却在于超乎寻常的勤奋和十分严肃认真的创作态度。几乎可以这样说,只要不闭上眼睛睡觉,巴尔扎克的大脑就一直在紧张地活动着,——可惜的是,贫穷和疾病浪费了他过多的精力。

“在能写的时候我就写我的手稿,不写时就进行构思。诉讼、债务或者疾病夺去每一页稿纸,都是在耗损我的生命。我从来也不休息。”(1832 年 7 月 15 日给母亲的信)

“所有时间都在写作——不是整理手稿,就是思考布局,而如果不想布局也不写作,就得改排校样,这就是我的生活。”(1832 年 7 月 19 日给母亲的信)

巴尔扎克交付给出版商的手稿,在他自己眼里是名副其实的“草稿”。在正式成书之前,他总是精益求精,从不停止修改。不管出版商要扣除多少赔损,巴尔扎克在每次校样上都坚持大加删改,甚至弄得面目全非;不管出版商如何紧逼催稿,巴尔扎克总要一遍一遍地改到自己满意为止,结果是有些段落往往与新作无异。如同奥地利著名作家斯蒂芬·茨威格在散文《巴尔扎克未发表的作品》中所写的:“巴尔扎克把他的巨著不止写一遍,而是写了三遍、四遍、五遍或六遍,并且加以精心修改。他的作家劳动,可以从他写下的上十万张的初稿和过渡来衡量……

他的二十页书，往往等于一百页未发表的书，一本书实际是十本书。”[1]因此，他在修改上花费的时间，有时竟会数倍、数十倍于他从事新作的时间：

“最要命的是修改。《该死的儿子》第一部分让我费的劲儿，比我写好几卷书还要大……”（1836年10月1日给韩斯卡夫人的信）

这样，人们就简直无法判断在一个特定的时间里，巴尔扎克究竟在写什么书。在他的写字台上，总是同时堆放着刚刚落墨的手稿和好几本亟待他“重新创作”的校样，而崭新的构思又开始在脑海里浮现了：

“除了这本奇特的《塞拉菲达》以外，我正在完成《该死的儿子》，修改《路易·朗贝尔》，补充《金眼姑娘》。我完成了一部重要作品《改邪归正的梅莫特》，准备写一部名为《幽谷百合》的篇幅很大而又非常美妙的书……”（1835年3月11日给韩斯卡夫人的信）

就是经过这样异乎寻常的艰苦劳动，一部部杰作接连不断地诞生了。像是一花一草、一木一石、一山一水……结构成五光十色、气象万千的博大世界，真实的世界，巴尔扎克的世界。

在30年代最初的几年内，作家就给读者献出了这样一些艺术珍品：《苏镇舞会》（1829）、《高布赛克》（1830）、《驴皮记》（1830—1831）、《红房子旅馆》（1831）、《玄妙的杰作》（1832）、《夏倍上校》（1832）、《图尔的本堂神父》（1832）、《钱袋》（1832）、《被遗弃的女人》（1832）、《路易·朗贝尔》（1832）、

1　载《世界文学》1960年第4期。

《欧也妮·葛朗台》(1833)等。

巴尔扎克十分赞赏英国作家司各特的历史小说,但为他没有把自己的小说联系起来构成一部完整的历史而感到惋惜。他由此而得到启迪,切望以自己的实践来实现这个宏愿。在1833年,他想用《十九世纪风俗研究》为题概括他的全部创作,到1834年,他又更名为《社会研究》。这一年,他在统筹规划的思想指导下精心写出了脍炙人口的名篇《高老头》。在这部小说里,过去作品中已经出现过的人物又再现了,未来作品将出现的人物开始登场了。他们在不同的作品中有不同的地位,在不同的境遇中有不同的发展,从而将所有的作品联系成一个有机的整体。从这个意义上说,《高老头》是巴尔扎克为未来大厦置放下的第一块基石。

继《高老头》之后,巴尔扎克又相继发表了如下重要作品:《绝对之探求》(1834)、《改邪归正的梅莫特》(1835)、《幽谷百合》(1835)、《禁治产》(1836)、《无神论者望弥撒》(1836)、《法西诺·卡讷》(1836)、《老姑娘》(1836)、《赛查·皮罗托盛衰记》(1837)、《纽沁根银行》(1837)、《古物陈列室》(1835)、《卡迪央王妃的秘密》(1839)、《皮埃尔·格拉苏》(1840)、《于絮尔·弥罗埃》(1841)、《搅水女人》(1842)等。

1841年,巴尔扎克在中世纪意大利大诗人但丁的《神曲》(直译为《神的喜剧》)的启示下,正式把自己作品的总称定名为《人间喜剧》。这部巨著的初版广告中有一段颇值得一读的说明文字:“聪明的读者用不着等到今天,便明白巴尔扎克先生从他的写作生涯开始,就想出了一个广大的计划,他的每一种小说只是这个计划中的一个拆开来的场面。……作者的计划是要给我们近代社会的人情风俗，穷形尽相，起草一篇忠实的历史，绘就一幅准确的图画。”巴尔扎克在1842年撰写的《〈人间喜剧〉前言》，全面地阐述了自己的创作原则，是现实主义文艺理论的重要文献。

1842年以后，巴尔扎克由于过度疲劳而精力日衰。他没有过去那么多产了，但作品的思想却更加深刻、艺术更加娴熟。最后完成的几部著作，无论在深度和广度方面都较前有进一步的开拓，如《幻灭》（1843）、《贝姨》（1846）、《邦斯舅舅》（1847）、《烟花女荣辱记》（1838—1847）和《农民》（未完成）等。

1848年是欧洲大革命的一年。法国连续发生二月和六月两次革命，终结了七月王朝的统治，建立起法兰西第二共和国。巴尔扎克表示支持共和政府，并同意作为国民议会的议员候选人，但在选举中落选。

巴尔扎克的一生创作如此丰富，但他却仍然财囊空竭，欠债累累。娶一个有钱的寡妇，以摆脱拮据的窘境，是他从青年时就有的念头。可悲的是，直到他生命的最后一年才得以实现。韩斯卡夫人在丈夫去世、女儿出嫁之后，终于同意与巴尔扎克结合。1850年3月，他们在乌克兰举行了婚礼。韩斯卡夫人对女儿说：“我的孩子们，这是个大作家。我以为只有圣西门能和他相比，甚至，我觉得他比圣西门还要高。”[1]巴尔扎克更是信心十足地展望着未来，在给加洛夫人的信里他兴奋地写道：“您知道，我既不曾有过幸福的青年时期，也不曾有过繁花盛开的春天，但是，我将会有最灿烂的夏季，最温暖的秋天。”（1850年3月17日）

1　转引自邦扎曼的《奥诺雷·德·巴尔扎克的光辉的一生》。

不幸的是，这个富有的妻子来得太晚了。她的万贯家财足以为作家提供一个舒适甚至豪华的环境，但是，巴尔扎克却再也不能重新开始工作了。经过一路颠簸回到巴黎后，巴尔扎克便一病不起。心脏病、肝脏病、支气管炎、水肿病等同时向他袭来，这个曾是健壮如牛、精力过人的魁梧男子汉，不得不过早地迎来了他生命的冬天。

6 月 20 日，他给他的好友、著名诗人戈蒂埃发出了一封由夫人代笔的信。这时他对恢复健康的前景还是充满希望的。在信的末尾，他亲笔写下了这样一句话："我现在既不能读也不能写。"并签上了自己的名字。可以想象，这对"读"了一辈子、"写"了一辈子的巴尔扎克来说，该是多大的痛苦。而更让世人感到遗憾的是，这竟是这位伟大作家留下的绝笔。

病危的时刻，巴尔扎克仍然沉浸在他的文学世界里。昏迷之中，他喃喃地苦求医生能延长他的寿命，哪怕是几天的时间，以便他能再写出一部作品；弥留之际，他不断呼唤着他笔下的人物：高里奥！葛朗台！皮罗多！高迪萨！于洛！克勒凡！高布赛克！……甚至还气喘吁吁地喊道：皮安训[1]！……快叫皮安训！！……他能救我的命！……

妙手回春的皮安训并没有出现，巴尔扎克痛苦地向生命的终点走去。在他离开人世两个小时前，伟大的诗人雨果怀着崇高的敬意和深沉的悲哀再次来到巴尔扎克的病榻旁，向他作最后的诀别。

1850 年 8 月 18 日晚十一时半，巴尔扎克永远闭上了那双洞

1　皮安训是《人间喜剧》中的名医。

察入微的眼睛，结束了他辛勤劳累的一生。

8月21日，苍天有情，降下了霏霏细雨，更使巴黎平添了无限的哀思。这位一代宗师，和他笔下的高老头一样，被安葬在拉雪兹神父公墓里；不同的是，这不是一次冷寂的葬礼，成千上万的巴黎市民都赶来向他们热爱的伟大作家致哀。

简朴的安葬仪式上，雨果发表了感人肺腑的悼词，对巴尔扎克给予了高度的评价：

“在最伟大的人物中间，巴尔扎克是第一等的一个；在最优秀的人物中间，巴尔扎克是最高的一个。……

“愿意也罢，不愿意也罢，同意也罢，不同意也罢，这部庞大而奇特的作品的作者，就在自己不知道的时候，加入了革命作家的强大的行列。

“他的一生是短促的，然而也是饱满的；作品比岁月还多。”[1]

1　雨果：《巴尔扎克葬词》，《文艺理论译丛》第二辑第42—43页，人民文学出版社1957年版。

二、“世界的镜子”

一部规模宏大的《人间喜剧》只作一个人是不够的，必须成为一个体系。

——巴尔扎克

《人间喜剧》——这是人间奇迹！

《人间喜剧》——这是艺术的历史！

《人间喜剧》——这是宏伟壮丽的文学大厦！

在漫长的世界文学史上，雄心勃勃、硕果累累的作家并不乏其人，但又有谁有过巴尔扎克的恢宏气魄，敢于径直提出自己的奋斗目标是以艺术的形式撰写一部“完整的历史”呢？又有谁为了实现这样大胆的计划，持之以恒、百折不挠，在不到20年的时间里，就写出了近百部相互关联的小说，并把它们组织成一个有机的整体呢？

巴尔扎克的立意是明确的。他要“完成一部描写19世纪法国的作品”，要将他的“作品联系起来，调整成为一篇完整的历史，其中每一章都是一部小说，每一部小说都要描写一个时代”。

不仅如此，他还要“研究产生这些社会现象的多种原因或一种原因，寻出隐藏在广大的人物、热情和事故里面的意义”[1]。我们不能说巴尔扎克的每部作品都达到了他自己提出的高度，但就总体而论，《人间喜剧》的确是19世纪上半叶法国资本主义社会的一部史诗。

巴尔扎克计划要写一百四五十部小说，最后只完成了九十多部。为了突出其历史的规模和体系的完整，巴尔扎克把《人间喜剧》分为三个部分：《风俗研究》《哲学研究》《分析研究》。《风俗研究》在整部作品中占据重要地位，包含篇目的数量也最多，因此，作家又将这部分分为六个场景，即《私人生活场景》《外省生活场景》《巴黎生活场景》《政治生活场景》《军事生活场景》《乡村生活场景》。仅仅从这些栏目来看，我们就不难体会作家的博大旨趣，也可以初步领略作品反映时代生活的广度和深度。这里，包容着整个社会。

这部由两三千个人物（据有的研究者统计，《人间喜剧》共有人物2472个）组成的现实主义形象史，既反映了封建贵族的没落衰亡，又揭露了资产阶级的罪恶发迹，二者有机关联，相互交错。正如恩格斯所指出的：“他在《人间喜剧》里给我们提供了一部法国‘社会’，特别是巴黎‘上流社会’的卓越的现实主义历史，他用编年史的方式几乎逐年地把上升的资产阶级在1816年至1848年这一时期对贵族社会日甚一日的冲击描写出来，这一贵族社会在1815年以后又重整旗鼓，尽力重新恢复旧日法国生

1　巴尔扎克：《〈人间喜剧〉前言》，《巴尔扎克全集》第1卷，人民文学出版社1999年版。

活方式的标准。”[1]

没落贵族的无尽挽歌

在波旁复辟时期，王室的模范忠臣德·封丹纳伯爵迫于潮流的发展，不断改变着他根深蒂固的封建意识。在政治上，他眼见重新建立旧日贵族的绝对权威已经不复可能，便追随国王路易十八，成为温和派领袖人物之一，表示拥护君主立宪的代议制，并努力联合各派势力以维护王朝的统治；在经济上，他经过“精确的计算”，看到自己财力的空虚，便让三个儿子和两个女儿都和资产阶级新贵联姻，并把这看作是“天赐的幸运”。

他的第三个爱女爱米莉，姿色出众，聪慧过人，以条件而论，理应结一门美满的亲事。不幸的是，这位千金小姐的门第观念还远甚于她的老父。她既不喜欢司法界人士，也不喜欢没有贵族头衔的财主，决心要嫁给一个议员，至少也要当个“伯爵夫人”，自然还要才貌两全，家产殷实。她曾郑重地宣布：“如果我不成为一个法兰西贵族议员的夫人，我宁可去当修女。”不幸的是，在她周围成群结队的追求者中，却没有一个合乎标准的意中人。

在巴黎附近的苏镇郊游时，爱米莉对风流倜傥、举止高雅、才智过人的陌生青年马克西米利安·龙威格一见倾心，并暗自认定他必是贵族无疑。但是，在热烈的初恋中，不管爱米莉如何盘问，年轻人却始终避免明确地说出自己的职业和身世。回到

---

1 恩格斯：《致玛·哈克奈斯》（1888 年 4 月初），《马克思恩格斯选集》第 4 卷，第 462 页。

巴黎，爱米莉意外地在一家布店里遇到了她的情人，原来他竟是个站柜台的商人！这一突如其来的打击，严重地挫损了这位贵族小姐的自尊和虚荣，傲慢与偏见残酷地遏制着少女燃烧的恋情。痛苦之余，爱米莉竟嫁给了72岁的老舅公。她总算当上了"伯爵夫人"，但却永远失去了宝贵的青春和爱情。富贵荣华掩饰不了她内心的痛苦和不幸；大多数时间她虽然强作欢笑，但是美丽的脸颊上仍然透露出沉重的凄凉。

更使爱米莉后悔不已的是，马克西米利安不仅真的是贵族的后裔，而且品德十分高尚。他是为了哥哥的利益而主动放弃父亲的财产去经商的。后来，由于父亲和哥哥相继去世，他便承袭了议院贵族的封号，并且拥有丰厚的资财。总之，这个年轻人"具备着她以前的理想爱人的一切条件"，可是……

这个故事就是巴尔扎克的短篇佳作《苏镇舞会》的梗概，小说发表于1829年底。这是波旁王朝倒台前夕，也是巴尔扎克开始他的现实主义创作的第一年。这朵初放的鲜花，色淡而味浓，从中我们已经可以看到作家对社会潮流的敏锐观察和他对贵族阶级的大胆批判。

波旁王朝时期，封建贵族竭力修复昔日的乐园，无奈历史的演进难以逆转。用枪炮打下过天下的资产阶级，不仅不肯自动退位，而且还在继续着他们的进攻。这时，他们手中的主要武器是金钱，而钱财不足又正是经过大革命后的贵族阶级的致命弱点。在铁定的现实面前，许多贵族都采取了明智的态度，国王也不得不作出必要的让步。如同马克思所说的："新的社会形态一形成，远古的巨人……就都消失不见了。……它的真正统帅坐在营业所的办公桌后面,它的政治首领是肥头大耳的路易十八。”[1]

在《苏镇舞会》里,巴尔扎克明白地写道:“路易十八的聪明也许不亚于拿破仑,他采取了和拿破仑相同而意义相反的措施:拿破仑拼命拉拢波旁王朝的贵族和教会,这位波旁王朝的末代皇帝却想同时满足平民阶级和包括教士在内的拿破仑王朝的拥护者的要求。”最高统治者作出这样重大的让步,正是考虑到阶级实力的客观状况。为了表彰封丹纳伯爵的忠诚,国王可以给他授勋晋级,但却无力补偿他在革命时期的经济损失,一个宠臣曾向伯爵暗示:“现在还不是和王室算账的时候,这里有些账单比伯爵的拖延得更久,而它们大概可以被当作革命史料了。”经济上的软弱,必然导致政治上的妥协。路易十八为了保住自己的统治地位,不仅保留了代议制度,吸收资产阶级进入议院,而且还把许多本来留给世袭贵族的重要职位让给了拿破仑的新贵。

小说的重心是写婚姻关系。在阶级社会里,婚姻关系无不与阶级利害相牵连。在拿破仑时期,资产阶级就把同贵族联姻看作是巩固自己的政治地位、瓦解封建阶级势力的一种手段;到了复辟时期,这种进攻就更是变本加厉了。在这篇小说里,作者通过老臣封丹纳家儿女的几门亲事,形象地表明了这一趋势,显示了贵族的虚弱。更加具有讽刺意味的是,国王路易十八竟亲自做主,把伯爵的两个女儿许配给新起的暴发户,仿佛还把这看作是对老贵族的一种恩赐。自上至下,贵族阶级都在节节败退。

1 马克思:《路易·波拿巴的雾月十八日》,《马克思恩格斯选集》第1卷,第604页。

正是在这样的背景下，小说突出了爱米莉悲剧的社会内容。这位贵族的娇女冥顽不化的门阀观念，使她在社会中孤芳自赏，在家庭里也落落寡合。姑嫂间的唇枪舌剑同样是阶级关系的体现。时代的潮流冲垮了这个贵族之家的堤防，爱米莉变成漂浮在波涛上的一叶孤舟。违时逆势，是产生这出悲剧的根由。巴尔扎克通过这出小小的恋爱婚姻悲剧，揶揄嘲弄了贵族阶级陈腐的传统观念。

与爱米莉以及她周围的贵族青年相对照的是资产阶级化的新贵族马克西米利安。他才貌出众，道德高尚，爱情专注，同时又精明强干，能够顺应潮流，他不但经营布店，还投资银行，甚至把生意做到了巴西，这使他很快便成了百万富翁。在他成为议员之后，他还能以其锋利的口才左右议会的决议。然而，他却丝毫没有旧贵族的保守意识，在恋爱中，他注重感情而不过分强调门第；在社会生活里，他并不把头衔看得那么神圣，而是"无限地尊敬""一切有用的职业"。当时的巴尔扎克无疑在这个人物身上寄托了他改革社会的理想。

《苏镇舞会》虽然篇幅有限，但却因准确地揭示了贵族社会日渐没落的趋势而具有重要意义。这一富有时代特色的主题，贯穿《人间喜剧》创作的始终，而且越来越扩大，越来越深入。

巴尔扎克对贵族阶级在波旁王朝和七月王朝时期每况愈下的境遇曾作过概括的阐述："到王政复辟时代，一般贵族都记得吃过亏和财产被没收的事，所以除了一二例外，他们都变得省俭、安分、思前顾后，总而言之，庸庸碌碌，谈不到伟大的气派了。之后，1830 年的革命又把 1793 年开始的改革加以完成。从此法国只有显赫的姓氏，没有显赫的世家了……一切都带着这种时代色彩。……家族的观念是破坏完了。”(《贝姨》)在巴尔扎克的作品中,“这种时代色彩”就被涂抹得十分鲜明。

由于对现实生活的细致观察,巴尔扎克笔下的爱情、婚姻、家庭、情场逸事,无不渗透着这一转型时期人际关系的微妙变化。

贵族妇女的外遇,往往是她们对不自主婚姻的一种反抗。她们和情夫的关系,也成了衡量她们社会地位的尺度。巴尔扎克对名媛贵妇鲍赛昂夫人命运的描写,紧密与贵族阶级盛衰起落相连,具有很高的典型意义。

我们在《高老头》里见到的鲍赛昂夫人,是巴黎上流社会的一个领袖人物。她那金碧辉煌的客厅里,常常聚集着各界名流。她的目空一切的高傲,正是卷土重来的贵族地位显赫的反映。但是,正当她得意非凡的时节,她却遭到了情夫的遗弃。阿瞿达侯爵为了追求“二十万法郎利息的陪嫁”,决定抛弃鲍赛昂夫人,娶暴发户洛希斐特家的小姐为妻。绝望之下,鲍赛昂夫人万分痛苦地离开巴黎,决心到乡间去过隐居的生活。《被遗弃的女人》是这个故事的续篇。远离了繁华世界的鲍赛昂夫人在诺曼底静度着恬淡安逸的日子。不料,年轻的卡斯顿男爵闯了进来。他因仰慕其盛名和姿色而一往情深地追逐鲍赛昂夫人,终于又激起了这位遁世者的压抑着的热情,他们一起愉快地度过了9年。但是,卡斯顿男爵经不起4万法郎年租的引诱,再加上母亲的逼迫,最终还是离开了她而与他并不喜爱的罗蒂埃尔小姐完婚。“财产安慰一切”,门第高贵的妇人,再一次惨遭遗弃。

显然,这里所写的不是寻常的情场失意的故事,也不是在谴责见异思迁、喜新厌旧等道德问题。作家笔下的情场纠葛,同样是满含阶级内容的争斗。阀阅世家的鲍赛昂夫人，从高踞巴黎上流社会之上的贵妇，跌落到乡间隐居；而在穷乡僻壤，竟又再度忍辱败阵。她的对手呢？既非绝色佳人，又非出身望族。她们都是资产阶级暴发户的后裔，依仗的就是金钱这张王牌。准确地说，鲍赛昂夫人正是金钱的手下败将。资产阶级妇女以财富的力量击败了仅有头衔的贵族妇女，并逐渐代替她们活跃在上流社会，这也是一种锐不可当的逼攻呢。

我们再来看看，一个古朴的贵族家庭是怎样在资产阶级的逼攻下崩溃的。

《古物陈列室》是被列在总题《对抗》下的一部著名长篇。在小说里，贵族阶级和资产阶级正式摆开了"对抗"的阵势。时间是1822年，地点是外省的一座小城。两个不共戴天的沙龙集团代表着两股政治势力。一个是以血统高贵的德·爱斯格里翁侯爵为首的贵族集团，他们顽固地忠实于昔日的贵族制度和君主政体，忠实于旧的道德标准；另一个是以"工业界的领袖"古瓦西埃为代表的资产者集团，这个沙龙和前者有同等的势力，虽然身处复辟时期，他们却显得"更有朝气，更为活跃"。这两个集团互相敌视，明争暗斗，前者以其高贵的身世蔑视后者，后者则以其实力决心打垮前者。显然，这里孕育着的既非沙龙的矛盾，亦非个人的恩怨，而是两个阶级激烈的斗争。古瓦西埃就曾咄咄逼人地喊道："这是法兰西的问题，这是国家的问题，民众的问题……但愿这些雪崩倒塌下来，粉碎了、压埋了贵族先生们。你们要恢复旧日的秩序，你们要撕毁社会的约法，这张写有我们权利的宪章……"这简直就是挑战的宣言，进攻的檄文。

巴尔扎克清楚地看到，无论什么力量也阻挡不住资产阶级进攻的决心和勇气,无论什么力量也阻挡不了贵族阶级的失败和灭亡。因此,尽管在全书中他竭力强调侯爵一家的“高尚”“正直”,古瓦西埃的阴险刁钻,但他还是真实地写出了德·爱斯格里翁家族的不可挽回的衰败命运。

德·爱斯格里翁家族有着久远的历史。近二十几年来(即从资产阶级革命以来),这个家庭几经沧桑,产业已成劫后之余,但古老的家风却一如既往。侯爵的妹妹拒绝了古瓦西埃的求婚,侯爵的客厅对资产者闭门不纳。这种固执的观念使他赢得了旧贵族的敬重,也招来了暴发户的仇恨。心怀不满的人们给侯爵的沙龙起了个尖刻而贴切的雅号:古物陈列室。在过往行人的心目中,这座古色古香的公馆就像是一个“玻璃笼子”,一件“稀世的古董”。作家的落笔,处处暗含着讥讽。

矛盾的激化,是从侯爵的独生子前往巴黎开拓光荣的前途开始的。为了把他体面地送入首都,侯爵一家竭尽其能地为他装饰打扮,希望他此行的结果是光宗耀祖。但是,这个从小娇生惯养的公子哥儿,经不住巴黎社交场的引诱,一时沉湎于声色犬马之中,很快就把他有限的存款都花在了情妇的身上。“巴黎生活的诱惑”已经“给这个伟大的贵族家庭准备好一出可怕的惨剧”,“可怕的命运”在等待着“家道衰微的贵族”。这位贵族之家的唯一继承人,从借债度日发展到伪造票据,而他的债权人又正是他们家族的死敌。古瓦西埃一伙立即抓住时机,像饿虎捕食一样迅速利索地将年轻的贵族投入了监狱。这一果断的报复行动,使资产者们喜形于色,却把高贵的爱斯格里翁家族搞得狼狈不堪,声誉扫地。围绕案件审理过程的斗争更是异常尖锐。贵族一方甚至不得不动用国王宝库中的10万法郎来挽回败局。

最终,也只是在同意和古瓦西埃家联姻后,爱斯格里翁的儿子才被宣判无罪,勉强使这个家庭免于彻底毁灭。但是,人们不难看出,随着这个独生子的腐化、堕落、被捕及与资产阶级的联姻,原来意义上的德·爱斯格里翁贵族世家已经不复存在了,高雅的"古物陈列室",也真正变成了历史的遗迹。

表面上看,《古物陈列室》主要情节线索所体现的只是一场经济上的较量。但是,巴尔扎克着意揭示的却是经济斗争中蕴含着的政治意义。古瓦西埃提出的和解条件中,除了400万法郎的押金以外,其他三条都具有明显的政治色彩:在大选中,获得贵族掌握的全部选票;德·爱斯格里翁的沙龙要接待他为座上客;与爱斯格里翁家结亲。这就是说,资产阶级要在政界、社会和家庭几个方面全面地取代封建贵族。在这场攻坚战中,"经济"是他们选取的突破口。这正是取己之长,攻敌之短。

识时务者为俊杰。这批前朝遗老的败北,固然是因为他们比不上对手的富有,更根本的却是由于他们不懂得顺应潮流。公爵夫人的批判点出了问题的实质:"当我们是在19世纪的时候,你们难道要留在18世纪的时代里吗?亲爱的孩子们,以后不会再有什么贵族了,现在只有权势。拿破仑的民法已经毁坏了爵位,正如大炮已经轰倒了封建社会一般。只要您有钱,您就可以变得比现在更高贵。"

我们惊服于巴尔扎克的,正是他这种对历史进程的清醒认识和准确表现。虽然残存的封建的思想感情和道德观念使他有时对贵族的衰败厄运寄予同情,但他的中小资产阶级立场和对待现实的唯物主义态度,又总是使他能够违反自己的同情和偏爱,透过贵族阶级高贵的外衣,揭示出他们已经过时的本质;透过贵族阶级堂皇体面的社会地位，反映出他们必然灭亡的命运。

是恩格斯清楚地指出了巴尔扎克作品的政治内涵，并把作家对资产阶级进攻和贵族阶级衰亡的描写称作是《人间喜剧》的“中心图画”。恩格斯说，巴尔扎克“描写了这个在他看来是模范社会的最后残余怎样在庸俗的、满身铜臭的暴发户的逼攻之下逐渐灭亡，或者被这一暴发户所腐化；他描写了贵妇人（她们对丈夫的不容只不过是维护自己的一种方式，这和她们在婚姻上听人摆布的方式是完全适应的）怎样让位给专为金钱或衣着而不忠于丈夫的资产阶级妇女。在这幅中心图画的四周，他汇集了法国社会的全部历史……”[1]

巴尔扎克对待贵族的态度是充满矛盾的。在七月王朝时期，随着世风的日渐败坏和道德的日渐堕落，这种矛盾就显得更加复杂、更加深刻。对照资产阶级的种种罪恶，巴尔扎克常常自觉不自觉地到贵族群中去发掘高尚的情操和美德。但是，他又总是深切地意识到这个阶级的软弱无能，以及他们“不配有更好命运”的历史地位。中篇小说《禁治产》就典型地反映了这一矛盾。

斗争进入了贵族家庭的夫妻之间。德·埃斯巴侯爵夫妇都出身名门望族，但在波旁复辟后的1816年，他们却突然离异了。到了1828年，侯爵夫人竟向法院提出诉状，以其丈夫精神失常为由，要求对他实行“禁治产”，即彻底剥夺他管理家产的权利。

负责此案的是正直的推事包比诺。他在办案过程中了解到的事情真相是：埃斯巴侯爵在清理祖上留下的地契和书信时，发

1 恩格斯：《致玛·哈克奈斯》（1888年4月初），《马克思恩格斯选集》第4卷，第463页。

现自己的家业是由祖父以阴谋手段从一个新教徒商人那里侵吞来的,这个商人还因此而被送上了绞架。这段可耻的家史,使侯爵痛苦万分。为了补赎这桩罪过,他想方设法找到了这个商人的后代耶诺勒母子,并决定用自己的收入陆续偿还这笔欠债。对此,他的已经资产阶级化了的妻子不仅不予以同情、支持,反而卑鄙地诬告他被又胖又丑的耶诺勒太太搞昏了头,丧失了管理钱财的能力,应当让他"禁治产"。侯爵夫人的目的在于要埃斯巴侯爵立即终止他的这一善行义举,甚至吞并他的全部财产。

侯爵夫人的阴谋败露,正义理应得到伸张。不料,包比诺刚把报告写完,他就被要求"回避"这一案子。原来,当埃斯巴侯爵夫人发现包比诺不能为她所用时,她便买通了司法部长,先下手为强地踢开包比诺,把案子交给了野心勃勃而又唯命是听的年轻推事加缪索。最后的判决,作家没有交代,但读者是完全可以想象的。

在这部作品中,巴尔扎克塑造的德·埃斯巴侯爵,心地高尚,近乎圣洁。他不仅自己清心寡欲,乐善好施,自觉地担负起维护本阶级尊严与荣誉的责任,而且还悉心培养他的两个儿子,给他们灌输贵族的道德和信仰,以使他们日后能有"光荣的前途",为祖国做出"传世的事业"。通过这个理想化贵族的高尚举动和不幸际遇,巴尔扎克不仅严厉地批判了极端利己主义的情欲,而且机智巧妙地嘲讽了法律的虚伪。

但是,作家又清醒地看到,"这完全是一个新时代了",像德·埃斯巴侯爵这样的贵族"在所谓封建那个大集团中已经是硕果仅存的分子"(实际上,是否存在都是大可怀疑的)。他的孤高,令人"侧目",使他与外界社会"精神上""完全隔膜";他的侠义，受人讥讽，招致妻子、兄弟的恶毒诬陷。与《苏镇舞会》中的爱米莉、《古物陈列室》中的爱斯格里翁相比，作家更突出地渲染了埃斯巴侯爵白璧无瑕的品格和超凡脱俗的义举。然而，他的处境与爱米莉一样孤独，他对付社会的本领并不比爱斯格里翁高明，他的被自已妻室陷害为疯子的结局却比他们更加悲惨。通过这个“超凡入圣的贵族”由天上猛跌地下的悲剧，人们仿佛听到了作家对人心不古的社会风尚的愤怒控诉。与此同时，人们也不难看出，贵族的美德固然可钦可佩，却不但不足以挽回日下的世风，甚至没能保住贵族作为常人的生活权利。命运不是又在戏弄这些世代簪缨的绅士了吗？

现实就是这样严酷。历史的演进常常要以道德的沦丧为代价。现实主义者巴尔扎克没有在作品中随心所欲地摆布生活的习惯，他按照生活的本来面目描摹，结果是接近或找到了真理。因为，在波旁王朝临近末日的年月里，一方面是以查理十世为首的顽固派不断强化统治，一方面是部分贵族在资产阶级腐蚀和逼攻下迅速转化。后者在社会生活中的作用已经不容忽视。在《禁治产》里，站在德·埃斯巴侯爵对立面的，就是三个已经异化了的贵族：他的妻子、他的弟弟和拉斯蒂涅（关于《人间喜剧》中的这个重要角色，我们以后还要谈到）。他们心肠狠毒，身手通天，眼见要败诉的时候，请出了大权在握的司法部长，便轻巧地取得了胜利。巴尔扎克憎恨这种卑鄙的胜利，但他如实地反映了这种卑鄙的胜利。

把资产阶级和贵族阶级的生死决战表现得最深刻、最激烈的，是巴尔扎克未能最后完成的一部遗著——《农民》。作家本人十分重视这部作品，这部小说写作时间之长对于快手巴尔扎克来说是绝无仅有的。在1844年发表《农民》的第一部时，作家就曾这样写道："这部小说是我下了决心要写出来的作品中最重要的一种，八年以来，我多少次辍笔，又有多少次再执笔写这部书……"即使这样，到1850年巴尔扎克过早地离世时，仍然没有将全书写完，第二部的五至十章，是他妻子依据他的草稿续成的，于1855年出版。

40年代的巴尔扎克，已经形成了相当系统、完整的现实主义文艺观。在《农民》卷首的"献词"中，他开宗明义地写道："我研究我的时代的趋势，因此我发表这部作品。"的确，把"时代的趋势"反映得十分鲜明，正是这部作品引人注目之处。而且，在这里，作家的视野更加开阔了，他越过了"私生活"的局限，对生活题材、人物形象、斗争深度都做了进一步的开拓，从而使这"时代的趋势"在更直接、尖锐的阶级冲突中展现出来。

艾格庄仿佛就是法国社会的缩影。这个景致宜人、余韵犹存的庄园，曾是17世纪亨利四世的行宫。三百年来，它几易其主，历尽沧桑，记录了法国历史的变迁。到查理十世时期，艾格庄落到了新贵蒙戈奈将军的手里。它的现状，反映了从复辟王朝到七月王朝法国社会的真相。

凭借贵族的权势，新主人蒙戈奈将军妄图完全按照自己的意愿来治理这片庄园。但是，万万没有料到，一开始他就遇上了难以匹敌的强劲对手。

首先是艾格庄周围的农民。他们衣衫褴褛，形容枯槁，房舍简陋，过着十分贫寒的生活。为了度日，长期以来他们都在庄园里捡柴枝，拾麦穗，放牛羊，打野味。但是，蒙戈奈却下令禁止，甚至组织起武装的护林队来保卫庄园，这无异于断绝了农民的生路。残酷的压榨自然要激起愤怒的反抗,福尔松老汉就曾直言不讳地当面警告蒙戈奈:“……您追赶我们,把我们看作猛兽一样,您把穷人强拉活扯,送到法庭去……告诉您吧,这一定没有好结果!这会使人想出下策,向您报复!……大家把您看作人民的敌人,晚间大伙儿干活时谈起您来就恨得牙痒痒的,诅咒起您来一点都不留情……”这种仇恨的情绪与日俱增,必然要发展为实际的行动。

蒙戈奈面对的另一组劲敌是大革命以来逐渐在农村称王称霸的资产者。他们早就对这片庄园垂涎三尺,因此一开始就对新主人心怀叵测。蒙戈奈对此却毫无所知,只是一意孤行,当然难免处处碰壁。为了整治庄园,蒙戈奈不假思索地解雇了他认为是“骗子”的老管家高贝丹,这就埋下了仇恨的种子。狡猾的高贝丹暗中设法让自己的代理人西比里接替了管家的位置,并恶狠狠地叫嚷:“我要叫他死在西比里的手里!”站在高贝丹一边的,还有宪兵队长苏德利和乡长、高利贷者里谷,再加上他们的裙带关系,就在地方上组成了一个“无孔不入的联盟”。

蒙戈奈不仅从巴黎招来了军人出身的护林队,还到省城去调动宪兵,这就激化了矛盾。资产者们加紧商议,一方面想施展美人计,使蒙戈奈丢乖露丑;一方面还密谋要唆使农民们对将军“下毒手”。这时,农民们也聚集到了一起,计划要除掉护林队长米梭。但是,他们的这些谋划,都被蒙戈奈的“政治手段”打乱了。宪兵队来到庄园就逮捕了一批在树林里偷拾树枝的农民,蒙戈奈却突然出面要求“特赦”这些“罪犯”。这是他和省长商量好的“镇压人心,同时又采用怀柔政策”的方案。接着,他又以一些慈善行为笼络农民,使艾格庄出现了暂时的平静。

但是,矛盾并没有得到根本解决。贫困的农民仍然不断地“作践”树林和庄稼;里谷等资产者也要弄手段拉拢农民,争取力量;西比里则来往于三者之间,表面上是调解矛盾,实际上却是火上浇油,致使斗争愈演愈烈。农民们杀死了护林的猎狗,向贵族发出警告。蒙戈奈把东沙大娘投进监狱,以示威胁。最后,愤激的农民终于采取恐怖手段,在深夜里暗杀了护林队长米梭。

米梭死后,蒙戈奈用尽诡计也找不出杀人凶手,重金收买也没人再敢接任护林队长的职务。即使这样,蒙戈奈也不打算让步。直至人们用枪口对准他的胸口,并且告诉他:“您对着我的枪口,这是第三次了……我不杀您,还有别人杀您……您有一些比您更有力、更狡猾的敌人,他们终于会把您消灭掉……您还有时间出脱您的庄园,离开这里;可是得赶快办……”这时候,蒙戈奈才真正认识到自己的处境,不得不宣布出卖艾格庄。斗争终以贵族的彻底失败而告终。

《农民》里的主人公蒙戈奈,并非阀阅世家的贵族,而是平民出身的新贵。他在大革命的潮流中升腾,到帝国时期便成了拿破仑麾下的将军,并获取了伯爵的封号。但到复辟时期,他又摇身一变,转而投靠当权者,娶世袭贵族之女为妻,便是他迈出的重要一步。同样是新旧贵族的联姻,巴尔扎克这次强调的却是帝国军人的贵族化。这不仅表现在国王因此而对他授勋封爵,不仅表现在他对贵族妻子的唯命是从,也不仅表现在他对挤进贵族社会的心驰神往,最主要的是表现在他在艾格庄的实际斗争中,时时处处与资产者及农民大众为敌,自觉地维护着封建贵族的特权和传统。这个形象的出现,更增加了《人间喜剧》社会画面的真实性和丰富性。因为,两个阶级的剧烈抗争和两个阶级的相互渗透，同两个阶级的尖锐冲突和两个阶级的互相依附，本来就同是这一历史时期独特的社会现象。

蒙戈奈将军不像巴尔扎克笔下的一些世袭贵族那样神圣超然，也不像他们那样庸碌无为。他在艾格庄意识到自己是面对着"狠毒的敌人"，但他并不打算妥协忍让，而是拉开架式准备迎战；他对一己私利耿耿于怀，连农民在他的庄园里捡枯枝、拾麦穗都不允许，甚至还为此而组织起枪支在手的护林队；他也颇有点要弄诡计的本领，或是小恩小惠的施舍，或是采用暗抓人明释放的伎俩，邀买人心，博取好感，以维护产业不受侵犯；他还与政府、教会沆瀣一气，因此，他敢于有恃无恐地赶走管家高贝丹，逼迫乡长里谷卸职，撤掉宪兵队长苏德利，甚至调动宪兵镇压农民；自然，他性格的基本方面仍然是正直、善良、高贵的……总之，前朝武夫与当今贵族的特点兼于一身，为了重整旗鼓，蒙戈奈采取的是更强硬的姿态。他气势汹汹地扬言："他们要斗争么，就跟他们斗争，我要痛痛快快地把梭朗日城的资产者及他的农民弄得寝食不安。""我们要自卫。打仗么，好，要打就打！我不怕打仗。"从他的气魄胆识和所作所为来看，仿佛还真有点力挽狂澜的决心呢！

但是，他面对的敌人阵营实在太强大了。这里有虎视眈眈的资产者，更有仇恨满腔的农民大众。在反对贵族的斗争中，他们结成了联盟，使蒙戈奈一伙四面楚歌，陷于空前的孤立。如作者所说的，这是"一个乡和一个小城的全体居民联合起来，反对一个……老将军"，他还推而广之地指出，"这种联合也出现在不止一个省份里面……"巴尔扎克总喜欢在字里行间有意识地提示人们注意他所描写的事件或斗争的典型性。

不难看出，艾格庄地面上的真正主人并不是蒙戈奈将军，而是以高贝丹、里谷和苏德利三巨头为代表的资产阶级。他们的“仇恨、本领和金钱”就是“包围着艾格庄的犀利的三角形”。他们不但高利盘剥、垄断工商业，控制了整个地区的经济命脉，还相继登上要位，实际掌握了全市的军政大权。巴尔扎克还特地告诉读者，由于他们多年来的惨淡经营，这里已经形成了一种“专制的资产阶级的裙带关系”，并且与小地主和农民也有着千丝万缕的联系。正是这样一种巨大的社会力量，迫使贵族阶级不得不缴械投降。巴尔扎克准确地描绘了资产阶级大革命以来，法国阶级力量发展变化的形势。在他的社会画面里，胜利者和失败者的安排，从来不是由他主观的好恶爱憎来决定的，而是由客观的历史规律所规定的。

《农民》——巴尔扎克这样命名这部作品。不论他是否真正了解这个阶级，不论他是否正确认识了这个阶级，他毕竟注意到了这个阶级在社会斗争中的重要地位，毕竟下了决心要“把农民如何反抗财主，做一番研究”。这对一个 19 世纪的资产阶级作家来说，是难能可贵的。

斗争反复，政权更迭，但农民却始终生活在水深火热之中，封建贵族的卷土重来，更加重了他们的苦难。巴尔扎克形象地揭示了这个阶级从仇恨到反抗的根本原因。老农福尔松在蒙戈奈面前发表的一篇“宣战书”集中地反映了农民的愤激情绪：“我看见过旧时代，我现在看见新时代……招牌换了，不错，可是酒没有改变！……我们最大部分的收入都缴了税，给大老官儿也好，给收税官也好，永远要把我们的生命化作汗水流掉……我们给你们干活，你们生下来就有钱，我们生下来就穷。大伙儿永远是这样,生时穷,到死还是穷……你们不肯放弃你们的主权,我们永远是冤家,三十年前是这样,现在还是这样。你们什么都有,我们什么都没有,你们还能指望我们做你们的朋友?……穷人的怨气,大人,愈升愈高!它要升得比您的最高的橡树还高,而绞架是拿橡木做的……"这篇义正词严的宣言,铿锵有力,掷地有声,凝聚着新仇旧恨,表明了决战的勇气和信心,不啻是整个被压迫阶级的控诉和怒吼。

这里的农民形象,地位、性格、思想境界、道德面貌等都不相同,但他们对封建贵族的仇恨却是一致的。他们从暗地里聚众商议,到对老爷们当面顶撞,直至拿起枪来杀死艾格庄的护林队长……一步紧似一步,目的就是要把蒙戈奈将军赶出艾格庄。他们终于达到了目的。作家进一步指出:"在这个复辟王朝的时代,在王国的好几个地方,曾发生过流血的冲突……"在埋葬封建统治的最后斗争中,农民依然是一支重要的生力军。

针对贵族势力,农民和资产者结成了暂时的同盟,并且取得了斗争的胜利。但是,他们之间同样存在着不共戴天的深刻矛盾。巴尔扎克不仅准确地描写了这对尚未表面化的矛盾,而且预示出这对矛盾即将发展成为一场新的决战。为了对付蒙戈奈,资产者说:"我们找一些无赖,我们利用过他们之后,就把他们干掉。"农民则说,现在"还得跟他们一起干……以后就回过头来对付里谷",而且,是"要用子弹跟他算账"。因为,农民从身受的重压中清醒地认识到,"财主比大老官儿还要狠毒","资产者和政府,都是一条藤儿"。作家没有把这场斗争的历史解决告诉读者,但他对阶级关系的细致摹写,却为人们深入认识这个错综复杂的时代增添了独特的画面。实际上,他已经预见了未来的结局："这种不合群的成分（指农民——笔者注）是从大革命产生出来的，有一天会把资产阶级消灭掉，和过去资产阶级吞噬了贵族一样。"从某种意义上说，巴尔扎克还是不希望出现这样的结局才写下了这部《农民》，他是在呼吁人们注意农民这个阶级对资本主义秩序的威慑力量："这部作品不是要给现在的立法者指迷，而是想提醒将来的立法者。"

"落花已作风前舞，又送黄昏雨。"资产阶级的逼攻，再加以农民大众的崛起，把几百年来的封建社会推上了穷途末路；回光返照的波旁王朝，也终于难逃寿终正寝的劫数。

明察秋毫的巴尔扎克，在《人间喜剧》中广泛而深入地描写了贵族社会衰亡的颓势：从首都到外省，从城市到乡村，从社会到家庭，从婚姻到外遇，从夫妻的离异到配偶的选择，从地位的升沉到观念的破产……而且，他并非止于现象的临摹，而是从经济上的脆弱和政治上的无能入手，深刻地揭示出这一历史趋势的必然性。这就使他对夕阳残照的贵族社会的描绘，成为一部名副其实的"卓越的现实主义历史"。

但是，"道是无情却有情"。巴尔扎克以冷峻的现实主义态度写出了历史的发展规律，又以哀歌的笔调对没落中的贵族寄予同情。他对贵族的美化，集中反映在伦理道德方面，常常把正直、善良、高尚、仁慈、纯贞等美好的品德赋予贵族形象。这固然是出于他对资产阶级道德沦丧的憎恶，也是其保守思想所使然。因为，封建社会的历史早已证明，贵族阶级在道德上也绝不是高尚无瑕的。从文艺复兴到启蒙运动，许多优秀作家就对此做过无情的鞭挞。

"巴尔扎克在政治上是一个正统派；他的伟大作品是对上流

社会必然崩溃的一曲无尽的挽歌；他的全部同情都在注定要灭亡的那个阶级方面。但是，尽管如此，当他让他所深切同情的那些贵族男女行动的时候，他的嘲笑是空前尖刻的，他的讽刺是空前辛辣的。”[1]恩格斯的评价是中肯而贴切的。

资产阶级的无情逼攻

历史舞台上不会有“空场”的时间，甚至连短暂的“静场”都没有。

《人间喜剧》的舞台上也是一样。巴尔扎克在为贵族阶级的退场弹奏凄婉的哀乐的同时，又为资产阶级的登台敲响了开场锣。

巴尔扎克为贵族形象涂抹上“可笑”和“可怜”的色彩，而在资产阶级的脸谱上却着力勾勒了“可憎”和“可怕”的线条。这些欲壑难填的暴发户，刚一上场，便显出了咄咄逼人的气势和唯利是图的本性。他们代表着一个新的时代，创建了一种新的生活。但是，在推动历史前进的道路上，他们又给人类带来了无穷的灾难。

“资本来到世间，从头到脚，每个毛孔都滴着血和肮脏的东西。”[2]马克思的这句至理名言，精辟地指出了资产阶级剥削的本质及其卑鄙残酷的特性。巴尔扎克没有如此犀利的目光和深刻的思想使他能像伟大导师那样揭开雇佣关系的秘密，但可贵的

---

1 恩格斯：《致玛·哈克奈斯的信》(1888 年 4 月初)，《马克思恩格斯选集》第 4 卷，第 462 页。

2 马克思：《资本论》第一卷，《马克思恩格斯选集》第 2 卷，第 265 页。

是,他却尽其所能记录了资产者血迹斑斑的发家史,为人们认识这个阶级的真实面目提供了丰富的形象材料。

《驴皮记》里有一个肥胖的银行家名叫泰伊番。人们敬重他,法律保护他,仅腰缠万贯这一点,就足以保证他享有高人一等的社会地位。对此,他自己是认识得十分清楚的。他把财富称作是一张"蛮横无理的特许证件",而一个人只要成了百万富翁也就自然"获得了权力","他是国王,他无所不能,他在一切之上,像所有的阔人一样。从此以后,对他来说,'在法律面前法兰西人一律平等'这句话,只不过是写在宪章前面的一句谎言。他将不用服从法律,倒是法律要服从他。没有为百万富翁准备的断头台,也没有为百万富翁准备的刽子手"。他道出了资本主义世界最简单的真理:金钱就是权力,有了金钱就有了一切。

但是,人们不禁会问,这些得天独厚、权势无边的暴发户,他们那些仿佛用之不尽的金钱又是从哪里来的呢?

巴尔扎克在《红房子旅馆》里,揭示了银行家泰伊番发迹的秘密。它给人们提供了一个带有象征意味的答案。

一次宴会后,来自德国的商人开始讲述一个"恐怖故事"。酒足饭饱的宾主都听得津津有味,唯独坐在"我"对面的泰伊番面色如土,神情不安。

德国人讲的是一个真实的故事。1799 年,两个法国青年医生来到"红房子旅馆"求宿,他们是弗雷德里克和普罗佩斯。随后,又来了一个德国富商,他随身带着一只装有 10 万法郎和金银珠宝的小皮箱。这三个人被安排在同一间屋子里。半夜里,弗雷德里克杀死商人,劫走了财宝。而他的好友普罗佩斯却不得不代他受过,被判处了死刑。

故事讲完以后,“我”用各种问题试探,终于证实了眼前这位人人尊敬的银行家泰伊番,就是当年谋财害命的凶手弗雷德里克。这一“发现”,使“我”非常气愤,同时又陷入了深深的痛苦和矛盾之中。因为“我”热恋着的恰恰就是泰伊番的独生女。“我”能不能和这个少女结婚呢?如果结婚,“我”又该怎样处置这份“沾有血污”的遗产呢?

为了“对这个高级伦理学和哲学的问题取得一个解决办法”,“我”把自己信任的朋友们召集起来组织了一个“良心法庭”。在这个“法庭”上,或谴责或辩护,聚讼纷纭,莫衷一是。最后,讨论以一个“老实人”的妙语作结:“蠢材,你干吗要问他是不是博韦地方的人!”这句话的潜台词是:谁让你那么认真,非要证实他就是那个谋财害命的杀人犯呢!

这样一个谋财害命的故事,在社会生活和文学作品中都是司空见惯的,谈不上什么新奇;这样一段靠杀人越货起家的历史,对大多数资产阶级成员来说,也并不能算十分典型。但是,独具慧眼的巴尔扎克,却以化腐朽为神奇的笔力,开掘出这个平凡题材中的不平凡的社会意义。

作家尖锐地指出,泰伊番的全部财产就是“一摊血”,“他的任何微小的幸福”“都是罪恶的果实”。但是,难道只此一家吗?一个律师说得好:“如果都要盘根问底地追问我们财产的来源,我们每个人还能有立足之地吗?”的确,对于这些“体面的”资产者来说,只能承认现状,却不能追究历史。不论他们是否亲自动手杀过人,只要掀起他们过去的一角,就会使他们统统失去“立足之地”。法律保护着他们的财产,同时也就保护着他们的罪恶。在这里,我们不是也可以看到资本毛孔里的“血和肮脏”吗?

对照泰伊番在《驴皮记》中的那段说白，我们不难看出，那原是一席从自己的亲身经历中总结出来的经验之谈。它对资产阶级法律的虚伪性也是无情的嘲讽。

资本就是赃物，资产者就是杀人犯。小说留给人们的客观结论有多么尖利、多么惊人！

然而，1832 年的巴尔扎克对资产阶级的批判还是有保留的。他从伦理道德上提出问题，又从伦理道德上解决了问题。泰伊番虽是谋害了两条人命的刽子手，一直逍遥法外，并且日益富有，财运亨通——如前所述，他是深知法律奈何他不得的——但是，作家却告诉我们，这个杀人犯 30 年来一直为此精神十分痛苦，竟至得了神经痛的毛病，发作起来比“受车裂之刑”还要难受。当他隐秘的丑行被揭露后，他的旧病便大发作了一次，不久就离开了人世。法律没有尽到责任，道德却取得了胜利，抑恶扬善的寓意是明显的。泰伊番这个资产者，还不能算“丧尽天良”。不过，巴尔扎克并没有完全相信道德的力量。在最后那段新颖别致的“良心法庭”的情节中，他一方面写出，主张谴责这种罪行的人占据多数，可见社会风气尚未败坏到不可救药的地步；另一方面他又写道，在这些“最正直、最有良心和荣誉感”的人看来，最好是不要揭穿这个秘密。人们何必要自寻烦恼呢？资产阶级的道德又遭到了耐人玩味的嘲讽。

随着七月王朝统治的日渐腐败，随着资产阶级本性的日益暴露，巴尔扎克对资产阶级的认识越来越深刻，批判也越来越锋利。具有特殊意义的是，“巴尔扎克曾对各色各样的贪婪做了透彻的研究”[1]，因而他能够在《高布赛克》《欧也妮·葛朗台》和《纽沁根银行》等几部作品中，塑造了几个不同类型的资产者的形象，艺术地再现了资本主义剥削方式的发展史。

《高布赛克》最早发表于1830年1月。七月革命前夕的巴尔扎克，在这个著名短篇中表现的思想与他这一阶段创作的基本倾向是相吻合的：重心在于反映封建贵族的没落，同时也并非无情地批判了资产阶级。但到了1835年的修改稿中，镜头的焦点就完全对准了高利贷者高布赛克，一个嗜金成癖、铁石心肠的吸血鬼形象便带着满身的铜臭味进入了《人间喜剧》的画廊。

雷斯托伯爵夫人为了给情人马克西姆偿还赌债，背着丈夫把家里贵重的钻石卖给了高布赛克。伯爵又用高价赎回了这些钻石。高布赛克利用这个时机开导伯爵，要他对自己的财产办理“委托”（即假装出售，等委托人的继承人成年之后，再收回财产），以保证他儿女的财产不致被妻子挥霍浪费掉。高布赛克的建议，赢得了雷斯托伯爵的信任，他便决定将财产“委托”给高布赛克。

雷斯托伯爵死后，伯爵夫人找到了这个文件，并慌忙把文件投入了火中，这时，高布赛克和律师德尔卫走了进来，文件只烧剩了一些残片。高布赛克当即宣布，他就是伯爵产业的“合法主人”。于是，他在伯爵乡间的地里当起了大地主，而让伯爵的寡妻带着孩子们过着一贫如洗的日子。只是当高布赛克死后，这份遗产才在德尔卫的主持下归还给他们。

高布赛克是以一个强者的姿态出现在社会舞台上的，不论

1 马克思：《资本论》第一卷，《马克思恩格斯全集》第23卷，第646页。

你喜欢不喜欢他，不论你认为他的到来是人们的幸运或不幸，他毕竟出现了，而且成为了这个世界的主人。在1816年，也就是波旁王朝刚刚复辟的时候，高布赛克就敢于高声宣称："我毫不费力地控制了社会，社会却奈何我不得。"话语之间，露出了不可一世的气焰。

他并没有言过其实。尽管贵族们有着显赫的地位，豪华的住宅，漂亮的衣着，潇洒的风度，但当他们离开舞会或宴席之后，就常常不得不偷偷溜进这个干瘪老头子的寒碜住处，向他伸手借钱，要求延期付债，低三下四，卑躬屈膝。这时候，高布赛克就是真正的统治者，贵族们只能听凭他揶揄、要挟、摆布，毫无反抗之力，成了名副其实的奴隶。不仅是贵族，"最骄傲的商人""对于自己的丽色最沾沾自喜的妇人""自视最高的军人""最有名的艺术家""名姓要流传后代的作家"，都要苦苦哀求他。如他自己所说，在他的头脑里，"有一架天秤，整个巴黎城里的遗产和工商业都要放在上面加以衡量"。

被高布赛克之流控制、玩弄甚至毁灭的家庭，在巴黎是不胜枚举的，而且，这些利欲熏心的高利贷者并不仅限于不断制造着家庭悲剧，还把他们的触角伸入社会的各个角落，如高布赛克所说，"我们这些人以相同的利益互相结合"，"你监视司法界，他监视金融界；这个人监视行政部门，那个人监视商业部门。至于我呢？我的眼睛盯着大户人家的子弟、艺术家、社交家和赌徒……"整个社会都在他们的视野之内，整个社会也都落入了他们的魔爪之中。因此，他们高傲地自封为"无人知晓的国王"，是人们"命运的主宰"。

他们无边的法力和神奇的权威，就来源于他们手中的金钱。

"……只有一种有形的东西具有实在的价值,值得我们操心。这种东西……就是金钱。金钱代表了人间一切的力量。……虚荣心要有金钱才能使它得到满足。……金钱里面什么都有……"总之,"生活不是一部由金钱开动的机器么?""黄金是你们目前的社会的灵性。"可见,这个"当代英雄"的出现绝不是偶然的,他是时代的产儿。巴尔扎克无情地批判了金钱法则的确立,社会风气的毒化,同时,他也告诉人们,正是由于资产阶级正确地把握了这一社会法则,巧妙地运用了这个法则,所以他们才能战胜封建贵族,成为社会的实际统治者。

这是一个卑鄙的胜利者,一个物化的灵魂。在巴尔扎克笔下,高布赛克从外表到内里都是丑恶的。除了金钱的力量以外,他不相信任何原则,没有任何信仰,也没有任何是非道德观念,这是"黄金的化身","金钱势力的化身"。他有一张"使人嗅到金钱气味的苍白的脸";他以银钱害人就像高明的厨师宰割鸭子一样干净利索;他的重利盘剥,高达 5 分、10 分、20 分,甚至 50 分的利息;在金银珠宝面前他却真正动了感情:"他的苍白的两颊顿时红润起来;他那双仿佛反射出钻石的闪烁的眼睛光芒四射"……在毁灭雷斯托伯爵一家的过程中,更充分显示了他奸诈卑劣的本性。他早就看准了在雷斯托伯爵夫人的身上是有利可图的,他便借钱给她,供她恣意寻欢作乐;在她走投无路时又低价收购了她从家里偷出来的家传钻石;当伯爵来赎回钻石时,他装作关心他的后代,劝伯爵将财产实行委托,以防被夫人全部挥霍;伯爵果然中了他的圈套,把家产委托给他;他在伯爵去世后便翻脸不认人,将伯爵的家当轻而易举地全部鲸吞……一切都是按部就班的,一切都做得轻松愉快,他就像是一只布好了蛛网的老蜘蛛,从容不迫地等着吞食落入网中的猎获物。越是如此,就越发显出其力量的可怕。

但是,和他的后来者比较,高布赛克则还是幼稚简单的。他搜刮财富的手段比较单一,只是依靠赊放高利贷,却不懂得商品流通和资本周转的重要作用。而且,他绝不做冒险生意,只有在认定了目标之后才肯投下本钱。他是一条"贪得无厌的巨蟒",对一切贡品都来者不拒:"小至穷鬼的提篮,大至害怕死后入地狱的人的整磅整磅的蜡烛,不论有钱人的金银器皿,或是投机商人的金鼻烟壶……""一切都只有进,没有出。"他的吝啬与他的贪婪同样惊人。对他来说,聚敛财富本身就是目的,就是幸福。所以,他虽然是百万富翁,却过着难以想象的穷酸日子。作家为他的遗物开列了一个长长的清单,这里有"腐败的肉馅烙饼""长了毛的蛤蜊和鱼类";有"糖、甜酒、咖啡、兰靛、烟草";有"家具、银器、灯台、绘画、瓶子、书籍……精致版画和古董",还有灰烬底下的金银、书本里面的钞票……真是琳琅满目,应有尽有。到头来,贪欲和悭吝都只是毫无意义的本能。巴尔扎克对资产阶级金钱拜物教的批判是犀利的,他们毁灭了别人,也毁灭了自己的灵魂、毁灭了自己的幸福。巴尔扎克塑造的这个早期资产者的典型,具有很高的认识价值。马克思在《资本论》中曾特地提到过这个形象。

《欧也妮·葛朗台》是《人间喜剧》中的著名长篇,也是巴尔扎克得意的杰作之一。无论在思想或艺术方面,它都标志着作家的一次飞跃。

外省生活仿佛不像巴黎生活那样急遽多变,那样处处是激流漩涡。但是,巴尔扎克却在平静的缓流下面看到了鱼龙变幻,在恬淡素朴的生活中发现了兴味无穷的戏剧性冲突。

历史并没有忘记地处外省的索漠城。外省有外省的“英雄”。外省的“英雄”也自有他们的生财之道。老葛朗台在1789年还是一个箍桶匠，到共和政府时他娶了一个有钱的木板商的女儿，并用自己的现款和女人的陪嫁，廉价购买了属于教会的产业：一片区里最好的葡萄园，一座老修道院，和几块分种田。闭塞的外省人将他看作是激进派的人物，把他推上了政治舞台，甚至当上了区长。其实他最关心的还是他的收入。他为革命军队提供白酒，得到的报酬是一片上好的草原；他为本城修造公路，而条条公路都能直达他的产业。1806年，拿破仑称帝后他被免职，但又接受了三笔遗产。由于他是州里“纳税最多”的人，因而还获得了新贵族的头衔。到了1816年，他的财产总数已经没有人能说得清楚了。

葛朗台的家产，引起人们对他的独生女欧也妮的极大关注。索漠城里的两家头面人物克罗旭和格拉桑，为争夺这门亲事而暗中斗法，老葛朗台也乐得以女儿为诱饵坐收渔利。

葛朗台的弟弟在巴黎破产自杀。他的侄子查理投奔索漠城里的伯父。单纯善良的欧也妮同情其际遇，爱慕其风度，便把自己的全部积蓄，连同一颗少女的心都献给了这个公子哥儿。可老葛朗台想的却是尽快把这破了产的侄儿远远地打发走。同时，他还在盘算着如何利用弟弟的债务纠纷再发一笔横财。

吝啬的葛朗台不能容忍女儿的慷慨。当他发现女儿的金币不知去向时，便大发雷霆，将欧也妮关了禁闭。惊悸之余，欧也妮的母亲一病不起。因为担心妻子死后欧也妮会分去一份遗产，葛朗台才主动与女儿言归于好。妻子去世，葛朗台立即施展诡计,剥夺了欧也妮对母亲财产的继承权。总之,处理一切关系,包括兄弟、叔侄、夫妻、父女关系,葛朗台都忘不了一个“钱”字。甚至在他自己即将离开人世时,他也没有忘记让女儿到天国去和他结账。

查理出走印度之后,欧也妮只能在甜蜜的回忆和焦急的等待中度日,是初恋的热情支持她抗御了父亲的精神折磨。但是,她等到的却是新的、更大的打击。回国后的查理已成为一个新型的资产者。他醉心于攀附权贵,发财致富,早把当年的柔情抛诸脑后。“船沉掉了,希望的大海上,连一根绳索一块薄板都没有留下。”欧也妮·葛朗台在孤寂中度过余年,她十分富有,却一生都未曾体验过爱的欢乐。

《欧也妮·葛朗台》以欧也妮的故事贯穿全书,但最突出、最成功的形象,却是既贪婪又吝啬的老葛朗台。和法国的许多资产者一样,葛朗台也是在那风云际会的岁月里见机行事,才得以发迹的。从大革命时他低价收购全区最好的葡萄园起,到王政复辟时期他成为全城最富有的人物,葛朗台不仅顺应时势,而且能巧妙地利用时势,或是以区长的职权不露痕迹地谋个人私利,或是专注于经营葡萄园使之在地方上出类拔萃,或是瞅准行情大做投机买卖……乱世出英雄,浑水捞大鱼,葛朗台的发迹史虽不同于杀人犯和冒险家,但同样充满了血污。“讲起理财的本领,葛朗台先生是只老虎,是条巨蟒:他会躺在那里,蹲在那里,把俘虏打量个半天再扑上去,张开血盆大口的钱袋,倒进大堆的金银……”整个索漠城里,“人人都给他钢铁般的利爪干净利落地抓过一下”。

人人都被他“抓过”,人人又都“钦佩”他、“敬重”他。道理很简单,因为他有钱。时代的风尚就是这样,"黄金一般的好天气","天上落金子下来了",人们的意识把大自然都污染了,人们也就把"这个富翁的行为都镀了金"。"葛朗台的一举一动都是钦定的,到处行得通;他的说话、衣着、姿势、瞪眼睛,都是地方上的金科玉律。"资产阶级的市侩习俗正一天天取代小城的古朴世风,对金钱的膜拜更为葛朗台罩上了神圣的光轮。这种人心迁异、世态炎凉,作为时代的特点弥漫在整幅画面上,令人有如身临其境。作家不无愤慨地写道:"金钱控制法律、控制政治、控制风俗到了前所未有的程度。……不管什么义与不义,只要能够达到尘世的天堂,享尽繁华之福,化心肝为铁石,胼手胝足地去争取暂时的财富……这是今日最普遍的到处都揭示着的思想,甚至法律上也这样写着。"

金钱统治的社会环境为葛朗台的表演提供了真实可信的舞台。葛朗台和高布赛克活动的年代大致相仿(前者登台是1819年,1827年去世;后者出场是1816年,1829年寿终)。但葛朗台的生财之道却远胜于高布赛克。从种植葡萄,制造木桶,酿造甜酒,到商品投机,经营地产,高利借贷,证券交易……他几乎无所不能,无所不干,甚至把长手还伸到了巴黎。就其剥削方式而言,葛朗台可以说是兼有农业资本家、工商业资本家、高利贷资本家的特点,同时,也开始投入了金融界的竞争。因此,他财富的增长速度是惊人的。在1819年,人们估计他的财产约有五六百万法郎,不到10年时间,数字就直线上升到1700万法郎。同样是"巨蟒",葛朗台的威力显然要巨大得多,也可怕得多。他的社会地位和社会作用自然也就大不相同。在复辟时期,这个资产者的形象,无疑具有更为普遍的典型性。

和《高布赛克》不同，巴尔扎克对《欧也妮·葛朗台》的构思，并不在于全力描写葛朗台的剥削活动，而主要是通过他和家庭的矛盾，特别是通过他给女儿制造的苦难，深入刻画人物的贪欲和吝啬，以及由此而导致的人性的灭绝。作家为葛朗台勾勒的发迹史和搜刮钱财的行径，对于在广阔的背景下揭示人物的阶级性和社会性具有重要作用，也大大丰富和深化了这出家庭悲剧的社会意义。

老葛朗台在索漠城里备受尊崇，在家庭中更是至高无上，尤其在钱财方面，他说一不二，专横霸道。葛朗台亲自理财，以玩弄金钱为最大幸福。“那个家伙连眼睛都是黄澄澄的，染上了金子的光彩”，“他半夜里瞧着累累的黄金，快乐得无可形容”。即便这样，他却迫使全家过着苦行僧式的生活，连柴米油盐都事必躬亲。好在他的妻子和女儿欧也妮早已习惯了他的专断，也习惯了清贫的生活，而女仆拿侬又很能领会主人的意图，是他“勤俭”持家的得力助手。因此，葛朗台的家庭，虽说不上幸福，但却是平静的。

祸水来自巴黎。在欧也妮23岁生日这一天，银行家格拉桑和公证人克罗旭两家人前来祝贺，争献殷勤。在这场婚姻争夺战中，根本不是感情因素在起作用，欧也妮只是财富的象征。就在这时，老葛朗台的侄子查理——巴黎的一个纨绔子弟，蓦地闯进了这个家庭。他的到来，就像一块石头投进这池死水，激起了层层波澜。

查理的父亲是巴黎的“商界巨子”，在残酷的角逐中破了产，自杀前向哥哥托孤。但是，老葛朗台是只认钱不认人的。弟弟破产前向他求援，他不予理睬；弟弟的惨死和侄子的处境，他都无动于衷。听到弟弟的死讯后,他一面仍兴致勃勃地做着投机买卖,为到手的黄金高兴得眉飞色舞;一面又在盘算着怎样在弟弟的灾难中不仅要分文不花,而且还能趁机捞上一把。矛盾尚未触发,人物灵魂的可怕之处已隐约可感。

在舞台的另一角,纯真的欧也妮却深深地坠入了情网,悄悄与堂弟查理私订终身。这是欧也妮不幸的一生中最幸福的时刻,但又是她一生不幸的真正开端。为了帮助查理实现远渡重洋去发财还债、重整家业的计划,欧也妮竟背着父亲把自己仅有的储蓄全部献给了心上人。痴情的姑娘忘记了父亲的吝啬,这就种下了祸根;外省的少女太不了解巴黎的花花公子,这就酝酿着双重的悲剧。归根结底,是由于欧也妮太不了解这个世道,太不了解这个社会里的人,即使是和她关系最密切的人。

作为一家之长的葛朗台,同样不改"巨蟒"本色。他有妻子,但却从来不知爱情为何物;他有女儿,但却从未领略过天伦之乐。妻子的价值,在于她带来了可观的陪嫁;女儿的价值,在于她能换来巨额的资产。总之,对待骨肉至亲,他遵循的仍然是价值法则。因此,他根本不理解女儿的爱情,更不能容忍她在金钱上的慷慨大度。通过葛朗台对妻女态度的几次变化,作家把个守财奴的形象勾画得惟妙惟肖。

起始,葛朗台怒火中烧,粗暴地幽禁了女儿,吓得妻子一蹶不振;当他听说妻子死后欧也妮有权和他分享遗产时,他便立即改换了面孔,主动与母女讲和;妻子去世,尸骨未寒,他又迫不及待地央求女儿放弃遗产登记,甜言蜜语,哄骗兼施,与他幽禁欧也妮时的蛮横相比,简直判若两人;当对银钱十分冷漠的女儿答应了他的要求后,如释重负的葛朗台紧紧地拥抱了女儿:"得啦,孩子，你给了我生路，我有了命啦；不过这是你把我的还了我：咱们两讫了。这才叫作公平交易，人生就是一件交易。”……葛朗台的表演看来反复无常，喜怒无定，甚至使母女二人有时也如坠五里雾中。但是，就葛朗台自己来说，他的行动逻辑是清晰明白的：一切为了钱，钱就是一切。你看，他把钱描绘得多么可爱，多么生动：“真的，钱像人一样是活的，会动的，它会来，会去，会流汗，会生产。”话语之间，透露出常人难以理解的深情，过分的欲念塞满了狭隘的心胸，对物的崇拜完全排挤了对人的情感。

死亡是人生的终点。在告别尘世的时刻，有限的精力只能集中于平生最关注的事情，真实的本性也不再需要任何矫饰掩藏，葛朗台的临终表演被描绘得出神入化，是人物性格典型而突出的体现。

苟延残喘的老头子，仅余的寿命是靠对金钱的迷恋来维持的；也可以反过来说，葛朗台残存的精力正是在对金钱的疯狂追求中消耗殆尽的。尽管他已经进入了要“毁灭的阶段”，但是，他的眼睛、耳朵乃至整个的心，却仍然紧紧地拴在金钱上。闪光的金币使他感到温暖，产生快意，失去金钱的担忧则使他惊恐万状，十字架、烛台和银镶圣水壶等圣物的出现，非但没有引起守财奴的宗教感情，反倒更刺激起他的无尽贪欲。法器的金光银彩，复活了“已经死去几小时的眼睛”，连那从来没有生命的“肉瘤也最后地动了一动”，“神父把镀金的十字架放到他唇边，给他亲吻基督的圣像，他却做了一个骇人的姿势，想把十字架抓在手里，这一下最后的努力送了他的命”。而他留给女儿的最后遗言更如一锤定音，令人难忘：“把一切照顾得好好的，到那边来向我交账！”上帝是有的，上帝就是金钱；天国是存在的，到那里他仍不会忘记尘世的账目。葛朗台这一行一言,既十分性格化,又具有高度的概括力,黄金迷的形象被点化得栩栩如生。这自然使我们联想起恩格斯的著名论断:“在资产阶级看来,世界上没有一样东西不是为了金钱而存在的,连他们本身也不例外,因为他们活着就是为了赚钱,除了快快发财,他们不知道还有别的幸福,除了金钱的损失,也不知道还有别的痛苦。”[1]巴尔扎克对葛朗台灵魂的深入解剖,为人们认识资产阶级的丑恶本性提供了一个活生生的典型。

在资产者的画廊里,查理是对葛朗台形象的补充和发展。他离开索漠城之后,在印度、非洲、南美等地闯荡达 7 年之久。他的生财之道,比起他伯父来,更充满了血腥的污垢:偷税走私,投机取巧,倒卖海盗的赃物,赊放高利贷,直至贩卖中国人、黑人、儿童……海外的冒险,已使查理成为一个不折不扣的殖民掠夺者,其手段之凶残卑劣,远非他先辈所能想象。

但是,“葛朗台家的血统没有失传,查理变得狠心刻薄,贪婪到了极点”。而且,“一天到晚为利益打算的结果,心变冷了,收缩了,干枯了”。以品德而论,查理亦可谓深得伯父之真传。在归国途中,他已看准了复辟王朝的“繁荣昌盛”而决定与贵族联姻。虽然这位贵族小姐奇丑无比,却能“带来一个姓氏,一个头衔,一个内廷行走的差使”。权衡利弊,他厚颜无耻地宣布,“在婚姻中谈爱情是做梦”,他“只想为了地位财产而结婚”。在查理看来,昔日海誓山盟的欧也妮,只不过是“生意上供给他 6000 法郎的一个债主”,连本带利地偿还,关系也就可以“两讫”了。

---

1 《马克思恩格斯全集》第 2 卷,第 564 页。

冷酷的资产阶级把人与人之间的关系简化到了最低限度，在他们的世界里，感情没有任何价值，永存的是利己主义的法则。

欧也妮渴望感情的满足，而不稀罕金钱的占有。这种人类最普通、最正常的要求，在一个畸形变态的社会里，竟成了酿造悲剧的直接原因。“她在世等于出家，天生的贤妻良母，却既无丈夫，又无儿女，又无家庭。”父亲和情人留给她的只是“受苦与死亡”。这是一出“没有毒药、没有尖刀、没有流血的平凡的悲剧”，因而也是一出更加凄楚、更加令人发指的悲剧。通过欧也妮的悲剧命运，作家对资产阶级灭绝人性的道德原则发出了深沉愤怒的控诉。巴尔扎克的这一“出色的画幅”，已成为人们认识资本主义世界，特别是认识资产者丑恶灵魂的一面镜子。

拉法格在谈到马克思对巴尔扎克的推崇时，曾写下过这样一段话：“巴尔扎克不仅是当代的社会生活的历史学家，而且是一个创造者，他预先创造了在路易·菲力蒲王朝时还不过处于萌芽状态，而直到拿破仑第三时代，即巴尔扎克死了以后才发展成熟的典型人物。”[1]《纽沁根银行》中的纽沁根，便是这方面的突出代表。

这个中篇采用的是对话体，从艺术上看，并无特别引人之处。“他们（指作品中的四个谈话人——引者）所说的从内容到形式，都够不上是文学作品，可是它却是丑恶事物的一本杂录，可以用来描绘我们的时代。”作家这段插白的前半段，当然含有自谦的成分，而后半段，则道出了他的本意。

巴尔扎克的小说素以对社会经济状况的精确描写闻名。他

1　拉法格：《忆马克思》，《回忆马克思恩格斯》，第6页。

相信经济的制约作用,喜欢从对财富的占有中去寻找人物行动的依据,也擅长大量引用数字来说明社会的变异。《纽沁根银行》鲜明地显示了这种经济学的特点,读起来确实颇费琢磨,但对于深刻揭示金融资本的形成史,却的确是十分珍贵的一本“杂录”。

小说中的纽沁根应当属于最早的一批银行家之列。1804年,他即开始染指证券市场,但还默默无闻;1815 年拿破仑垮台后,他名声大振,纽沁根银行已在银行界高踞首席;到了波旁王朝末期,人们已不得不承认他是“欧洲最伟大的金融家”;七月革命之后,他不仅拥有 1600—1800 万财产,而且被晋封为法兰西贵族院议员,获得了荣誉团大勋章。“纽沁根银行的兴旺发达是我们时代最惊人的事件之一”,同时,也不妨说是这个时代最富有特征的事件之一。由萌芽到发展,由经济而政治,银行家势力的不断蔓延扩张,及其在法国社会生活中越来越重要的作用,我们从纽沁根的发迹史中可见一斑。

“这是一场金钱世界的战争。银行家就是一个征服者,他牺牲了大量的人命去达到无人能够识破的目的;他的大兵就是无数个人的利益。他要制定战略,布置陷阱,投入兵力,夺取城市。”在这场残酷的争夺战中,纽沁根韬略在胸,胆识过人,诡计多端,既洞察经济行情,又善观政治风向,因而他能从容自如地成为这场角逐中的胜利者。他从事商业投机以牟取资本,又利用资金的不断周转来获得利润,“从 1815 年的和平时期开始,纽沁根就明白了我们迟至今日才明白的事情:金钱只有到了其多无比的程度才具有强大的力量。……他知道,用一千万就能挣到三千万,而用五百万,就只能挣到一千五百万。”但是,在正常的流通中求得货币的增值已不能满足纽沁根的贪欲。于是,他便采用卑鄙的手段,制造假象,散布谣言,前后三次搞假倒闭,停止支付,然后又突然恢复支付,使他的票据价值飞涨,人人争相抢购。金融界的风云人物,莫不是这样买空卖空的行家里手。他们翻云覆雨的本领,能使多少人一夜之间便倾家荡产。

在这幅专门描绘金融资本家的社会风俗画中,巴尔扎克不仅继续表现了资产阶级对封建贵族的优势,而且进一步写出了资产阶级内部的倾轧争斗,写出了银行家飞黄腾达,甚至独占鳌头的趋势。贵族子弟博德诺尔的穷困、银行家达尔德里热的潦倒、商业资本家葛朗台(即查理之父)的破产……都直接间接与纽沁根相关。他三次倒账清理的阴谋,更不知波及多少商号企业。其掠夺的规模,狡诈的程度,影响的范围,都是高布赛克、葛朗台之辈所望尘莫及的。

金融资本构成了对工商业资产阶级和小资产阶级的强大威胁,把劳苦大众推向更加贫困的深渊,也给社会带来了投机的心理和腐败的风尚。纽沁根作为新型剥削者的形象,已经丧失了早期资产者的守财奴特性,而过着挥霍无度、荒淫无耻的生活,这在后来的《烟花女荣辱记》等作品中有进一步的描写。正是在银行家日渐得势的状况下,巴尔扎克在《纽沁根银行》里还以同情的笔调记录了里昂的工人起义斗争,"工人整天劳动,赚的钱不够活命,比一个苦工囚犯还不如。七月革命以后,工人困苦到了极点,丝绸工人举起了义旗:'与其饿死,不如战死!'……"这场斗争与纽沁根本无直接关系,但这一笔却更准确地反映了时代,也更深刻地揭露了代表金融资本家利益的七月王朝的反动统治。"金融贵族过着花天酒地的无耻生活,同时人民却要为起码的生计而斗争!”[1]巴尔扎克总是没有忘记他要书写历史的意愿。

《纽沁根银行》写于1837年底,距离1848年革命、七月王朝的覆灭还有整整的十年。从法国资本主义经济史来看,银行业的大规模兴起和发展,以至逐步成为左右经济命脉的巨大力量,是50年代以后的事情。巴尔扎克以艺术的图画预示了这一历史的前景,并且还明确地指出:“不久,你们会看到贵族阶级、宫廷人士、部长,排成密密的队伍来参加投机活动,伸出的爪子比我们的更长,想出的念头比我们的更阴险……”作家的天才预见性和创造性,同样是基于他对现实生活和经济关系的深刻理解。

在和封建贵族的拚死斗争中,资产阶级是胜利者。那么,这些胜利者创建的是一个什么样的世界呢?资本主义社会果真像人们所允诺过的或向往过的那样美好吗?

“喜剧”的真正主角——金钱

“我们当诉讼代理人的,只看见同样的卑鄙心理翻来覆去地重演,什么都不能使他们洗心革面;我们的事务所等于一个没法清除的阴沟。哼,我执行业务期间,什么事都见过了!我亲眼看到一个父亲给了两个女儿每年四万法郎进款,结果自己死在一个阁楼上,不名一文,那些女儿理都没理他!我也看到烧毁遗嘱;看到做母亲的剥削儿女,做父亲的偷盗妻子,做老婆的利用

---

1 马克思:《1848年至1850年的法兰西阶级斗争》,《马克思恩格斯选集》第一卷,第397页。

丈夫对她的爱情来杀死丈夫，使他们发疯或者变成白痴，为的是要跟情人消消停停过一辈子。我也看到一些女人有心教儿子吃喝嫖赌，促短寿命，好让她的私生子多得一份家私。我看到的简直说不尽，因为我看到很多为法律治不了的万恶的事。总而言之，凡是小说家自以为凭空造出来的丑史，和事实相比之下真是差得太远了。”《夏倍上校》里律师但尔维的这段道白，就像是《人间喜剧》的一份“说明书”。它将部分“剧目”的情节内容罗列出来，汇聚一起，已足以产生使人震惊的效果。作家更进一步指出这种种疯狂丑行的普遍性和顽固性，指出现实世界比他笔下的艺术世界远为卑鄙丑恶，从而引导人们对光怪陆离的金钱王国作深入的思考和批判。

文学作品反映金钱的罪恶，并非始于巴尔扎克。熟悉莎士比亚的读者不会忘记，《威尼斯商人》里那个血淋淋的“一磅肉”的故事，就是诱发于金钱的利害冲突。人们也常常引用泰门那段脍炙人口的独白：“黄黄的、发光的、宝贵的金子！……这东西，只这一点点儿，就可以使黑的变成白的，丑的变成美的，错的变成对的，卑贱变成尊贵……”法国文学史上，也早就有了莫里哀留下的家喻户晓的悭吝人阿巴公的杰出典型。但是，巴尔扎克并没有在前人的成就面前却步。资本主义社会的确立、巩固和发展，为他提供了无比丰富的生活素材；作家本人长期与金钱搏斗的经历，使他获得了独特而深入的体验；敏锐的观察力和典型化的概括力，又帮助他出色地完成了对金钱世界的艺术探索。因此，与他同时代的文艺批评家泰纳得出了这样的结论：“金钱问题是他最得意的题目……他的系统化的能力和对人类丑处的明目张胆的偏爱创造了金钱和买卖的史诗。”[1]的确，纵览文学的古今发展，像巴尔扎克这样热衷于金钱这个题目的作家是极为罕见的，能够把这个题目写得像他那样广泛而深刻的作家更是凤毛麟角。在巴尔扎克搭起的“喜剧”舞台上，我们似乎无处不遇到金钱这个“人间”的上帝，它牵动着每个人物的神经，调度着每个角色的行动，指导着每个形象的表演。我们可以认为，《人间喜剧》中创造得最为成功、最为生动的形象正是“金钱”本身。

让我们拉开帷幕，先从一部精彩的“序幕”看起吧。

人们通常把《高老头》称为《人间喜剧》的“序幕”。因为，在创作这部名篇之前，巴尔扎克已有了将自己的所有作品联系起来结构成一个整体的宏大计划。而正是从《高老头》开始，巴尔扎克对他笔下的人物形象和情节线索都做了精心的安排。过去作品中各自独立的情节，到这里被扭结在一起，又在以后的作品里生发开去；过去作品中出现过的人物，在这里得到了再现，并在后来的作品里不断发展。这种结构上的特殊地位，再加上它在体现《人间喜剧》总的思想意图方面的成就，使《高老头》确乎具有“序幕”的意义。

故事发生的时间是1819年底到1820年初，地点是巴黎的下等公寓和上流沙龙。人物呢，可以说是三教九流，无所不包：从穷学生到银行家，从在逃犯到贵妇人，从痴情的父亲到负心的女儿，还有势利的女房东，神秘的老处女，被遗弃的女儿，放荡不羁的纨绔公子……总之，这是一个社会，是波旁时期一幅生动的风俗画。

1　泰纳：《巴尔扎克论》，《文艺理论译丛》第二辑，第76页，人民文学出版社1957年版。

全书以高里奥老头和拉斯蒂涅两个人物基本平行又间或交叉的故事为主要线索,同时穿插进伏脱冷和鲍赛昂夫人的际遇,环环相扣,错落纵横,形成层峰叠峦般的戏剧性结构。

伏盖公寓里的穷房客高老头,原也有过他的"黄金时代"。他在大革命年代里靠面粉生意起家,一度成为商界的佼佼者。如今他把钱财都给了两个女儿做陪嫁,自己只得栖居陋室。为了了解女儿的情况,还得向穷大学生拉斯蒂涅打听。这时的拉斯蒂涅正一心向上流社会钻营,先向高老头的大女儿雷斯多伯爵夫人进攻,后又勾搭上高老头的二女儿纽沁根夫人。但是,他的引荐人、巴黎城出名的贵妇鲍赛昂夫人却正遇到了被情人阿瞿达遗弃的威胁。拉斯蒂涅开始意识到,高贵的门第还要靠金钱的力量来支撑。

伏盖公寓的另一个房客伏脱冷是个在逃的苦役犯人。他设计下一个阴谋,想拉拉斯蒂涅入伙。他让拉斯蒂涅去追求银行家泰伊番的女儿,同时他设法杀死泰伊番的独子。这样,拉斯蒂涅就能继承泰伊番的巨额遗产,伏脱冷也可从中分肥。不料,伏脱冷的同伙刚在决斗中杀死了泰伊番的独子,伏脱冷自己却被两个房客米旭诺和波阿莱醉倒,验明了他的真实身份。伏脱冷重入法网。

高老头的两个爱女因为钱财都受到丈夫的钳制,手头拮据,不约而同地跑来要榨取父亲的最后一点油水。她们互相揭短,高声吵骂,使高老头急出了脑溢血。老头儿卧床不起,濒临死亡,但因他已身无分文,女儿们便谁也不愿再来到他的身旁。

这时,阿瞿达的婚事已经公布,鲍赛昂夫人决定再举行一次盛大的舞会后即离开巴黎去乡间隐居。舞会排场阔绰,鲍赛昂夫人风度依旧,但她心里却充满了痛苦。雷斯多太太和纽沁根太太明知父亲行将就木,却弃之不顾,盛装艳服地在舞会上大出风头。

拉斯蒂涅送走了泪眼晶莹的鲍赛昂夫人,又埋葬了孤苦伶仃的高老头。残酷的现实使他认清了社会的罪恶。面对他不胜向往的上流社会,他发出了“气概非凡”的“挑战”:“现在咱们俩来拼一拼吧!”

在巴尔扎克描绘的这幅图画里,几乎所有的人都在围绕着“金钱轴心”旋转,明争暗夺,百丑献技,他们的命运又都无可避免地受到金钱的拨弄。人人翘首仰望的金钱,给世界撒下的究竟是福还是祸?给人类带来的究竟是悲还是喜?

波旁王朝的复辟,使封建贵族赢得了政治上的暂时优势。但资产阶级依然掌握着经济实力,并凭借手中的金钱继续不断地向贵族阶级进攻,迫使他们不仅不能为所欲为,而且还常常被打得落花流水。鲍赛昂夫人的命运,正是这种历史趋势的真实写照。

鲍赛昂夫人的沙龙,气派豪华,名人云集,门禁森严,简直就是贵族社会的缩影。资产阶级对这块“圣地”的向往,反映了贵族阶级的赫赫权势。“纽沁根太太只消能进我的客厅,便是把圣拉查街到葛勒南街一路上的灰土舔个干净也是愿意的”,因为,能在这“金碧辉煌的客厅里露面,就等于一纸阀阅世家的证书”。贵族的门第,显示出权威的力量。银行家纽沁根虽已获得了男爵的头衔,但仍被鲍赛昂夫人拒于门外;拉斯蒂涅能涉足上流,却全仰仗与鲍赛昂夫人的裙带关系。“领袖”的地位,培养了她“领袖”的风度,“领袖”的情感。她习惯于居高临下地俯视社会，对资产阶级妇女尤其刻薄。她是高傲的，同时也是孤独的，即使在贵族圈中，她也只有阿谀者，而没有贴心人。这种处境，既是她独特性格所使然，也刻度着时代和阶级的印记。

但是，鲍赛昂夫人又是个充满矛盾的人物。聪睿的头脑使她看清了时势的变化，顽固的立场又使她心甘情愿地总是与本阶级的命运紧相关联。鲍赛昂夫人引导拉斯蒂涅走上了损人利己、不择手段地追逐金钱的邪路，自己却固执于传统观念、拒绝和资产阶级同流。这样，当灾星降临，刚刚显贵起来的洛希斐特小姐凭借金钱的力量夺走她的情夫的时候，她的悲剧性选择（离开巴黎，退隐乡间）就在形象地体现贵族阶级的没落的同时，也暗含着对金钱势力的谴责。人心不古，连阿瞿达这个葡萄牙"最有名最有钱的贵族"都放弃门第观念，倒入了资产者的怀抱，鲍赛昂夫人的孤傲自赏又怎能挽狂澜于既倒呢？在这里，金钱，不是和大革命时摧毁巴士底狱的大炮具有同等的威力吗？所不同的是，金钱的进攻是和道德的沦丧联系在一起的。

上流社会的"领袖"鲍赛昂夫人始终披着庄重的面纱，即使到了退场的"最后一刻"，也没有忘记自己的高贵身份。下层社会的好汉、在逃的苦役犯伏脱冷却恰恰相反，他的灵魂和他的相貌一样粗俗、蛮悍，仿佛一块未加琢磨的嶙峋的怪石，或是一丛无法剪裁的坚硬的荆棘。巴尔扎克从两极取材来反映社会全貌，针砭社会风尚，是深具匠心的。

伏脱冷，真名雅克·高冷，在《人间喜剧》中是个多次出场、极为重要的角色，也是巴尔扎克塑造得异常成功的典型。如果说，莎士比亚写出过"福斯塔夫式的背景"，表现了五光十色的平民社会；那么，巴尔扎克笔下的"伏脱冷式的背景"就富有更加丰富的色彩,也烘托出更加复杂的场面。这是社会生活的发展给艺术创造带来的优越性。

伏脱冷是恶的化身,却绝非恶的抽象。闯荡江湖,饱经坎坷,使他谙熟社会的底蕴,深知人间的不平。不平则鸣,不平则反,不过他走的不是正路。他渴望成为统治者,"小皇帝";身受被奴役之苦,却一心想靠奴役他人来享乐。卑鄙的手段正与卑鄙的目的相符。他打算购买黑奴来建造他的乐园。为了筹措资本,他要下毒手杀死银行家泰伊番的独子,并让拉斯蒂涅向其独女求婚,以便从中渔利。这无疑是十足的强盗行径。但是,事有凑巧,他猎取的对象泰伊番也正有一段杀人越货的经历。两相比较,无非是彼此彼此。不同之处仅仅在于,后者已经成功了,一个道貌岸然的银行家理应受到社会的敬重;而前者正在行动,构成了对统治阶级的严重威胁。政府和法律就是要保护后者而惩办前者。所以,伏脱冷充满信心地说:"我要成功了,就没有人盘问我的出身。我就是四百万先生,合众国公民。"成者为王败者寇,"王""寇"之间本是同根相连,资产者与强盗并没有质的差异。从阶级分析的理论上来看,这种结论并不能算是非常深刻的,因为它没有触及阶级剥削的实质。但从形象所引起的联想来讲,它却能给人以相当强烈的印象。

然而,伏脱冷又不是一个简单意义上的反面人物。他自信而达观,蔑视一切权威、法律,从来不低头屈服,也不绝望气馁,在危险面前能镇定自若,似乎随时都有化险为夷的力量;他要弄阴谋来对付社会、实现个人的野心、引诱青年走向堕落,但他又胸怀磊落,常以直言不讳的坦率和恪守信用的义气博得人们的好感;尤其是,他虽然身为盗贼,以作案犯罪为生,却并不缺少思想,甚至可以说思想敏锐而深刻,更兼长于辞令。因此,在他喋喋不休、海阔天空的谈吐中,总是时有真知灼见闪现,他对社会罪恶与败德的嬉笑怒骂,常常令人拍案叫绝,感到痛快淋漓。

他是从阴沟里看社会的,所以,他对这个社会的腐朽和丑恶比别人看得更加真切、更加透彻。“我这样议论社会是有权利的,因为我认识社会。”在他的眼里,这个社会“遍地风行的是腐化堕落”,人与人之间互相吞食,就“像一个瓶里的许多蜘蛛”,若是想发迹,“不像炮弹一般轰进去,就得像瘟疫一般钻进去。清白老实一无用处。”正是基于这样的认识,他选择了以毒攻毒的道路,“要弄大钱,就该大刀阔斧地干,要不就完事大吉。……人生就是这么回事,跟厨房一样腥臭。要捞油水不能怕弄脏手,只消事后洗干净;今日所谓道德,不过是这一点。”他不仅一语破的地道出了资产阶级道德准则的秘密,而且还尖刻犀利地指出了资产阶级法律的实质,“凡是浑身污泥而坐在车上的都是正人君子,浑身污泥而搬着两条腿走的都是小人流氓。扒窃一件随便什么东西,你就给牵到法院广场上去展览,大家拿你当把戏看。偷上一百万,交际场中就说你大贤大德,你们花三千万养着宪兵队和司法人员来维持这种道德。妙极了!”……巴尔扎克为自己找到了一个多么独特的“传声筒”。伏脱冷,这是畸形的社会制造出来的畸形儿,是“一首恶魔的诗”。

在这部小说里,最引人瞩目的自然还是“高老头隐秘的痛史”。作者在卷首特别声明,“这惨剧既非杜撰,亦非小说”。五年之后,他又再次指出,“为本书作蓝本的事件呈现的情形真是令人毛骨悚然。就连吃人生番那里都不见得会发生。……这种真实恐怕是令人难以置信的。"[1]巴尔扎克不仅反复强调这一故事的真实性,还进而强调它在当时社会生活中的典型性:"一切都是真情实事,真实到每个人都能在自己身上或者心里发现剧中的要素。"这就是说,尽管这一出悲剧可能是偶然的,个别的,但它所揭示的动因,却千真万确是社会的普遍存在。

在资本主义社会里,人的价值是以金钱来衡量的,家庭关系是靠金钱来维系的。谁不清醒地认识到这一点,就不可避免地要成为悲剧人物。

歇业面条商高里奥老头,深爱自己的两个女儿,竭尽全力满足她们的一切欲望,哪怕是"最奢侈的欲望"。在这个时代,幸福离不开金钱。老头子节衣缩食,将钱交给女儿挥霍享受,但求能换回一点天伦之乐。他又把自己的财产一分为二,使两个女儿都攀上了理想的亲事:大女儿热衷门第,跳进了高等社会,成为雷斯多伯爵夫人;二女儿喜欢金钱,嫁给了金融家,成为知名的纽沁根太太。高老头用高价买到了女儿女婿的"奉承体贴","我才给了她们每人八十万,她们和她们的丈夫都不敢怠慢我"。很明显,这种敬爱的实质是对金钱的膜拜,人们"恭恭敬敬瞧着我,就像恭恭敬敬瞧着钱一样"。但,无论如何,当时在两个女儿家里的餐桌上,还总有老头子的一份刀叉。大家是拿他当"财神"来供奉的。

可是,好景不长。高老头不久就痛苦地发现:"我在世界上是多余的。"逆运的开始,首先是由于政治气候的变化。波旁时期,面条商人的地位变得不那么体面光彩了,连纽沁根这样的银

---

1 《〈古物陈列室〉〈冈巴拉〉初版序言》,《巴尔扎克全集》第24卷,第470页。

行家都以挤进保王党为荣。“在帝政时代两个女婿看到家里有个九三年派的老人并不讨厌；既然是拿破仑当权，那还可以将就。可是波旁家复辟之后，那老头儿就教德·雷斯多先生头疼了，尤其那个银行家。”巴尔扎克总是处处不忘政治形势给人物思想打下的印记。此外，高里奥是大革命中暴发起来的面条商，没有受过陶冶的粗俗的言谈举止，在温文尔雅的沙龙里，更使他成了“一个油脂的污迹”。

是油迹，就要抹去。高老头终于被请出家门，住进了穷酸的伏盖公寓。他越来越成为不受欢迎的人，为看一眼女儿，还得从后门溜进她们的家里，甚至只能站在路口等候她们的马车。可怜的父亲财囊渐涩，境况也就日下。他一再调换住房，为的是节省花销；女儿们不时前来看望父亲，却是为进一步榨取钱财。金钱买来的“爱”是暂时的、虚假的。悲剧早在酝酿，只怪痴情的父亲醒悟得太晚。

两个女儿的最后一场争夺战，把父亲送到了死亡的边缘。柠檬榨干了，两个人便都扬长而去。孤老头子在病榻上辗转，哭天喊地想见女儿；女儿们却在精心打扮，一心一意地准备出席鲍赛昂夫人的盛大舞会。“为了参加跳舞会，即使踩着父亲的身体走过去也在所不惜。”直至这时，绝望的父亲才悟出了资本主义社会的残酷真理。他在临终前爆发的长篇独白，字字血泪，是对金钱关系的悲愤已极的控诉：“唉！倘若我有钱，倘若我留着家私，没有把财产给她们，她们就会来，会用她们的亲吻来舐我的脸！……钱能买到一切，买到女儿。……做父亲的应该永远有钱，应该拉紧儿女的缰绳，像对付狡猾的马一样。……”高老头散尽财产，含恨而去，女儿女婿却连最后的一点义务都拒绝承担。拉斯蒂涅为筹款治丧“在纽沁根夫妇与雷斯多夫妇两处奔走”，不仅分文未得，而且“只能到大门为止”，理由之堂皇简直超出了天才的想象：“先生跟太太谢绝宾客。他们的父亲死了，悲痛得了不得。”在送葬的行列里，没有一个亲人，出现的竟是两辆“有爵徽的空车”。龌龊的灵魂，虚伪的面孔，唯钱是亲的世态，读来令人发指。让我们再回过头来听听高老头的结论：“世界并不美。……上帝是有的，他替我们预备着另一个世界，一个好一点儿的世界，咱们这个太混账了。”作家的锋芒所指，又岂止是儿女的忘恩负义？

在埋葬了高老头之后，面对这个“混账世界”，有一个风度潇洒的年轻人发出了气概非凡的挑战：“现在咱们俩来拼一拼吧！”这就是本书的另一个主人公，《人间喜剧》的重要角色之一拉斯蒂涅。从善良走向邪恶，从正直走向无耻，是拉斯蒂涅在整部“喜剧”中的变化经历，在《高老头》里，他迈出了关键的第一步。

拉斯蒂涅是从外省来到巴黎的贵族子弟。家风淳朴，涉世不深，使他的憧憬追求起初还没有离开一个穷大学生的本分，为人处世也还透出几分稚气。但是，花花世界的斑驳光泽，逐渐令年轻的贵族目眩神迷。首都与外省、上流与下层之间的对比，十倍地加强了他“对于权位的欲望与出人头地的志愿”；而繁华盛世下触目惊心的斗争，特别是金钱的诱惑力和破坏力，更使他野心勃发，欲火中烧，纵身跳进了万头攒动的竞技场。

拉斯蒂涅是靠着鲍赛昂夫人的裙带关系进入上流社会的。只要提到“跟鲍赛昂太太是亲戚”，他便身价陡增，门路畅通。在成千上万从外地涌向巴黎谋生的年轻人中，拉斯蒂涅毕竟是个幸运者。他的贵族家庭虽已破落，但还能在家谱中找到靠山，且又遇上复辟时期,这就使他比别人更轻易地踏上了成功的门径。然而,贵族的姓氏虽然仍有着不可低估的力量,但已经敌不过金钱的作用。拉斯蒂涅的两个启蒙教师以不同的方式向他阐明了这一真理。

鲍赛昂夫人和伏脱冷对他的开导,以及他们自身的命运,步步深入地使拉斯蒂涅认识到社会的本相:“法律跟道德对有钱的人全无效力,财产才是金科玉律。”“有财便是德!”道德观念的转化,在这里,就意味着贵族灵魂的死亡和资产阶级野心家的诞生。高老头的由病而死,是拉斯蒂涅彻底转化的关键一课。他自始至终是这幕惨剧的目击者和参与者。为了让高老头能见上女儿一面,以及为高老头筹款治病和办丧,他曾来回奔走于伏盖公寓和高老头的两个女儿的府邸之间。高老头临终前绝望的哀鸣和愤怒的咒骂,仿佛是这段乐曲中的主调,反复出现,不绝于耳。与之相对应的,或是两个女儿踩着父亲的身体向鲍府的舞会走去,盛装艳服,大出风头;或是两对夫妇为了钱财问题闹得不可开交,乌烟瘴气;或是为了避免破钞,干脆闭门不纳。人与人之间赤裸裸的金钱关系,以赤裸裸的形式展现在拉斯蒂涅面前。恶性膨胀的野心已经不允许他走回头路。他不愿像鲍赛昂夫人那样含泪而去,不愿像伏脱冷那样束手就擒,更不愿像高里奥那样遭人遗弃。他决心涂黑良心,弄脏双手,成为金钱争夺战中的胜利者。拉斯蒂涅清楚地看到,“不管人家把上流社会说得怎么坏,你相信就是!没有一个讽刺作家能写尽隐藏在金银珠宝底下的丑恶”。而他的结论是:“我入了地狱,而且得留在地狱。”通过拉斯蒂涅的堕落,我们既可以看到贵族子弟被暴发户腐化的具体过程,也可以看到资本主义社会的累累罪恶。这是一个很有概括意义的艺术典型。《共产党宣言》指出:“资产阶级在它已经取得了统治的地方把一切封建的、宗法的和田园诗般的关系都破坏了。它无情地斩断了把人们束缚于天然首长的形形色色的封建羁绊,它使人和人之间除了赤裸裸的利害关系,除了冷酷无情的‘现金交易’,就再也没有任何别的联系了。”[1]《高老头》,不正可以看作是这段精辟论断的形象插图吗?

《高老头》一出版就获得了巨大的成功。广告尚未刊出,1200 本书便抢购一空。巴尔扎克自己也非常满意,认为这部小说超过了《欧也妮·葛朗台》《绝对之探求》,“超过了过去的一切作品”。据说,直到 1843 年,还有人把《高老头》称作“今年的肥牛”(意即“最成功的作品”)。有趣的是,小说刚问世不久,就有人把它改编成剧本,搬上舞台。但是,这些改编者们都没能真正掌握巴尔扎克作品的精髓。一出两幕喜剧的结尾,是高老头在拉斯蒂涅和但斐纳的照顾下过着幸福的生活。另一个剧本,则把泰伊番的独生女维多莉改成高老头的私生女,并让她和拉斯蒂涅在伏脱冷的撮合下结成美满婚姻。这类“狗尾续貂”式的大团圆故事,作为反衬,倒可以使人们更深刻地认识原作的现实主义力量。

《人间喜剧》提供的众多的社会画面,都与《高老头》的主题一脉相承。“序幕”之后,紧接而来的一幕幕惨剧、悲剧或丑剧,从各个不同的侧面落笔,把金钱王国里人与人之间“现金交易”的关系揭露得淋漓尽致。

在巴尔扎克笔下,几乎没有诗意的恋爱,幸福的婚姻,欢乐

---

1 马克思、恩格斯:《共产党宣言》,《马克思恩格斯选集》第 1 卷,第 253 页。

的家庭。金钱扭曲了灵魂，毒化了情感，把一切正常的事物都弄得面目全非，以至无法辨认。

人是有尊严的。精神的屈辱给人造成的痛苦时常更甚于肉体的折磨，对人格的侮辱往往要比剥夺物质财富更加令人无法容忍。

在中篇小说《夏倍上校》里，巴尔扎克给我们讲述了这样一个故事：夏倍上校是拿破仑手下的一名功臣，不幸在一次战斗中身负重伤，被人们误传为阵亡。从此，只要他一提到自己是夏倍，大家就会嘲笑他是疯子。他的妻子带着他的"遗产"改嫁贵族德洛伯爵。这门亲事，使伯爵夫人在"爱情、金钱、野心"三方面都得到了满足。死而复生的夏倍穷困潦倒，写信向她求援，她根本不予理睬。夏倍回到巴黎，正式提出诉讼，要求恢复他的地位和财产，并取回了证明他真实身份的证件。伯爵夫人意识到再简单采取"不承认"的办法已经难以对付了，便改换策略，甜言蜜语地求得夏倍上校的同情，并进而要求他立下字据，承认自己是冒名顶替的"骗子"；同时，也准备好，万一夏倍不答应，就用强力把他送入疯人院。识破夫人的阴谋后，光明磊落、耿直善良的夏倍怒不可遏。他不屑于再和这样卑鄙狠毒的女人打交道，甚至"连报复的念头都没有了"。他愤然离去，重又"埋没在巴黎那个衣衫褴褛的人海中去了"。以后，他又被送进了乞丐收容所，变成了一个疯痴呆傻的可怜虫。

夏倍的妻子为了达到鲸吞夏倍全部财产、保住既得利益的卑鄙目的，竟要求夏倍"用切实的方式"来承认自己是盗窃他人名义的"小丑""骗子"，这就是要他自己否定自己的存在，自己侮辱自己的人格，自己践踏自己的灵魂。对一个正常的有尊严的人来说，这意味着怎样的痛苦和凄楚啊！长期受着非人待遇的夏倍，最后竟绝口不再承认自己原来的身份："不是夏倍！不是夏倍！我叫作伊阿桑德。我不是人啊，我是第七室第一百六十四号。"一个活生生的而且是十分高尚的人，现在却变成了一具只有编号的活尸。言者可能已经麻木，听者却不能不感到揪心的疼痛。这是何等残酷的世界啊！为了满足金钱的贪欲（不仅仅是金钱），妻子竟给丈夫准备了这样一个非人非鬼的结局。资产阶级"把人的尊严变成了交换价值"[1]。

"清白老实一无用处。"伏脱冷曾这样说。看来，他说得还不够彻底。在这个尔虞我诈的社会里，清白老实岂止无用，而且有害。在《夏倍上校》和《禁治产》里，巴尔扎克都形象地描绘了这样一种畸形变态的社会现象。夏倍只不过想恢复自己的本来面目，埃斯巴侯爵则是要补赎祖先的过失，但他们最后却都落入了悲惨的境地。在这里，诚实和正直成了癫痴和疯狂的同义语，抢掠和霸占反成了天经地义的行为。人妖颠倒，天理何在？！而资产阶级的法律竭力维护的正是这样的秩序。

"资产阶级撕下了罩在家庭关系上的温情脉脉的面纱，把这种关系变成了纯粹的金钱关系。"[2]巴尔扎克显然没有机会读到革命导师的这段至理名言。但是，他却在无数家庭丑剧中看到了这一严酷的现实。他没有作出理论的抽象，只是如实地写下他的见闻，深入细致的描绘产生了惊心动魄的效果。《高老头》《欧也妮·葛朗台》《夏倍上校》《禁治产》，还有《搅水女人》《邦

1　马克思、恩格斯：《共产党宣言》，《马克思恩格斯选集》第1卷，第253页。

2　马克思、恩格斯：《共产党宣言》，《马克思恩格斯选集》第1卷，第245页。

斯舅舅》《于絮尔·弥罗埃》……“金钱决定一切”，无论什么样亲密的关系，在闪光的金子面前都显得黯然失色。资产阶级或是资产阶级化的贵族们围绕财产展开的一场场生死搏斗，已经使人无法再看清“家庭”这个概念的本来面目了。

七月王朝，以社会风气的腐化著称。“在一切地方，上至宫廷，下至低级的咖啡馆，到处都是一样卖淫，一样无耻欺诈，一样贪图不靠生产而靠巧骗他人财产来发财致富。正是在资产阶级社会的上层，不健康和不道德的欲望以毫无节制的，甚至每一步都和资产阶级法律抵触的形式表现出来，于是享乐变成淫荡，金钱、污秽和鲜血就汇为一流了。”[1]堕落的世风，自然逃不出风俗史家的视野。金钱和污秽的汇流也流进了巴尔扎克的艺术画面。他晚年写下的《贝姨》，就是这个淫荡的时代的真实记录之一。

这是一部以淫棍和娼妓为主要人物、以偷情和卖淫为主要情节的作品。但是，作家批判的着眼点仍然没有离开他热衷的题目——金钱。“……在大宪章之上还有那圣洁的、人人敬重的、结实的、可爱的、妩媚的、美丽的、高贵的、年轻的、全新的、五法郎一枚的洋钱。”金融贵族的政权，给法郎也镀上了“诗意”的光泽；而正是这“诗意”的法郎，腐蚀着人们的灵魂、社会的风气。拿破仑的旧部于洛男爵，因纵情声色而倾家荡产，家破人亡，表明革命风云过后资产阶级精神堕落已达到无可救药的境地。新起暴发户克勒凡的财富与日俱增，他也就越来越色胆包天，而且

1　马克思：《1848年至1850年的法兰西阶级斗争》，《马克思恩格斯选集》第1卷，第396页。

能在风月场中节节得胜,金钱是他淫乐的可靠保证。荡妇华莱丽则以自己的姿色作为“猎取财富的工具”,在情夫之间权衡利弊,要弄伎俩,肉体和灵魂都是待价而沽的商品。总之,在这部小说中,色欲横流,道德沦丧,整个社会的形象就和华莱丽的最后结局一样:通体糜烂,恶臭冲天。这是金钱王国里的又一个侧面。

为了更加全面、更加深刻地认识这个光怪陆离的金钱王国,也为了更加全面、更加深刻地认识巴尔扎克的《人间喜剧》,我们不能不和大家一道读一读《幻灭》三部曲。这部作品是否堪称巴尔扎克至为重要的代表作,可以留待文学史家们去评鉴。但它在“喜剧”世界里属于佼佼者的行列,却是无可争议的。

巴尔扎克为《幻灭》伏案八载,三次作序,足见其用心之良苦。功夫不负有心人。在漫长的八年里,作家不断扩大作品的生活画面,不断深化作品的思想容量,终于在他琳琅满目的艺术宝库里,又增添了一件光彩夺目的珍品。

“历史有两部:一部是官方的,骗人的历史,做教科书用的,给王太子念的;另外一部是秘密的历史,可以看出国家大事的真正原因,是一部可耻的历史。”按照伏脱冷的这种分类法,巴尔扎克编纂的“风俗史”,显然应归入后者。其实,单单一本《幻灭》,就称得上是记录社会罪恶的“一部可耻的历史”。

小说的背景从1819年开始,几乎概括了整个波旁时期,也融进了七月王朝的特征。它由《两个诗人》《外省大人物在巴黎》和《发明家的苦难》三部连贯而成。作家以主人公吕西安的命运贯穿全书,通过对吕西安和大卫两个年轻人从梦想、追求到幻灭的过程的描写,突破了原来的“场景”分界,把“外省”和“巴黎”的生活连成一体，勾画出一幅法国社会的全景，记录下一个时代的风貌。

外省小城安古兰末的一对同窗好友吕西安和大卫都是有志之士，但他们的性格迥然不同，因而逐渐走上了不同的道路。大卫忠厚诚实、心地善良，深爱着吕西安的妹妹夏娃，待吕西安亲如手足。他经营着一处从父亲手里盘下的印刷所，同时专注于研究发明一种物美价廉的新纸张。吕西安则生性轻浮、爱慕虚荣，他希冀倚靠他的诗才来获得名声，和巴日东太太结交后更激起了他狂热的幻想。

巴日东太太是当地贵族社会中的“王后”，因精神空虚而看中了年轻貌美的吕西安；吕西安因能得到一位名媛贵妇的青睐而受宠若惊。他们的交往引起了贵族社会的不满，迫使他们私奔巴黎。巴日东太太告诉吕西安：“优秀的人在巴黎才有生路。……巴黎是文化界的首都，是你成功的舞台！”年轻的诗人被激动得想入非非，以为一个“理想的黄金国”正在对他笑脸相迎呢。

不料，刚踏进巴黎的门槛，厄运便不期而至。首都的上流社会容不下这个“土”气未脱的药房老板的儿子，巴日东太太也就毫不犹豫地将他一脚踢开。受挫之后，吕西安面前摆着两条出路。以大丹士为代表的“小团体”里几个正直的年轻人对他热情相帮，希望他刻苦努力，寒窗十年，在文学上取得成就。小报记者罗斯多则现身说法，揭开了新闻界的黑幕，本意是劝阻吕西安下水，结果却使他看到了捷径。“他的天性使他挑了最近的、表面上最舒服的路，采用了效果迅速、立见分晓的手段。”

吕西安以一篇趣味低级、专为女戏子捧场的短文打响了第一炮。他像流星一样地进入了报界，刹那间成为人人侧目的红人;同时,他也就拍卖了自己的灵魂,跌进了无形的罗网。从此,他手中的笔杆,不再听他的意志指挥,而只是服从需要——金钱的需要,老板的需要,直至党派斗争的需要。起先,在进步党的羽翼下,他纵横驰骋,翻云覆雨,以卑鄙的手段赢得了梦寐以求的名声,还用小报文章向抛弃他的巴日东太太发泄私愤。他的锋芒,招致同行的嫉妒,也引起了贵族社会的不安。以埃斯巴侯爵夫人(巴日东太太的弟媳)为首的贵族集团看准他虚荣心极盛的弱点,向他投下诱饵。吕西安不懂得"上流社会的欺骗和奸诈",以为贵妇们是真心要为他向王上求一道允许他改用贵族姓氏的诏书,便毫不犹豫地"转移阵地",一头扎进了保王党的怀抱。这一莽撞的举动,成为他悲剧命运的转折点。

他的背叛,再加上对他成功的嫉妒,使进步党的记者们对吕西安恨之入骨,群起攻之,欲置之死地而后快。投靠保王党后,他更加身不由己,保王党分配给他的第一个任务就是攻击大丹士的新作。他违心地写出的这篇文章,引起了他和"小团体"另一成员克雷斯蒂安之间的一场决斗,并中弹负伤。他的情妇、年轻貌美的演员高莉拉也因受到同行排挤而一病不起,猝然去世。保王党看到吕西安已失去往日的威风,也就弃之如丧家犬,吕西安改用贵族头衔的希望当然只能化为泡影。几面夹攻之下,人财两伤、踌躇满志的名记者一下子变成了丧魂落魄的可怜虫。一文不名的吕西安只得落荒而逃,临行前还不得不假借其妹夫大卫的名义签署了三张期票,才算了结了债务。

吕西安的巴黎之行不仅弄得自己身败名裂,还为正在苦斗中的妹妹和妹夫准备了毁灭性的灾难。他轻率地签下的3000元期票,正好成了大卫的敌人进攻的武器。安古兰末地区的印刷业主戈安得兄弟一心想吞并大卫的印厂,并觊觎着大卫的新纸张发明权。为此,他们早就勾结了诉讼代理人,收买了大卫手下的工人,只等待下手的有利时机。吕西安的期票一出,他们当即抓住不放,步步紧逼,直至把大卫投进监狱。戈安得兄弟以残忍狡诈的手段达到了全部目的,发明家大卫的幻想却不得不付诸东流。

羞愧于自己给家庭带来的苦难,绝望于自己坎坷的命运和茫然的前途,吕西安给妹妹留下绝命书,逃出家门,准备自杀。正当他漫步在大路上思索着自杀的方式的时候,遇到了化装成西班牙神父的伏脱冷。这个魔鬼般的人物拯救了他的生命,也收购了他的灵魂。他说古道今,旁征博引,向年轻人揭开了社会的黑幕,宣讲了一部"争名夺利的法典",归结起来就是:"……定下一个辉煌灿烂的目标,藏起你的手段和步骤。……别爱惜你的人格,别爱惜你的所谓尊严。"在此,伏脱冷还加了一句重要的说明:"那是一切暴发户的理论,不论是奥地利王室还是法兰西王室。"听完这堂精彩的"历史课"和"道德课",吕西安受教育的过程最终完成了。他对这一"理论"的实践,将在《烟花女荣辱记》中得到表现。

像在其他作品中一样,巴尔扎克在《幻灭》里也是首先注重于揭示社会的阶级关系。小说一开始,作家就让读者看到,南方的偏僻小城安古兰末同样无法抗阻资本主义的发展,工商业在这里像野菌似的扩张蔓延,资产阶级势力之大已足以与贵族阶级分庭抗礼,使这个本来不大的市镇竟分成了旗鼓相当的上下两城。"上面是贵族和政权,底下是商业和财富,无论在什么地方,这两个阵营总是经常对立的。我们很难说上城和下城哪一方恨对方恨得更厉害。”一方靠钱，一方靠势，彼此互不相让。王朝的复辟更加剧了这种对立情绪，精神的距离比地理的距离更加明显。

不过，这次巴尔扎克没有对外省的贵族保留多少好感。他不客气地把这个阶级称作是“老式的银器”（虽名贵但已过时）、“多疑的乌鸦”（喜爱挑剔、聒噪，但却无能），认为他们抱残守缺、冥顽不化、画地为牢、自我禁锢，其结果是使自己变得毫无生气、软弱无力。平民青年吕西安的闯入引起他们万状惊恐，以为是一次“小小的革命”，但面对现实，他们又束手无策，本质之虚弱可见一斑。作为“上城”代表人物出现的德·巴日东太太，更不过是个空虚、浅薄的典型。

在表现封建贵族的顽固腐朽的同时，巴尔扎克以更多的笔墨描写了外省资产者的丑恶嘴脸。如果说，在《古物陈列室》《农民》等作品中，资产阶级的卑鄙无耻是用来对付政治上的死敌贵族势力的，因而还有一定值得肯定之处的话，那么，这里所展览的一切阴谋诡计，虽然也有与贵族斗法的成分，却主要是针对正直善良的发明家大卫的，因此，它只能激起人们强烈的恶感和义愤。

大卫是作家的理想人物之一。他品德高尚，心地纯正，感情真挚，才识兼备。他的志趣也许不算特别崇高，不过是想发明一种新的造纸法来使家庭富裕起来。但他在创造发明的过程中所表现的孜孜不倦、坚忍不拔的精神却异常感人。可是，在这个豺狼横行的世界上，忠厚是无用的别名，与世无争的哲学并不能保证自己不遭别人盘算，造福于人类的科学发明给科学家本身带来的却是一连串的痛苦悲剧……资本主义社会里，一切就都是这样颠倒着的。

迫使大卫走向绝境、坠入苦海的,不是单个的人,而是一张无所不在的大网。它的势力远至巴黎,近到家庭、作坊内部,使大卫防不胜防,无从摆脱,仿佛是在劫难逃。巴尔扎克真是看透了这个社会,他从每一个角落里都看到了毁灭天才的力量。

从拿破仑时期才刚刚发迹的暴发户戈安得,是制造灾难的罪魁祸首。他在竞争中排挤同行,更要尽奸诈的手段抢夺大卫的发明权。但是,仅凭借他个人的力量,还无法使阴谋得逞。吕西安在巴黎的放荡生活帮了大忙,他在手头拮据时用大卫名义开出的期票,成了戈安得手中的武器。巴黎腐蚀着吕西安的灵魂,吕西安毁灭着大卫的前途。大卫信赖当上了公证人的老同学柏蒂-格劳,以为他能在法律上助他一臂之力,殊不知一切关系都要受利害关系的制约,为了攀援一门能够使他升迁的亲事,公证人早在暗地里卖身投靠戈安得。柏蒂-格劳正好利用同窗之谊,再加上大卫对法律的无知,诱使发明家束手就范。至于大卫的监工赛利才等见钱眼开的小人物,为一点小利而充当犹大就更不足为奇了。在这张迫害者的名单里,还必须加上大卫的生身之父赛夏老头儿。这是又一个守财奴的典型。他自觉地把父子关系金钱化了,“老子要赚钱,儿子势必要吃亏”,“做买卖根本谈不上父子”,在交易中,儿子变成了一个“非制服不可的敌人”(看来,他的认识比葛朗台更加“深刻”、更加“彻底”)。因此,他理直气壮地榨取儿子。当儿子走投无路、向他伸手求救时,他更是心肠铁硬,断然拒绝,眼看大卫身陷囹圄而无动于衷。资本主义的发展,迅速地改变着人的灵魂,改变着人与人之间的关系。发生在保守的外省的这场“围剿战”,再一次使人深入地看到金钱在法国社会生活中的重要地位。篇末,作家特地交代了几个人物七月革命后的飞黄腾达。阴险毒辣的戈安得,拥有几百万家当,当上了议员,进了贵族院,还有可能成为商业部长。平庸无能的柏蒂-格劳捞到了检察长的位置,还雄心勃勃地觊觎着高等法院院长的职务。依靠金钱的力量和卑鄙的手段,资产阶级的小人纷纷跃升为政客,巴尔扎克又把矛盾指向了七月王朝。

“外省”和“巴黎”,在那个动荡的、新旧交替的年月里,不仅仅是地理位置的标志,往往还包含着历史距离的差异。巴黎是资产阶级革命的发祥地,整个法国社会敏感的神经中枢,物质文明和精神文明的集中体现,各阶级、各党派,以及各种仁人志士你死我活的竞技场。外省的一切,包括阴谋诡计,与巴黎比较,都会相形见绌。巴尔扎克曾在《高老头》里不无感慨地写道:“巴黎真是一片海洋,丢下探海锤也没法测量这海洋的深度。不论花多少心血到里面去搜寻、去描写,不管海洋的探险家如何众多、如何热心,都会随时找到一片处女地,一个新的洞穴,或是几朵鲜花,几颗明珠,一些妖魔鬼怪,一些闻所未闻、文学家想不到去探访的事。”当我们跟随吕西安的踪迹从外省来到巴黎的时候,见到的正是这样一片深不可测又布满漩涡暗礁的海洋。

巴尔扎克描绘的中心画面是文化界。这个本应是高雅、圣洁的场所,却成了钩心斗角、尔虞我诈、互相攻讦、互相践踏的名利场。“文明”的帷幕后面,人们看到的是最下流龌龊的勾当。精神产品,堕落到了娼妓的地位。新闻界是“贩卖思想的妓院”。文学创作也并不更好些:“低级的文艺好比在街头挨冻的神女;第二流的文艺是受人豢养的情妇……;交运的文艺仿佛风头十足、态度狂妄的交际花……”总而言之,整个文化界是一派糜烂腐化的风气。

但是,思想深刻的巴尔扎克,并没有把这些令人目眩的纷争仅仅看作是个人名利的角逐。在他的笔下,报痞文人,都不过是政治家手中的工具,双方阵地前的哨兵。文化的堕落,根源于政治的堕落。报纸“变作党派的工具……所有的报纸都要变得无耻、虚伪、下流,都要撒谎,甚至于行凶:扼杀思想、制度、人物;而且靠着这种行为一天天地发达。……报纸尽可干出最残酷的事,没有一个人觉得自己沾着血腥”。文人之间的刻骨仇恨,反映了阶级的对峙、党派的冲突。“保王党作家和进步党作家的确要有些勇气才敢在同一戏院露面。那时他们会听到咬牙切齿的挑战。恶狠狠的眼睛赛过子弹上膛的手枪,一点儿火星就好挑起一场恶斗。……这仇恨可以使你对国民议会的断头台有所了解。”老奸巨猾的文痞如拿当之流,善于在党争中寻找间隙,左右逢源,游刃有余;初出茅庐的如吕西安之辈,却在两股势力又倾轧又勾结的阴谋中险遭灭顶之灾。“所有的大人物全是禽兽”,他们玩弄着政治权术,也要弄着为他们效犬马之劳的文人墨客。原则和道德是没有的,只有卑鄙的政治实用主义。深知政界内情的罗斯多愤愤地骂道:“不要以为政界比文坛好多少,这两个世界中的一切都是腐败的……”应当说,这也代表了作家的看法。

精神生产的商品化是文学艺术堕落的另一重要根源。“资产阶级抹去了一切向来受人尊崇和令人敬畏的职业的灵光。它把医生、律师、教士、诗人和学者变成了它出钱招雇的雇佣劳动者。”[1]《幻灭》以形象的画面证实了这一真理。在素以文化繁荣著称的巴黎，“样样要靠金钱决定。不论在戏院里，书店里，报馆里，从来不提艺术和荣誉”。艺术的神奇，天才的光辉，荣誉女神的洁白翅膀，在“造币厂的大锤子”的敲击下，统统化为乌有。这个社会“不再崇拜真正的上帝，只崇拜金牛了！”“样样要抽税，样样好卖钱，样样能制造，连名气在内。”文艺完全丧失了独立的品格，同样散发着铜臭的气味。“诗歌掉在泥坑中”，“书，不过是低价收进，高价售出的商品”，“报刊文章只有拿稿费去衡量它的价值”，剧院里的喝彩声决定于用钱雇来的“鼓掌队”……这就是金钱王国里的艺术世界。从外省的“科学天地”到首都的“文艺殿堂”，金钱，才配称作真正的“无冕之王”。

《幻灭》的主人公吕西安，就是在这样腐烂的土地上、恶浊的空气里成长起来的一株畸形的植物。它有过鲜嫩的幼芽期，但很快就长出了旁枝斜杈；它的躯干挺拔健美，但内里却早有斑斑虫蛀；它仿佛也曾欣欣向荣，但满树开放的竟全是“恶之花”；在遭受电闪雷击之后，它似乎有过枯木逢春的机会，但最终却向着更邪恶的方向发展……巴尔扎克是把他作为一代青年的典型来塑造的。

对黑暗现实极端不满的巴尔扎克，经常在努力探索着社会的出路，寻找能够代表历史发展方向的正面人物、理想人物。尽管囿于历史条件和阶级偏见，他未能看到无产阶级的阶级力量，但他还是在现实斗争中，在反对七月王朝的行列里，在不肯随波

---

1 马克思、恩格斯：《共产党宣言》，《马克思恩格斯选集》第 1 卷，第 253 页。

逐流的有志之士中,看到了光明和希望。四府街上的“小团体”,就是荒凉巴黎中的“一片水草”,黑暗王国里的一缕光明。以大丹士为首的九个青年,政见不一,职业各异,出身、禀性、信仰、志趣也不尽相同。但是,共同的、崇高的道德观念和积极进取、“以身殉道”的事业精神把他们联系在一起,形成一个团结、和谐,焕发着光彩的集体。这个“小小的政治集团,态度很严肃,我看那一派早晚能抓到政权”,保王党的这种预感和他们对“小团体”的围攻,可以反证出他们的社会影响。其中,“雄才大略的共和党人”,“或许会改变世界面目的大政治家”克雷斯蒂安的形象,特别受到恩格斯的重视,因为他在当时“的确是代表人民群众的”。但是,作为艺术形象,“小团体”人物是不够丰满的。抽象的道德完美,还不足以塑造出有血有肉的典型。至于把社会问题的政治解决寄托在这个多元政治观的集体中,就更具有明显的乌托邦性质了。然而,虽然有着这样或那样的不足,在当时的历史条件下,巴尔扎克能够满怀热情地创造出这样一些胸怀磊落、奋发有为的青年知识分子的形象,以及在其他一些作品中刻画了一批正直、善良、淳朴、刚毅的劳动者的形象,确实是难能可贵的。

《幻灭》,特别是第二部《外省大人物在巴黎》的问世,由于揭开了新闻界的黑幕,当即遭到报界文痞的猛烈围攻。他们从诋毁作品“谎话连篇”“庸俗不堪”,到对作家进行人身攻击、恶毒诽谤,无所不用其极。但是,这场旷日持久的围攻战,丝毫无损于巴尔扎克和他这部作品的崇高声誉;相反,这些小报文章的泛滥,却正好为《幻灭》的真实性提供了直接的证明。难怪巴尔扎克在第二部的《序言》中指出:“……作者在此只描写了这种流弊的开端，今天这种病症早已大大发展。和1839年的情况相比，1821年的报界还天真得很呢！”

巴尔扎克把这部最重要的作品献给了他十分敬重的诗人雨果。在他的题献（1843）中，面对报界的挑战，巴尔扎克毫不畏惧地写道：“巴黎的报纸是决不肯放过任何一点东西的，那么，为什么这部以嘲笑来匡正世风的《人间喜剧》倒要放过这股势力呢？”

《人间喜剧》是一部巨大的史书，我们在这里翻开的仅仅是其中的几页。就从这寥寥数页里，我们不是已经可以望见一个艺术的大千世界了吗！

巴尔扎克的创作，把史学家的忠实记录、艺术家的精微观察、哲学家的深刻思考和文学家的形象描绘熔于一炉，把奔放的激情和冷峻的哲理化为一体。因此，它既能使人看到历史的本相，又能促人领悟人生的哲理，从而产生出奇异的、耐久的艺术魅力。

革命导师马克思和恩格斯都非常推崇巴尔扎克的创作。据说，马克思曾有意撰写一篇关于《人间喜剧》的评论，遗憾的是他未能完成这个计划。恩格斯在63岁时留下过这样一段记录，表达了他对巴尔扎克的高度赞赏：“在我卧床这段时间里，除了巴尔扎克的作品外，别的我几乎什么也没有读，我从这个卓越的老头子那里得到了极大的满足。这里有1815年到1848年的法国历史，比所有的沃拉贝耳、卡普菲格、路易·勃朗之流的作品中所包含的多得多。多么了不起的勇气！在他富有诗意的裁判中有多么了不起的革命辩证法!”[1]

走向人性的深处

跟随巴尔扎克,我们走遍了巴黎的大街小巷,走遍了外省的山乡村镇;我们结识了形形色色的人物,目睹了五光十色的“场景”……眼花缭乱,惊心动魄,这是我们阅读《人间喜剧》时常常产生的感觉。但是,巴尔扎克并未满足于书写一部“社会的历史”,他还有志于探究“心灵的历史”,他还要带领我们走向人性的深处,走向一个更为隐秘的世界……

在描绘千奇百怪的丑恶现象时,巴尔扎克擅长从经济关系入手揭示社会的变异,在利益冲突中完成典型形象的塑造,因而使他对历史规律的阐释更为深刻,更接近事物的“根部”。而他在探索人的生命本体时,同样喜欢刨“根”问底,向深层开掘。如同勃兰兑斯所言,“对他来说把植物的地下生命(这种生命决定着植物的外表可见的生命)的繁茂分枝及其所有作用一一探索出来,才是至关紧要的。”[2]

如前所述,巴尔扎克艺术世界里金钱是真正的主角、真正的上帝。一切有声有色的表演,都源出于一个个物化的灵魂,无论是巴黎的高布赛克们,还是外省的老葛朗台们,在表面上他们都具有左右他人、主宰世界的统治性力量;而在内里,他们却只不过是金钱的奴隶,原本就不宽阔的胸膛,除了这单一的欲望外,

---

1 恩格斯:《致劳拉·拉法格》(1883 年 12 月 13 日),《马克思恩格斯全集》第 36 卷,第 77 页。

2 勃兰兑斯:《十九世纪文学主流》第 5 分册,第 235 页,人民文学出版社 1982 年版。

已丝毫容不下其他的情感。聚敛财富,成为他们始终不渝的、唯一的人生目标;在损人中利已,把对包括自己亲人在内的一切人的成功掠夺,视为最高的智慧;不论在人世还是在天国,闪光的金子都能给他们带来最大的快乐。金子拥有了鲜活的生命力,人却蜕变成散发着铜臭味的木乃伊。人向非人的异化,无疑是对资本主义现代文明的莫大嘲讽。

巴尔扎克对物化灵魂的透视和展露,使人们普遍以为他是个性恶论者,以为他对人类的丑恶有着"明目张胆的偏爱"。其实,这是对作家的误解。巴尔扎克既非性善论者,亦非性恶论者。他认为:"人类既不善,也不恶。同它与生俱来的,既有某些本能,又有若干才能。……社会正在使人类变得更好、更完善。不过,利欲也在助长人类的不良倾向。"[1]而他对生命意义的思考,充满矛盾,也闪耀着辩证法的光辉。

如果说,巴尔扎克之所以能写出"金钱的史诗",是与他长期和金钱苦苦搏斗的经历紧密相关的话;那么,他充沛的生命力和永不停止的追求,则使他的人性追问在困惑中透示出积极的取向。

在这方面,巴尔扎克早期创作的《驴皮记》(1831)是具有代表性的一部作品。

这是一本"神秘书"。贯穿全书的是一张神秘的驴皮。倒霉的贵族青年瓦朗坦,情场失意,赌场也不走运。在他走投无路、决心葬身塞纳河之前,鬼使神差地走进了一家古董店。古董商向他展示了一张来自东方的神奇的野驴皮,由此而开始了他的

---

1 巴尔扎克:《〈人间喜剧〉前言》,《巴尔扎克全集》第1卷,第10页,人民文学出版社1999年版。

“新生”,更开始了一轮欲望与生命之间的“拼死”搏斗。

“你如果占有我,你就占有一切,但你的生命将属于我。这是神的意旨。希望吧,你的愿望将得到满足。但你的心愿须用你的生命来抵偿。你的生命就在这里。每当你的欲望实现一次,我就相应地缩小,恰如你在世的日子。你要我吗?要就拿去。神会允许你。但愿如此!”——驴皮上刻写着的这段灵符,看似奥秘莫测实则只是道出了一条普遍的规律:多数人都是在欲望的追逐中消耗着自己的生命。但是,一个个欲壑难填的人,面对这“直白”,却谁都不敢“以身试符’,“谁也不愿冒险去签订这样一个……致命的契约”。既想生命长存,又想尽情享乐,当属人们共同的奢望。

已活到102岁的古董商,却自有他长寿的理论:“人类因为他的两种本能的行为而自行衰萎。这两种本能的作用汲干了他生命的源泉。……那便是欲和能。……欲焚烧我们,能毁灭我们;但是,知却使我们软弱的机体处于永远宁静的境界。”他主张以理性克制情欲,以精神的力量遏制物质的追求。而这张象征性的驴皮里面,却“包含着你们的社会观念,你们的过分的欲望,你们的放纵行为,你们致人于死命的欢乐,你们使生活丰富的痛苦。……疯狂如果不是过度的欲或过度的能,那又是什么呢?”

古董商长篇大论的哲理,是对人欲横流的时尚的批判。而急切地想要跻身上流社会、享受荣华富贵而不得的瓦朗坦,又岂能听得进去?已经产生过自杀念头的他,难道还会害怕用生命来下赌注吗?像拉斯蒂涅对巴黎发出“拼一拼”的挑战一样,瓦朗坦也不顾一切地迸出了“我就喜欢过强烈的生活”的呼喊,以表明他甘于把灵魂交给魔鬼的决心。其实,这只不过是将他的自杀“推迟一步”而已。——古董商这样告诫他。也就是说，他借用驴皮的神力来享用声色犬马的生活，无非是生命力的透支，无异于慢性自杀。

然而，欲望的满足，毕竟是可以给人以极大快感的，对那些长期思“欲”若渴的人来说尤其如此。瓦朗坦在参加泰伊番的盛大宴会时那种踌躇满志、得意忘形，便是一次欲望的释放。面对灯红酒绿的奢靡，他终于禁不住表达了“要有二十万法郎年息”、以便“为所欲为”的愿望。神奇的驴皮果然应验了灵符的允诺，一大笔遗产不期而至地落到了瓦朗坦的手上。

但是，在众人的喝彩声中，“突然的走运使他恢复了全部的理智”，瓦朗坦注意到那张象征着他的生命的驴皮，明显地小了一圈。“他已看到每个愿望的实现，都将缩短他的寿命。”正因为真切地看到了这个事实，所以，尽管此时“世界已属于他，他可以为所欲为，但他什么也不想要”。

巴尔扎克提出的命题是严酷的。当欲望得不到满足时，生命没有乐趣，也没有意义，死亡便成了当然的选择；当欲望一个个得以实现时，人便开始珍惜自己的生命，而死亡也就成了可怕的威胁。欲望与生命之间，究竟应作何选择呢？

瓦朗坦从驴皮的缩小中“直观”到寿命的缩短后，豪气顿失。对死亡的极度恐惧，使他一反常态，龟缩在豪华的住宅里，摒弃一切欲望，“努力压制住他的哪怕是最轻微的任性，小心翼翼地生活，尽量不让这可怕的灵符产生最细小的抽搐”。他把驴皮挂在墙上，时刻观察着它的变化。他的“禁欲”达到了十分可笑的程度：他把自己的生活完全交给仆人管理，仆人甚至连“您愿意么？您要么？您想要么？”这样的问题都不敢问他，如果一不小心冒出了这样的问题，他就会气急败坏地反问：“你要让我死吗？”他感到“人生的种种乐趣都纷纷在我的死床周围嬉戏，好像美女般在我面前翩翩起舞”，为了抵御女色的诱惑，他甚至“戴上一副特制镜片的夹鼻眼镜，透过镜片去看，可以使最匀称美好的轮廓，变成丑恶的形象”；当他往日的恩师来求他设法谋个职位时，他竟歇斯底里地喊道：“法国有十万个职位，我只有一条命！一条人命比世上一切职位都贵重……”总之，为了逃脱死神的魔爪，他宁愿自己是一株植物——拥有生命，而没有欲望。

难道这就是生命的意义吗？难道这还是有价值的生命吗？行尸走肉式的生活形态，和放浪纵欲的追求，同样是人性的扭曲，是畸形的存在。对此，小说中的一段小插曲是别有深意的。正当瓦朗坦清心寡欲、过着修道院式的生活时，老古董商却疯狂地爱上了浪荡女子欧弗拉齐。瓦朗坦问他：“难道您忘掉了您那套处世哲学的严肃准则吗？”年过百岁的古董商却毫不含糊地回答：“啊！我现在像青年人一样幸福。我把生命颠倒过来生活，我认为一个钟头的爱情就抵得上整个人生。”前者为延长寿命而力戒一切欲望，后者则为片刻的欢娱而宁肯付出一生的代价。迥然相反的这两种人生态度，无疑都在作家嘲讽之列。

然而，巴尔扎克并非虚无主义者。他热爱生活，充满欲望，拥抱一切，积极向上、有所作为的人生态度激励他度过了坎坷的一生。正是为实现自己的种种欲望而展开的不懈拼搏，耗尽了他的生命力。在瓦朗坦的身上，以及在《路易·朗贝尔》中的朗贝尔身上，我们不仅可以看到作家某些身世的片断，更可以看到他对人生价值的深层思考，他在精神探索中自我意识的投影。

瓦朗坦曾“被过度的野心所驱使，相信自己注定要干一番大事业”,“自幼就立志做伟人……我感觉到在我心里有某种思想要表达,有某种体系要建立,有某种学术需要阐释”。为实现抱负,他曾在巴黎郊区的阁楼上苦读钻研三个春秋,过的是饥寒难忍的日子,终因耐不住寂寞而投身巴黎上流社会的角逐。但他虽有破落贵族的头衔,却没有足够的钱财作为资本。在对贵妇馥多拉的追求中,他就因囊中羞涩而受尽了侮辱,吃尽了苦头。为此,他不得不违背自己的意愿,以精神的堕落为代价来换取生存和享乐的权利。但是,尽管他做了种种努力,仍然是人财两空,终于萌生了自杀的念头……

瓦朗坦的沦落史告诉我们,巴尔扎克所否定的,是在社会浊流中,人格贬损,人性扭曲,盲目地追求卑下的物欲和色欲的满足。他从来不一般地反对对财富和爱情的渴望,而对于“立志做伟人”“要干一番大事业”的“野心”,他更是满腔热情地给予肯定。这不仅是因为这里融涵了作家本人的精神索求,更因为这才是高尚人性的本质体现。但社会却偏要摧残这合理的人性,迫使其扭曲地发展。瓦朗坦在拉斯蒂涅的诱惑下,被迫用自己的才华为出版商写作无聊的历史回忆录,以获取一笔佣金。这是他向金钱势力屈服的第一步,为此,他悲愤地喊道:“噢!为什么我要离开我那纯洁的阁楼?这个社会的背面真是太肮脏下贱了!”悲愤尽管悲愤,他还是把自己的灵魂标价出售了。蹚过浑水的瓦朗坦,是再也不会回到“纯洁的阁楼”上去了。卑琐欲望的实现,就意味着崇高欲望的舍弃。

也许,以路易·朗贝尔为参照,我们能更好地理解巴尔扎克的观点。朗贝尔身上有着更多作家的影子,特别是旺多姆学校的生活,常被看作是巴尔扎克的传记材料;早熟的天才,嗜书如命的习惯,博闻强记的特点,抑郁寡合的孤独等,也常被视为作家的自画像。朗贝尔是一个伟大的精神殉难者,一生为超强度的思想所累,终于在对世界的"绝对之探求"中变得疯狂。他的悲剧,或者说,他的伟大,就在于他不肯为世俗的需求而放弃精神的探索。"在这里,一切的出发点是金钱。为了避免用钱,还是需要花钱。但尽管安静的思考也需要花钱,我却没有勇气以金钱为我思考的唯一动力。""我有意思考过,却又为生活所迫,不能不离开思想的殿堂,思想也就遭到扼杀。我会变成什么呢?"在两相矛盾中,他的结论是:"要想在贫困中不失伟大,只需永不堕落,为高尚的目标而奋斗的受难者,本身就是美的。"与瓦朗坦相比,尽管两人的结局都是悲剧性的,但形象所体现的价值取向却大相径庭。朗贝尔 28 岁早逝,死在恋人的怀里。他被安葬在一个小岛上,"墓前只竖着一个简单的十字架,既无姓氏也无日期。这本是深渊边上开出的一枝花,色泽和芳香都不曾为人所知,凋零后便也无声无息。……"诗意的笔触,把一颗崇尚理想、淡泊名利的灵魂送上了天堂。

瓦朗坦也属英年早逝,但他走向死亡的色彩要复杂得多。

又一次转折,是纯情少女波利娜的出现。波利娜是瓦朗坦阁楼苦读时的房东女儿,瓦朗坦曾教过她识字弹琴,她一直暗恋着这位启蒙教师。再次聚首,今非昔比,穷姑娘也因得到一大笔遗产而跻身富人行列,但却未改其清纯本色。双双坠入爱河,两人度过了一段幸福的日子。此时的驴皮,似乎颇为善解人意,尽管他爱的欲望已得到充分的满足,它也只是"稍微缩小了一点"。真诚的爱情,挽救着这个沉沦的灵魂。

给瓦朗坦的寿命以致命打击的,是他对恶浊社会的最后一次抗争。在外省山区养病时,他遇上了一群登徒子故意向他挑衅,其中的一名神枪手要和他决斗。面对这些无赖的卑鄙行径,他鼓足勇气表达了要杀死对手的愿望。这一愿望奇迹般地实现了,对手精神崩溃、不战自败地倒在了他的枪口下。而驴皮,却迅速地缩小到只有“小橡树叶”那么大。为铲除罪恶,为维护自己的尊严和生命,瓦朗坦忍无可忍地以生命为代价做最后一搏。这是一次善与恶的斗争,曾经堕落过的灵魂竟为除恶而作出了巨大的牺牲,不可谓不是善良人性的一个悲壮之举。在回程的路上,“他心里突然出现这么一个思想,它像落在我们灵魂上的一线阳光,穿透乌云射到阴暗的峡谷里。这是悲哀的亮光,冷酷的智慧!”

瓦朗坦最后死在对美丽的波利娜的狂暴的情欲中。波利娜俯在他的身上,“他是我的,是我害了他……”悲惨的场面,具有撕裂人心的力量。

在瓦朗坦的一生中有两个重要的女性。妖冶放荡的贵妇馥多拉,她把瓦朗坦玩弄于股掌,弃绝于街市,迫使他走上自尽之路。在巴黎,随处可见她的踪影,“她就是社会”,代表着现实。波利娜,纯洁如水,美丽若仙,“她是非创造的存在,是整个精神,整个爱情!”“这个流体的创造物,她一会儿是河水女神,一会儿又是空气中的精灵……”“她是从天上来的,她难道不是像天使那般光华灿烂?”“你也可以说这是‘漂亮的表妹’(十五世纪小说《小冉·德·圣德列》中的女主人公——笔者注)的幽灵在保护她的故乡免受近代文明的入侵。”总之,这是美,是幻象,是理想。它与“近代文明”相反,是一种超现实的存在。

从这个意义上来说,瓦朗坦是在庸俗龌龊的现实中碰得头破血流,而在对梦幻般的理想的追逐中奉献了生命。巴尔扎克坚持在社会批判中探索人生的意义,但也不放弃对高远精神的向往。两个女性,既代表着恶与善、丑与美的两极,又象征着现实与理想的两重世界。瓦朗坦人生历程的概括意义是显而易见的。

巴尔扎克是一位在精神探索的道路上从不知疲倦的思想者,唯灵论的影响,又常使他的探索带几分神秘的色彩。在严厉抨击物欲横流、人欲横流的社会的同时,他期待的是人类精神的升华。

三、永远的巴尔扎克

艺术家的精神是远视的……

——巴尔扎克

今天,当我们谈到巴尔扎克的时候,已经习惯地总是把他和"现实主义"联系在一起:"现实主义大师""现实主义巨匠""批判现实主义的奠基人""批判现实主义的杰出代表",等等。但是,巴尔扎克自己对头上的这顶桂冠却始终一无所知。因为,"现实主义"一词被法国小说家、评论家尚佛勒里从绘画借用到文学上来,已是巴尔扎克身后的事了。

然而,这丝毫不影响巴尔扎克在现实主义文学发展史上的里程碑地位。尽管巴尔扎克没有使用过"现实主义"这个字眼,也没有举起过"现实主义"的大旗(他把自己的文学称作是"折中主义"的),但散见于他序言、文章、书信中的真知灼见,却构成了相当完备的现实主义理论。更重要的是,《人间喜剧》的丰富多彩的创作实践,把现实主义的创作方法推向了一个新的、更高级的阶段——它标志着欧洲的现实主义文学达到了成熟的境界。欧洲19世纪现实主义文学的空前繁荣,固然与当时的政治、经济、自然科学和哲学思潮的发展密切相关，但也不能否认斯丹达尔（旧译司汤达）、巴尔扎克等先行者的楷模作用。恩格斯曾称誉巴尔扎克是“现实主义大师”，认为他的辉煌巨著《人间喜剧》是“现实主义的最伟大胜利之一”。

当我们说巴尔扎克是一位杰出的观察家和反映论者时，我们同时还注意到，他属于那类具有非凡洞察力和非凡想象力的作家。他身上藏着的是“一面无以名之的集中一切事物的镜子，整个宇宙就按照他的想象反映在镜中”[1]。“无以名之”一语，表明巴尔扎克对创作的复杂性的理解。显然，这面“镜子”不是一面普通的平面镜，而是一面通过作家“想象”而能容纳“整个宇宙”的多棱镜。《人间喜剧》展现在我们面前的“艺术世界”，正是这面多棱镜中的映像。而从创作方法论，仅仅一顶现实主义的帽子，对巴尔扎克那颗硕大的头颅来说，也未免显得太小了一点。

孤独者的“文学革命”

如同达文所言，巴尔扎克从未宣称过自己是改革者，也未想过要成为登高一呼、从者如云的领袖人物，而只是“辛勤地在孤独中完成他那一份文学革命”。

巴尔扎克初登文坛时，正值法国浪漫主义运动的鼎盛期。雨果的恣肆汪洋，乔治·桑的柔情似水，大仲马的跌宕传奇，缪

1　巴尔扎克：《〈驴皮记〉初版序言》，《巴尔扎克全集》第24卷，第213页，人民文学出版社1999年版。

塞的忧郁敏感……构成了繁花似锦的文学景观，左右着广大读者的阅读趣味。此时匆匆而来的巴尔扎克，虽然也加入了为雨果的《欧那尼》摇旗呐喊的队伍，但在创作上却默默地选择了自己的道路。“巴尔扎克与一切属于山头、惯例、体系的东西完全格格不入，他将最朴素、最绝对的真实引入艺术之中。”[1]

“艺术世界”——我们常常用这样的词组来形容一个作家所造的艺术图景。但是，认真推敲起来，古往今来，又有多少作家的笔下真正建构起了“世界”呢？巴尔扎克当属少数佼佼者之列。

巴尔扎克是位雄心勃勃的作家。他相信法国文学的力量：“法兰西的一大荣光便是如过去它用剑震撼欧洲一样，用笔杆震撼欧洲”；更相信自己的力量：“我要以笔完成他（拿破仑）用剑未能完成的伟业。”他的作品将成为“我们美好语言中的纪念碑”。

“只作一个人是不够的，必须成为一个体系。”纵观世界文学史，作为文学家而立志成为“体系”者，恐怕是微乎其微的。巴尔扎克这句名言，不仅体现了他本人的雄心壮志，反映了他的“喜剧”世界的整体特征，而且更代表着他对作家使命、对文学创作的深刻理解。

1831 年，初登文坛的巴尔扎克，在《驴皮记》中借人物拉法埃尔之口表达了自己的愿望：“我感觉到在我心中有某种思想要表达，有某种体系要建立，有某种学术要阐释。”同年，他的挚友

1　达文：《〈十九世纪风俗研究〉导言》，《巴尔扎克全集》第 24 卷，第 313 页，人民文学出版社 1999 年版。

夏斯勒在《〈哲理小说故事集〉导言》里阐发了他的观点："故事家得是全才。他应该是历史学家；他应该是戏剧家；他应该有深刻的辩证法使他的人物活起来；他还应该有画家的调色板和观察家的放大镜。""巴尔扎克先生是一位故事家……他又是一位思想家和哲学家……"对刚过而立之年，且在文坛站脚未稳的作家而言，这难免有自诩之嫌；但倘若我们将此看作是作家的追求和理想，便能引导我们深入认识他的"体系"说，认识其博大的胸怀和恢宏的立意。"写书之前，作家应该分析过（各种）性格，接触过各种风尚，踏遍了全球，体验过各种激情。或者，各种激情，各种国度，各种风尚，各种性格，自然的偶然现象，精神的偶然现象，这一切都来到他的思考中。……社会的各个阶段，从高层到下层，法律、宗教、历史和当代，我都一一做了观察和分析。"总之，作为一个作家，应当以全部的热情拥抱一切，占有一切，认识一切，研究一切。

巴尔扎克虽以书写历史为己任，但他却不以直接描写重大的政治事件见长，也不以夸张地构想历史传奇取胜。他的作品就像是一幅幅朴实自然的风俗画，在逼真准确的背景前面，弥漫着浓郁的生活气息，活动着普通平凡的人物，组成一部被历史学家们遗忘的"风俗史"。达文形象地表述了作家的这一突出创作特色："这些激情和典型，巴尔扎克先生几乎全是到家庭中、炉火周围去寻找的。他在表面看上去那样千篇一律、那样平淡的外表下去搜索，突然从中挖掘出既那样复杂又那样自然的性格，以致所有的人都纳闷，一些如此司空见惯、如此真实的事情，怎么会这么长时间一直无人发现!”[1]

从日常生活出发去寻找戏剧性因素,在人人可见的场景里努力开掘隐含的深意,使巴尔扎克笔下浮动的风俗画面,不仅处处透露出生活的本相,具体而微,真切可感;并且还总是凝聚着巨大的社会内容,展示出历史变迁的轨迹。通过家庭的盛衰,夫妻的聚散,配偶的选择,骨肉的离异,个人的升沉,诉讼的胜败,财产的得失,乃至家长里短的谈话,鬓光钗影的舞会……人们都可以清楚地感到时代的脉搏,看到朝代更迭、时势发展所带来的深刻细致变化。这种变化,既反映在政治、经济力量的对比上,也渗透到各色人物的灵魂深处,表现在言谈举止之间,甚至,沉默的景物仿佛也会讲述人间的历史。

例如,在《高老头》里,作家没有直接描述政治舞台上剑拔弩张的斗争,也没有将人物分作两个互不见容的集团展开倾轧。从一开始,读者就像被卷入了巴黎的生活。人们好像也置身在伏盖公寓的餐桌旁,嚼着劣等的饭食,听着粗俗的闲谈,好奇地关心着每个房客的过去和现在。随后,又跟着拉斯蒂涅的足迹走进一个个沙龙,目睹一起起事变,直至陪着高里奥的棺木来到拉雪兹神父墓地。每一处场景都那么逼真,每一组画面都那么自然,就像是生活的潮流在人们面前缓缓流过一样。从这里我们不难看出,准确而细致的描写,在巴尔扎克的艺术中,不仅仅是一种技巧,而且是他现实主义创作的一个有机组成部分。这种描写,在法国18世纪的哲理小说中几乎是看不到的。巴尔扎克出色地运用这一新手段,进一步缩短了艺术与生活之间的距

---

1 达文:《〈哲理研究〉导言》同前书,第261-262页。

离，使小说具有更加自然朴实的品格和更加丰富多彩的内容，从而“把近代小说引向真实”。

巴尔扎克以“风俗史家”“社会科学博士”自称。他视野宽阔，取材广泛，空前地扩大了文学创作的题材领域。他描绘了从1789年大革命到1848年革命这一历史时期的广阔画面，特别是深入地反映了波旁复辟和七月王朝两个时期的社会状况。他表现了从首都巴黎到各省城镇乡村的生活面貌。他再现了从贵族、资产阶级直到中小知识分子、贫穷的劳动者等各阶级、各阶层、各种职业的人物的精神状态。他的笔触深入到沙龙、闺室、银行、法庭、工厂、商店、战场、庄园、教堂、监狱、戏院、报馆、公寓、贫民窟……总之，几乎可以说，凡是社会生活中存在的，都在巴尔扎克艺术的“镜子”里不同程度地得到了反映。而且，我们还注意到，在创作道路上，作家是越来越有意识地不断扩大着作品的反映面。后期的代表作《幻灭》和《农民》等，较之前期的优秀作品《高老头》和《欧也妮·葛朗台》等，在这方面就有着长足的进步。这种历史的广度，使《人间喜剧》确实具备了社会生活百科全书的规模。正因此，勃兰兑斯从横向对其创作作了这样的描述：“巴尔扎克有自己的国度，像一个真正的国度一样，有它的各部大臣，它的法官，它的将军，它的金融家、制造家、商人和农民……我们不由自主地想到当时的法国就熙熙攘攘地住满了这些人物。而且这是法国的全部风貌，因为巴尔扎克按照顺序描写了法国每一部分的城镇和地区。”[1]而恩格斯则从纵向揭示了巴尔扎克的历史价值：“他在《人间喜剧》里给我们提供了一

---

1 勃兰兑斯：《十九世纪文学主流》第5分册，第217页。

部法国‘社会’特别是巴黎‘上流社会’的卓越的现实主义史，他用编年史的方式几乎逐年地把上升的资产阶级在1816年至1848年这一时期对贵族社会日甚一日的冲击描写出来……”[1] 达文不无夸张地代巴尔扎克宣称，这是“一幅人类的全景图”，作者以“极其宏伟的规模”创造了一面“世界的镜子”，而当代巴学家泽里古尔则说：“什么是《人间喜剧》？我们可以回答：一切！”[2]

巴尔扎克强调，自己要完成的历史，“是伟大的人类史，风俗史，事物和生命的历史，心灵和社会利害的历史”(1942年10月31日给韩斯卡夫人的信)。作家刻意追求的是一部关于社会和人类的更真实、更深层的历史，一部既包含着社会变迁轨迹，又包含着人类精神演化的历史。二者相辅相成，互为因果。为此，作家不仅需要广泛观察，更需要深入的思考和研究。在古今中外的文学史上，像巴尔扎克那样在书题上如此频繁使用“研究”一词的，恐怕是绝无仅有的：在对其作品进行总体构思时，他曾先后将总题设想为《十九世纪风俗研究》《社会研究》；在定名《人间喜剧》后，又把结构分为《风俗研究》《哲理研究》和《分析研究》三个部分；具体的小说篇名，还有《妇女研究》《妇女再研究》，等等。这都表明，巴尔扎克从不满足于对现实和历史的表层摹写，而是要竭力探求“原因”“原则”和“效果”，要在有限的篇幅内最大限度地表现“思想容量”。总之，作家应该是“时代的分析者”和“深刻的哲学家”。

---

1 恩格斯：《致玛·哈克奈斯》，《马克思恩格斯选集》第4卷，第462页。

2 泽里古尔：《〈人间喜剧〉的世界》，第14页，巴黎，1979年版。

小说——历史——哲学。

小说家——历史学家——哲学家。

这“三位一体”的主张，就是巴尔扎克“体系”说的要旨，也是他的“喜剧”世界所蕴涵的最突出的总体特征。然而，巴尔扎克并不是一个具有完整哲学体系的思想家或哲学家，他的哲理思考总是在他的艺术世界里进行，通过他的艺术世界来表达的。他的哲学是艺术的哲学，他的艺术是哲学的艺术。像“金钱”这个题目，被巴尔扎克描绘得多么活灵活现，又被他剖析得多么深邃透彻。他不是简单地谴责富翁，也不是浮浅地咒骂贪婪和吝啬，而是紧紧把握住时代的特点，一方面形象地表现了金钱取代门第这一不可逆转的历史趋势；另一方面，又以一连串的悲喜剧深入地揭示出，拜金主义的盛行正在毁灭着人类自身的价值，以倡导恢复人的尊严自诩的资产阶级却把人（连同他们自己在内）贬损为物的奴隶，而当金钱成为至高无上的统治者的时候，整个社会就会出现无法克服的危机。正是这种哲理的深度，使巴尔扎克的作品耐人咀嚼、引人思索，让读者能在美的享受中获得思考的乐趣，在艺术欣赏的同时领悟历史的辩证法。

生活的真实感，历史的广阔性和哲学的深刻性——巴尔扎克的《人间喜剧》为欧洲近代小说的发展，特别是百科全书式的长篇小说的发展开拓了宽广的道路。

充溢生命活力的人物典型

巴尔扎克不仅以思想深刻见长，而且是一位用生命从事创作的作家。他夜以继日、近乎痴狂地把自己全身心地投入作品、融入人物，像《玄妙的杰作》里的老画家那样，为追求艺术的极致耗尽了自己的生命。波德莱尔指出："他的所有人物都带有那种激励着他本人的生命活力，他的所有故事都深深地染上了梦幻的色彩。与真实世界的喜剧向我们展示的相比，他的《喜剧》中的所有演员，从处在高峰的贵族到居于底层的平民，在生活中都更顽强，在斗争中都更积极和更狡猾，在苦难中都更耐心，在享乐中都更贪婪，在牺牲精神方面都更彻底。总之，在巴尔扎克的作品中，每一个人，甚至看门人，都是一个天才。所有灵魂都是充满了意志的武器。这正是巴尔扎克本人。"[1]巴贝里斯以更简洁的方式表述了这一特点："'我'进入了人物，人物为的是言说'我'。这正是整个现实主义的基础。"[2]作家生命活力的充溢，使《人间喜剧》成为巴尔扎克对法国社会历史的独特读解——既是现实的，又是超验的；使《喜剧》中的艺术形象都律动着巴尔扎克的激情，凝聚着巴尔扎克的执着。

艺术和现实的关系，是文艺发展史上一道永恒的难题，也是每个文学艺术家必然要面对的一道难题。

无疑，巴尔扎克是酷爱真实、崇尚真实的。这是他作为"历史学家"的当然禀赋。他总是声称他的作品"既非虚构，亦非小说"，而是真实的故事；而且，现实生活也足够丰富多彩，远胜过作家可能的创造。

"小说家自以为创造的所有恐怖故事其实总是比不上现实的……"(《高老头》)

1　《波德莱尔美学论文选》，第82页，人民文学出版社1999年版。

2　巴贝里斯(B. Barberis)：《巴尔扎克现实主义的神话》，第217页，巴黎版。

“摆在这里的,是条清缕析地勾画出的人类的历史,是由各部分组成的社会历史,这就是基础。这里没有想象的事实,有的都是到处都在发生着的事故。”[1]

“作者转述的全部事实,一个个分开来说,全是真实的,包括那些最富浪漫色彩的在内……无论什么时代,叙事人都是同时代人的秘书。……主题完全虚构,与任何现实远近不着边的书,大部分是死胎;而以观察到的、铺陈开来的、取自生活的事实为基础的书,会获得长寿的荣光。”[2]

在《〈金眼女郎〉第一版出版发行说明》中,作者说得更加彻底:“…作家是从来不进行杜撰的了。……作者是个抄写员,只是抄得好坏不同而已。”[3]

“抄写员在这本大书中遗漏了几页,本故事就是对这几页的并不完美的转述。这里没有一丝虚构。”[4]从“历史学家”而至“秘书”,从“秘书”而至“抄写员”,作家对现实的“忠实”程度可谓无以复加。“真实”在作家心目中至高无上的地位,由此可见一斑。没有“想象的事实”,没有“杜撰”,没有“虚构”,巴尔扎克的反复强调,旨在突出现实在艺术创作中的第一性地位。

而从生活真实转化为艺术真实,巴尔扎克则强调的是典型化原则。典型化原则的形成和发展,是19世纪现实主义文学走向成熟的重要标志。巴尔扎克从理论到创作,对典型化都做出

1　《给韩斯卡夫人的信》,1834年10月26日。

2　《〈古物陈列室〉〈冈巴拉〉初版序言》,《巴尔扎克全集》第24卷,第470页,人民文学出版社1999年版。

3　同上书,244页。

4　《欧也妮·葛朗台》初版跋,同上书,第248页。

了多方面的贡献。他在纲领性的《〈人间喜剧〉前言》中曾指出:“不仅人物,而且生活里的主要事件也都有典型的表现。有一些情境人人都经历过,有一些发展阶段十分典型,正好体现了我全力追求的那种准确性。”[1]可见,巴尔扎克是在自觉地探索着典型化的道路。正是在对以巴尔扎克为代表的19世纪一批著名小说家的创作进行深入研究之后,恩格斯才把典型化原则和现实主义明确地联系起来,精辟地概括出一个充分的现实主义的定义:“据我看来,现实主义的意思是,除细节的真实外,还要真实地再现典型环境中的典型人物。”[2]

巴尔扎克一向十分重视环境的选择和描绘。作家喜欢详尽而准确地描绘环境,既是为了真实地再现生活画面,更是为了深入地刻画人物。他总是力图为他的人物提供真实、形象的活动布景,以使人物获得真实感、典型性。《高老头》中的几处场景,是我们所熟悉的。

拉丁区的伏盖公寓,是穷人的去处,失意者的住所。作家用“灰黑的色彩”描写公寓的外景,的确使人有身临其境之感。先是外景:街道、建筑、阴沟、墙根,死沉沉、阴惨惨,读起来就像生活在其中的人物一样,会感到“无端端的不快活”;再写内景:院子、客厅、地板、陈设,潮腻腻、油斑斑,无处不散发着“公寓味道”,仿佛那股“闭塞的、霉烂的、酸腐的气味”正向读者迎面扑来。在这样的背景下,再给我们介绍那一张张奇形怪状的脸谱,

---

1 巴尔扎克:《〈人间喜剧〉前言》,《巴尔扎克全集》第1卷,第19页,人民文学出版社1999年版。

2 恩格斯:《致玛·哈克奈斯的信》(1888年4月初),《马克思恩格斯选集》第4卷,第462页。

就显得十分自然，十分贴切了。圣日耳曼区的鲍赛昂府，巴尔扎克落笔不多，却恰到好处地点染了它的煌煌气派，为领袖群伦的贵妇造设下艳而不俗的舞台：玻璃大门里，是一座金漆栏杆，大红地毯，两边供满鲜花的楼梯，色彩夺目，香气四溢，华丽的排场显示出名门望族的威风；接待亲朋的客厅却只有灰、粉两色，小巧玲珑，陈设精美，映衬出女主人的高雅风度；再加上金碧辉煌、花团锦簇的舞会场面，……一切都与这个高傲超群、自命不凡的鲍赛昂夫人那么协调、那么一致。和鲍府形成强烈对比的，是高老头两个女儿的家庭。在雷斯多伯爵那里，是“金碧辉煌的屋子，显而易见的贵重器物，暴发户的恶俗排场，像人家的外室那样浪费”；而纽沁根的府邸，则是“一座轻巧的屋子，十足地道的银行家住宅，单薄的廊柱，毫无气派的回廊……不惜工本的讲究，人造云石的装饰像，五彩云石镶嵌的楼梯台。小客厅挂满意大利油画，装饰像咖啡馆”。似乎不用多说什么，住所已经把主人的粗俗和浅薄暴露无遗了。

巴尔扎克不仅擅长逼真地描绘客观环境，更能够站在历史的高度来表现艺术的典型环境，真实地再现出一定历史条件下的社会关系，为典型人物的塑造提供厚实的根基。巴尔扎克对波旁王朝和七月王朝时期的社会状况和历史趋势全局在胸、烂熟于心，因此，他仿佛信手画出的各种生活画面，就都无不染上时代的色彩。

伏盖公寓是巴黎下层社会的缩影，“整个社会的分子，在这样一个集团内当然是应有尽有”。在这伙落魄人物当中，弥漫着市侩习气，充斥着尔虞我诈的关系，也流露出对上层的妒羡和不满。正是在这个环境里，我们结识了伏脱冷。而在富丽堂皇、珠光宝气的沙龙里,集结的是一群“出名放肆的男人”和“最风雅的妇女”,他们寻欢作乐,放荡不羁,作家着力描写荣华掩盖下的精神空虚,虚伪遮饰着的钩心斗角。在这里,我们目睹了鲍赛昂夫人的盛衰。这两个交替出现的场景,或者说,整个万头攒动、互相倾轧的巴黎社会的典型环境,为野心家拉斯蒂涅的成长、发展提供了真实可信的依据。

巴尔扎克把自己的任务规定为书写历史。同时,他也深刻认识到,只有塑造出人物典型,才能真正完成书写历史的任务:“我企图写出整个社会的历史。我常常用这样一句话说明我的计划:‘一代就是四五千突出的人物扮演一出戏,这出戏就是我的著作。’”[1]而要画出时代的风貌,就必须写出这个“时代的主要人物”。为此,巴尔扎克几乎把整个社会中各行各业的人物都请上了他的“喜剧”舞台:资产阶级、新老贵族、银行家、高利贷者、主教、神父、政客、律师、作家、记者、画家、演员、科学家、军人、职员、工人、农民、流氓、妓女,等等。到巴尔扎克手里,人物画廊和题材领域一样,似乎在无限制地扩大。

人物形象数量和种类的增多,并不足以保证艺术的成功。关键还必须塑造出思想深刻、血肉丰满、形象鲜明的艺术典型。

巴尔扎克对“典型”有自己明确的认识:“‘典型’这个概念应该具有这样的意义,‘典型’指的是人物,在这个人物身上包括着所有那些在某种程度跟它相似的人们的最鲜明的性格特征;典型是类的样本。因此,在这种或者那种典型和他的许许多多

---

1 巴尔扎克:《致〈星期报〉编辑意得利特·卡斯狄叶先生》,《文艺理论译丛》第二辑,第35页,人民文学出版社1957年版。

同时代人之间随时随地都可以找出一些共同点。但是,如果把他们弄得一模一样,则又会成为对作家的毁灭性的判决,因为他作品中的人物就不会是艺术虚构的产物了。”[1]这一见解应当说是相当深刻的,对我们今天的创作实践和理论探讨仍有启迪意义。

巴尔扎克把典型看作是某类人物“最鲜明的性格特征”的集中,因而他笔下的人物大多有如浮雕般突出,能给人以强烈的印象:贪婪、吝啬、凶狠、奸诈、好色、淫荡、贪嘴、嫉妒……这种写法,既是对生活的高度概括、夸张(其中也受到浪漫主义的影响),也是作家充溢的生命活力投射的产物。由于巴尔扎克是从对活生生的社会人的观察入手塑造形象的,由于他十分重视形象的个性体现,因此,大多数典型是成功的。而这些成功的典型,虽然性格单一,却绝不单调,更不雷同。作家深知,缺乏个性,就是艺术的死亡;写出的尽是“一模一样”的人物,就是作家的毁灭。他主张的是“典型化的个性”,“个性化的典型”。因此,他特别强调艺术表现中的“差异”“对比”,并在细节、肖像、动作、语言等的选择和描绘上下大功夫,努力通过与不同人的关系和在不同场合下的表演,刻画同一性格的不同侧面,力求做到单一性和丰富性的巧妙结合。

在这方面,老葛朗台是一个突出的杰作。嗜金如命的特点贯穿这个人物的始终。但是,在金钱的导演下,葛朗台的表演又是千姿百态的。他时而忧,时而喜;时而如虎,时而似羊;时而畏

1　巴尔扎克:《〈一桩无头公案〉初版序言》,《古典文学理论译丛》第十辑,第137页,人民文学出版社1965年版。

葸不前，时而神气十足；时而结结巴巴，时而口若悬河；时而谎话连篇，时而直言不讳……而他的一言一行，一嗔一怒，又都离不开他的“最高任务”：占有金子，保住金子。同时，他又处处露出外省财主的“土”气，横阔的身躯，丑陋的圆脸，结实的衣装，粗俗的谈吐，毫无风度的举止，乃至抢金匣、抓十字架等愚鲁的动作。这就使葛朗台鲜明地区别于其他资产者的形象，成为血肉丰满、独具特色的“这一个”。

与夸张、集中的手法相应，巴尔扎克也以更加现实主义的方法塑造了一批成功的典型。这些人物虽然也有强烈的情欲和追求，但作家却没有重笔渲染，而是用近乎白描的笔法来描绘人物的行动和心理，让他们在一系列的事变中自然而然地展示自己的性格特点。对这类典型，巴尔扎克同样注意赋予他们以鲜明的个性色彩。

拉斯蒂涅和吕西安是《人间喜剧》中两个重要的青年形象。他们身上有许多共同之处。例如，他们都有英俊潇洒的外表，都有聪慧的天资和出人头地的强烈欲望，都从外省（而且还是同乡）进入巴黎寻求功名利禄，都受到过贵族妇女（前者是鲍赛昂夫人，后者是巴日东太太）和伏脱冷的教诲，在堕落的道路上又都有过犹豫和矛盾。尽管如此，拉斯蒂涅和吕西安却是两个绝不会使人混淆的艺术形象。吕西安在拿他自己和拉斯蒂涅做比较时曾这样说：“他（指拉斯蒂涅）明明不如我，只是运气比我好。……我样样凭幻想，他可是更精明，讲实际……”这两句评语虽然简单，还明显地带着吕西安个人的怨气，但仍然在一定程度上传达出了人物的差异。吕西安是诗人气质，一身的浪漫，从相貌才华到行为举止，以至处理各种关系、解决各种矛盾，他都锋芒毕露,毫无保留。因此,他成功得快,失败得也惨。昏昏于胜利的喜悦,却看不到隐伏着的陷阱。一点廉价的吹捧就能使他飘飘欲仙,突然降临的灾难又使他茫然不知所措。浅薄的热情和软弱的意志,构成人物悲剧的内因。与吕西安相比,拉斯蒂涅确实要“实际”得多。虽然也是初出茅庐,但他吃一堑长一智,很快就顺应了环境。他善于察言观色,城府较深,每向前迈出一步,都要先权衡得失利弊,再加上决心“下地狱”的意志,使他在这污浊的社会里如鱼得水,并平步青云。

别林斯基曾经这样赞叹道:“请看巴尔扎克:他写过多少东西,可是在他的中篇小说中,有没有一个性格、一个人物是雷同的呢?把具有全部个性的浓淡色度的性格刻画出来,这是多么不可企及的本领啊!”[1]

“取之不尽的(艺术)宝藏”

在一些文学史家的笔下,巴尔扎克似乎只是一个思想深刻而在艺术上并无杰出成就的作家,他那滞重而多少有点粗糙的风格,更是屡屡遭到非议。但,高尔基却满腔热忱地写道:“‘优秀的’法国文学——司汤达、巴尔扎克、福楼拜的作品对我这个作家的影响,具有真正的、深刻的教育意义;……这是些真正有才能的艺术家,最伟大的艺术形式的大师……”[2]

巴尔扎克创作的最大特点是倾注全部力量于人物形象的塑

1　别林斯基:《文学的幻想》,《别林斯基选集》第1卷,第96页。

2　高尔基:《谈谈我怎样学习写作》,《论文学》,人民文学出版社1978年版。

造。因而，他在刻画形象方面所运用的艺术技巧和取得的艺术成就就特别引人注目。我们这里只能举要说明。

如果把巴尔扎克比作画家，那么他所勾勒的数以千计的肖像画，各具风采，形神兼备，确实不愧为上乘之作。像一切高明的画师一样，他总是把肖像看作是人物内里性格的外在表现。因此，无论是工笔描摹，还是大笔挥洒，巴尔扎克都善于抓住形象的特征，夸张地加以表现，给读者留下强烈印象。

这是高利贷者高布赛克的形象：

> 那张没有血色的、灰白色的脸……它同褪了色的镀金器皿相似。……他的头发是平板的、深灰色的，梳得很滑亮。脸上……毫无表情，看起来像是用青铜铸成的。两只小眼睛黄得像黄鼠狼的眼睛，差不多没有睫毛，怕见阳光；可是一顶旧鸭舌帽的遮阳替他把阳光挡住了。他的尖鼻子的末端有很多痘斑，您会把它当作一个小螺丝钻。他的嘴唇很薄，像一个炼金术士或伦勃朗或梅殊所画的矮小老人一样。……
>
> ——《高布赛克》

这副相貌，平板、呆滞，毫无生气，正像这颗心从不动情一样。一连几个金属物的比喻，更使人感到这颗物化的灵魂的冷酷。他那双鼠眼和尖鼻薄唇相配，透露出这个吸血鬼刻薄狡诈的特点，令人望而生厌，亦令人望而生畏。这种近乎漫画化的手法，与作家擅长夸张的性格描写相结合，产生了过目难忘的艺术效果。有人以为，在他笔下“没有两件衣服是一样的，没有两个头是相像的”——个性化的人物需要个性化的外观。

夸张,并非是脸谱化。巴尔扎克不是从善恶美丑的概念出发来臆造画像,而是从对现实的观察综合开始来塑造形象的。为了把外部特征和内在精神更加有机地结合起来,他常常喜欢将相貌和人物的动作、声音、风度、禀性糅合在一起进行描写,夹叙夹议,使形象显得更为真实、生动、丰满。

作家是这样开始介绍伏脱冷的:

> ……肩头很宽,胸部很发达,肌肉暴突,方方的手非常厚实,手指中节生着一簇簇茶红色的浓毛。没有到年纪就打皱的脸似乎是性格冷酷的标记,但是看他软和亲热的态度,又不像冷酷的人。他的低中音嗓子,跟他嘻嘻哈哈的快活脾气刚刚配合,绝对不讨厌。他很殷勤,老堆着笑脸。……他什么都懂:帆船,海洋,法国,外国,买卖,人物,时事,法律,旅馆,监狱。……他尽管外表随和,自有一道深沉而坚决的目光教人害怕。看那唾口水的功架,就可知道他头脑冷静的程度:要解决什么尴尬局面的话,一定是杀人不眨眼的。……
>
> ——《高老头》

寥寥数语,一个性格丰富、复杂的“混世魔王”形象就跃然纸上,呼之欲出,为其后人物的铺展提供了良好的基础。

达文曾这样赞扬巴尔扎克的人物描写:“从贵族、资产阶级和当代的民众的苍白衰弱的相貌中,巴尔扎克先生知道如何选择那些瞬息即逝的特征,那些淡淡的色彩,那些常人眼睛所不容易看见的轻轻的笔画。他曾经埋头调查风俗，解剖人的举动，细细观察人的容貌和声音的变化，这些变化在别人看来并不能说明什么，或者永远说明同一的事实。他的人物画画廊展开在我们面前——丰富、取之不尽、永远最完美。无论是在他的最简洁的人物描写中，或是最繁杂的人物描写中，他始终不会忘记一个人物的容貌，或他所穿的衣服，或他所住的房屋，以及那些能传达一个人物的思想的家具。”[1]巴尔扎克的创作，处处都体现出现实主义的特色。

巴尔扎克在戏剧上没有取得特别引人注目的成就，但由于他深入把握人物性格，熟悉各行各业、各种人物的语言（包括术语、行话和切口），重视个性化语言的表现力，因此他笔下人物对话的准确性、生动性、丰富性可与一切戏剧大师写下的台词相媲美。高尔基说过：“巴尔扎克和其他法国作家都精于用语言描写人物，善于使自己的语言生动可闻，对话纯熟完善——这种技巧总使我惊叹不已。”“当我在巴尔扎克长篇小说《驴皮记》里，读到描写银行家举行盛宴和二十来个人同时讲话因而造成一片喧声的篇章时，我简直惊愕万分，各种不同的声音我仿佛现在还听见。然而主要之点在于，我不仅听见，而且也看见谁在怎样讲话，看见这些人的眼睛、微笑和姿势，虽然巴尔扎克并没有描写出这位银行家的客人们的脸孔和体态。”[2]

我们先来看看《高老头》里一段小小的对话。

鲍赛昂夫人第一次带着拉斯蒂涅来到剧院，准备介绍他结

1　达文：《巴尔扎克〈十九世纪风俗研究〉序言》，《古典文艺理论译丛》第三辑，第158页，人民文学出版社1962年版。

2　高尔基：《谈谈我怎样学习写作》，《论文学》，人民文学出版社1978年版。

识纽沁根夫人,并建议他勾引纽沁根夫人以为进身之阶。这是他们两人在包厢里看见坐在附近的纽沁根夫人时的一段对白:

> "她可爱得很,"欧也纳(即拉斯蒂涅)瞧了瞧德·纽沁根太太。
>
> "她的眼睫毛黄得发白。"
>
> "不错,可是多美丽的细腰身!"
>
> "手很大。"
>
> "噢!眼睛美极了!"
>
> "脸太长。"
>
> "长有长的漂亮。"
>
> "真的吗?那是她运气了。你瞧她手眼镜举起放下的姿势!每个动作都脱不了高里奥气息。"

对于同一个女子的姿色风韵,两个人的评价竟南辕北辙,大相径庭,简直使局外人无法判断纽沁根夫人的美丑。但是,人们却可以从中清楚地"听"出两个对话者的身份、地位、性格,乃至内心的活动。急切切、色迷迷的拉斯蒂涅一味赞叹,甚至把短处都能看成长处;他那坦率的语句里,又透露出几分初入世者的天真。鲍赛昂夫人的评论,则处处显示出居高临下的地位。从她挑剔的谈吐里,读者不难"看"到她鄙夷的神情和高傲的态度。最后一句,于漫不经心之中便点出了这种蔑视的实质,更加重了谈话的分量。在《人间喜剧》里,我们到处都可以读到这样潜台词丰富、个性色彩鲜明的家常谈话。

伏脱冷的长篇道白,又另具特色。他讲起话来口若悬河,滔滔不绝,反映了他过分旺盛的精力,倾泻出他积郁在胸的野心和激愤,也表现了他浪迹天涯、饱经风霜的阅历。在他的言谈话语里,上至上帝、君主、宗教、法律,下及魔鬼、骗子、强盗、娼妓,历史的教训,社会的道德,人生的哲学……纷然杂呈,包罗万象,信口雌黄中埋藏着高明的见地,用强盗逻辑常能推演出深刻的哲理。例如,在《幻灭》里,他以西班牙教士的身份向吕西安讲的道德课,竟长达数百行,但却丝毫不使人感到厌烦。这是因为,他的语言不仅已成为这个艺术形象生命的一个有机组成部分,而且具有耐人寻味的独特魅力。

葛朗台的语言也是常为人们称道的成功范例。他说话就像他吝啬的性格一样,从不多言,句子简短,好像语言也是应当节省的。然而,话虽不多,却十分传神,确有一以当十之妙。

(为款待侄子,他让女仆用乌鸦煮汤。拿侬惊讶地问:)

"先生,乌鸦吃死人可是真的?"

"你真是个傻瓜,拿侬!它们还不是跟大家一样有什么吃什么。难道我们就不吃死人了吗?什么叫作遗产呢?"

(查理为父亲的去世哭泣,他却冷冷地说:)

"这孩子没有出息,把死人看得比钱还重。"

(女儿答应放弃母亲的遗产,他便兴奋地喊道:)

"咱们两讫了。这才叫作公平交易。人生就是一件交易。"

"土"财主的"村野"味道,夹杂着买卖人的商业行话,再加上虚伪的热情,假装的结巴……使葛朗台的语言变化多端,色彩丰富;同时,又句句不离悭吝、贪婪、狠心的本质特征,生动而准确地表现了人物的精神世界。

重视细节描写在艺术表现中的作用,是巴尔扎克对小说艺术发展做出的重要贡献，对后世的作家们产生了积极的影响。

巴尔扎克认为，细节真实是作品真实的前提。“小说如果在细节上不真实，那它就没有任何价值。”[1]因此，从城市、街道、房屋、广告、摆设，到服饰、习惯、肖像、言谈、举止……他都要认真观察研究，然后才落笔细致描摹。读者可以责备他有些描写过于冗长沉闷，但却难以挑剔他有失真的弊病。巴尔扎克生活面之广，熟悉程度之深，实在令人惊讶。他不但谙熟一般的社会生活场景，而且具有多方面的专门知识：贵族财产的变动情况，暴发户的生财之道，高利贷的息率，银行的清账，诉讼的程序，商店的买卖，乃至工厂设备、造纸技术、化学实验……他都能写得十分准确逼真。恩格斯就曾这样赞扬过巴尔扎克的《人间喜剧》：“我从这里，甚至在经济细节方面（如革命以后动产和不动产的重新分配）所学到的东西，也要比从当时所有职业的历史学家、经济学家和统计学家那里学到的全部东西还要多。”[2]

巴尔扎克擅长选择和运用典型的细节来塑造人物形象。丰富而贴切的细节描写，不仅大大增加了作品的真实性、生动性和形象性，而且能以经济的笔墨突出人物的性格特征，给读者以深刻印象。

在《欧也妮·葛朗台》里，老葛朗台与全家矛盾的激化，是由他看到查理留下的金匣引起的。巴尔扎克在这段情节中以一系列精彩的细节使形象栩栩如生。

睹物思人，母女俩在欣赏金匣想念查理。老葛朗台进来后，

1　巴尔扎克：《〈人间喜剧〉前言》，《巴尔扎克全集》第1卷，第14页。

2　恩格斯：《致玛·哈克斯的信》（1888年4月初），《马克思恩格斯选集》第4卷，第463页。

一眼就看见了这个闪光的宝物,他那可怕的目光,竟使他妻子不禁失声叫喊;然后,他"身子一纵,扑上梳妆匣";继而把金匣抱到窗前借着亮光叹赏,嘴里连声叫嚷:"是真金!金子!"最后,竟还掏出一把刀子,想从金匣上撬下一块金板……这一连串动作写得准确洗练,形神兼备。接着,在矛盾转折的关头,一个更加精彩的细节出现了。葛朗台太太晕死过去后,懊悔莫及的葛朗台连忙跑进密室,拿出一把金路易来摔在床上:"太太,这是给你们的……你开开心,快快好起来吧……"只有完全金钱化了的灵魂,才会在人命关天的时刻采取这样荒诞不经的举动。——在他看来,金钱,难道不是能够起死回生的灵丹妙药吗?世上除了金钱以外,还有什么东西会给人以生命力呢?这样的细节,读来令人忍俊不禁,又可发人深思,确有妙笔生花之感。

有时,巴尔扎克还会寻找一些似乎与人物的逻辑相违逆的细节来丰富人物性格,相反相成,奇趣横生。高利贷者高布赛克以贪财和吝啬著称,但作家却为他安排了这样一个细节:

> 有一天,他身上偶然带着些金钱;不知怎的,一个拿破仑币从他裤子的小口袋掉下来了。一个房客跟在他后面上楼梯,把金币捡起来还给他。
>
> "这个金币不是我的。"他做了一个吃惊的手势答道。"我有金币么!如果我有钱的话,我会像现在这样过日子么?"

爱财如命,现在却忍痛割"爱",连自己丢的钱都不肯承认,岂不怪哉?但是,细加品评,我们就不难体会,这个细节以矛盾的手法,更深入地揭示了人物的悭吝和狡诈。

由此,法国著名巴学者罗伯里埃指出,巴尔扎克对细节的重视,“不仅是气质的需要,也不仅是对真实的深爱,而是为他所描绘的社会面面观所制约的一种美学需求。”[1]

巴尔扎克十分推崇英国作家司各特(1771—1832)的历史小说,并从他的创作中得到借鉴,发展了现实主义的创作方法。但他也不无遗憾地指出,司各特“没有想到把他的作品联系起来,调整成为一篇完整的历史”。为了把自己的作品连成一个整体,构成历史的画卷,巴尔扎克独创了“人物再现”的方法,即同一个人物在不同的作品中反复出现,经历持续发展,故事互相渗透。这个方法,巴尔扎克是从写《高老头》时开始采用的。再现的人物大约有四百多个,散见于七十多部作品中,其中像拉斯蒂涅这样主要的角色,读者在几十部小说中都能遇到他。如达文所言:“最近,他又迈出了一大步。公众看到数个从前创造出来的人物在《高老头》中重新出现时,便明白作者有一个最大胆的意图,那就是将生命与活动赋予整整一个虚构的世界,待到其绝大多数模特儿已经死去而且被人遗忘时,这个虚构世界中的人物说不定仍然活着。”[2]巴尔扎克运用这一独特的手法,不仅起到了延长人物“寿命”,增强形象的立体感,丰富形象意义的作用,而且确实达到了他预期的目的,把各自独立的单篇连成了一个相互关联的整体,从不同的侧面反映了一个时代的社会全貌,使《人间喜剧》成为一个既完整又具有开放性的体系。人物的时隐时现,

---

1　罗伯里埃:《巴尔扎克的艺术天才》,第29页,日内瓦,1980年版。

2　《〈十九世纪风俗研究〉导言》,《巴尔扎克全集》第24卷,第298页。

情节的若断若续，给“喜剧”世界增添了“活动性”与“未完成性”，为20世纪作家的创新提供了有益的启示。

巴尔扎克在将他的作品正式定名为《人间喜剧》时曾这样写道：“这项计划规模宏大，它包括了社会的历史、对社会的批评、对其弊端的分析，以及对社会的种种原则的探讨；我认为，这就使我有权利给它加上如今的题名，即《人间喜剧》。这样做是不自量力呢，还是恰如其分？”[1]

雨果在巴尔扎克的墓前葬词中回答了这一问题：

> ……他的全部书仅仅形成了一本书，一本有生命的、有亮光的、深刻的书……。一部了不起的书，他题作喜剧，其实就是题作历史也没有什么……[2]

然而进入20世纪，巴尔扎克遇到了前所未有的挑战。一时间，“巴尔扎克式的小说”，似乎大有被送进“古物陈列室”的架势。但是，巴尔扎克早就坦然地宣称：“艺术家的精神是远视的……他与未来对话。”[3]他深信自己不会成为历史的陈迹，他在深入观察现实的同时，已把“远视”的目光投向了“未来”。事实上，直到今天，他所列举的“清单”上的“恶习”，远远还没有被清除；他所揭示的“现金交易”的人际关系，有增无减；他所剖析的形形色色的灵魂，依然投射出奇异的光芒……因此，当20世纪即将过去的时候，远在东方的中国人却会惊异地发现，我们今天

---

1 巴尔扎克：《〈人间喜剧〉前言》《巴尔扎克全集》第1卷，第21页。

2 巴尔扎克：《〈人间喜剧〉前言》《巴尔扎克全集》第1卷，第21页。

3 巴尔扎克：《论艺术家(二)》，《巴尔扎克全集》第27卷，第580页。

仍然多么需要上一个世纪的巴尔扎克，中国的现实在多么急切地呼唤自己的巴尔扎克！

尤其值得注意的是对人、对人的命运的关注，贯穿着巴尔扎克创作的始终。他要写时代、写历史、写社会。无疑，这是人的时代、人的历史、人的社会；或者说，是时代的人、历史的人、社会的人。他要写环境、写情欲、写败德。无疑，这是人的环境、人的情欲、人的败德；或者说，是写环境如何造就了人、情欲如何支配着人、败德如何腐蚀着人。朗松在他那本文学史的开山之作《法国文学史》中，对巴尔扎克评价并不高，却十分敏锐地指出："只有人使他感兴趣，一切描写都不离开人，一切描写都是为了揭示人。若要问到他自己究竟是个什么样的人，我们只能回答，他是描写社会关系和人类本性的画家。"[1]而20世纪文学，无论其观念如何变异，形式如何出新，它所探讨的核心命题，仍然与巴尔扎克所关注的"社会关系"和"人类本性"有着明显的传承关系。

在巴尔扎克的理论思考和艺术实践中，想象与洞察，和观察与分析具有同样重要的地位。他认为，将观察力与洞察力集于一身，才能"形成完美无缺的人"；而如果用历史的真实过分地"固定"作家的想象力，扼杀他的"蓬勃朝气"，就等于说，"我们不要小说"，"如果一定要作品拘泥于真实，让这些人物处于他们在社会上的实际位置，而老实正派人的生活又毫无戏剧性可言，您以为这样一部作品能让人读得下去吗？"

巴尔扎克对想象的热衷是与他对创作的痴迷相联系的。他夜以继日、全身心地把近乎疯狂的激情投入作品、融入人物，直

1 朗松：《法国文学史》第1001页，摩纳多版，1964年。

至无法分辨真实的世界和虚构的世界。在想象中生活，在生活中想象，将生命意志贯注于艺术，为艺术的极致耗尽了生命。作家生命力的充溢，想象力的驰骋，使《人间喜剧》成为巴尔扎克对法国社会历史的独特读解——既是现实的，又是超验的；使《喜剧》中的艺术形象都律动着巴尔扎克的激情、凝聚着巴尔扎克的执着——既是真切的，又是奇特的。

巴尔扎克对作家的“视力”作过带有几分神秘主义色彩的阐释：“在真正具有哲学家气质的诗人或作家的头脑里，还发生一种精神现象，这种精神现象无法解释，非同寻常，科学也难阐明。这是一种超人的视力，使他们能够在一切可能出现的情况中看透真相。或者，更胜一筹，这是一种难以形容的强大力量，能将他们送到他们应该去的或想要去的地方。”这种“超人的视力”，也就是巴尔扎克多次提到的“第二视力”。凭借这种视力，作家能透过纷繁的表象捕捉事物的真谛；凭借这种视力，作家能随心所欲地进入任何常人所难以企及的领域，甚至，还可以在“公众看到是红色的地方”却看到了“蓝色”。神奇的“视力”说，显然是通向后世日渐风行的“通感论”和“直觉论”的。

19 世纪的评论家们也许还没有注意到巴尔扎克理论的超前建树，但却已从他的创作中读出了作家与众不同的天赋。对巴尔扎克一贯颇为不恭的圣-勃夫认为：“他既想象，又观察……巴尔扎克先生追求科学，但实际上，他特有的却是一种哲学的直觉。”夏斯勒先生说得好：“人们没完没了反复说巴尔扎克先生是位观察家、分析家；无论这个词的含义是更好些还是更坏些——他还是一个透视者。”“通感”论者波德莱尔则称：“我多次感到惊讶，伟大光荣的巴尔扎克被看作是一位观察者；我一直觉得他最主要的优点是：他是一位洞观者，一位充满激情的洞观者。”视野开阔的勃兰兑斯也指出：“巴尔扎克不仅仅是一个观察者，他还是一位透视家。”独特的天赋，使巴尔扎克忠于现实，又穿透现实；忠于历史，又超越历史。在无数精确琐屑的细节后面，在一张张被情欲扭曲的面孔后面，人们看到的不仅是一个现实的世界，也是一个想象的世界，一个可能的世界、未知的世界。

如果说巴尔扎克的“第二视力”论已包含着某种先锋意识的话，那么，对现实的执着依恋则仍是他最坚实的理论基础。如达文所言：“巴尔扎克先生大概是根据直觉来进行创作的，这是人类头脑最罕见的特质。然而，不是也必须自己受过苦才能将痛苦描绘得如此精彩么！不是也必须长期估量过社会的力量和个人思想的力量才能将二者之间的斗争描绘得如此出神入化么！”由于巴尔扎克主张紧紧依附于现实土壤进行艺术探索，因此，他这面“镜子”还没有演变成映像面目全非的“哈哈镜”。

至于巴尔扎克艺术精神的丰富性和永恒性，我想引用新小说派的权威人物布托尔的论述，就足以说明问题：“巴尔扎克和当代小说中最大胆的形式之间的联系，我们大体可以提示这样的论断：假如随意从《人间喜剧》中抽出一本小说，我们很容易指出它与当代小说相左之处，指出它落伍或超越时代之处。但是，从整体上看，我们就会发现，这些作品的丰富性和所体现的勇敢精神，远远超出了迄今为止我们对它的准确价值的判断。对于我们，这简直是一座取之不尽的宝藏。巴尔扎克作品的革命精神，远非肤浅的、断章取义的阅读所能理解。它所具有的新意，一部分已在19世纪得到了系统的展示；另一部分，则是在20世纪最富独创性的作品中才产生了回响，而这种丰富的创造力还远远没有穷尽。”[1]

因此,我们完全有理由说:

巴尔扎克属于19世纪,更属于一切时代!

巴尔扎克属于法兰西,更属于全人类。

1 柳鸣九:《新小说派研究》,第95-96页,中国社会科学出版社1986年版。

辑二

巴尔扎克散论

《巴尔扎克论文艺》前言

“我无意充当批评家。”[1]巴尔扎克曾如是说。但,不容置疑的是,他是一位具有执着美学追求和深刻文学见解的作家。散见于他的前言、序跋、评论和书信中的真知灼见,与其多姿多彩的文学作品相得益彰,构成了内涵丰富的艺术宝库,很值得人们深入开掘。

一 “必须成为一个体系”

“艺术世界”——我们常常用这样的词组来形容一个作家所创造的艺术图景。但是,认真推敲起来,古往今来,又有多少作家的笔下真正建构起了“世界”呢?巴尔扎克当属此少数佼佼者之列。

巴尔扎克是位雄心勃勃的作家。他相信法国文学的力量:“法兰西的一大荣光便是如过去它用剑震撼欧洲一样,用笔杆震

1 巴尔扎克:《关于文学、戏剧和艺术的信》(一)。

撼欧洲。”[1]他更相信自己的力量:“我要以笔完成他(指拿破仑)用剑未能完成的伟业。”他的作品将成为“我们美好语言中的纪念碑”[2]。当人们看到一砖一瓦建起的宏伟建筑《人间喜剧》后,就再也无法认为这只是信口雌黄的狂妄了。

“只作一个人是不够的,必须成为一个体系。”[3]纵观世界文学史,作为文学家而立志成为“体系”者,恐怕是微乎其微的。巴尔扎克这句名言,不仅体现了他本人的雄心壮志,反映了他的“喜剧”世界的整体特征,而且更代表着他对作家使命、对文学创作的深刻理解。正是基于这一追求,他把小说提高到了历史和哲学的高度,把小说家提高到了历史学家和哲学家的地位。

1831年,初登文坛的巴尔扎克在《驴皮记》中借人物拉法埃尔之口表达了自己的愿望:“我感觉到我心中有某种思想要表达,有某种体系要建立,有某种学说要阐释。”同年,他的挚友夏斯勒在《〈哲理小说故事集〉导言》里阐发了他的观点:“故事家得是全才。他应该是历史学家;他应该是戏剧家;他应该有深刻的辩证法使他的人物活起来;他还应该有画家的调色板和观察家的放大镜。”“巴尔扎克先生是一位故事家……他又是一位思想家和哲学家……”对刚过而立之年且在文坛立足未稳的作家而言,这难免有自诩之嫌;但倘若我们将此看作是作家的追求和理想,便能引导我们深入认识他的“体系”说,认识其博大的胸怀和恢宏的立意。“在写书之前,作家应该分析过各种性格,接触过各种风尚,踏遍了全球,体验过各种激情。或者,各种激情,各

1 巴尔扎克:《〈夏娃的女儿〉〈玛西米拉·多尼〉初版序言》。

2 巴尔扎克:《给韩斯卡夫人的信》(1834年10月24日)。

3 达文:《〈十九世纪风俗研究〉导言》。

个国度,各种风尚,各种性格,自然的偶然现象,精神的偶然现象,这一切都来到他的思考中。”[1]“社会的各个阶段,从高层到下层,法律、宗教、历史和当代,我都一一做了观察和分析。”[2]总之,作为一个作家,应当以全部热情拥抱一切,占有一切,认识一切,研究一切。

人们注意到,巴尔扎克总是把创作小说看作是书写历史,把小说家看作是历史学家。“说本文作者是历史学家,这就说全了。”[3]“德·巴尔扎克是一位必将传于后世的历史学家。”[4]或者,退一步讲,“法国社会将成为历史家,我只应该充当它的秘书。”[5]历史学家也好、历史学家的秘书也好,其本意都在于说明,真正的文学家,应当高瞻远瞩,鸟瞰全局,自觉地把反映“社会全貌”、记录“时代变迁”作为自己的神圣职责。“我要在头脑里装进整个社会。”[6]正因此,勃兰兑斯从横向对其创作作了如下描述:“巴尔扎克自己的国度,像一个真正的国度一样,有它的各部大臣,它的法官,它的将军,它的金融家、制造家、商人和农民……我们不由自主地想到当时的法国就熙熙攘攘地住满了这些人物。而且这是法国的全部风貌。因为巴尔扎克按照顺序描写了法国每一部分的城镇和地区。”[7]而恩格斯则从纵向揭示了他的历史价值:“他在《人间喜剧》里给我们提供了一部法国‘社

---

1 巴尔扎克:《〈驴皮记〉初版序言》。

2 巴尔扎克:《给韩斯卡夫人的信》(1833 年 3 月末)。

3 巴尔扎克:《〈夏娃的女儿〉〈玛西米拉·多尼〉初版序言》。

4 达文:《〈哲理研究〉导言》。

5 巴尔扎克:《〈人间喜剧〉前言》。

6 巴尔扎克:《给韩斯卡夫人的信》(1844 年 2 月 6 日)。

7 勃兰兑斯:《十九世纪文学主流》第五分册,第 217 页。

会'特别是巴黎'上流社会'的卓越的现实主义史,他用编年史的方式几乎逐年地把上升的资产阶级在1816至1848年这一时期对贵族社会日甚一日的冲击描写出来……他汇集了法国社会的全部历史。"[1]达文则在《哲理研究》导言中不无夸张地代巴尔扎克宣称:"一幅人类的全景图将要诞生。""作者以极其宏伟的规模造了一面类似Speculum munai(世界的镜子)的东西。"法国学者泽里古尔则说:"什么是《人间喜剧》?我们可以回答:一切!因为它带来一种生命哲学。"[2]

巴尔扎克强调自己要完成的这部历史,是"伟大的人类史,风俗史,事物和生命的历史,心灵和社会利害的历史"[3]。或者,我们可以借用《幻灭》中伏脱冷那并不科学但却十分尖刻的历史分类法:"历史有两部:一部是官方的、骗人的历史,做教科书用的,给王太子念的;另外一部是秘密的历史,可以看出国家大事的真正原因,是一部可耻的历史。"作家偏爱的是后者。显然,巴尔扎克要求文学表现的是一部更真实、更深层的历史,一部关于社会和人类的真正的历史,一部既包含着外在的社会变迁轨道,又包含着内在的情感变化的历史。

为此,文学需要思想,作家需要"研究"(像巴尔扎克这样,在书题上频繁使用"研究"一词的作家,也是绝无仅有的)。"文学艺术以借助思想重视人的本性为目标,是所有艺术中最复杂的一种艺术。"[4]巴尔扎克在艺术门类的横向比较中,概括出文学是

---

1 《马克思恩格斯选集》第4卷,第462页。

2 泽里古尔:《〈人间喜剧〉的世界》巴黎版,第14页。

3 巴尔扎克:《给韩斯卡夫人的信》(1842年11月11日)。

4 巴尔扎克:《〈驴皮记〉初版序言》。

最需要思想的艺术。它的描绘，不能是对表象的描绘，不能停留在谨严的再现上，文学要探索、要深究，“应当研究一下产生这类社会效果的多种原因或一种原因，把握住众多的人物、激情和事件的内在意义”，“在努力寻找这种原因、这种社会动力之后”，“还应当思索一下自然法则，推敲一下各类社会对永恒的准则，对真和美有哪些背离，又有哪些接近的地方”[1]。总之，观察应伴随着思考，描绘现实的目的在于揭示历史的规律，而作家则应是“时代的分析者”和“深刻的哲学家”。

小说——历史——哲学。

小说家——历史学家——哲学家。

这“三位一体”的主张，不妨认为就是巴尔扎克“体系”说的要旨。如果说，在《驴皮记》和《路易·朗贝尔》中所透露的青年巴尔扎克曾立意要建立自己的思想体系的话，那么，随着作家巴尔扎克的成熟，他更强调的则是作家把握世界的系统性和所创造的艺术世界的系统性，即要求作家对世界应有一个总体的解释，应能全面、历史、深刻地认识和表现社会现实。巴尔扎克曾盛赞司各特把小说提高到了历史哲学的地位，但又不无遗憾地指出“他没有构想出一套体系”[2]。而正是巴尔扎克自己，在把小说提高到历史哲学的同时，还构想出了一套完整的体系，从而在文学史上建起了“一座比例和谐的雄伟建筑”[3]。

《人间喜剧》的构想和实践，就是这一体系观念的具体体现。

在巴尔扎克对创作进行总体构思的过程中，他曾将总题先

1　巴尔扎克：《〈人间喜剧〉前言》。

2　巴尔扎克：《〈人间喜剧〉前言》。

3　雨果语，转引自巴尔扎克《致厄阿泽尔》（1844 年 1 月 5 日）。

后设想为《十九世纪风俗研究》和《社会研究》。定名《人间喜剧》后，又把结构布局分为三个“研究”（《风俗研究》《哲理研究》《分析研究》）和六个“场景”（《双人生活场景》《外省生活场景》《巴黎生活场景》《政治生活场景》《军旅生活场景》《乡村生活场景》），并声言三部分“研究”是为分别表现社会的“效果”“原因”和“原理”。仅从其构架设计，就不难看出作家对“体系”的追求。“这里的每一部分，都表示社会生活的一个方面，提出这些标题，就足以表现人类生活的起伏变化。”[1]巴尔扎克还强调要“将全部作品联系起来，构成一部包罗万象的历史，其中每一章都是一篇小说，每篇小说都标志着一个时代”[2]。明确的“体系”观念，使作家创造出人类文学史上罕见的奇迹；同样，读解《人间喜剧》的每部作品，也只有置于“体系”中考察，才能更深刻地把握其真谛。

然而，巴尔扎克又辩证地指出：“对于一个时代，有一个总体看法还不够，因为这是历史范畴内的事。在这之上，作者还应该加上小说家的品质，高度的想象力，精细的细节，对人类情感深刻的研究，以及……谁知道呢？一千样说不完的事。”[3]

二 “全力追求的准确性”

艺术和现实的关系，是文艺发展史上一道永恒的难题，也是每个文学艺术家必然要面对的一道难题。

---

1 达文：《〈十九世纪风俗研究〉导言》。

2 巴尔扎克：《〈人间喜剧〉前言》。

3 巴尔扎克：《评〈流氓团伙〉》。

无疑，巴尔扎克是酷爱真实、崇尚真实的。这是他作为"历史学家"的天然禀赋。他总是声称他的作品"既非虚构，亦非小说"，而是真实的故事；而且，现实生活也足够丰富多彩，远胜过作家可能的创造。

"小说家自以为创造的所有恐怖故事其实总是比不上现实的……"（《高老头》）

"在这里，人类心灵的历史和社会历史交织在一起，这就是它的基础。不是凭空想象，而是到处都在发生着的事情。"[1]

"作者转述的全部事实，一个个分开来说，全是真实的，包括那些最富浪漫色彩的在内……无论什么时代，叙事人都是同时代人的秘书。……主题完全虚构，与任何现实远近不着边的书，大部分是死胎；而以观察到的、铺陈开来的、取自生活的事实为基础的书，会获得长寿的荣光。"[2]

在《〈金眼女郎〉第一版出版说明》中，作者说得更加彻底："……作家是从来不进行杜撰的了。……作家无非是个抄写员，只是抄得好坏不同而已。"

"抄写员在人世这本大书中遗漏了几页，本故事就是对这几页的并不完美的转述。这里没有一丝虚构。"[3]

从"历史学家"而至"秘书"，从"秘书"而至"抄写员"，作家对现实的"忠实"程度可谓无以复加。"真实"在作家心目中至高无上的地位，由此可见一斑。没有"想象的事实"，没有"杜撰"，没有"虚构"，巴尔扎克的反复强调，旨在突出现实在艺术

1　巴尔扎克：《给韩斯卡夫人的信》（1834 年 10 月 26 日）。

2　巴尔扎克：《〈古物陈列室〉〈冈巴拉〉初版序言》。

3　巴尔扎克：《〈欧也妮·葛朗台〉初版跋》。

创作中的第一性地位。

在巴尔扎克的真实观中,“细节”具有特殊重要的意义。“究竟什么叫作生活呢?事实上生活就是一堆细小的情况,最伟大的热情就受这些细小情况所制约。”[1]“小说如果在细节上不真实,那它就没有任何价值。”[2]“我们读一本书,心里总有一种求真的意识,碰到不可能的细节,它就会大喊‘这是假的!’。当这种意识反复喊叫,并且所有人的意识都这样喊叫,这本书就没有、也不会有任何价值了。普遍的、永恒的成功的秘密,就在于真实。”[3]在这里,细节的真实决定着作品的生命、作品的价值,甚至是“永恒的成功”。巴尔扎克现实主义理论中这一举足轻重的要素,在他的创作中得到了充分的体现,致使恩格斯在界定“现实主义”时都没有忘记“细节真实”的不容置疑的地位。

按照巴尔扎克的观点,社会生活就是由无数看似琐屑的“细节”组成的,就像许多部件构成一个物体,只有真实地再现每个细节,准确地将每个细节“黏合”成一个有机的整体,才有可能全面而忠实地反映出社会的本来面目。而在观察和创作的过程中,事无巨细都不应被作家忽略,“杂乱无章的物什,褴褛的衣衫,挑夫的语言,工匠的动作,一个工业家倚在自己商号门前的姿态,生活中最严重的时刻,心灵中最不为人觉察的细腻之处,他都善于加以利用”[4]。历史风云,时代轨迹,正潜藏在这些表面十分平凡精微的生活之中。巴尔扎克虽然总以历史学家自比,

1 巴尔扎克:《致〈星期报〉编辑伊波利特·卡斯蒂耶先生书》。

2 巴尔扎克:《〈人间喜剧〉前言》。

3 巴尔扎克:《关于文学、戏剧和艺术的信》(三)。

4 达文:《〈十九世纪风俗研究〉导言》。

但他却不以正面描写政治风浪、重大事件见长，而是专注于在日常生活场景中融入阶级的更迭、时代的信息，在平凡中开掘不平凡的内涵。这样，他就把历史规模的追求和寻常细节的描摹巧妙地熔于一炉，形成其鲜明的现实主义特色。达文非常形象地阐释过作家的这一创作特点："这些激情和典型，巴尔扎克先生几乎全是到家庭中、炉火周围去寻找的。他在表面看上去那样千篇一律、那样平淡的外表下去搜索，突然从中挖掘出既那样复杂又那样自然的性格，以致所有的人都纳闷，一些如此司空见惯，如此真实的事情，怎么会这么长时间一直无人发现！这是因为，在他之前，从来没有哪一位小说家像他这样深入细致地研究细节和小事。他以高度的洞察力对这些细节和小事加以阐释和选择，以老镶嵌细工的那种艺术才能和令人赞叹的耐心将它们组合起来，构成充满和谐、独特和新意的一个整体。"[1]结论是："巴尔扎克先生的伟大诀窍：在他的笔下，没有任何事物可称为微不足道，他能把一个题材最平庸的细节加以提炼，并且戏剧化。"而"艺术的物质便是选择自然中零散的各个部分，真实的细节，以便构成一个统一的整体。"[2]法国巴学研究者罗伯里埃进一步指出，巴尔扎克对细节所作的社会学阐释表明，对细节的重视，"不仅是气质的需要，也不仅是对真实的深爱，而是为他所描绘的社会面面观所制约的一种美学需求"[3]。

由此，我们可以看到，巴尔扎克对文学中宏观与微观关系的理解是十分辩证的。只有具有清醒的历史意识，力图表现历史

1　达文：《〈哲理研究〉导言》。

2　达文：《〈十九世纪风俗研究〉导言》。

3　参阅罗伯里埃：《巴尔扎克的艺术睿智》，第 29 页，日内瓦版，1980 年。

的风貌，才能从大量平凡的细节中捕捉和开掘丰富的内涵；只有透彻地了解社会生活的底蕴，真实地描绘出生活的本来面貌，才能令人信服地构筑起历史的大厦。二者相辅相成，互为因果，辩证统一。

然而，对细节的忠实却并不意味着对自然的简单摹写。巴尔扎克明确断言："自然的真实不是、也永远不会是艺术的真实。"他认为，"倘若自然和艺术在一部作品里完全吻合，那是因为具有无限偶然性的自然此时符合了艺术的条件。艺术家的才能就表现在是否善于选择能够转换成文学真实的自然事件，而且假如他不能把这些事件焊接在一起，不能用这些金属材料一气呵成地完成一件色调和谐的塑像，那么他的作品就失败了。"[1]

巴尔扎克将这种"转换"和"焊接"过程名之为"典型化"。他在《〈人间喜剧〉前言》中指出："不仅人物，而且生活里的主要事件也都有典型的表现，有一些情境人人都经历过，有一些发展阶段十分典型，正好体现了我全力追求的那种准确性。"通过典型化寻求文学真实的"准确性"，正是现实主义理论的精要，也是巴尔扎克对现实主义理论的卓越贡献。

他把文学创作的重心始终置于典型人物的塑造，声称要"刻画一个时代的两三千名出色人物的形象……就是一代人所涌现的典型，也是《人间喜剧》典型人物的总和"[2]。他强调典型形象的概括性："一个典型，从应该赋予这个词的意义来说，就是一个人物，他把所有多少与他相似的人的特征都概括在自己身上了，

1　巴尔扎克：《〈关于文学、戏剧和艺术的信〉》（三）。

2　巴尔扎克：《〈人间喜剧〉前言》。

他是这一类人的样本。”[1]他还以作家的经验归纳出创造典型的方法：“文学使用绘画上应用的手法：在绘画上，为了画出一个美人，从这个模特儿身上取其手，从另一个模特儿身上取其足，从这个模特儿身上取其胸，从另一个模特儿身上取其肩。画家的任务就是赋予这精选的各个部位以生命，并且叫人信以为真。如果他为诸位临摹某一个真实的女人，诸位大概会掉头而去。”[2]有模特儿，又不局限于模特儿，在综合中寻求人物的生命力和概括力。他还一再强调，要“在个性化中给典型以生命，在典型化中给个性以生命”[3]。这都是他本人艺术实践的总结，也是他留给后人的宝贵财富。

“艺术家的使命是创造伟大的典型，将美提高到理想的程度。”[4]典型化，是巴尔扎克为艺术通向理想美铺设的坦途。

三　“一面无以名之的镜子”

当我们习惯地把巴尔扎克称为现实主义作家的时候，可能出现的或者已经出现的最大误解，便是以为他对文学创作的主张仅限于对现实和历史的摹写，以为《人间喜剧》的特点就在于对社会历史的复制。

的确，如前所述，巴尔扎克以其对历史的酷爱和忠诚彪炳于世，以其精细入微的观察和描摹令人瞠目。但是，这绝不意味着

1　巴尔扎克：《〈一桩神秘案件〉初版序言》。

2　巴尔扎克：《〈古物陈列室〉〈冈巴拉〉初版序言》。

3　巴尔扎克：《给韩斯卡夫人的信》(1834 年 10 月 26 日)。

4　达文：《〈十九世纪风俗研究〉导言》。

他只是个平庸的反映论者，更不意味着他会呆板地将小说等同于历史。人们无法想象，一个作家仅靠直接的观察，能建筑起如此宏大巍峨、凹凸有致的艺术世界；人们也无法想象，一位倾毕生精力于小说艺术探索的作家会将自己的眼光仅限于事实的存在。巴尔扎克将历史比作画布，而小说家要在这上面画上、点染上“最能使人动情的具有个人色彩的故事，写小说的目的就是要叫人激动，小说总是小说，永远不应该倾向于历史的严格，因为人们不会到小说家笔下去寻找往日的历史”[1]。作家对小说与历史关系的种种阐释，究竟是自相矛盾的悖论，还是充满辩证的理解？

“镜子”是模仿说的通用比喻。而巴尔扎克却别有深意地指出，作家所拥有的应是“一面无以名之的集中一切事物的镜子，整个宇宙就按照他的想象反映在镜中”[2]。“一切事物”和“整个宇宙”，正是巴尔扎克式无所不包的雄心的体现。“无以名之”一词，则道出了作家对文学创作的复杂与微妙的深刻理解。一面普通的平面镜，无法反映出艺术真实的魅力；只有通过作家“想象”的多棱镜，才可能折射出奇异的光彩。

在巴尔扎克的理论思考和艺术实践中，想象与洞察，和观察与分析具有同样重要的地位。他认为，将观察力与洞察力集于一身，才能“形成完美无缺的人”；而如果用历史的真实过分地“固定”作家的想象力，扼杀他的“蓬勃朝气”，就等于说，“我们不要小说”[3]。“如果一定要作品拘泥于事实，让这些人物处于

1 巴尔扎克：《评〈流氓团伙〉》。

2 巴尔扎克：《〈驴皮记〉初版序言》。

3 巴尔扎克：《评〈流氓团伙〉》。

他们在社会上的实际位置,而老实正派人的生活又毫无戏剧性可言,您以为这样一部作品能让人读得下去吗?”[1]

巴尔扎克对想象的热衷是与他对创作的痴迷相联系的。他夜以继日、全身心地把近乎疯狂的激情投入作品、融入人物,直至无法分辨真实的世界和虚构的世界。在想象中生活,在生活中想象,将生命意志贯注于艺术,为艺术的极致耗尽了生命。波德莱尔指出:“他的所有人物都带有那种激励着他本人的生命活力,他的所有故事都深深地染上了梦幻的色彩。与真实世界的喜剧向我们展示的相比,他的《喜剧》中的所有演员,从处在高峰的贵族到居于底层的平民,在生活中都更顽强,在斗争中都更积极和更狡猾,在苦难中都更耐心,在享受中都更贪婪,在牺牲方面都更彻底。总之,在巴尔扎克的作品中,每一个人,甚至看门人,都是一个天才。所有灵魂都是充满了意志的武器,这正是巴尔扎克本人。”[2]法国当代学者巴贝里斯以更简洁的方式表述了这一特点:“‘我’进入了人物,人物为的是言说‘我’。这正是整个现实主义的基础。”[3]作家生命力的充溢,想象力的驰骋,使《人间喜剧》成为巴尔扎克对法国社会历史的独特解读——既是现实的,又是超验的;使《喜剧》中的艺术形象都律动着巴尔扎克的激情、凝聚着巴尔扎克的执着——既是真切的,又是奇特的。

巴尔扎克对作家的“视力”作过带有几分神秘主义色彩的阐释:“在真正具有哲学家气质的诗人或作家的头脑里,还发生一种精神现象,这种精神现象无法解释,非同寻常,科学也难以阐

---

1 巴尔扎克:《致〈星期报〉编辑伊波利特·卡斯蒂耶先生书》。

2 《波德莱尔美学论文选》,第82页,人民文学出版社。

3 巴里贝斯:《巴尔扎克——一个现实主义的神话》,第217页,巴黎版。

明。这是一种超人的视力,使他们能够在一切可能出现的情况中看透真相。或者,更胜一筹,这是一种难以言明的强大力量,能将他们送到他们应该去的或想要去的地方。”[1]这种“超人的视力”,也就是巴尔扎克多次提到的“第二视力”。凭借这种视力,作家能透过纷繁的表象捕捉事物的真谛;凭借这种视力,作家能随心所欲地进入任何常人所难以企及的领域,甚至,还可以在“公众看到是红色的地方”却看到了“蓝色”[2]。神奇的“视力”说,显然是通向后世日渐风行的“通感论”和“直觉论”的。

19世纪的评论家们也许还没有注意到巴尔扎克理论的超前建树,但却已从他的创作中读出了作家与众不同的天赋。甚至对巴尔扎克一贯颇为不恭的圣勃夫也承认:“他既想象,又观察……巴尔扎克先生追求科学,但实际上,他特有的却是一种哲学的直觉。夏斯勒先生说得好:‘人们没完没了反复说巴尔扎克先生是位观察家、分析家;无论这个词的含义是更好些还是更坏些——他还是一位透视者(Voyant)。”[3]“通感”论者波德莱尔则称:“我多次感到惊讶,伟大光荣的巴尔扎克被看作是一位观察者;我一直觉得他最主要的优点是:他是一位洞观者,一位充满激情的洞观者(Visiormaire)。”[4]视野开阔的勃兰兑斯也指出:“巴尔扎克不仅仅是一个观察者,他还是一位透视家。”[5]独特的天赋,使巴尔扎克忠于现实,又穿透现实;忠于历史,又超越历

1 巴尔扎克:《〈驴皮记〉初版序言》。

2 参阅巴尔扎克《论艺术家》(二)。

3 转引自《巴尔扎克——一个现实主义的神话》,第241页。

4 《波德莱尔美学论文选》,第79—80页。

5 勃兰兑斯:《十九世纪文学主流》第五分册,第220页,人民文学出版社。

史。在无数精确琐屑的细节后面，在一张张被情欲扭曲的面孔后面，人们看到的不仅是一个现实的世界，也是一个想象的世界，一个可能的世界、未知的世界。

如果说巴尔扎克的"第二视力"论已包含着某种先锋意识的话，那么，对现实的执着依恋则仍是他最坚实的理论基础。如达文所言："巴尔扎克先生大概是根据直觉来进行创作的，这是人类头脑最罕见的特质。然而，不是也必须自己受过苦才能将痛苦描绘得如此精彩么！不是也必须长期估量过社会的力量和个人思想的力量才能将二者之间的斗争描绘得如此出神入化么！"[1]由于巴尔扎克主张紧紧依附于现实土壤进行艺术探索，因此，他这面"镜子"没有演变成映像面目全非的"哈哈镜"。

四　"艺术家的精神是远视的"

巴尔扎克是一位从不满足、锐意求新的作家。他在浪漫主义的鼎盛时期步入文坛，积极支持了以雨果为旗手的浪漫主义运动，但他却没有尾随其后，而是声称自己站到了介于"形象文学"与"观念文学"之间的"文学折中主义大旗下"。他称这派作家为"全才"，是"兼收并蓄"的"大智"；认为这一派的特点是"要求按照世界本来的面目表现世界，就是说，有形象也有观念，形象中有观念，观念中有形象，有行为也有梦想"[2]。

巴尔扎克坦然地另辟蹊径，显示了他理论的勇气和革新的

1　达文：《〈十九世纪风俗研究〉导言》。
2　巴尔扎克：《贝尔先生研究》。

精神。“他向前走去，独自一人，靠着边，向前走，就像一个贱民，他难以抵挡的天才使别人想要将他逐出文坛，他本人所赢得的是艺术中的真实……他从来没有宣称过自己是个改革者。他不是站在屋顶上高喊：‘让我们使艺术回归自然吧！’而是辛勤地在孤独中完成他那一部分文学革命。”[1]左拉以为，巴尔扎克的“革命”在于“扼杀了古老体裁中的谎言”，从而“开拓了未来”，并成为“明日文学法国的领袖”[2]。

对人、对人的命运的始终如一的关注，是巴尔扎克“文学革命”的一个重要方面，也是他与未来文学趋向沟通的重要因素。他要写时代、写历史、写社会，无疑，这是人的时代、人的历史、人的社会；或者说，是时代的人，历史的人，社会的人。他要写环境，写情欲，写败德，无疑，这是人的环境，人的情欲，人的败德；或者说，是写环境如何造就了人，情欲如何支配着人，败德如何腐蚀着人。简而言之，“是要写人和生活”[3]。无论是以动物界为参照系，还是对唯灵论的痴迷，作家的意旨都在于全力深化对人的认识和表现。朗松[4]在他那本文学史的开山之作《法国文学史》中，对巴尔扎克的总体评价并不高，但他却十分敏锐地指出：“只有人使他感兴趣，一切描写都离不开人，一切描写都是为了揭示人。若要问到他自己是个什么样的人，我们只能回答，他是描写社会关系和人类本性的画家。”进入20世纪，文学观念发生巨大变异，文学形式花样翻新，但它所探讨的核心命题，仍然与

---

1 达文：《〈十九世纪风俗研究〉导言》。

2 转引自《巴尔扎克——一个现实主义的神话》，第247页。

3 巴尔扎克：《〈人间喜剧〉前言》。

4 朗松(1857—1934)，法国文学史家。

巴尔扎克所关注的“社会关系”和“人类本性”有着明显的传承关系。巴尔扎克对“人性”的开掘,更给后人以多方面的启迪。

“艺术家的精神是远视的,世人看得很重的琐事,他视而不见。然而他与未来对话。”[1]巴尔扎克的“历史性”是众所周知的,人们深为他对历史的总体把握所折服。但是,巴尔扎克的“前瞻性”,同样值得人们重视。而且,他的前瞻性又是与他的历史性紧密关联的。“回忆只有用在预见时才有意义。”[2]

“最近,他又迈出了一大步。公众看到数个从前创造出来的人物在《高老头》中重新出现时,便明白作者有一个最大胆的意图,那就是将生命与活动赋予整整一个虚构的世界,待到其绝大多数模特儿已经死去而且被人遗忘时,这个虚构世界中的人物说不定仍然活着。”[3]巴尔扎克独创的人物重现法,其意义不仅在于拓展艺术的空间,让各色人等穿梭于不同小说中的不同场景,大大丰富了人物关系,扩张了生活的内涵;而且,作家“将生命与活动赋予整整一个虚构的世界”,使其中无数典型形象具有更加鲜活的特质和更加丰满的性格,从而获得比生活原型远为持久的生命力。在巴尔扎克诞生二百周年、辞世一个半世纪的今天,如若我们将《人间喜剧》虚构的世界与现实世界相对照时,便会惊异地发现,巴尔扎克所列举的“清单”上的“恶习”,远远还没有被清除;他所揭示的“现金交易”的人际关系,有增无减;他所剖析的形形色色灵魂,依然投射出诡异的光芒……作家对历史和现实的深刻理解,使他赢得了“与未来对话”的权力和能力;

1　巴尔扎克:《论艺术家》(二)。

2　巴尔扎克:《评〈两个弄臣〉》。

3　达文:《〈十九世纪风俗研究〉导言》。

“与未来对话”的旨意，使他的观察、分析和表现，都具有了预见性。巴尔扎克倡导“远视”的艺术精神，大智若愚，胸襟开阔，属大家风范，伟人气度，使之与平庸的作家拉开了距离。

《人间喜剧》是一个既完整又具有开放性的体系。人物的时隐时现，情节的若断若续，给“喜剧”世界增添了“流动性”与“未完成性”；各种风格的杂陈，显示了作家不拘一格、求新求变的特点。在20世纪反对“巴尔扎克式小说”的浪潮中，“新小说派”扮演了重要的角色。而“新小说派”的主将之一布托尔却对巴尔扎克与当代文学的关系作出了耐人寻味的公允评价：“巴尔扎克和当代小说中最大胆的形式之间的联系，我们大体可以提出这样的论断：假如随意从《人间喜剧》中抽出一本小说，我们很容易指出它与当代小说相违之处，指出它落伍或超越时代之处。但是，从整体上看，我们就会发现，这些作品的丰富性和所体现的勇敢精神，远远超出了迄今为止我们对它的准确价值的判断，对于我们，这简直是一座取之不尽的宝藏。巴尔扎克作品的革命精神，远非肤浅的、断章取义的阅读所能理解。它所具有的新意，一部分已在19世纪得到了系统的展示。另一部分，则是在20世纪最富独创性的作品中才产生了回响，而这种丰富的创造力还远远没有穷尽。”[1]我以为，相比而言，我们对巴尔扎克文学思想独创性和丰富性的开掘，更是“远远没有穷尽”。

巴尔扎克是位哲人式的智者。他崇拜思想，深信思想的力量。“有思想的人，才是有至高无上权力的人，国王左右民族不

1　布托尔：《巴尔扎克和现实》，《新小说派研究》，第95—96页，中国社会科学出版社1986年版。

过一朝一代,艺术家的影响却可以延续好几个世纪。他可以使事物改观,可以发起一定模式的革命。他能左右全球并塑造一个世界。”[1]言辞未免夸张,但巴尔扎克对艺术家,特别是对有思想的艺术家(自然包括他本人)的地位的充分肯定,确已为人类文明发展史所证明。

1999 年 10 月

1 巴尔扎克:《论艺术家》(一)。

永远的巴尔扎克

纪念巴尔扎克诞生200周年

“有思想的人,才是有至高无上权力的人,国王左右民族不过一朝一代,艺术家的影响却可以延续好几个世纪。他可以使事物改观,可以发起一定模式的革命。他能左右全球并塑造一个世界。”[《论艺术家(一)》]在巴尔扎克离开我们一个半世纪的日子里,当我们审视这段历史时,尽管不能说他为现实重塑了一个世界,但不容置疑的是,他创造了一个真正意义上的“艺术世界”。作家的影响远远超过了那些叱咤风云、权重一时的国王们,他超越了国界,超越了时代,是一位永远能给人类以智慧的启迪的伟大的艺术家、历史学家和哲学家。他以毕生精力谱写的“未完成的交响曲”——《人间喜剧》,气势恢宏,余音不绝,是为人类文艺史上的奇迹。

“我要把整个社会装进我的头脑。”(《给韩斯卡夫人的信,1844年2月6日》)“只作一个人是不够的,必须成为一个体系。”(《十九世纪风俗研究导言》)巴尔扎克的独到之处,就在于他始终把高屋建瓴地把握整个世界视为文学创作的前提,认为:“在写书之前,作家应该分析过(各种)性格,接触过各种风尚,踏遍了全球,体验过各种激情。或者,各种激情,各个国度,各种风尚,各种性格,自然的偶然现象,精神的偶然现象,这一切都来到他的思考中。”(《〈驴皮记〉序》)他自称“社会的各个阶级,从高层到下层,法律、宗教、历史和当代,我都作了一一的观察和分析。”(《给韩斯卡夫人的信,1833 年 3 月末》)“创作伟大作品的人都曾认真研究了人类认识的氛围。可以这么说,他们仰望天宇,给时代诊脉,察觉时代的病症……”[《关于文学艺术戏剧的信(三)》]我们注意到,巴尔扎克总是把创作小说看作是书写历史,把小说家看作是历史学家或历史学家的秘书,其本意都在于说明,真正的文学家,应当高瞻远瞩,鸟瞰全局,自觉地把反映社会全貌、记录时代变迁,作为自己的神圣职责。正因此,勃兰兑斯从横向对其创作作了这样的描述:“巴尔扎克自己的国度,像一个真正的国度一样,……而且这是法国的全部风貌。因为巴尔扎克按照顺序描写了法国每一部分的城镇和地区。”[1]而恩格斯则从纵向揭示了巴尔扎克的历史价值:“他在《人间喜剧》里给我们提供了一部法国‘社会’特别是巴黎‘上流社会’的卓越的现实主义史,他用编年史的方式几乎逐年地把上升的资产阶级在 1816 年至 1848 年这一时期对贵族社会日甚一日的冲击描写出来……”[2]达文不无夸张地代巴尔扎克宣称,这是“一幅人类的全景图”,作者以“极其宏伟的规模”创造了一面“世界的镜子”(《〈哲理研究〉导言》)。而当代巴学家泽里古尔(Zélicourt)则说:“什么是《人间喜剧》?我们可以回答:一切!因为它带来了一种生命哲学。”[3]

巴尔扎克进一步强调,自己要完成的历史,“是伟大的人类

1　《十九世纪文学主流》,第 217 页。

2　恩格斯:《致玛·哈克奈斯》,《马克思恩格斯选集》第 4 卷,第 462 页。

3　泽里古尔:《〈人间喜剧〉的世界》,巴黎版,1979。

史,风俗史,事物和生命的历史,心灵和社会利害的历史”(《给韩斯卡夫人的信,1842 年 11 月 11 日》),作家刻意追求的是一部关于社会和人类更真实、更深层的历史,一部既包含着社会变迁轨迹,又包含着人类精神演化的历史。二者相辅相成,互为因果。为此,作家不仅需要广泛观察,更需要深入的思考和研究。在古今中外的文学史上,像巴尔扎克那样在书题上如此频繁使用“研究”一词的,恐怕是绝无仅有的:在对其作品进行总体构思时,他曾先后将总题设想为《十九世纪风俗研究》《社会研究》;在定名《人间喜剧》后,又把结构分为《风俗研究》《哲理研究》和《分析研究》三个部分;具体的小说篇名,还有《妇女研究》《妇女再研究》,等等。这都表明,巴尔扎克从不满足于对现实和历史的表层摹写,而是要竭力探求“原因”“原则”和“效果”,要在有限的篇幅内最大限度地表现“思想容量”。总之,作家应该是“时代的分析者”和“深刻的哲学家”。

小说——历史——哲学。

小说家——历史学家——哲学家。

这“三位一体”的主张,不妨认为就是巴尔扎克“体系”说的要旨,也是他的“喜剧”世界所蕴涵的最突出的总体特征。

巴尔扎克不仅以思想深刻见长,而且是一位用生命从事创作的作家。他夜以继日、近乎痴狂地把自己全身心地投入作品、融入人物。像《玄妙的杰作》里的老画家那样,为追求艺术的极致耗尽了自己的生命。波德莱尔指出:“他的所有人物都带有那种激励着他本人的生命活力,他的所有故事都深深地染上了梦幻的色彩。与真实世界的喜剧向我们展示的相比,他的《喜剧》中的所有演员,从处在高峰的贵族到居于底层的平民,在生活中都更顽强，在斗争中都更积极和更狡猾，在苦难中都更耐心，在享乐中都更贪婪，在牺牲精神方面都更彻底。总之，在巴尔扎克的作品中，每一个人，甚至看门人，都是一个天才，所有灵魂都是充满了意志的武器。这正是巴尔扎克本人。"[1]巴贝里斯以更简洁的方式表述了这一特点："'我'进入了人物，人物为的是言说'我'。这正是整个现实主义的基础。"[2]作家生命活力的充溢，使《人间喜剧》成为巴尔扎克对法国社会历史的独特读解——既是现实的，又是超验的：使《喜剧》中的艺术形象都律动着巴尔扎克的激情，凝聚着巴尔扎克的执着。

巴尔扎克属于那类具有非凡洞察力和非凡想象力的作家。当我们说他是一位杰出的观察家和反映论者的时候，我们同时应注意到，他身上藏着的是"一面无以名之的集中一切事物的镜子，整个宇宙就按照他的想象反映在镜中"。（《〈驴皮记〉序》）显然，这不是一面普通的平面镜，而是一面能够容纳"整个宇宙"且要通过作家"想象"的多棱镜。在同一篇序言中，巴尔扎克对天才作家的这种独特的禀赋进一步作了阐释："在真正具有哲学家气质的诗人或作家的头脑里，还发生一种精神现象，这种精神现象无法解释，非同寻常，科学也难以阐明。这是一种超人的视力，使他们能够在一切可能出现的情况中看透真相。或者，更胜一筹，这是一种难以明言的强大力量，能将他们送到他们应该去的或想要去的地方。"这种"超人的视力"，也就是巴尔扎克多次提到的"第二视力"。凭着这种视力，作家能够透过纷繁的表象

1　《波德莱尔美学论文选》，第 82 页。

2　巴贝里斯：《巴尔扎克——一个现实主义的神话》，巴黎版，第 217 页。

捕捉事物的本质；凭着这种视力，作家能在“公众看到的是红色的地方”却看到了“蓝色”。［《论艺术家（二）》］神奇的“视力”，为《人间喜剧》带来了丰富的色彩，也带来了耐人咀嚼的深邃。有趣的是，最早揭示巴尔扎克这种天赋的，竟是对作家一贯颇为不恭的圣-勃夫：“他既想象、又观察。……巴尔扎克先生追求科学，但实际上，他特有的却是一种哲学的直觉。夏斯勒先生说得好，人们没完没了地反复说巴尔扎克先生是位观察家，分析家；无论是更好还是更坏，他还是一位透视者（Voyant）。”[1]波德莱尔则称：“我多次感到惊讶，伟大光荣的巴尔扎克竟被看作是一位观察者；我一直觉得他最主要的优点是：他是一位洞观者，一位充满激情的洞观者（visionnaire）。”[2]勃兰兑斯也指出：“巴尔扎克不仅仅是一个观察者，他还是一个透视家。”[3]独特的天赋，使巴尔扎克的创作忠于现实，又穿透现实；忠于历史，又超越历史。在无数精确琐屑的细节后面，在一张张被情欲扭曲的面孔后面，人们看到的不仅是一个真实的世界，也是一个想象的世界；人们获得的不仅是认知的满足，更是哲学的感悟和审美的愉悦。因此，当我们走进《人间喜剧》深处的时候，我们常常感到，对于巴尔扎克那颗硕大的头颅来说，现实主义这顶桂冠总是显得小了一点。

进入20世纪，巴尔扎克遇到了前所未有的挑战。一时间，“巴尔扎克式的小说”，似乎大有被送进“古物陈列室”的架势。但是，巴尔扎克早就坦然地宣称：“艺术家的精神是远视的……

1 转引自《巴尔扎克——一个现实主义的神话》，第241页。

2 《论泰奥菲尔·戈蒂耶》，《波德莱尔美学论文选》，第79—80页。

3 《十九世纪文学主流》第五分册，第220页。

他与未来对话。”[《论艺术家(二)》]他深信自己不会成为历史的陈迹,他在深入观察现实的同时,已把“远视”的目光投向了“未来”。事实上,直到今天,他所列举的“清单”上的“恶习”,远远还没有被清除;他所揭示的“现金交易”的人际关系,有增无减;他所剖析的形形色色的灵魂,依然投射出奇异的光芒……因此,当20世纪即将过去的时候,远在东方的中国人却会惊异地发现,我们今天仍然多么需要上一个世纪的巴尔扎克,中国的现实在多么急切地呼唤自己的巴尔扎克!

对人、对人的命运的关注,贯穿着巴尔扎克创作的始终。他要写时代、写历史、写社会。无疑,这是人的时代、人的历史、人的社会;或者说,是时代的人、历史的人、社会的人。他要写环境、写情欲、写败德。无疑,这是人的环境、人的情欲、人的败德;或者说,是写环境如何造就了人、情欲如何支配着人、败德如何腐蚀着人。朗松在他那本文学史的开山之作《法国文学史》中,对巴尔扎克评价并不高,但他却十分敏锐地指出:“只有人使他感兴趣,一切描写都不离开人,一切描写都是为了揭示人。若要问到他自己究竟是个什么样的人,我们只能回答,他是描写社会关系和人类本性的画家。”而20世纪文学,无论其观念如何变异,形式如何出新,它所探讨的核心命题,仍然与巴尔扎克所关注的“社会关系”和“人类本性”有着明显的承传关系。

至于巴尔扎克艺术精神的丰富性和永恒性,我想引用新小说派的权威人物布托尔的论述,就足以说明问题:“……窥其全豹,我们就会发现,这些作品的丰富性和所体现的勇敢精神,远远超出了迄今为止我们对它的准确价值的判断。对我们,这简直是一座取之不尽的宝藏。巴尔扎克作品的革命精神,远非浮浅的、断章取义的阅读所能理解。它所具有的新意,一部分已在19世纪得到了系统的展示,另一部分,则是在20世纪最富独创性的作品中才产生了回响,而这种丰富的创造力还远远没有穷尽。”

因此,我们说:

巴尔扎克属于19世纪,更属于一切时代!

巴尔扎克属于法兰西,更属于全人类。

巴尔扎克没有成为历史陈迹

正当形形色色的“后”和“新”成为学界文坛又一轮热点时，24 卷装帧精美的《人间喜剧》中译本悄悄摆上了柜台，行销于市井。被冷落多年的巴尔扎克先生，不事声张地回到了中国大地。但是，这已不再是一个被随意评说、任意剪裁的巴尔扎克，而是一个完完整整、原原本本的巴氏艺术世界。

“伟大的现实主义大师”，是我们所熟悉的那个巴尔扎克；我们惊服于他观察与描绘的实力，惊服于他对人情世故、炎凉世态的深切体验，也惊服于他对各色人等惟妙惟肖的落笔。但这只是树木，而非森林。当整部《人间喜剧》摆到面前时，人们才会深切地认识到：这是一个作家创造的真正的艺术世界。巴尔扎克从来就是一位雄心勃勃的作家，他经常口出“狂言”，声言要写“时代”，写“历史”，要建立“体系”……尽管《人间喜剧》离作家的计划尚缺四分之一，但已足以证明其雄心绝非痴人说梦。九十余部长、中、短篇小说，几乎触及了十九世纪法国社会生活的各个角落，且饱含着人生的哲理。如同法国学者泽里古尔所说：“什么是《人间喜剧》？我们可以回答：一切！”

读《人间喜剧》，人们还会发现，对巴尔扎克那颗硕大的头颅来说,“现实主义”这顶桂冠似乎太小了一点。殊不知他笔下还有像《塞拉菲塔》那样仿佛无根无由、玄虚空灵的“飞来峰”,尽显作家对神秘主义的痴迷。我们还可读到像《萨拉金》《改邪归正的梅莫特》《长寿药水》等那样充满奇思妙想而又不乏深刻的篇什。同时,他又寄情于但丁的命运(《逐客还乡》)……总之,不受任何先验观念的框范,也未竖起什么流派的大旗,巴尔扎克只是信马由缰、兴致所至地向人性深处开掘。

巴尔扎克是用生命从事创作的,用波德莱尔的说法,“他的所有人物都秉有那种激励着他本人的生命活力”,因而使他的作品耐读、耐寻味。作家毫不掩饰地为他的成功兴奋不已,但他又从不故步自封。19 世纪 40 年代的《幻灭》《贝姨》等力作,显示了作家拓展和深化主题的成就,而《农民》《阿尔西议员》等意味着作家欲向更陌生的领域掘进,但终因未能终稿而留下无限遗憾。巴尔扎克正像“荒诞故事”《玄妙的杰作》中的老画家一样,为追求艺术的极致而不无困惑地耗尽了生命。

然而,读罢《人间喜剧》,人们会发现,“巴尔扎克式”小说的叛逆者、“新小说”权威布托尔的言论是饶有兴味且发人深思的:“……巴尔扎克作品的革命精神,绝非浮浅的、断章取义的阅读所能理解。它所具有的新意,一部分正在 19 世纪得到了系统的展示,另一部分,则是在 20 世纪最富独创性的作品中才产生了回响,而这种丰富的创造力还远远没有穷尽。”

哗众取宠的“误读”说

陈明远的《对巴尔扎的误读》(8 月 26 日《光明日报》)一文，读来十分眼熟。该文分两部分。经查阅，前一部分“《人间喜剧》的译名是倒置”，似“套”自 5 月 27 日《文艺报》上张放先生的一段文字；后一部分“‘爱情佳话’是惨剧”，可说是沈大力君《巴尔扎克死得惨》一文(4 月 23 日《环球时报》)的“盗版”，只不过将通译的“韩斯卡夫人”故弄玄虚地改译为“罕丝卡夫人”，以示区别。

后一段文字说的是韩斯卡夫人对巴尔扎克的“不忠”，属趣闻轶事类，虽亦有可质疑之处，但与巴氏的创作无涉，可留交有兴趣者慢慢考据。但前一段关于《人间喜剧》的译名，可是关系到“半个世纪以来”，“中国文学翻译界”是否“很不严肃”地犯了一个“改装倒置”(此语不知所云)的大错的问题，令人无法保持沉默。

以科学的态度对翻译问题进行探讨，无疑是有益于加深对外国作家作品的理解，提高文学翻译的水平的。但是，陈文却以哗众取宠之心，故作惊人之笔，对一个尚在论争的问题，作出危言耸听的论断：“今年，在纪念巴尔扎克诞辰 200 周年之际，法国和中国的巴尔扎克专家们经过研讨得出了惊人的结论：此乃中国文学翻译界的一大失误！”言之凿凿，岂容人不信。

然而，事实却远非如此。今年四月间，笔者有幸参加了分别在北京外国语大学、北京大学和中国人民大学举行的纪念学术活动，这是迄今为止我国举办的纪念巴尔扎克诞辰200周年最重要的三次会议，而每次会上论及这一译名问题时都是泾渭分明的两种意见。会后，《文艺报》专版摘登了专家们的发言，并以《是〈人间喜剧〉还是〈人间戏剧〉？》为题，发表了两篇针锋相对的文字，一篇署名张放，主张译为“戏剧”；另一篇署名“《巴尔扎克全集》编校组”，持相反意见，认为“喜剧”才是正译。双方各列举了四条理由。凡对这个问题有兴趣的同志，似应都了解上述情况。但不知陈先生对此是“有意省略”还是“全然无知”？也不知他是根据哪些“法国和中国的巴尔扎克专家们”的“研讨”，得出这一“惊人的结论”的？以少数人的意见，作出权威性的“结论”，哪有半点实事求是之意？！按下去，陈文更加离谱，“半个多世纪以来，中文译者们都搞错了。由于他们当初不求甚解的误译，遂造成对于几代读者的误导。”此等一言以蔽之的张狂，实在令人啼笑皆非。我们完全有理由认为，这才是极不负责任的“误导”。

陈先生否定原译，是在“仔细阅读傅雷、高名凯等翻译的几十部巴尔扎克名著”后，得出不能译为“喜剧”的结论的，理由是它们并不“滑稽”。具有讽刺意味的是，恰恰是傅雷、高名凯等前辈译家经过慎重考虑定译为“喜剧”的。我们究竟应当更相信这些译家呢，还是应当更相信靠读他们的译品而得出结论的陈先生呢？

文章还告诉我们，只有陈先生们才懂得 La Comédie 一词具有泛指"戏剧"含义这一常识性的问题，而半个世纪以来的中国译者和研究者都"不求甚解"因而铸成此等重大"失误"。我对陈先生"横扫"的勇气，着实十分钦佩。对于 La Comédie 的理解，《全集》编校组的文章已有明晰的阐释，我不想赘述。我想请教的是，法文中还有 Le théatre（戏剧）、La tragédie（悲剧）和 Le drame（惨剧）等词，既然你们认为巴氏的创作都是悲剧、惨剧，为何作家却偏偏要选用 La Comedie 一词呢？巴尔扎克在小说和论文中，都不止一次地使用过上述三个词来说明一些具体的故事，但他却偏偏要用 La Comedie 一词来作概括性的总题，这正是巴尔扎克丰富的幽默感和想象力的体现，人生百态与人生百感尽在其中，"喜剧"一词生动地传达的正是这一复合的文学韵味，可谓恰到好处。如若换作"戏剧"，给人们留下的最多是索然无味的匠气。

文学是需要一点幽默感和想象力的，读解文学同样如此，尤其是对睿智的天才作家。以为"喜剧"就是"滑稽"，就是平常快乐意义上的"喜"，才是真正的"误读"。这里，倒是可以用上陈文的话奉还作者：可见要真正读通文学，是多么不易。

《巴尔扎克中短篇小说选》译本序

一

如果把巴尔扎克(1799—1850)的《人间喜剧》比作气势宏伟的大厦,那么,那一系列遐迩闻名的长篇(如《高老头》《欧也妮·葛朗台》《幻灭》《古物陈列室》《贝姨》《农民》,等等),就仿佛是巨大的柱石支撑着这座辉煌的建筑,体现出雄浑的主调;而中短篇小说,则有如一道旁门、一扇彩窗、一角飞檐、一方雕饰。如果将《人间喜剧》比作气象万千的美景,那么,其中的长篇就如奇峰幽谷,密林静湖,而中短篇则像是一座亭榭,一棵古树,一块怪石,一株异草。前者令人叹为观止,后者亦使人击节赞赏。

巴尔扎克擅长把对历史的宏观把握与对现实的精细体察结合起来进行深入的艺术开掘,在司空见惯的生活场景描绘中融进丰富的历史内涵和社会意识,从而形成了他博大深邃而又精微质朴的独特风格。中短篇小说受到篇幅制约,巴尔扎克又不以构思巧妙见长,但在这个领域里,他依然发挥了他的优势,自觉地将艺术的概括依附于对社会历史的深刻思考和理解,使作品同样反映了现实生活的各个侧面，并蕴蓄着耐人寻味的思想力量。在艺术形式的探索上，中短篇则显得更加自由多样，不拘一格，展示了作家多方面的才华。

为了使读者对作家的创作特色能有较全面的了解，我们在有限的篇幅内，力图选择在思想或风格方面具有代表性的作品。入选的小说，均完成于19世纪20年代末至30年代中，是巴尔扎克跃登文坛、创作力旺盛时期的作品。

二

“我们当诉讼代理人的，只看见同样的卑鄙心理翻来覆去地重演，什么都不能使他们洗心革面；我们的事务所等于一个没法清除的阴沟。哼，我执行业务的期间，什么事都见过了！我亲眼看到一个父亲给了两个女儿每年四万法郎进款，结果自己死在一个阁楼上，不名一文，那些女儿理都没理他！我也看到烧毁遗嘱；看到做母亲的剥削儿女，做父亲的偷盗妻子，做老婆的利用丈夫对她的爱情来杀死丈夫，使他们发疯或者变成白痴，为的要跟情人消消停停过一辈子。我也看到一些女人有心教儿子吃喝嫖赌，促短寿命，好让她的私生子多得一份家私。我看到的简直说不尽，因为我看到很多法律治不了的万恶的事。总而言之，凡是小说家自以为凭空造出来的丑史，和事实相比之下真是差得太远了。”

我常把《夏倍上校》里但尔维律师的这番道白，比作是《人间喜剧》的“节目单”或“说明书”，它所罗列的丑行败德，尽管只是“喜剧”很小的一部分，但已十分触目惊心，足以使人品略巴尔扎克揭示社会罪恶,尤其是金钱罪恶的非凡本领。

《夏倍上校》本身,就是一幕令人不寒而栗的惨剧。“死”而复生的夏倍上校与已经改嫁贵族的妻子之间的冲突,最终是围绕财产展开的。被误传为阵亡的夏倍落到了一贫如洗、衣不蔽体的狼狈境地,而鲸吞其全部“遗产”的伯爵夫人不但见死不救、分文不给,反而要求夏倍“用切实的方式”承认自己是欺世盗名的“小丑”“骗子”,否则就以强力把他投入疯人院。金钱扭曲了灵魂,毒化了情感,极端的利己主义和贪得无厌的财产占有欲,使伯爵夫人人性泯灭,冷酷残忍,不择手段地逼夫成疯,把正直高尚的夏倍上校变成了若痴若呆的“第七室第一百六十四号”。战场上能征善战、死里逃生的英雄,却无法逃脱金钱编织的人伦网。

人是有尊严的。精神的屈辱给人造成的痛苦时常更甚于肉体的折磨,对人格的侮辱往往要比剥夺物质财富更加令人无法忍受。夏倍上校精神的崩溃,不仅在于他遭到了无情的掠夺,而更在于他被要求自己贬损自己的人格,甚至自己否定自己的存在。巴尔扎克独具慧眼地表现了资本主义社会“把人的尊严变成交换价值”[1]的悲剧。

对摧残人性的社会的尖锐批判,和小说构成中的戏剧性因素,使《夏倍上校》在巴尔扎克的创作中占据重要地位,成为《人间喜剧》里被改编成戏剧和电影次数最多的作品之一。

毫无疑问,揭露黑暗,展示丑恶,鞭笞物化的灵魂,控诉人性的毁灭,是巴尔扎克创作的基本趋向。这一明显的基调,使作家

---

1 马克思、恩格斯:《共产党宣言》,《马克思恩格斯选集》第1卷,第253页。

遭受了“不道德”的责难，甚至泰纳也认为他对“人类的丑处”有着“明目张胆的偏爱”。实际上，作家也在尽力寻找着善良，寻找着光明。用他自己的话来说，这样才能“构成一种完整的对照”（《〈人间喜剧〉前言》）。因而，在他的画廊里，我们看到了纯情痴心的少女，替天行道的神甫，良心圣洁的贵族，品德高尚的医生，探求真理的智者，富有献身精神的共和英雄，等等。他们都在不同程度上体现着作家的道德理想。

在《无神论者望弥撒》里，我们看到的是一个地地道道的下层劳动者。挑水夫布尔雅一贫如洗，但为了成就大学生德斯普兰的事业，他默默地、不希冀任何回报地奉献了自己仅有的一切。与恶浊的社会氛围相对应，布尔雅的崇高精神足以产生震撼人心的道德力量。“假如真有天堂的话，除了他还有什么人能上天堂呢？”也许我们可以责备巴尔扎克把道德的完美归之于宗教信仰的力量；但是，作家竟把这个普通劳动者的灵魂请进了先贤祠，使之与法兰西历史上的伟人们为伍，这难道不是更值得我们重视的事实吗？

三

巴尔扎克总是以那么一种微妙复杂、难以尽言的笔调来抒写贵族的命运，几分同情，几分怨恼，几分敬重，几分调侃。历史的裁断与道德的评价相交叉，使作家于清醒中流露出惶惑，但又未失却对社会发展趋势的把握。

我们在这里读到的几个以贵族为主人公的短篇，几乎都是围绕爱情婚姻故事展开的。尽管切入的角度不同，但情感的纠葛与阶级的处境紧密相连,使一幕幕悲剧都染上了时代的色彩,蕴含着较深的思想内容。

《苏镇舞会》发表于七月革命前夕的1829年,尚属巴尔扎克的试笔之作,但作家对复辟时期贵族尴尬地位的描写,已可谓入木三分。老贵族德·封丹纳伯爵对王室忠心耿耿,但在现实生活中却表现得十分实际。他让三个儿子和两个女儿都与资产者新贵联姻,为的是弥补自己财力的空虚,表现出他对江河日下的命运的清醒认识。三女爱米莉虽是最年轻的一个,但其观念之陈腐既甚于兄姐,也甚于老父。决不屈尊下嫁的门阀之见酿成了她的婚姻悲剧,使她失去了爱情的幸福,也失去了她所追求的虚荣。而审时度势,善于顺应潮流,且有务实精神的贵族后裔马克西米利安,却成了政治舞台和经济生活中的佼佼者。巴尔扎克对封建传统观念的嘲弄是辛辣的,对社会情势的把握是准确的。

《被遗弃的女人》(1832)的情调偏于哀婉。这篇小说创作于《高老头》之前,情节却是《高老头》的后续。鲍赛昂夫人在巴黎和诺曼底乡间的两次悲剧性"风流韵事",既是对封建门第婚姻的控诉,也透露了贵族妇女不得不让位于资产者妇女的历史趋势。

人们以为,巴尔扎克擅长描写三十岁女性的成熟美,鲍赛昂夫人正是这类感情深沉、光彩照人的典型之一。"巴黎女后"的地位,使她具有高雅而傲慢的气度;不幸的婚姻,隐秘的痛苦,使她变得孤傲而内向;在婚外的恋情中,她又显得那么纯真而执着。小说以平庸卑俗的乡间贵族生活场景开篇,以加斯东男爵因无法忍受乏味的婚姻而悲愤自尽结尾,渲染了加斯东与鲍赛昂夫人情感之炽热、之诚挚，从而更突出了鲍赛昂夫人对爱情、对人生、对社会的绝望。

鲍赛昂夫人两次遭到情人的遗弃，而两个情人的婚姻都是只有巨额陪嫁却没有爱情的婚姻。如果说，在《被遗弃的女人》中，巴尔扎克对封建的婚姻关系和金钱的诱惑力量同时展开了批判的话，那么，在两年后创作的《高老头》里，作家则把重心转向了后者。金钱的力量不仅夺走了鲍赛昂夫人的情人，迫使她含泪离开繁华的巴黎，而且把一批但斐纳式的资产阶级女性推上了舞台充任主角。巴尔扎克不无遗憾地写出了这一历史的变异。

《家族复仇》(1830)的题材，似乎应属于梅里美或斯丹达尔，但巴尔扎克写来也自成风格。家族世仇，是封建残余；科西嘉人的剽悍性格，更强化了仇恨的残忍性和顽固性。一对年轻人以爱情的力量冲破家仇的阻隔，向封建意识进行了大胆的挑战。但青年夫妇敢于逃离家庭的樊笼，却无力摆脱经济拮据的缠绕，虽同心同德拼力工作，最终仍双双死于贫困。腐朽的传统观念与严酷的社会现实，这双重的罪恶制造了一出19世纪的《罗密欧与朱丽叶》。一箭双雕，巴尔扎克对封建贵族的冥顽不化和资本主义社会的金钱力量同时展开了批判。

饶有讽刺意味的是，巴托洛梅奥是拿破仑麾下的忠臣，而他女儿用来反对他的武器恰恰是拿破仑的《法典》。忠于拿破仑事业者未必能真正接受拿破仑的法律；而按照资产阶级法律行事的，却未能在资本主义社会中求得生存的权利。作家究竟想告诉人们什么？

四

对资产阶级的揭露和批判，在《人间喜剧》中占据核心地位。这里选择的若干篇什，如同全豹之一斑，能使我们从多方面认识这一历史时期资产者的特点，也在一定程度上显示了作家思索、探析的轨迹。

《猫打球商店》创作于1829年，发表于1830年4月，原名《光荣与不幸》。1830年出版的两卷集《私人生活场景》，第一篇小说是《家族复仇》，到《人间喜剧》正式出版时，本文移至《私人生活场景》之首。

这是巴尔扎克最早描写资产阶级经营活动和家庭生活的作品，其间的形象与后来面目可憎的资产者大相径庭。勤劳、节俭、狡诈、守旧，苛刻而不失敦厚，注重实利却尚未泯灭人情，表现了七月革命前作家对老式工商业者的温和态度。

发生在这个家庭中的婚姻悲剧，体现着新旧社会交替时期情感生活、道德观念的复杂性。画家的闯入，给这个保守而乏味的家庭带来了生机，也带来了某种诗意。少女的一见钟情，意味着对新的精神生活的一种追求、一种向往。画家的才情，给少女以"光荣"，更为她准备了"不幸"。前者的浪漫与后者的狭隘，前者的才华与后者的无知，前者的虚荣与后者的淳朴……正是这些不可调和的矛盾导致了小家庭的毁灭和奥古斯婷的早逝。"在幽谷里开放的寻常而朴素的花朵，如果移植到和天空太接近的地方，移到有暴风雨和炎热的阳光的地方，也许就要死亡。"巴尔扎克颇有深意地强调了跟上时代潮流的必要，也含蓄地批评了实业资产者在艺术上的愚昧。

还值得注意的是，巴尔扎克在这篇小说里已显露了他作为“风俗画家”描绘景物的出色本领。摇摇欲坠的老宅，怪模怪样的“猫打球”招牌，又窄又长的木窗，光线幽暗的店堂……自然而然地就把读者带进了一个封闭过时的“规定情景”。

《高布赛克》是巴尔扎克的名篇。它最早发表于1830年3月6日的《时髦》杂志上，题名为《高利贷者》，同年收入集子时改名《行为不端的危险》。此时作品的主题与作家这一时期创作的基本思想倾向是一致的：重心在于反映封建贵族的没落，同时也并非无情地批判了资产者的金钱欲。但在1835年作过重大修改的稿本中，镜头的焦点就完全对准了高利贷者高布赛克，篇名也相继改为《高布赛克老爹》和《高布赛克》。一个嗜金成癖、残忍冷酷、至死不悟的吸血鬼形象便带着满身的铜臭味进入了《人间喜剧》的画廊。

高布赛克是社会舞台上的强者，人们“命运的主宰”，“无人知晓的国王”。因为“生活”就是“一部由金钱开动的机器”，“黄金”就是“目前社会的灵性”，因此，金钱便可化为权力，拥有财富的高利贷者便能轻而易举地控制整个社会。时势造英雄，金钱法则的确立，社会风气的毒化，才为高布赛克们提供了大显神通的用武之地。无论塑造什么样的形象，巴尔扎克总喜欢用犀利的目光透视人物背后的社会。

高布赛克是一个卑鄙的胜利者，物化的灵魂，“黄金的化身”。除了金钱的力量，他不相信任何原则，没有任何信仰，也没有任何是非道德观念。“只有一种有形的东西具有实在的价值，值得我们操心。这种东西……就是金钱。金钱代表了人间的一切力量。”在鲸吞雷斯托伯爵财产的过程中,他胸有成竹,干得得心应手,显示了他的聪明才智,也展露了他的卑劣灵魂。他就像是一只布好了蛛网的老蜘蛛,从容不迫地等待着落入网中的猎物。唯其如此,就越发显出其力量的可怕。

但是,和他的后来者相比,高布赛克还只是个原始积累型的资产者。他只靠单一的赊放高利贷方式搜刮财富,而不懂得资本周转的重要作用;在生活方式上,“只有进,没有出”,过着难以想象的穷酸的日子。因此,在他的遗物里,从贵重的金银财宝,到腐败的臭鱼烂虾,应有尽有,令人咋舌。贪婪和吝啬成了人物的本能,聚敛财富就是生存的唯一目的,高布赛克在毁灭他人的同时,也毁灭了自己的灵魂,毁灭了自己的幸福。巴尔扎克对金钱拜物教的批判和嘲讽是不留余地的。《高布赛克》的创作和修改,表明作家对资产者“唯钱是亲”本质的认识在步步深入。

就个人好恶而言,在《人间喜剧》众多的作品中,我并不十分喜欢眼前的这篇《纽沁根银行》,就像与巴黎喧闹的交易所相比,我更偏爱卢森堡公园一样。然而,要想真正了解巴黎的全貌又不能不进入交易所,同样,要想真正认识巴尔扎克,真正认识巴尔扎克笔下的法国,也不能不读一读这篇“描写当代怪现状的杂录”。

巴尔扎克的小说素以对社会经济状况的精确描写著称。他相信经济的制约作用,喜欢从对财富的占有中去寻找人物行动的依据,也擅长大量运用经济数字来说明社会关系的变化趋势。以风云多变的金融市场为题材的《纽沁根银行》,极其鲜明地显示了这种经济学的特点。这也是巴尔扎克开掘深入,并能常有预见的长处之一。

纽沁根是《人间喜剧》中的一个重要形象，他属于法国历史上最早的一批银行家之列。1804 年，他即开始染指证券市场，但不过是尔尔之辈；1815 年拿破仑垮台后，他名声大振，纽沁根银行已在银行界高踞首位；到了波旁王朝末期，人们已不得不承认他是“欧洲最伟大的金融家”；七月革命之后，他不仅拥有巨额财产，而且被册封为法兰西贵族院议员，获得了荣誉团大勋章。“在当代，纽沁根银行的崛起算得上一大奇闻。”奇则奇，然而却是事实。由萌芽到发展，由经济而政治，金融家的势力不断蔓延扩张，并在法国社会生活中扮演着越来越重要的角色，——纽沁根的发迹艺术地体现了这一历史趋势。

“金钱的世界从此狼烟四起了。银行家征服别人，牺牲千万人的性命，谋的是不可告人的目的，他的士卒就是许多顾客的个人利益，他运筹谋划，设置埋伏，调兵遣将，攻城夺地。”在这场残酷的争夺战中，纽沁根韬略在胸，胆识过人，诡计多端，无仁无义，既洞察经济行情，又善观政治风向，因而能从容自如地成为角逐中的胜利者。

巴尔扎克一方面揭示了金融家得势的历史必然性，一方面又尖锐地指出了这一胜利是以道德的沦丧为代价的。“他无所不能。金融界这头巨象能把议员卖给政府，把希腊卖给土耳其。”在金融市场上，他一而再、再而三地制造假象，散布谣言，在假倒闭中渔利，使多少人一夜之间便倾家荡产。

在这幅“巴黎生活场景”中，巴尔扎克不仅继续表现了资产阶级对封建贵族的经济优势，而且进一步写出了资产阶级内部的倾轧争斗。贵族子弟博德诺的穷困，银行家阿尔德里热的潦倒，商业资本家葛朗台的破产……都直接或间接地与纽沁根相关。他三次倒账清理的阴谋，更不知波及多少商号企业。其掠夺的规模、狡诈的程度、影响的范围，都是高布赛克、葛朗台之辈所望尘莫及的。

《纽沁根银行》构思于30年代初，创作于1837年，发表于1838年，距离1848年革命还有整整十年。从法国资本主义经济史来看，银行业大规模发展，以至成为左右经济命脉的巨大力量。这大约是50年代以后的事情。巴尔扎克以艺术的图画敏锐地预示了这一历史前景，并明确指出："不久你们就能看见，贵族老爷、朝中权贵、部长大臣黑压压一大片涌来搞投机活动，他们的爪子比我们还会捞，他们的主意比我们的还要弯弯绕……"马克思高度评价了巴尔扎克的这一天才的预见性："巴尔扎克不仅是当代社会生活的历史家，而且是一个创造者，他预先创造了在路易-菲力蒲王朝时还不过处于萌芽状态，而直到拿破仑三世时代，即巴尔扎克死了以后才发展成熟的典型人物。"[1]

在论及资产者形象的这一部分里，把《红房子旅馆》放在最后来讨论，我想是符合巴尔扎克的思路的，尽管它发表于较早的1831年8月。因为，按照作家的意图，《风俗研究》旨在于"种种效应中来描绘社会"，而《哲理研究》则是要"考察其原因"（参看达文的《〈哲理研究〉导言》）。《红房子旅馆》是和《驴皮记》等名著一起首批收入《哲理小说和故事》里的一个重要短篇。它对资本的本质和社会道德沦丧的深层思考，确实达到了哲理的高度。

一个谋财害命的故事，平常至极；一段靠杀人越货发迹的历

1　拉法格：《忆马克思》，《回忆马克思恩格斯》，第6页。

史,也并不典型。但独具慧眼的巴尔扎克,却以化腐朽为神奇的笔力,对这个平凡的题材作了不平凡的开掘。

巴黎屈指可数的银行家泰伊番发迹的秘密,是具有象征意义的。他的全部财产就是"一摊血",他的任何幸福都是"罪恶的果实"。而且,正如律师所说:"如果都去追寻我们家产的来源,我们都将落到什么地步?"这就形象地告诉人们,对于这些体面的资产者来说,只能承认现状,却不能追究历史。不论他们是否亲自动手杀过人、抢过钱,但只要掀起过去的一角,就会使他们统统失去"立足之地"。资本就是赃物,资产者就是杀人犯——小说留下的客观结论多么尖利,多么惊人!

精彩的一笔,是"良心裁判所"的辩论。落墨不多,却大大深化了主题,余味无穷。

"良心裁判所"荟萃了"最正直、最有廉耻心和荣誉感的人",聚集了"一切社会舆论、道德实践的代表",其中有成熟的政治家,纯真的年轻人,深谙《法典》的律师、法官、公证人,还有英国的外交官和清教徒,恰似上流社会的缩影。在他们围绕"我"是否应和泰伊番的女儿结婚这个"高级伦理学和哲学问题"展开讨论时,由于同根相连但又想装扮成正义的化身,既不愿赤裸裸地为杀人罪行辩护,又不愿否认非法掠夺财富的合理性,于是,在两难的窘境中迸发出一句句似是而非、似非而是的妙语。小说的最后一句是:"傻瓜!你为什么问他是不是博韦人呢!"其含义是:谁让你自寻烦恼,非要证实泰伊番就是那个谋财害命的杀人犯呢,否则,你不就可以心安理得地享用那份罪恶的财产了吗?

这是对社会的裁决、对社会良心的裁决。如果说泰伊番自责而亡还有着道德批判的痕迹的话,那么“良心裁判所”的批判则深入到社会心理的深层,揭示出罪恶社会痼疾难除,从而使作品的思想内涵得到了升华。

《红房子旅馆》以“叙述中的叙述”,取得了出色的戏剧性效果。全篇以“我”为叙述者,中间插入德国商人讲述的“恐怖故事”,故事的听众之一正是故事的主角泰伊番,而“我”在听故事时始终注意着泰伊番的表情动作;“我”由于发现了泰伊番的反常而穷追不舍,最终证实了他的预感,却使自己落到了尴尬的处境……巧妙的结构,使小说妙趣横生,更使人物的微妙心理得到了淋漓尽致的展示。第二部分的对话,处处与人物身份相吻合,句句是微言大义,充分表现了巴尔扎克用语言描写人物的天才。

五

“伟大的现实主义作家巴尔扎克”,这一称谓已为我国广大读者所熟知。但是,如果我们依此便把作家紧紧地规范于现实主义圈内,以为他的创作只有单一的再现风格,那就大谬不然了。正像许多文学巨匠一样,巴尔扎克的笔底是多姿多态的,他从不作茧自缚,将自己的创作定于一尊。

巴尔扎克长于观察,也富于幻想。一位缺乏想象力的作家,是无法构筑起这样宏大的艺术殿堂和勾画出数以千计生动的人物形象的。因此,在读到像《长寿药水》《改邪归正的梅莫特》等小说时,使我们感到惊讶的,并不是这位“现实主义作家”竟能写出情节如此荒诞、色彩如此奇异的作品,而是巴尔扎克将浪漫风格与哲学思考结合得如此巧妙的卓越才能。这也是他“出于浪漫而又异于浪漫”的独到之处。《人间喜剧》的作者,把这一类作品统统归入《哲理研究》,恐怕不是偶然的。

对于死亡的恐惧和对于永生的渴望,似乎是人的本性,也是人的弱点。《长寿药水》(1830年10月)中,唐璜父子对“死而复生”的追求,本无可谴责。但是,通过父子两代“死而复生”“生而复死”的怪诞故事,一个人间恶魔的形象清晰地凸现在人们的眼前。

巴尔扎克从民间传说中“借”来了浪荡公子唐璜的形象,又受到德国一篇名为《不道德药水》的启示,塑造了一个全新的唐璜。色情狂的特征已退居次要地位,而为所欲为、无所不在的特点,使形象具有了某种象征性。“对唐璜来说,宇宙就是他自己!”“人身上存在着恶的原则,使这些可怕的形象永垂不朽,今后世世代代还会产生这一类的人……”从这个意义上讲,作家似乎想告诉人们,唐璜虽然没有获得长寿,但在人世间,总的原则却是“长寿”的。

但是,唐璜又有他复杂的一面,作家把他比作是“莫里哀的唐璜、歌德的浮士德、拜伦的曼弗莱德和梅图林的梅莫特”。在他的身上,我们又看到了怀疑、反叛的精神。“他嘲弄一切。他的存在就是对人、对事物、对建制、对观念的一种讽刺。”特别是最后,教会利用他的“半死不活”大做欺骗宣传,而唐璜却咬碎了神甫的头颅的情节,对宗教的批判是严峻的。

但作者五年后写出的《改邪归正的梅莫特》,虽仍继续着同一主题,但作家对宗教的态度却有所变化。

小说形象借自爱尔兰作家梅图林的《漫游者梅莫特》。这个恶魔附体的故事与《长寿药水》有异曲同工之妙。隐藏在恶的原则背后的,都是无边的享乐主义。

但是,巴尔扎克把这一主题又深化了。

一方面,恶魔的力量更加神通广大了,为所欲为、无所不在的特点发展到了极致,黑夜可以变成白昼,闺房里的秘密可以被直接送到舞台上去表演……出卖灵魂后的出纳员“感到自己已判若两人……他的脑子发达了,五官也扩展了。他看尘世的事物,仿佛置身在奇妙的高度,整个世界都被他的思想囊括”。恶的原则,变成了一种“可怕的权力”,整个社会都掌握在这种权力之中。恶的灵魂,还在不断蔓延,出纳员、投机家、建筑商、铁器商……把人人都搞得“晕头转向”。

另一方面,巴尔扎克又极有见地地指出,“随着无限的魔力而来的便是虚无”。“过去认为等于一切的东西,如今等于没有。无边的欲望的诗篇往往被占有者扼杀,获得的事物难得同梦想结合。全能的梅莫特心里埋藏着的正是这种乐极生悲的感觉。”也许这里包含着改恶从善的寓意,但人们不是也可从中领悟人生的哲理吗?

小说中曾被恶魔附体的人物,一个个都以皈依宗教、改邪归正而终。巴尔扎克退让了,但是巴尔扎克自己并非笃信宗教的教徒。他始终认为是人创造了上帝,而不是上帝创造了人。可以说,正因为巴尔扎克越来越深刻地认识到恶的力量,他才越来越重视宗教抑恶扬善的作用。当然,巴尔扎克关于宗教的这一观点,一直是引起颇多争议的。

六

又是一篇“哲理研究”。

这是一篇“小小的杰作”——马克思这样说，并把它推荐给对巴尔扎克深有研究的恩格斯。

我们谈的是发表于 1831 年 8 月的《玄妙的杰作》，曾用名《艺术家》。小说获得了巨大的成功。

过多的思想，搅乱了艺术家的心灵；绝对的探求，扼杀了艺术品的生命，我们在这里看到了形而上学的破产。

老画家的追求是崇高、执着的，他的侃侃之谈中包含着不少真知灼见，他对色彩的偏爱也无可厚非——按照他的理论，运用他的技巧，不是创造出了许多真正的杰作，不是使波尔比斯的名画又锦上添花了吗？不幸的是，他把这一切都推到了极端。理想变成了幻觉，色彩超越了界限，对形象生命力的探索导致了形象本身的消失，十年狂热努力的结果却是“一无所有”。本来是行进在真理的路上，但超越了真理的尺度，便陷入了谬误。真理的报复是残酷的，绝对化酿成了灭顶之灾。“小小的杰作”，闪烁着耀眼的辩证法光芒。

“艺术的使命不是模仿自然，而是表现自然！你不是一个卑微的模仿者，而是一个诗人！……”老画家这段长篇宏论，在相当程度上体现着作家的艺术见解，甚至有人认为是巴尔扎克的“美学宣言”。

探讨巴尔扎克的美学观点，已经超出了本文的范围。但我想从这些议论的研读中，指出两点常常被人误解的思想还是必要的。一、巴尔扎克是现实主义作家，但绝不是卑微的模仿论者。他重视观察，重视对现实的描绘，但更重视把握“事物和生命的精神、灵魂和特征”，为此，他也曾强调“直觉”和“第二视力”对一个伟大作家的重要意义。二、巴尔扎克重视思想内容，历史感极强,但他绝非不重视形式在艺术中的作用。“美,这是严酷的、满含困难、不能轻易得到的事物……”不是在美的王国里“长久搏斗”过的人,能发出如此深沉的慨叹吗?

注意巴尔扎克艺术思想中的这两个方面,我想对阅读他的作品是不无裨益的。

1988 年元月于京郊

《贝姨》译本序

一部惊心动魄的巴黎风化史[1]

一

爱人，想想我们曾经见过的东西，/在凉夏的美丽的早晨：/在小路拐弯处，一具丑恶的腐尸/在铺石子的床上横陈，/两腿跷得很高，像个淫荡的女子，/冒着热腾腾的毒气，/显出随随便便、恬不知耻的样子，/敞开充满恶臭的肚皮。/太阳照射着这具腐败的尸身，/好像要把它烧得熟烂，/要把自然结合在一起的养分/百倍归还伟大的自然。/天空对着这壮丽的尸体凝望，/好像一朵开放的花苞，/臭气是那样强烈，你在草地之上/好像被熏得快要晕倒。/苍蝇嗡嗡地聚在腐败的肚子上，/黑压压的一大群蛆虫/从肚子里钻出来，沿着臭皮囊，/像黏稠的脓一样流动。/这些像潮水般汹涌起伏的蛆虫/哗啦哗啦地乱撞乱爬，/好像这个被微风吹得膨胀的身体/还在度着繁殖的生涯……

1　本文原系人民文学出版社1989年版《巴尔扎克选集》中《贝姨》一书的序文。

诗句摘自波德莱尔的《腐尸》。读及《贝姨》中有关瓦莱丽之死的章节,每每使我想起这首稀世之作。我总觉得,巴尔扎克和波德莱尔两位大师笔底的神韵是相通的。

诗,是象征的,也是朦胧、多义的。一具被描绘得淋漓尽致的腐败女尸,曾引起人们多少关于美与丑、真与伪的联想。巴尔扎克擅长写实,但也从不作茧自缚。象征、浪漫、神秘、怪诞熔于一炉,使其作品更呈多姿多彩的风格。

总体而言,《贝姨》自然属写实之作。但瓦莱丽的不治之症,无名溃烂,恶臭盈室,

——她"变得其丑无比,没了人样!……头发牙齿都掉光了,样子像麻风病人,连自己看了都害怕;手肿了,长满暗绿色的脓包,简直不堪入目;她搔来搔去,脱落的指甲落在创口上;总之,手脚全烂了,流着脓血"。——一位绝色佳人,旦夕之间竟变成了一堆烂肉,一堆垃圾,其中是否也包含着某种象征意味呢?!作家把这部作品称为"惊心动魄的巴黎风化史",而瓦莱丽与克勒韦尔的双双烂死,可谓最"惊心动魄"的一幕。"巴黎风化"之败坏、之丑恶、之糜烂、之不可救药,均凝聚于此,同样可以诱发人们丰富的联想。

巴尔扎克素以对败德恶习的无情揭露和鞭笞著称。法国社会这位铁面无私的书记官,忠实而艺术地记录了1816至1848年间的沧桑变化。一幕幕伤天害理的惨剧,一个个欲壑难填的人物,令人不寒而栗,过目难忘。作家为此而蒙受过"不道德"的诘难。然而,巴尔扎克在晚期创作中掷出的这部《贝姨》,更把这种"不道德"推到了极致。这是一幅淫荡与铜臭、堕落与腐败的

图画；一组畸形、病态的形象，其污秽丑陋的程度，在《人间喜剧》中亦属罕见。

二

淫棍与荡妇组成的情欲横流的王国，在作品中占据着中心地位。小说以克勒韦尔向于洛的妻子阿黛莉娜卑鄙求欢开篇，以于洛与女仆阿伽特闹剧般的偷情和完婚结束。其中有于洛男爵为不断追求外遇而卖官鬻爵、营私舞弊，虽身败名裂、家破人亡，仍不移本性；有克勒韦尔凭借腰缠万贯，厚颜无耻，荒淫无度，直至糜烂而亡；有斯坦卜克为美色所迷而抛弃家庭、抛弃艺术，终于一事无成；有瓦莱丽唯认金钱，出卖色相，同时与四五个男人狡黠周旋，最后招致杀身之祸……淫欲的肆虐泛滥，达到了变态、疯狂的地步。

像巴尔扎克的许多创作一样，这也是一部近距离反映现实的作品。作家动笔于1846年8月，1846年10月8日至12月3日在《宪政报》上连载，1846与1847年之交修订编辑成书，1846年收入第一版《人间喜剧》第十七卷。而作品主要情节的背景年代是1838年7月至1846年2月，因此，可以说作家所写的是刚刚过去的甚或是尚未完全过去的生活。

这段时间，属七月王朝的后半期，是社会弊端日益显露的时期。马克思曾作过这样的概括："在一切地方，上至宫廷，下至低级的咖啡馆，到处都是一样的卖淫，一样的无耻欺诈，一样的贪图不靠生产而靠巧骗他人财产来发财致富。正是在资产阶级社会的上层，不健康的和不道德的欲望以毫无节制的，甚至每一步都以和资产阶级法律相抵触的形式表现出来，在这种形式下，投机得来的财富自然要寻求满足，于是享乐变成淫荡，金钱、污秽和鲜血就汇为一流了。”[1]

马克思从腐败的现实中探寻1848年二月革命和六月起义的根由。巴尔扎克对革命不感兴趣，甚至颇有抵触，但他却以史家的真诚和艺术家的敏感，勾勒出这幅荒唐绝伦的图画，仿佛也预示了现存秩序的难以为继。美，经不住丑的强力压榨；善，在恶的逼攻下土崩瓦解。一切纯洁的都被玷污了，一切正直的都被扭曲了，一切美好的都被毁灭了。美丽贞洁的阿黛莉娜，长期忍辱负重，精神备受折磨。她曾断然拒绝过克勒韦尔的勾引，但为了使家庭免受丈夫“风流债”带来的灭顶之灾，竟不得不反过来搔首弄姿地去主动勾引克勒韦尔，读来令人百感交集。拿破仑麾下硕果仅存的宿将，德高望重、清廉正直的老于洛元帅，竟为亲兄弟的腐化堕落、胡作非为而无地自容、一命归西。人的尊严、人的价值，遭到一次又一次悲剧式的打击。

三

于洛男爵和暴发户克勒韦尔，从社会的两个层面走向同一个渊薮，所包容的社会内涵却不尽相同。

于洛“纯粹是国会派，拿破仑派，帝政时代的旧人”，既有光荣的过去，又有显赫的地位，但他却耽于女色，一味沉沦，成了

---

1 马克思：《1848年至1850年的法兰西阶级斗争》，《马克思恩格斯选集》第1卷，第396页。

"为女人不惜出卖国家"的男人。歌女约瑟法对他甩出的一句讽语,看似无心,实则颇有深意:"你哭啦,帝国完蛋啦!我来向帝国致敬。"可以引为旁证的是,书中作为糜烂生活代表的瓦莱丽,竟与拿破仑时代亦有所瓜葛。她是拿破仑手下名将、法兰西元帅蒙柯奈伯爵的私生女。如果人们透过这对男女的丑剧,联想到帝国精神的灭亡,英雄时代的结束,恐怕不能算是穿凿附会吧。阿黛莉娜的坚贞不渝,大度宽容,老于洛元帅的严词呵斥、忧愤身亡,都只能使于洛忏悔于一时,而无法剪除其劣根。这组形象的对照,更突出了腐化力量的势不可挡,英雄主义的彻底泯灭。"1830 年完成了 1793 年的大业。从此法国只有显赫的姓氏,没有显赫的世家了……一切都打上了个人的印记。最聪明的人把财产存了终身年金。家族观念被摧毁了。"

于洛在风月场里鬼混,是以经济的破产、官职的丢失和家庭的毁灭为代价的,其根本原因是他缺乏足够的财产。而退休的花粉商克勒韦尔的命运却截然不同。这是一位暴发户的典型,他从一个伙计成为花粉店的老板,此后,便仗恃财力出任副区长、区长,还大腹便便地着上军装,成为国民自卫队上尉,获荣誉勋位四级勋章,而且,他还并非痴人说梦地幻想着当议员和部长。克勒韦尔之所以能成为角逐场上的胜利者,是因为他有钱,因为他掌握时代的脉搏,深知金钱的重要:"没有钱,在眼前这个社会组织里是最要不得的苦难。我是这个时代的人,我崇拜金钱。"他的放荡与发迹、腐化与升迁并行不悖,盖源于这一铁的法则,体现了时代的基本特征。"我不爱你?瓦莱丽,我爱你像爱一百万法郎!""不够!……我要你爱我像爱一千万!"克勒韦尔与瓦莱丽的精彩对白,为淫欲与金钱这对怪胎的孪生关系作了绝妙的注脚。

巴尔扎克总是忘不了“金钱”这个“心爱的”题目：“从前，钱并不是一切；大家承认有高于它的东西，例如高尚、才干、为国效力；但如今，法律把金钱定为衡量一切的尺度，当作政治才能的基础！……在发家致富的需要和使用各种卑鄙无耻的伎俩之间，再没有什么障碍了。”作家所要揭示的，正是金钱主宰一切的时代的卑污与丑恶。

四

李斯贝特·斐歇（人称“贝姨”），不论是否可以算作全书最主要的主人公，至少是个关系全局的人物，巴尔扎克落墨的重心之一。与另一位主角于洛男爵相比，虽同为某种情欲所左右，但贝姨的色调构成却要复杂得多，因而也带来了理解的困难。

集“丑”与“恶”于一身，是人物给读者的第一印象。“瘦削的身材，褐色皮肤，油亮的黑发，虬结成簇的浓眉，又长又粗的胳膊，肥厚的脚，猴子般的长脸上长着几颗疣；这便是粗粗勾勒的这位老处女的肖像。”又是一幅令人生厌、令人生畏的速写。而统驭人物行为的“情欲”，则是“出奇的嫉妒”——“嫉妒便是这个怪人的基本性格”。她那从少年时代就燃起的妒忌之火，“像瘟疫的菌”，侵扰着自己的灵魂，也破坏别人的幸福；在与瓦莱丽的淫荡结合后，更形成一种巨大的甚至能“毁灭整个城市”的邪恶力量。

但是，贝姨的形象又远非单纯的“恶人”。巴尔扎克把《贝姨》与《邦斯舅舅》同列于《穷亲戚》的总题之下，而“穷亲戚”却是贫富分化的社会中的受害者,作家对之寄予了深切的同情。“老音乐家(指邦斯舅舅——笔者注)是穷亲戚,心地善良,受到不公正的重压,贝姨是穷亲戚,生活在三四个家庭之间,也受到不公正的重压;一心要为她的痛苦复仇。”[1]由遭受“不公正的重压”而生嫉妒之心,由嫉妒而不择手段地报复,这就是贝姨的贯穿线索。人们难以用行动的卑劣可鄙去否定其动机的合情合理,人们也难以用动机的情有可原来肯定其行为的刁钻狠毒。形象的底色就是复杂微妙的。

不仅如此,在作家笔下,贝姨还是一个处于“野蛮人”和“文明人”,或者说是“乡下人”和“巴黎人”交叉点上的人物。作为“野蛮人”或“乡下人”,她贫困、勤劳、憎恨人间的不平等,具有充沛的精力和顽强的意志;同时,她又丑陋、自私、狭隘、愚钝、凶狠、残忍。来到巴黎,在受到“京城的影响”“知道了法律、认识了社会”之后,她开始用理智抑制情感,以“文明”驾驭“愚昧”,形成了更为复杂的色彩。一方面,贝姨对不平等的感受更加强烈,因而复仇意识也更加强化。在乡下时,“丑姑娘做了漂亮姑娘的牺牲品……李斯贝特在田里做活,堂姐却在家娇生惯养”。在巴黎,阿黛莉娜“嫁了个男爵,在皇宫里出风头”,而自己却二十年来都在“吃他们的残羹剩饭”,贝姨体验到的是“大贵族”与“穷女子”、“穷亲戚”与“整整一家有钱人”之间的悬殊地位。矛盾的性质深化了,贝姨的愤慨之中,似乎已包含着某种反叛的因素,致使于洛元帅视她为“人民的女儿”“真正的共和主义者”。另一方面,巴黎又以它的“文明”腐蚀着“这个乡下人的本性”。

---

1 巴尔扎克给韩斯卡夫人的信,1846年6月16日。

她一改在农村时要“揪掉堂姐鼻子”、撕破其衣衫的粗暴斗争方式，而变得工于心计，藏巧于拙，除了同谋者玛奈弗夫人外，至死也不向任何人透露她的复仇心愿和复仇计划。表面上对于洛一家亲亲热热，关心备至，暗地里却搅得阿黛莉娜一家鸡犬不宁，分崩离析。经过“文明”修饰的“野蛮”，显示了更加恐怖的力量。

如果我们不执拗于界定人物的正反面或规范其阶级属性的话，那么，我们就不难通过贝姨的形象看到作家对社会堕落的深刻揭露。社会的不公正在制造着愤懑、叛逆，也在制造着畸形、变态；社会的腐败既侵蚀着于洛式的贵族，也侵蚀着贝姨一类的穷人。在对立的两极背后，同样可以透视到社会的深重罪恶。贝姨在千方百计戕害对手的同时，也使自己陷进了肮脏的泥淖，毒化了自我的灵魂，直至毁灭了自己的生命。巴黎时期的贝姨，嫉妒之火中已包含着对金钱、权势、虚荣的渴望。她是社会不公正的受害者，她也以不公正的手段来对付社会。

作家曾透露，这部作品是由“许多家庭的故事”组成的“可怕的小说”，而贝姨的形象是由“我母亲、瓦勒莫尔夫人和罗莎丽婶母构成的”[1]。巴尔扎克依然遵循着他的典型化原则，把创作的根须深深地插入现实生活，以汲取丰盛的营养。同时，他也以他充满丰富想象的直觉的“一瞥”，洞悉人物的灵魂，开发出极富戏剧性的因素，达到了一种既真切厚实，又神奇诡怪的境界。作家在本书中曾感慨，要给人物“一个灵魂，把一个男人或一个女人塑造成典型，那无异于普罗米修斯从天上盗取火种”。而法国著

1　巴尔扎克给韩斯卡夫人的信，1846 年 6 月 28 日。

名传记作家莫洛亚把巴尔扎克称作是“普罗米修斯”，是否正是因为他以“盗取天火”般的精神，塑造了一个又一个灵魂独特的典型呢？

贝姨这一典型，属于巴尔扎克风格，也显示着巴尔扎克创作的深化。人们看到的仍是一个“偏执狂”式的人物，她那嫉妒心贯穿始终，成为形象的突出标志；但她又是个充满矛盾的复合体，城市与乡村、文明与野蛮、反叛与沉沦，巧妙地交织于一体，融进了更多的生活内容和社会意识。“一切都具有两重性，甚至德行。”巴尔扎克在《〈穷亲戚〉题词》里如是说，“人类大部分争执的起因，是既有智者又有愚人；由于他们从来只看到事情或思想的一个侧面，每个人又都认为唯有他们看到的那一面是真实完美的。”这种力求深入事物复杂性的自觉，为巴尔扎克的晚期创作，特别是人物塑造，带来了新的特色。

五

“……工作是一场累人的战斗，体格精壮结实的人对它既喜又怕，往往为之心力交瘁。当代一位大诗人提到这种可怕的劳作时，说：‘我一工作就绝望，丢下工作又难受。’世俗的人听着吧！倘若艺术家不是一头扎进创作，像库尔提乌斯毫不犹豫地跳进深沟，像兵士不假思索地冲入棱堡；倘若艺术家在火山口不像因塌方而被埋的矿工那样工作；倘若他望着困难出神，而不是一个困难一个困难地去克服，像那些童话中的情人，为了得到他们的公主，把层出不穷的魔法一个个破除；那么，作品就一直完不成，只能在工作室里夭折……”作品中这番议论，包含着作家多少深切的体验,体现了作家多么执着的创作精神。个中三昧,岂是局外人所能尽知?

巴尔扎克无疑是一位充满灵感的天才作家,但他在文坛上的跋涉却绝不是轻松的。到19世纪40年代中期,作家的显赫地位已不可动摇,然而其心境却未见松弛。仿佛在艺术的殿堂里待得越久,他就越意识到艺术创造之艰辛;越是接近光辉的顶点,他就越感到背负十字架的沉重。在1845年底,巴尔扎克竟发出了"对《人间喜剧》我已不再感兴趣"[1]的慨叹。也许是由于心力交瘁,积劳成疾,他的创作也曾一度出现疲软。

可庆幸的是,仅隔半年,以1846年中《贝姨》的写作为标志,毅力顽强的巴尔扎克似乎又进入了一次新的亢奋状态。他全身心地投入创作,并深为自己取得的成功而激动。

当小说开始在报上连载十天之后,巴尔扎克就得意扬扬地通报韩斯卡夫人:"《贝姨》获得了惊人的成功。"[2]半个月后,他又信心十足地声称:"《贝姨》将进入我的伟大作品的行列。"[3]此时的巴尔扎克,甚至感到自己"比过去任何时候都更光彩、更年轻、更多产"[4]。《贝姨》和《邦斯舅舅》(合称《穷亲戚》)后来补入"巴黎生活场景",这是巴尔扎克最后两部重量级长篇小说,被人们称作"天鹅之歌"。这两部作品在艺术上的精湛完美,连一向敌视巴尔扎克的评论家们也不得不心悦诚服。

正因为作家在艺术实践中付出了"矿工般"的艰苦劳动,在

---

1 巴尔扎克给韩斯卡夫人的信,1845年2月17日。

2 巴尔扎克给韩斯卡夫人的信,1846年10月18日。

3 巴尔扎克给韩斯卡夫人的信,1846年11月3日。

4 巴尔扎克给韩斯卡夫人的信,1846年11月11日。

长期积累的基础上仍不断向深处开掘、向高处攀登，他晚期的作品才显得格外的深沉厚重；也正因为作家一次一次心甘情愿地投入这“累人的战斗”，一个一个地克服了艺术创作中的难题，他为每次的成功才会感到振奋、狂喜——这正是一位不断求索、童心未泯的天才艺术家的可贵气质。

1988 年 10 月

巴尔扎克的《高老头》

“他的一生是短促的,然而也是饱满的;作品比岁月还多。”(《巴尔扎克葬词》)雨果这句满含深情和诗意的赞词,确是对法国批判现实主义代表作家巴尔扎克生平的精辟概括。

奥诺雷·德·巴尔扎克(1799—1850)只生活了半个世纪,他的创作生涯仅仅20年左右,但他却以惊人的毅力和速度写出了大量的优秀作品,收入《人间喜剧》总题下的长、中、短篇就有90余部之多。对于一个作家来说,还有比这更丰富、更充实的人生吗?

当然,巴尔扎克能够赢得世界性的声誉,成为文学史上的巨人,并非完全因为他的多产,更重要的是,他出色地担任了他所生活的那个时代的“书记”,以他那支神奇的妙笔,勾画了数以千计的同时代人的形象,记录了一部“法国‘社会’,特别是巴黎‘上流社会’的卓越的现实主义历史”(恩格斯:《致玛·哈克奈斯》)。一百多年来,这部博大恢宏的形象史,受到人们越来越广泛的重视,也越来越显示出它巨大的认识价值和美学价值。

巴尔扎克出身于中等资产阶级家庭。1814年,15岁的巴尔扎克从外省来到巴黎。就在这一年里,欧洲的封建势力联合起来打败了拿破仑,并把路易十八送回巴黎,在法国重建起封建复辟的波旁王朝。但是,资产阶级的势力仍然十分强大,它对封建贵族的进攻一刻也没有停止过。在波旁王朝时期(1814—1830),巴尔扎克学习过几年法律。后来。为了挣得地位和金钱,又和别人合作,胡乱地写过一些荒诞离奇的流行小说,也从事过多种多样的商业活动。但,事与愿违,他不仅没有因此而发财,反而欠下了一笔笔长期还不清的债务。然而,这段生活对于这位未来的作家来说却是非常有益的写作的练习、人生的体验和素材的积累。可以这样说,没有这一时期备受磨难的生活经历,巴尔扎克是不可能对法国社会有如此深刻的理解的,也不可能创作出像《人间喜剧》这样伟大的作品来。1830年的七月革命,结束了波旁王朝的统治。从此,法国的资本主义进入了巩固和发展的时期。随着工人阶级登上政治舞台,封建阶级、资产阶级、无产阶级,这三大阶级间的斗争成了当时推动法国历史前进的动力。巴尔扎克的绝大部分作品都是在七月王朝时期(1830—1848)写成的。他的作品就是对于上述两个历史时期法国社会面貌的形象描绘。正如恩格斯所指出的:“他用编年史的方式几乎逐年地把上升的资产阶级在1816年至1848年这一时期对贵族社会日甚一日的冲击描写出来,这一贵族社会在1815年以后又重整旗鼓,尽力重新恢复旧日法国生活方式的标准。”(《致玛·哈克奈斯》)这部“编年史”,真实地揭示了封建贵族必然没落的颓势,也深刻地暴露了上升的资产阶级的种种卑鄙龌龊。《人间喜剧》是我们认识资本主义社会的极好的艺术教材。

人们常常喜欢把巴尔扎克的《人间喜剧》比作宏伟壮丽、浑然天成的建筑群。那么,我们也可以把小说《高老头》看成是这位伟大建筑师依照设计蓝图首先精心雕琢的一块基石。

这并不是说《高老头》是巴尔扎克的处女作或成名作。在1834年发表《高老头》之先，巴尔扎克已经陆续写出了《朱安党人》《高布塞克》《驴皮记》《夏倍上校》《欧也妮·葛朗台》等许多脍炙人口的名篇，他在文坛上的赫赫地位也早已得到公认。但是，巴尔扎克并未就此满足。为了更广阔地反映社会生活，更有机地表现历史的发展，"完成一部描写19世纪法国的作品"，在1833年前后，他构思了一个庞大的创作计划，要把自己的作品联系起来，"调整成为一篇完整的历史，其中每一章都是一部小说，每一部小说都描写一个时代"。1842年，他把这部巨著正式定名为《人间喜剧》。面对这一庞大的规划，社会上的人士，有的惊叹折服，有的则投以怀疑的眼光，对此，巴尔扎克不无自豪地宣称："……让那些鼠目寸光的人现在叫我幻想家吧。当我现在正在为它磨光石头的巨厦突然在他们眼前出现的时候，我等着欣赏他们的惊讶。"

《高老头》，就是巴尔扎克为他的"巨厦""磨光"的第一块"石头"。人物重复再现，故事独立而又关联，使《人间喜剧》得以构成一个有机的整体。正是从《高老头》开始，巴尔扎克对他笔下的形象做了精心的安排。《人间喜剧》中的许多人物，都在这部小说中纷纷登场。有些形象，即使在这里还扮演着一个极不起眼的小角色，但在以后的其他作品中却可能担任主角。有些形象，则不仅在这里十分重要，而且在整部"喜剧"中都处于显赫的地位。因此，有人把《高老头》称为《人间喜剧》的序幕，这不是没有道理的。

在表现社会生活的广度和深度方面，在体现《人间喜剧》总的思想意图方面,《高老头》也是巴尔扎克最早的一部代表作品。它以1819年底到1820年初为时代背景,以贫民区寒酸的伏盖公寓和贵族区鲍赛昂夫人豪华的客厅为主要舞台,以高老头和拉斯蒂涅两个人物平行而又交叉的故事为基本线索,形象地描绘了贵族阶级的必然灭亡,无情地撕下了资产阶级温情脉脉的面纱,突出地表现了人与人之间赤裸裸的金钱关系。《高老头》不愧是一幅波旁王朝时期典型的社会画面。

波旁复辟王朝时期,政权回到了封建贵族的手中,他们妄图恢复旧日的秩序。但是,作为一个过时的阶级,他们已无力扭转历史的车轮。相反,经过大革命胜利后的新兴资产阶级,虽然暂时受到了挫折,却没有失去其进攻的锐气。他们的势力表现在法国社会的各个方面。他们借以击败贵族阶级的主要武器就是金钱。在《高老头》中,我们通过拉斯蒂涅的堕落和鲍赛昂夫人的退隐,正可以清楚地看出贵族阶级不可避免的厄运。

拉斯蒂涅是外省破落贵族的子弟,涉世不深,"天良"未泯,来到巴黎攻读以求进身之阶。但是,花花世界的巴黎与家道中落的故乡相比,强烈地刺激了他向上爬的欲望。于是他遍寻家谱,找到了远房表姐鲍赛昂子爵夫人,作为高攀"上流社会"的引进人。但他万万没有想到,当他首次跨入鲍赛昂夫人精雅绝伦的客厅时,这位引进人自己的"悲剧"已经开场。

巴黎上流社会屡见不鲜的情场逸事,在对现实关系有着深刻理解的巴尔扎克笔下,同样富有时代色彩,满含阶级内容。鲍赛昂夫人的命运,形象地表现了这一时期封建贵族权势得而复失、盛而复衰的历史趋势。

鲍赛昂夫人是"贵族社会的一个领袖",她的府邸是贵族区

"最有意思的地方"。能在这"金碧辉煌的客厅里露面,就等于一纸阀阅世家的证书","一朝踏进了这个比任何社会都门禁森严的场所","就可以到处通行无阻"。初出茅庐的拉斯蒂涅,一经被人提到"跟鲍赛昂太太是亲戚",立即身价百倍,"一个姓氏的力量竟像魔术棒一样",使"周围的人为之改容",资产阶级妇女都以能挤进这个贵族沙龙为最大光荣,银行家夫人纽沁根太太为了能进入鲍赛昂夫人的客厅,"便是把圣拉查街到葛勒南街一路上的灰土舐个干净也是愿意的"。鲍赛昂夫人在谈及资产阶级妇女时竭尽鄙夷挖苦之能事:"那般中产阶级的妇女,以为戴上我们的帽子就有了我们的风度。"她对商人出身的高老头的二女儿但斐纳的评判是:"动作都脱不了高里奥气。"这是何等的盛气凌人,何等的不可一世!但是,神态上的高傲,遮盖不住内心的颓唐;排场上的阔绰,掩饰不了财囊里的衰竭。时代的变迁是无法改变的,资产阶级的逼攻是不可抵挡的。巴尔扎克在叙述鲍赛昂夫人显赫地位的同时,就点出了潜藏着的危机,预示了隐伏着的灾难:她已经到了"被遗弃的关头","上流社会最可怕的祸事"已经降临。

有趣的是,虽然鲍赛昂夫人自视甚高,根本不把资产阶级妇女放在眼里,但她对拉斯蒂涅的"启蒙教育"却完全是资产阶级式的:"你越没有心肝,就越高升得快;你毫不留情地打击人家,人家就怕你。只能把男男女女当作驿马,把它们骑得筋疲力尽,到了站上丢下来,这样你就能达到欲望的最高峰。""你要没有一个女人关切,你在这儿便一文不值。这女人还得年轻,有钱,漂亮。"她对但斐纳非常蔑视,但她却让拉斯蒂涅去追求这位银行家太太,甚至愿意帮忙搭桥。社会的阅历,个人的遭遇使鲍赛昂夫人深深地懂得,贵族阶级的那套道德观念早已不中用了,资产阶级的金钱力量才是真正的统治者。

她自己就成了金钱的手下败将。洛希斐特家是新起的暴发户,他得到封爵"还不过是昨天的事"。鲍赛昂夫人的情夫、"葡萄牙一个最有名最有钱的贵族"阿瞿达侯爵,也并不喜爱洛希斐特小姐,但他却毅然抛弃了名媛贵妇鲍赛昂夫人,决定和资产阶级暴发户联姻,唯一的原因,就是为了得到"20万法郎利息的陪嫁"。

鲍赛昂夫人告别巴黎的盛大舞会,是巴尔扎克着力谱写的"上流社会必然崩溃的一曲无尽的挽歌"。客厅外,"鲍赛昂府四周被五百多辆车上的灯照得通明雪亮",客厅里,"是巴黎最美的妇女","宫廷中最显要的人物","乐队送出一句又一句的音乐,在金碧辉煌的天顶下缭绕"。富丽堂皇的外景与鲍赛昂夫人凄凉的心境形成强烈的对比,"在女后心目中,这个地方已经变成一片荒凉"。这次五光十色的舞会,恰似贵族社会的回光返照。人们蜂拥到这里来,是为了瞧瞧这位栽了跟斗的名门贵妇的神情,"好似群众挤到葛兰佛广场去看执行死刑一样。上流社会似乎特意装点得花团锦簇,来跟它的一个母后告别"。"蒲高涅王室的最后一个女儿",尽管在众人面前"安闲静穆","始终和平常一样",好像"到了最后一刻,她依旧高高在上,控制这个社会",但是,在卧房里,却流着泪、发着抖,打点行装。烧毁情书,做着诀别巴黎的最后准备。这种人前背后的表演,正是贵族阶级行将没落而又强持尊严、不甘失败的真实写照。鲍赛昂夫人泪眼晶莹地到乡下隐居去了,而被她百般奚落的但斐纳,却在贵族的哀乐声中挤进了"她一心要高攀"的社会,实现了她多年的夙愿。当鲍赛昂夫人强颜欢笑的时候,但斐纳却在“得意自己在大众面前的锋芒”。两相对照,前后比较,一枯一荣,一沉一浮,两个阶级的命运,昭然若揭。

正如恩格斯所指出的,巴尔扎克对资产阶级的得势和贵族阶级的衰亡的描绘是《人间喜剧》的“中心图画”,“他描写了这个在他看来是模范社会的最后残余,怎样在庸俗的、满身铜臭的暴发户的逼攻之下逐渐灭亡,或者被这一暴发户所腐化;他描写了贵妇人(她们对丈夫的不忠只不过是维护自己的一种方式,这和她们在婚姻上听人摆布的方式是完全相适应的)怎样让位给专为金钱或衣着而不忠于丈夫的资产阶级妇女。在这幅中心图画的四周,他汇集了法国社会的全部历史……”(《致玛·哈克奈斯》)

鲍赛昂夫人的被迫“让位”是具有典型意义的,拉斯蒂涅的腐化堕落同样具有典型意义。他的堕落过程是贯穿全书的主线。拉斯蒂涅往来于“上流社会”和伏盖公寓之间,把两个场景紧密地联系在一起,融合为一体。他在两处受教育,方式不同,语言不同,内容却一样:金钱便是力量。为了爬上去,必须有钱;为了有钱,必须涂黑良心,“清白诚实是一无用处的”。通过这个贵族子弟所走过的道路和他的心理变化,作家细致地揭示了资本主义社会中金钱对于人们灵魂的巨大腐蚀作用,封建的道德观念是如何被极端利己主义的冰块所淹没。

鲍赛昂夫人的高贵门第只能帮助拉斯蒂涅踏进上流社会的客厅,却不能帮助他在上流社会扎根。聆听鲍赛昂夫人的教诲,特别是目睹她的“悲惨”命运,使拉斯蒂涅懂得了:金钱的威力业已大大超过了姓氏的力量。这正是时代的特点。苦役犯伏脱冷也向他道出了这个真理：鲍赛昂家只能给他撑腰，但袋里空空也是无济于事，要想爬上去，必须有“一百万家财”，否则“一切都是水中捞月”。而且，“要弄大钱，就该大刀阔斧地干，要不就完事大吉。……人生就是这么回事。跟厨房一样腥臭。要捞油水不能怕弄脏手，只消事后洗干净；今日所谓道德，不过是这一点”。资产阶级的道德准则被伏脱冷一语道破，使拉斯蒂涅深为震动。而他耳闻目睹的社会现实更是不断印证着伏脱冷的邪恶说教，特别是伏脱冷的被捕和鲍赛昂夫人的被逐，对他冲击尤大。前者遭暗算，后者被遗弃，都是金钱在作怪。活生生的事实对他做了最有说服力的教育。高老头之死，是拉斯蒂涅所受“教育”的最后一课。他自始至终目击了这场“惨剧”的演进。为了让高老头最后能见到女儿，为了给高老头筹款治病及办丧，他来回奔走于伏盖公寓和高老头两个女儿的府邸之间。高老头临终前绝望的哀鸣和愤怒的咒骂，仿佛是这段乐曲中的主调，反复出现，不绝于耳。与之相对照的，或是两个女儿踩着父亲的尸体向鲍府的舞会走去，盛装艳服，大出风头；或是两对夫妇为了钱财问题闹得不可开交，乌烟瘴气；或是为了避免破钞，对拉斯蒂涅干脆闭门不纳。面对此景此情，伏脱冷的哲学被拉斯蒂涅全盘接受了，他再也压抑不住心中炎炎的欲火，纵身跳进了巴黎上流社会这个罪恶的深渊。在埋葬高老头的同时，“埋葬了他青年人的最后一滴眼泪”，决心和巴黎上流社会“拼一拼”。外省的贵族子弟就这样被腐化成了资产阶级野心家。人们在看到拉斯蒂涅步步堕落的同时，也就看到了社会的累累罪恶。

巴尔扎克描写了贵族阶级必然灭亡的历史命运，揭示了复辟时期封建贵族貌似威严实则虚弱的阶级本质，真实地再现了时代的风貌。但是,巴尔扎克又对衰亡的贵族倾注了他的深切同情。鲍赛昂夫人的被迫退隐,拉斯蒂涅的精神堕落,巴尔扎克都是以“哀其不幸”的凄婉笔调描写出来的。同情的泪水虽然没有挡住作家犀利的目光,他还是看到了历史的真相。但这泪水却渗透到了形象的深处,严重地削弱了形象的批判力量。鲍赛昂夫人的离去和贵族阶级的没落一样是历史的必然,但是巴尔扎克却把这过时人物的退场,渲染为英雄的下台,以浓重的笔墨为其涂上悲剧的色彩,以她“高贵”的气质来对应她“不幸”的命运。这样,这个本该受到谴责批判的人物反而受到了同情哀怜。这是巴尔扎克世界观中落后一面的反映。

深刻地揭露批判资产阶级极端的利己主义和人与人之间赤裸裸的金钱关系,是《高老头》思想内容的又一重要方面。

退休面条商高里奥老头的两个女儿,在高老头的培养下都过惯了奢华的生活。大女儿阿娜斯太齐高攀贵族,跳进了上流社会,成了雷斯多伯爵太太;二女儿但斐纳,“喜欢金钱”,嫁给了银行家,成为纽沁根夫人。她们出嫁的时候,每人得到80万法郎的陪嫁,所以女儿女婿对高老头都极尽奉承体贴之能事,家里永远为他准备好一份用餐的刀叉。但是,不久他就被撵出了女儿的大门,在伏盖公寓里过起寒酸的生活。开始他还可以每星期在女儿家吃一两次饭,后来改为一个月两次,再后来他就连女儿的门都进不去了。这种感情变化的原因,起始于政治,归结于经济,鲜明地表现了资产阶级实用主义唯利是图的阶级特性,也深入细致地反映出这一历史时期资产阶级和封建贵族相互斗争又相互渗透、相互利用的微妙关系。

高老头能够慷慨给予,因而受到了敬重。但到了波旁复辟时期，封建贵族卷土重来，爵位又成了地位的标志。许多资产者一方面以其实力排挤贵族，一方面又想方设法获取贵族的头衔，以巩固自己的地位。为了顺应潮流，已经得到男爵封号的银行家纽沁根，又进一步成了保王党人。在这种形势下，一个面条商父亲，自然不能再给女儿的家庭增添什么光彩，反而成了赘疣。"在帝政时代两个女婿看到家里有个九三年派的老人并不讨厌；既然是拿破仑当权，那还可以将就。可是波旁家复辟之后，那老头儿就叫特·雷斯多先生头疼了，尤其那个银行家"。面条商丝毫不懂得"交际场中的规矩"，他的缺乏教养的谈吐举止，招来了女儿的白眼和训斥。他开始明白："我在世界上是多余的"。

当然，更根本的是因为高老头的钱越来越少了，这棵摇钱树已经枯萎。"做父亲的应该永远有钱，应该笼络女儿，像对付狡猾的鸟一样"。当他们不了解底细把高老头看作"财神"的时候，他们还会"恭恭敬敬瞧着我，就像恭恭敬敬瞧着钱一样。即使我有时叫他们发窘，我也补赎了我的过失"。两个女儿偶尔还会来到伏盖公寓父亲的住处，目的是为继续榨取高老头仅存的钱财。她们竞先下手，互相争夺，在财产的面前，一对亲姐妹变成了不共戴天的仇敌。

高老头之死是这幕家庭丑剧的高潮。高老头死前想见女儿，哭天喊地，但也枉然，这才使他悟出了资本主义社会的残酷的真理："钱可以买到一切，买到女儿。""倘若我有钱，倘若我留着家私，没有把财产给她们，她们就会来了，会用她们的亲吻来舐我的脸！""父亲轴心"无情地被"金钱轴心"代替了。女儿们"为了参加跳舞会，即使踩着父亲的身体走过去也在所不惜"。一个囊空如洗的父亲无异于一个被"榨干"的"柠檬"，对于骄奢淫逸的女儿还有什么意义呢？写到这里，作家仍感言犹未尽。为了筹款治丧，拉斯蒂涅“在纽沁根夫妇与雷斯多夫妇两处奔走”竟“毫无结果”。理由是：“先生跟太太谢绝一切宾客。他们的父亲死了，都悲痛得了不得”。在为高老头送葬的行列里，出现的是这两家“有爵徽的空车”。多么辛辣的讽刺！卑鄙的心理，虚伪的面孔，赤裸裸的金钱关系，巴尔扎克的揭露和批判真可谓入木三分，力透纸背。

资本主义社会就是一个培养肮脏灵魂的大温床。无论在上流社会还是在下层公寓，极端利己主义成为最高的，甚至唯一的道德标准。金钱像一只巨掌，牵动无数木偶，在社会舞台上各尽其能地进行着丑恶的表演。为了觊觎高里奥的财产，伏盖太太竟巧装打扮，媚态百出；为了贪图3000法郎收入，米旭诺和波阿莱成了官方的密探，对伏脱冷暗下毒手；为了到手20万法郎，伏脱冷巧设陷阱，密谋杀害泰伊番的独子；纽沁根大要无赖手段，鲸吞妻子的全部钱财；拉斯蒂涅则以他眼前的“英雄”们为榜样，亦步亦趋，在社会这个大泥坑里越陷越深，明知“入了地狱”，还决心要“留在地狱”。《高老头》里百丑献技，群魔乱舞，演出了触目惊心的场面，散发着令人窒息的铜臭味。真像拉斯蒂涅所说的：“不管人家把上流社会说得怎么坏，你相信就是！没有一个讽刺作家能写尽隐藏在金银珠宝底下的丑恶。”

在《人间喜剧》的整幅画面中，伏脱冷是个占据着独特地位的形象。他在不同作品中以不同身份出现，但却起着同样的引诱青年堕落的作用。这是个具有象征性的恶魔，又是活生生的典型。资产阶级的根本特点在他身上得到了集中概括的体现。他的身份是被警察特务追捕着的苦役犯，但他的思想和行动，在本质上却与资产者、银行家没有什么不同。

伏脱冷梦寐以求的是“把日子过得像小皇帝一样”，他为自己设计的发财途径是用20万法郎购买两百个黑人，“有了这笔黑资本，10年之内我可以挣到三四百万”。为了达到目的，他动了杀人的念头，勾引拉斯蒂涅做他的同谋，企图猎取银行家泰伊番的财产。我们可以看到，他的这一套计划与大资产者的发迹史毫无二致（在《红房子旅馆》中，巴尔扎克描写了泰伊番杀人越货的故事，在《高老头》中，他已变成体面的百万富翁了）。“我要成功了，就没有人盘问我的出身。我就是四百万先生，合众国公民”。的确，哪一个资产者的发家史不是一部血迹斑斑的罪恶史呢？他们的差别至多是杀人“见血不见血”而已。法律制裁伏脱冷，只是为了保护得胜者的利益。“扒窃一件随便什么东西，你就给牵到法院广场上去展览，大家拿你当把戏看。偷上100万，交际场中就说你大贤大德。你们花3000万养着宪兵队和司法人员来维持这种道德。真是妙事！”资产者与盗匪无异，这是逻辑的必然结论。正是通过这样巧妙的构思，使作品对社会罪恶与资产阶级的批判更深入一层。

大胆、坦率，老于世故，深知黑暗社会的底蕴。使伏脱冷成为一个独具色彩和魅力的艺术典型。他用最赤裸裸的语言把资产阶级极端利己主义的道德原则在拉斯蒂涅面前和盘托出，开始使涉足不深的拉斯蒂涅感到惊讶、可怕，继而则在他脑海里留下了难以磨灭的印象。“鲍赛昂太太文文雅雅对我说的，他赤裸裸地说了出来。……关于德行，这强盗坯三言两语告诉我的，远过于多少人物多少书本所说的。”拉斯蒂涅受多方面的影响走上了野心家的道路，而伏脱冷的“道德教育”却具有提纲挈领的作用。伏脱冷的长篇宏论、嬉笑怒骂、冷嘲热讽，对社会腐朽败德的批判鞭辟入里，常常有为作家“代言”的性质。

巴尔扎克对资本主义的批判是无情的，但资产阶级的人性论又时常影响了人物的真实性，削弱了作品的批判力量。两个女儿逼死高老头的情节是全书精华部分之一。它以辛辣的笔调写尽了人与人之间罪恶的金钱关系。在榨取父亲的过程中，两个女儿的歹毒被勾画得活灵活现，读来使人感到可憎。但到了最后时刻，她们的“人性”却忽然复苏了。起先，大女儿是因为丈夫阻挠才没能及时赶到父亲身边；后来，她终于摆脱了丈夫的禁锢逃了出来，跪在父亲床前，疯狂地呼唤昏迷的父亲。二女儿听到父亲临终的窘境，立即把仅余的70法郎交给了拉斯蒂涅；她最后没能到场，是因为她为父亲向丈夫要钱，丈夫跟她大吵使她晕了过去。把这些举动和她们前面的作为比较，简直判若两人。这不能不说是背离人物性格的败笔。同样，高老头的形象更是遭到了歪曲。他是在大革命中起家的面条商，在生意经方面，“颇有国务大臣的才器”，“算计划策如外交家，勇往直前如军人”。这个利欲熏心的暴发户在大饥荒的年代里发了迹，而那时民众却“在面包前面拼命”，可以想象，他供给女儿恣意挥霍的每一个法郎里都浸透了劳动者的血和泪。但小说竭力渲染的却是高老头超乎寻常的爱女之情，如痴如醉，如癫如狂。为了女儿，他可以付出一切代价，忍受一切苦难。特别在描写到他临死前想见两个爱女一面而不得。发出绝望的呼号时，作者竟把这个资产阶级暴发户写成了一个受欺凌、被损害、值得人们同情的对象。在这个投机商的身上，追求金钱的本性似乎被“一股极高的情感”所代替了。这样，巴尔扎克就模糊了高老头形象的本来面目。这与他用"情欲"来解释人物行为的唯心主义观点是分不开的。

从对现实的细致观察中进行精确描写,是巴尔扎克艺术的最大特色,这是与他反映社会生活的深度和广度相适应的。

巴尔扎克非常重视详细而逼真的环境描绘,一方面是为了再现生活,更重要的是为了刻画人物。他总是力图为他的人物提供真实、形象的活动背景,从而使其获得真实感、典型性。"假如他不按照实物临摹的话,在1850年人们就不会相信它们了。"(巴尔扎克:《〈英雄的儿女〉和〈玛西米拉·道尼〉初版序言》)他笔下的环境是个性化的,是为活动于其中的人物服务的。《高老头》一开始对伏盖公寓内外景的描写,确使人有身临其境之感。先写外景:街道、建筑、阴沟、墙脚,显出"一派毫无诗意的贫穷",读起来就像生活在其中的人物一样,会"无端端的不快活";然后写内景:院子、客厅、地板、陈设,无一不散发着"公寓味道",就像那股"闭塞的、霉烂的、酸腐的气味"也会向读者迎面扑来一样。在这样的背景下,再给我们介绍那一张张奇形怪状的脸谱,就显得十分自然,十分贴切了。但是巴尔扎克的写景也时常失之冗长,烦琐,尽管他曾为这一缺点多方辩解,有时也不无道理,但我们还是认为他那些过于细腻的"考古学描写",不免有些累赘。

客观环境的逼真描写,只是构成"典型环境"的一个组成部分,恩格斯所说的"典型环境",主要是要求作家真实地再现当时历史条件下的阶级关系。要在正确的阶级关系中来塑造各种典型人物。《高老头》中展示的贫穷的伏盖公寓,是巴黎下层社会的缩影,"整个社会的分子,在这样一个集团内当然是应有尽有”。对这伙失意落魄人物的描述,重点在于境遇的变迁所造成的性格变异,一些准确的经济数字告诉我们,他们来自哪个阶级,现在的经济地位又是如何,这里弥漫着市侩习气,充斥着尔虞我诈的关系,也流露出对上层的妒羡和不满,正是在这样的环境里,我们认识了伏脱冷这个典型。而在富丽堂皇、珠光宝气的沙龙里,集结的是一群“出名放肆的男人”和“最风雅的妇女”,他们寻欢作乐,放荡不羁,作者着力描写辉煌掩盖下的精神空虚,虚伪遮饰下的钩心斗角,正是在这里,我们目睹鲍赛昂夫人的荣辱。这两个交替出现的场景,或者说,整个万头攒动、互相倾轧的巴黎社会的典型环境,为野心家拉斯蒂涅的成长发展提供了真实可信的依据。他以伏盖公寓为基地,向“上流社会”猛冲过去,上下两个熔炉,合铸了这个典型性格。紧扣着环境表现人物,环境的变化促使人物发展,典型人物又使环境具有典型特征,二者相辅相成,辩证统一,这样,巴尔扎克的创作就较好地体现了“典型环境中的典型人物”这一现实主义的根本原则。

巴尔扎克基本上遵循现实主义集中概括的典型化原则塑造人物。“为了塑造一个美丽的形象,就取这个模特儿的手,取另一个模特儿的脚,取这个的胸,取那个的肩。艺术家的使命就是把生命灌注到他所塑造的这个人体里去,把描绘变成真实。如果他只是想去临摹一个现实的女人,那么他的作品就根本不能引起人们的兴趣”(巴尔扎克:《〈古物陈列室〉〈钢巴拉〉初版序言》)。这种“杂取种种人,合成一个”的做法,使作家笔下的人物从肖像到性格都具有鲜明、突出的特点,能给人留下深刻的印象。巴尔扎克像素描画家一样,只需寥寥数笔,就能把人物的外形特征勾画得惟妙惟肖,而且与其内在性格相得益彰。在《高老头》中，重要人物如伏脱冷，次要人物如伏盖太太，都是这方面成功的例子。在性格塑造上，他既注意把握人物的本质特征，又赋予人物鲜明的个性，使形象栩栩如生，面目各异。高老头的两个女儿就是既有共同点，又绝不会被混淆的人物。大女儿由于混入了贵族圈，因而高傲、跋扈，二女儿由于还被排挤在上流社会之外，又遭到情人的遗弃、丈夫的虐待，因而阴郁、伤感。同样敲诈父亲的钱财，前者是豪夺，后者是巧取。作为艺术形象，都是共性与个性相结合的典型。

以长篇小说而论，《高老头》的精心结构是特别值得称道的。错综复杂而又井然有序，跌宕起伏而不故弄玄虚。居于全书中心的是拉斯蒂涅的线索，中间插入伏脱冷和鲍赛昂夫人的故事，既丰富了作品的内容和色彩，又促进了拉斯蒂涅的思想发展。高老头的情节主要在首尾两处重写，当中时隐时现，脉络清楚，又不与拉斯蒂涅“抢戏”，全书前半部，在平静的叙述中透露出未来的风暴；后半部则波澜迭起，步步推向高潮。伏脱冷被捕，鲍赛昂夫人离京，高老头病死，环环相扣，动人心弦，拉斯蒂涅的思想性格也在这戏剧性的变化中得以完成。高老头之死和鲍赛昂夫人的告别舞会交织在一起来描写，更收到了强烈对比的艺术效果。

在《人间喜剧》中，《高老头》是出色的序幕。作为独立的作品，它本身就像是一部丰富多彩、结构严谨的优秀戏剧。

“小小的杰作”

《玄妙的杰作》品评

这是一篇“小小的杰作”——马克思这样说，并把它推荐给对巴尔扎克同样深有研究的恩格斯，劝他“读一读”（《一八六七年五月二十五日给恩格斯的信》）。

我们把这个短篇收在这里，也就是遵从马克思的建议，和大家一起来“读一读”。

“小小的杰作”，的确，与巴尔扎克史诗规模的整部《人间喜剧》相比较，《玄妙的杰作》只能算是“小小的”小品。

法国文苑泰斗奥诺雷·德·巴尔扎克（1799—1850）花费了近二十年的时间（1829—1848），呕尽心血，写下了近百部长、中、短篇小说。他有意使其中的许多作品，故事相互关联，人物反复再现，并把笔触伸向巴黎和外省、城市和乡村、上层和下层，以及政界、教会、财阀、司法、文坛、报界，等等，从而画出了一幅19世纪法国社会生活的历史长卷。作家将其定名为《人间喜剧》。这一总题，不仅体现了巴尔扎克要撰写一部“完整历史”的宏大旨意，还颇具调侃意味地把本是由许多“悲剧”故事组成的历史称为“喜剧”，更增添了耐人寻味的艺术情趣。

恩格斯是这样评价巴尔扎克这部辉煌巨著的：“他在《人间

喜剧》里给我们提供了一部法国‘社会’特别是巴黎‘上流社会’的卓越的现实主义历史，他用编年史的方式几乎逐年地把上升的资产阶级在1816年至1848年这一时期对贵族社会日甚一日的冲击描写出来，这一贵族社会在1815年以后又重整旗鼓，尽力重新恢复旧日法国生活方式的标准。”(《1888年4月给玛·哈克奈斯的信》)

在表现这一历史进程时，巴尔扎克既描写了封建贵族阶级的必然没落，又无情地揭露了资产阶级暴发后的卑鄙行径。更加令人叹服的是，他把金钱主宰世界，毒化人的灵魂的力量描绘得那么具体生动，揭示得那么深刻透辟，难怪文艺批评家泰纳会发出这样的赞誉："他的系统化的能力和对人类丑处的明目张胆的偏爱创造了金钱和买卖的史诗。"(《巴尔扎克论》)

在这部赫赫然的"喜剧"中，最为惹人注目的自然是那些思想深邃、艺术圆熟的著名长篇和中篇。例如，正面反映资产阶级的逼攻和贵族阶级的没落的《古物陈列室》《农民》，出色地刻画了贪婪而吝啬的资产者形象的《高布赛克》《欧也妮·葛朗台》，写尽了资本主义社会中人与人之间的金钱关系的《高老头》《夏倍上校》《禁治产》《搅水女人》，把七月王朝时期穷奢极欲的社会风气揭露得淋漓尽致的《贝姨》，将批判的笔锋几乎扫遍整个资本主义社会上层建筑的《幻灭》……佳作之多，看来连仅举其要，都是本文所力不能及的。

应当肯定，正是这些体大精深的长篇，奠定了巴尔扎克在世界文学史上的巨人地位。在人们的印象中，巴尔扎克的名字总是和他的长、中篇联系在一起也就不足为怪了。

但是，如若将《人间喜剧》比作是峰回路转气象万千的怡人美景，那么，其中的长篇就恰如奇峰幽谷，密林静湖；而它的短篇呢，却仿佛一座亭榭，一棵古树，一块怪石，一株异草。前者确可令人叹为观止，后者同样可使人击节赞赏。托月之云，扶红之绿，不也自成风格，别具特色吗？

看看长篇里手怎样构思短篇，也是饶有兴味的哩。

现在回到《玄妙的杰作》上来。

巴尔扎克很少写历史题材，但这篇小说的背景却是17世纪；巴尔扎克很少直写真人真事，但这里却请出了两位法国美术史上的佼佼者——勃尔布斯和普善。两个真名真姓的艺术大师，又与一个虚构的主角配戏，真真假假，令人莫测。

造诣极深的老画家法兰奥菲尔，怀着执着的信念和疯狂的热情追求艺术的真和美，他要赋予他笔下的形象以生命和情感。他有一整套经过深思熟虑的艺术理论，他有炉火纯青的技法，也有锲而不舍的毅力。为了达到目的，他花费了十年的工夫，关在屋子里画他的美女图，甚至自以为是"金屋藏娇"，把他创造的形象当作是自己的妻子。

但是，他过分夸大了色彩的作用，过分贬低了线条（素描）的作用。因此，尽管他日复一日，年复一年精心地在画布上涂抹颜料，尽管在他的幻觉中这个形象已经获得了神奇的生命力，而在常人的眼里，这幅"杰作"却是一堵谁也无法理解的、堆满各种颜色的画墙。当两个画家指出这一点后，老画家完全绝望了。十年之功，毁于一旦——当晚，在焚烧了他的所有画布之后，老头儿就死了。

这里，关于色彩和素描的矛盾，很自然使我们联想起19世纪二三十年代法国艺坛上的一场斗争。以安格列为首的官方学院派主张模仿形式,强调素描,忽视内容、情感,也否定色彩的作用。以德拉克罗瓦为首的浪漫派,则反其道行之,强调激情、强调色彩,德拉克罗瓦的作品,就曾以感情的奔放和色彩的强烈、鲜艳而轰动巴黎。浪漫派对官方学院派的冲击并战而胜之,是美术史上的一次革新运动。

阐明自己的艺术见解,并不是巴尔扎克创作这篇小说的本意,他只是在借题发挥而已。但是,既然"借"了这个"题",就不能不涉足其中。从老画家的结局来看,巴尔扎克的针砭似乎是对准注重色彩的浪漫派的。其实不然。统观全篇,我们不难发现,作家在二者之间是取乎"中庸"的。他既反对只看重形式的冷漠的素描,也反对根本否定形式而滥用色彩。如果仔细推敲一下老画家那段长篇宏论:"艺术的使命不是模仿自然,而是表现自然!你不是一个卑劣的模仿者,而是一个诗人!……"我们就会看到,巴尔扎克是在宣传既要反映"效果",又要表现"原因"的现实主义主张。

不过,当时"现实主义"一词还没有出现。巴尔扎克从哲学领域里借来了"折中主义"这个概念。当他说到文学问题时,他把崇尚理智的古典主义称为"观念文学",把崇尚感情的浪漫主义称为"形象文学"(他认为,这就相当于绘画中的素描和颜色),而他自己却归于"折中主义这面旗子底下"。他是这样概括"折中主义"的特征的:"它要求照原样表现世界:形象与观念,观念在形象之内或者形象在观念之内,行动与梦想。"(参看《且尔先生研究》)

在艺术的道路上,巴尔扎克独辟蹊径而前行。

巴尔扎克是文学家,也是思想家。

他喜欢探索，而不满足于表象，这是巴尔扎克的作品往往比别人的更深刻的原因。他在《人间喜剧》里还专门划出了《哲理研究》和《分析研究》两类，为的是更加突出他对社会现象深入研讨的特点。这两类作品大多比较难读，但却具有耐人思索的哲学意味。其中，也有些过于艰涩，甚至落入了神秘主义。

《玄妙的杰作》是《哲理研究》中的一篇。根据巴尔扎克自己的看法，它表现的是“艺术扼杀了作品”，“思想发展到了极致在艺术家心灵里引起的混乱”，说明了“艺术的自杀是根据什么法则产生的”（参看《〈夏娃的女儿〉和〈玛西米拉·道尼〉初版序言》和达文的《〈哲理研究〉导言》）。显然，他提出了一个充满矛盾的哲学命题。

我们在这里看到的是形而上学的破产。老画家的追求是崇高的，他的侃侃之谈中包含着不少真知灼见，他对色彩的偏爱是无可厚非的——按照他的理论，运用他的色彩技巧，不是创造出了许多真正的杰作，不是使勃尔布斯的名画又锦上添花了吗？不幸的是，他把这一切都推到了极端。理想变成了幻觉，色彩吞没了形象，狂热努力的结果是“一无所有”。本来是行进在真理的路上，但超越了真理，便陷入了谬误。真理的报复是残酷的，绝对化酿成了灭顶之灾。这里，确实“充满了绝妙的讽刺”（马克思）。恩格斯还称赞巴尔扎克：“在他的富有诗意的裁判中有多么了不起的革命辩证法！”（《1883 年 12 月 13 日给劳拉·拉法格的信》）这篇“小小的杰作”，不是就闪烁着作家思想中耀眼的辩证法的光芒吗？

巴尔扎克喜欢用人性论的“情欲”来解释人物的行为，这点自然是我们不会同意的。有趣的是，即使在这个关于艺术方法问题的故事里，巴尔扎克还是回到了他那个心爱的题目——金钱上来了。“他是个无与伦比的画家，却不幸出身富裕，这就使他信口胡诌。”金钱产生情欲，情欲导致荒谬，这就是巴尔扎克的逻辑。

人们常常谈论古典作品的现实意义。我想只要“形而上学猖獗”的状况不根本改变，只要那些喜欢以走极端表示自己“彻底”的先生们依然健在，那么，像马克思所建议的那样，读一读这篇杰作，总会是有所裨益的。

还有一点，也当引起今人的兴趣。“有一些比这一切更真实的东西，对画家来说，这就是实践和观察。……动手干吧！画家只有画笔在手才谈得上思考。”离开实践，就会丧失一切，无论是多么神奇的理想，无论是多么高深的理论。

哲理小说，顾名思义，它是以宣传某种深刻的哲理主题为特征的。在文学史上，这种体裁的出现始于法国启蒙运动时期。为了反对封建专制和宗教统治，启蒙大师们运用哲理小说的形式赤裸裸地宣传“理性”的观念，宣传他们的政治主张和哲学见解，为法国的1789年大革命做了直接的舆论准备。哲理小说成了他们进行战斗的重要武器。但是，不容讳言，他们笔下的作品思想锋利，但形象性较弱。像狄德罗的《拉摩的侄儿》，既可以说是一本小说，也不妨当作哲学论著来读。

后来者居上。巴尔扎克在他的哲理小说中，既保留了思想深远，富于辩证的特色，又具有情节生动，形象鲜明的艺术魅力，精致、隽永、妙趣横生，发人深思。

故事围绕老中青三个画家和真假两个女性展开，构思十分精巧。

初出茅庐的普善怀着忐忑不安的心情拜访他心目中的大师勃尔布斯,在这里却遇上了勃尔布斯心目中的大师法兰奥菲尔。勃尔布斯对老画家毕恭毕敬;老画家对普善崇拜的每一幅画都进行肆无忌惮的评点,且都能击中要害;他还亲自拿起笔来给勃尔布斯改画,几笔下去,就使那原本已经十分出色的画面顿然改观;再加上他滔滔不绝的莫测高论……这一切都在普善心中唤起了无限仰慕之情,也使读者对老画家油然而生敬意。

接着,勃尔布斯虔诚地提出要看看老头儿的作品《漂亮的努阿赛女人》。由人及物,焦点开始对准这幅画。勃尔布斯的要求当即遭到拒绝,理由是:"我还要使它更加完美呢";随后便引出了一整套似是而非,似非而是的艺术见解,更增添了这幅作品的神秘感。普善和吉列特的插曲,情真意切,娓娓有致;与主线相映衬,巧妙地写出了年轻画家对那幅杰作一睹为快的急切心情,又把悬念推进了一步。法兰奥菲尔的颓唐,勃尔布斯的建议,普善和吉列特的出场,乃至老头儿在将吉列特和他的美女像相对照后所表现的狂热自信,层层渲染,引人入胜,使读者和两个画家一起,迫不及待地要去解开这个谜。

但是,呈现在画家们面前的,却是"由一堆乱七八糟的色彩和横七竖八的线条构成的一堵画墙"——原来是一幅"玄妙的杰作"!

画家们受骗了,读者受骗了,连老画家自己也受骗了。一切都是真诚的,一切又都是骗局。

正是在这陡然的跌宕中,在这真诚的骗局里,作品显示了绝妙的讽刺,迸发出哲理的光彩。老画家的幻想越是强烈,自信越是执着,"一无所有"的悲剧就越是惨重,追求与结果之间的矛盾就越突出、明显。过犹不及，形而上学害死人的结论，在“自欺”且“欺人”的故事里得到了完成。读者在恍然大悟之后，也自然会玩味再三，并穷其究竟。

这是一出可悲的喜剧，又是一出可笑的悲剧。巴尔扎克惯用的这种悲喜剧手法，更丰富了作品的色彩，增加了作品诱人品味的魅力。

提起巴尔扎克，人们就会想到现实主义，他的确不愧为19世纪批判现实主义的一代宗师。但是，这并不妨碍他在创作中吸收浪漫主义的特点，或者，写出一些富有浓重浪漫主义色彩的作品。

《玄妙的杰作》，从故事情节的构思到主人公的塑造，都带有明显的浪漫主义特色。离奇、神秘、夸张，甚至有点故弄玄虚。但是，细加咀嚼，却不仅感到真实可信，而且颇有深度，颇富情趣。

巴尔扎克笔下的法兰奥菲尔，“既是画家，又是狂人”。他“亮招”时的怪模样，就显示了与众不同的奇特。他那狂放的谈吐，奔腾的激情，神奇的想象，敏捷的思路，鬼使神差般的动作，都是“艺苑泰斗”的特征，不过是放大了的、夸张的特征。而他的慷慨解囊，他的懊恼颓丧，他在吉列特的美貌面前的反应，都使人感到他又并非“超人”。这是个“超人”与“凡人”的统一体。但，正由于夸张了他的艺术家的气质，便使他那过于执着的追求变得可信；由于夸张了他的追求，才使他的幻灭变得真实；又由于夸张了他的才华和执着，才使悲剧的结局显得格外悲惨。源于真实的、极度的夸张，也正是这篇“小小的杰作”的绝妙之处。

现实主义大师也会用浪漫主义的技法，大作家的笔锋总是这样多姿多态。我们今人又何苦屈于一尊呢？

读《红房子旅馆》

金钱,是巴尔扎克钟爱的题目。

这和作家本人一生坎坷、不得不长期与金钱打交道的经历紧密相关;但更重要的,还是历史的进程为作家提供了用武之地。19世纪上半叶的法国,是资产阶级步步进逼,封建贵族节节败退的时期,而金钱——正是资产阶级借以得势的有力武器。对金钱的无尽贪欲,是资产者的基本特征。在他们升迁发迹的道路上,留下了多少伤天害理、令人发指的故事。这就为巴尔扎克提供了取之不尽的创作源泉。

巴尔扎克以其一系列杰出的长篇小说闻名于世:《高老头》《欧也妮·葛朗台》《幻灭》《古物陈列室》……在这些世界文学的瑰宝中,金钱的主题都被发挥得淋漓尽致。如果把巴尔扎克的《人间喜剧》比作是宏伟的大厦,那么,优秀的长篇就像是巨大的柱石,支撑着这座辉煌的建筑。而《红房子旅馆》一类的短篇,充其量只能算是一道旁门,一扇小窗,甚或只是一角飞檐,一方雕饰。但它仍然是这座大厦不可残缺的部分,并且和整个建筑有着浑然一体的风格(即同样的主题)——正如达文在《〈哲学研究〉序言》中所指出的,这篇作品里有着“对总主题的最严肃的演绎”。

《红房子旅馆》叙述的是一个平常而又平常的故事：在一家莱茵河畔的旅店里，两个年轻人和一个富商住在一起。其中一个叫弗雷德里克的在半夜里杀死了商人，卷走了价值十万法郎的金银珠宝。而他的朋友马尼昂却在一觉醒来之后被认定是“罪犯”，代他受过，成为替罪羊，被判处了死刑。

一般说来，这只是一篇探案小说的情节，而且并无特别引人之处。但在读过小说之后，我们却不得不为巴尔扎克对这一平凡题材的独特艺术发现而感到折服。

小说开始时，二十年前那桩谋杀案的凶手弗雷德里克·泰伊番，现在已成了巴黎屈指可数的银行家、供应商、百万富翁，有谁问过他的过去？有谁怀疑过他的历史？而此刻，他却在酒足饭饱之后，坐在一群好奇而又无聊的绅士淑女们中间，聆听这段关于自己的“恐怖故事”，这本身就是一个非常富于戏剧性的场面！

在小说第一部分“主题和事实”中，作家没有正面表现弗雷德里克犯罪的“事实”，而是以大量笔墨细致地描述了马尼昂犯罪“念头”的产生和克服，他被捕后的痛苦心情，以及这一切在泰伊番身上刺激起的异常反映。

“深思熟虑本身就构成犯罪”。按照作家的观点，“念头”固然不同于“事实”，一组“念头”正是卑鄙心理的突现。应当惩罚犯罪行为，同样应当鞭笞贪婪的欲念。因此，在巴尔扎克笔下，马尼昂一方面是无辜的受害者，能激起人们的怜悯同情；另一方面，由于他曾患过梦游病，“日有所思，夜有所梦”，竟使他最后到死也没弄清楚自己究竟有没有杀人。疑窦重重地走向死亡，也是对他灵魂的残酷折磨。

但是，马尼昂毕竟以理智战胜了邪念，而泰伊番却将邪念付诸行动，造成了杀人的“事实”。那么，对马尼昂“念头”的展示，不正是对泰伊番更加丑恶的灵魂的谴责吗？而且，泰伊番之罪，不仅在于谋财害命、杀死了商人，还在于出卖了和自己同窗十几年的好友。确切地说，他谋杀的不是一条命，而是两条命；他的财产不止“一摊血”，而是两摊血。因此，马尼昂越相信他，就越反映出他的卑劣；“故事”越是恐怖悲惨，就越说明他的残忍无度。

小说的重心，思想的升华，集中体现在第二部分——“两种正义”。

一种正义，是对泰伊番的“判决”。

泰伊番以杀人越货起家，发展到成为巴黎首富之一，在上流社会颐指气使，不可一世。巴尔扎克善于运用人物再现的方法（即同一人物在不同作品中重复出现）多侧面地塑造人物性格。为了更加清楚地认识今日泰伊番的面目，我们不妨引用他在《驴皮记》中的一段慷慨说白：

“……你懂得财富的意义了，它是没有礼貌的专利证。你属于我们一伙！——先生们，大家来为黄金的威力干杯。瓦仑丹先生已成为六百万法郎的富翁，登上了权力的宝座。他是国王，他可以为所欲为，他凌驾一切，像所有的富翁那样。对他来说，从今以后，‘法国人在法律面前人人平等’，不过是载在大宪章前面的一句谎言。他不会服从法律，法律倒要服从他。没有为百万富翁而设的断头台，也没有对他们行刑的刽子手！”

这话是对别人说的，但也准确恰当地表明了他自己的地位和权势。

金钱主宰一切。金钱具有至高无上的力量。而金钱的占有者便是超越一切,也超越法律的真正的无冕之王。正是基于这一清醒的自我意识,资产者们,即便自己曾有过杀人越货的丑史,他们也敢于肆无忌惮地在社会上作威作福。法律的责任就是保护百万富翁,它不会去过问百万富翁的财产来源。问题已经涉及资产阶级法律的本质。

《高老头》中江洋大盗伏脱冷的一段议论说得更清楚:

“要弄大钱,就该大刀阔斧地干,要不就完事大吉。……人生就是这么回事。跟厨房一样腥臭。要捞油水不能怕弄脏手,只消事后洗干净;今日所谓道德,不过是这一点。……我要是成功了,就没有人盘问我的出身。我就是四百万先生,合众国公民……”

泰伊番的“成功”之路,就是伏脱冷“理论”的形象注脚。也不妨说,伏脱冷概括的正是泰伊番之流的发迹经验。难怪伏脱冷亲切地把泰伊番称作是自己的同路人:“泰伊番老头在大革命时代杀害过他的一个朋友,他是跟咱们一派的好汉……”

资产者就是杀人犯,资本就是“一摊血”。情节的寓意是明显的,作品提供的客观结论尖利而深刻。

不过,作家在这篇作品中主要是从道德伦理的角度提出问题,展开批判的。因此,良心的惩罚在这里占据了主要的地位。

对泰伊番的“正义”判决,实际就是“良心”的判决。

宴会上德国商人关于谋杀案的有声有色的叙述,不啻是对泰伊番的“精神酷刑”。随着故事的展开,只见他不停地喝水,不停地擦汗;时而用手支着头,时而又用手蒙着脸;时而面呈土色,时而脸色煞白……直至在"我"的逼问下突发神经病,猛烈的呼喊和可怕的呻吟震惊四座。严酷的折磨惩罚中,渗透着作者的强烈爱憎。

更有甚者,这种折磨,并非自今日始。泰伊番的女儿告诉我们:"他害这个病已经有三十年了。"这就是说,三十年来,他因这份不义之财而为所欲为,他也因这份不义之财而备受磨难,最终,他还因这份不义之财而病逝身亡。法律惩治不了的罪恶,道义赢得了决定性的胜利。抑恶扬善的用意是明显的,它可以说在一定程度上反映了巴尔扎克批判的不彻底性。但,我们注意到,巴尔扎克的开掘并没有到此为止。

精彩的一笔,是"良心法庭"的辩论。落墨不多,却大大深化了主题,给读者留下无穷的余味。

这个"良心法庭",荟萃了"最正直、最有良心和荣誉感的人",聚集了"所有的社会舆论,所有道德的实践者",其中有成熟的政治家,天真无邪的年轻人,深谙法律的律师、法官、公证人,甚至还有英国的外交官和清教徒,总之,应有尽有,恰像上流社会的一个小小缩影。

从作品的表面情节看,第二种"正义",理应是指良心法庭对"我"和泰伊番女儿的婚事的判决。投票表决的结果,以一票之差否定了这桩婚姻,——年轻纯洁的心灵占据了优势,道义的力量再一次获得了胜利。

然而,如果继续向深层透视,我们就不难发现,"良心法庭"围绕"这个高级伦理学和哲学问题"所进行的辩论,实质是对资产者的进一步揭露,是对上流社会的一次"判决"。

罪犯的罪行已经昭然若揭。他的"任何微小的幸福""都是罪恶的果实”，“泰伊番小姐的地产里当然是有一摊血的了，她父亲的全部遗产就是一块‘血地’”。但是，难道仅仅是泰伊番才有这样血腥的罪恶史吗？“如果都要盘根问底地追问我们财产的来源，我们每个人还能有立足之地吗？”律师的这一反诘，意在为泰伊番的财产辩护，实则一语道破秘密，全面地否定了资产阶级的发家史。

的确，对于这些体面的资产者来说，只能炫耀现状，却不敢承认历史。当然，他们并不会都像泰伊番那样是靠杀人起家的，但可以肯定的是，他们的过去同样经不起认真的考察和追究，只要一旦掀起他们历史的一角，就会使他们统统失去“立足之地”。巴尔扎克的尖锐批判，很容易使我们联想到马克思在《资本论》中的精辟概括：“资本来到世间，从头到脚，每个毛孔都滴着血和肮脏的东西。”逻辑的结论是：法律保护着资产者今天的地位，同时也就保护着他们往日的丑史。

正由于同根相连又同病相怜，“良心法庭”的上层分子在这一“案件”中陷入了尴尬的窘境。在骨子里，他们自然是支持这桩婚事的，有谁会同意拒绝一件带有大笔遗产的婚事呢？因此，他们在秘密投票中毫不犹豫地投了赞成票。但是，他们却害怕公开辩论，声称“有些事情是不能讨论的”。因为，他们既不愿赤裸裸地为杀人罪行辩护，又不愿否认非法掠夺财富的合理性。于是，他们当中有的人起身离座，避免表态，有的人则主张赶快投票，不必讨论；有的人强调法律中的“时效”，有的人则建议把这笔财产施舍给穷人以求得良心的平静。小说最后，以英国清教徒的一句妙语作结：“蠢材，你干吗要问他是不是博韦地方的人！”这句话的潜台词是：谁让你自寻烦恼，非要证实他就是那个谋财害命的杀人犯不可呢！如果大家相安无事，既往不咎，岂不天下太平，幸福美满？！

巴尔扎克笔下，这是一个完全建筑在罪恶基础上的社会。财富积累，靠的是骇人听闻的野蛮手段；社会秩序的维护，靠的是只顾有钱人利益的法律；而个人幸福的获取，则需以道德良心的泯灭为前提。

巴尔扎克从伦理道德的角度提出了问题。但他毕竟不是一个热衷于说教、寄希望于人的良心发现的道德家。巴尔扎克以他独有的深刻的观察力和思考力，把这个平凡的题材上升到哲学和社会学的高度，使读者清楚地看到这是血迹斑斑的罪恶的普遍性和社会性，从而产生对“现存秩序”，对整个上流社会的“永久性怀疑”。

巴尔扎克是19世纪法国最伟大的批判现实主义作家，在世界文学史上也占据着不可动摇的地位。他把自己以毕生精力创作的九十多部长、中、短篇结构为一个整体，取名为《人间喜剧》，以反映他所生活的时代。

有趣的是，他的作品实际上却几乎没有一篇是本来意义上的“喜剧”，而绝大多数都是悲剧，甚至是惨剧。《红房子旅馆》不就是一幕典型的悲剧吗？无论是泰伊番谋财害命的情节，还是泰伊番本人的下场，以及“我”和泰伊番女儿的恋爱的结局，都充满了浓厚的悲剧色彩。时代是一个惨象环生的时代，以忠实反映时代风貌为已任的作家自然不会放过这一特征。他故意取名“喜剧”，包含着明显的讽刺意味。

但是，如若精心揣摩，我们又会看到，在这一幕幕的悲剧里，确实又包含着某种喜剧因素。在《红房子旅馆》里，作家把一个肥肥胖胖、笑容可掬的银行家和一个用外科手术刀残忍地切断商人喉咙的杀人犯连为一体，不是会使人产生某种滑稽感吗？宴会上，泰伊番种种神经质的表现和歇斯底里的发作，在使人震动之余，不也让人感到有点可笑吗？良心法庭上那些心怀鬼胎的议论，多多少少都透露出某种幽默感。因此，可以说，悲喜剧色彩交融的悲剧，是巴尔扎克创作的基本特色。这使他的作品像生活一样丰富多彩，在读者心中引起的审美感受也更加复杂多样。

巴尔扎克是一位“当代性”很强的作家，恩格斯把他的创作誉为1816年至1848年的“编年史”，而这正是巴尔扎克生活和创作的主要时期。同时，巴尔扎克又是一位善于将现实和过往结合起来从而表现出历史的纵深感的作家。1831年的巴尔扎克，还没有全面表现出这种历史学家的天才禀赋，但从《红房子旅馆》中，我们也还是看到了这种才华的萌芽。

毫无疑问，巴尔扎克在《红房子旅馆》里所要着重批判的是当前资本主义社会的败德。尽管“良心法庭”所占篇幅并不多，但却是作品的重心所在，巴尔扎克在这里毫不留情地揭露了上流社会的卑鄙和虚伪。然而，作家又通过泰伊番的命运，巧妙地把笔触伸向了1799年的拿破仑时代。那是个英雄的年代，拿破仑的业绩给法国带来了声威，两个年轻人（泰伊番和他的朋友）也显得朝气蓬勃，似乎还保留着科学家的德行和外省人忠诚老实的品性；那也是个卑劣的年代，正是在那时候，两个正直的年轻人经不住金钱的诱惑，不约而同地动了杀人的念头，并最终导致了泰伊番的犯罪。马尼昂对获得财富后的道路的推理想象，真实地反映了两个时代金钱力量对那一代青年的引诱力：“有了这笔财产，他可以过舒适的生活，充满幸福，当上一家之长，富有，在他的省里受到尊敬，也许能当上博韦的市长。”金钱就是幸福，金钱就是投势——19 世纪 30 年代流行的风尚根源于资产阶级大革命后的拿破仑时代。如果说，对马尼昂来说，这一切都只是梦想的话。那么，泰伊番却以他的实践证明，这一切并非纯属梦想。正因为他得到了这笔财寓，他便从一个助理军医摇身变成了“部队粮肉供应商”，并荣获“荣誉团骑士勋章及金刺马距勋章”，进而成为现在的股票商，银行家。今日的罪恶，是历史的演绎；历史的罪恶，在今日更得到了无限的膨胀。作品给读者的联想留下了多么开阔的历史空间。这种向着历史渊源刻意探索的努力，无疑是大大加强了作品的批判性。

《红房子旅馆》以第一人称“我”来结构全篇，增强了作品的真实感和戏剧性。

追求真实感，是巴尔扎克的创作原则。如果说，在他的许多长篇中，巴尔扎克擅长运用逼真的环境描写来烘托人物和事件的真实性的话，那么，在这个短篇里，第一人称的使用就发挥了重要的作用。

正直善良的年轻人“我”，贯穿着宴会和良心法庭两个场景。“我”听到了德国商人所讲的“恐怖故事”，“我”看到了泰伊番的种种丑态，“我”逼出了泰伊番的真实身份，“我”被卷进了难以自拔的矛盾，“我”组织了良心法庭，“我”倾听了各色人士的种种高论……一切都是亲眼所见，一切都是亲耳所闻，一切都是亲身所感，娓娓道来，使人难以生疑。

为了强化这种真实感，作家在“我”这个第一人称之外，又加进了德国商人赫尔曼的第一人称。作为小说主体部分的“恐怖故事”,完全由赫尔曼的第一人称讲述。赫尔曼虽非事件的见证人,他却是受害者马尼昂的同狱犯,因而又引出了马尼昂一连串的直接陈述。这样环环相套的第一人称的使用,有力地渲染了故事的真实气氛。

小说中的“我”是正义力量的代表,他的所作所为仿佛是对社会败德的审判。但同时,他又刚刚热恋上杀人凶手泰伊番的独生女儿。因此,这个“我”不是游离于事件之外的旁观叙述者,而是被深深卷入矛盾之中的参与者。他查清了泰伊番的面目,同时也使自己陷入了困境。这就使人物和事件都更富于戏剧性,也使最后的道德审判更加真实可信。

高尔基曾经说过:“巴尔扎克精于用语言描写人物,善于使自己的语言生动可闻,对话纯熟完善——这种技巧总是使我惊叹不已。”

《红房子旅馆》像巴尔扎克的许多名篇一样,也显示了作家这方面的才能。

在这篇小说中,人物语言占据了很大的比重,巴尔扎克写来得心应手,处处与人物的身份相吻。其中,最精彩的自然是“良心法庭”上的辩论:

“难道没有时效吗?如果都要盘根问底地追问我们财产的来源,我们每个人还能有立足之地吗?”这是律师的话,他运用法律术语,而且十分雄辩。

“上帝造成我们本性的脆弱,如果你爱上了罪犯的女继承人,你就娶了她”,但要“把父亲的财产施舍给穷人”。这是教士的话,用仁慈的上帝来为罪恶的财产开脱,用虚伪的慈善来掩饰卑鄙的贪欲。

“这种智力方面的偶然现象是脱离我们社会的正常状态的，因此，要采取的决定也应该是我们良心的临时决定……让我们投票吧！”这是政治家的话，侃侃而谈，玄妙莫测，习惯于在投票中作出决策。

“蠢材，你干吗要问他是不是博韦地方的人！”“老实的”清教徒的话更是精彩绝伦，耐人寻味，既不失身份，又点中了要害。

正像高尔基所说的，读着这类对话，你好像不仅能听见他们的声音，而且能看见这些人的神态，能想象出他们的职业和地位。这正是巴尔扎克的高明之处。

幽谷回声

萨舍巴尔扎克博物馆散记

静，静极了。再也听不到城市的喧嚣熙攘，听不到高速公路上海潮般的呼啸，甚至连鸟鸣蝉噪都听不到。草坪、草丛、独木、层林，疏密有致地覆盖着蜿蜒起伏的丘陵；嫩绿、碧绿、墨绿，在阳光下构成一片和谐而富于韵律的绿色微波。在这片天然质朴的绿波掩映中，有一座灰暗陈旧的别墅，这就是我向往已久的萨舍巴尔扎克博物馆。

图尔市附近的卢瓦尔河流域，现在是法国最著名的城堡聚集的游览区。早在文艺复兴以前，封建领主、豪富望绅就相继在此修建起一座座宫殿城堡。和许多从外观到陈设都十分豪华奢侈的建筑物相比，萨舍的这一座可以说近乎简陋。然而，山不在高，水不在深，萨舍别墅自有它独特的精神魅力。一代文豪留下的足音，仿佛在这幽静的山谷里发出历史的回响，吸引着许多来自远方，甚至异国的敬仰者。博物馆馆长，也是该馆的创建人梅达狄埃先生告诉我，这个地处偏僻、交通不便的博物馆，每年都要接待大约三万客人。

萨舍位于巴尔扎克的故乡图尔市西南。这座小别墅是文艺复兴时期的建筑，到19世纪初成为巴尔扎克母亲的朋友马尔高尼的产业。少年时代的巴尔扎克曾随母亲来过这里度假。1814

年举家迁往巴黎后,巴尔扎克渐渐投入了茫茫人海中的拼搏,此处便成了他精疲力竭时稍事喘息的一方小岛。主人随时欢迎他的到来,静谧的环境可望能消却他的疲劳。但是,巴尔扎克像许多惯以笔耕为生的人一样,似乎总有一种冥冥之力在追随着他,使他摆脱不了他那个"真实——艺术"的"喜剧世界"。就是在这田园牧歌般的幽谷里,在这万籁俱寂之中,一个个人物的命运,一幅幅戏剧性的场面,仍然不停顿地向他袭来,折磨着他,困扰着他。"我隐居在一座别墅里,就像在修道院里一样,我白天黑夜地工作。""从五点到晚饭之间我都工作。七点左右,我吃一个鸡蛋,喝半杯咖啡。我能写时就写草稿;不能写时就思考,从来也不休息。"创作需要思想,需要不断地求索。他的格言是:"只作为一个人是不够的,应当成为一个体系。"这正是他高于某些同行之处。"隐居",自然给他提供了更多思考的机会,所以他又说:"萨舍是我在思维的疆场上取得进展的见证。"总之,这座别墅记录下的并不是巴尔扎克的闲适安逸,而恰恰是他的勤奋劳作。据我所知,像《绝对之探求》《神秘书》(即后来收入《哲理研究》部分的《路易·朗培尔》《塞拉菲达》和《流亡者》三部)和《戈尔涅里乌斯老板》等较为深奥的作品都是在这里完成的。尤其是那部被称为《人间喜剧》"基石"的《高老头》,作者在篇末曾明确地标明:萨舍,1834 年 9 月。不过,为了准确起见,我们应当指出,这个地点和日期只能说明本书草稿的完成。同年 10 月 18 日,巴尔扎克从萨舍回到巴黎后,便闭门不出,全力修改,于 12 月 14 日和 18 日的《巴黎杂志》上先后发表了头两部分,获得了"闻所未闻"的成功。到 1835 年 1 月 26 日,他在信中向韩斯卡夫人宣布:"今天,《高老头》结束了。"他还以难以抑制的兴奋写道:“《高老头》的成功是惊人的,连最激烈的敌人也为之折服。无论是对朋友还是对喜欢妒忌的人,我都赢得了胜利。”

乡恋、诗意、炽热的情感、微妙的心理,使《幽谷百合》在《人间喜剧》中成为风格独异的一部作品,而其自传色彩,更使它在对作家的研究中占据重要位置。这部小说的“画框”,就是萨舍周围诗情画意的道路、丘陵、河谷、丛林、磨坊、教堂……人们来到这里,就自然会勾想起从那绿色的背景中悠然飘出的百合花的形象——纯洁而不幸的莫尔索夫夫人。无疑,这也是梅达狄埃先生在20世纪50年代选择这里建立巴尔扎克博物馆的重要原因之一。

毋庸讳言,巴尔扎克在萨舍还留下了并不光彩的印迹。1848年的六月革命前夕,他为躲避革命风暴,离开巴黎,最后一次来到萨舍。用他的话来说,是不敢“给起义者当活靶子”。但他身居静庐,却并不甘寂寞。从这里发出的一封封书信表明,他对事态发展十分关注,而其保守立场也十分鲜明。他痛恨七月王朝的现实,也不满二月革命以来的临时共和,起义的工人更被他责骂为“最坏的一种野蛮人”。他唯一寄予希望的,却是查理十世的后裔——亨利第五,真是荒唐可笑。正统派思想的缠绕,可以说是巴尔扎克一生中最大的悲剧。

萨舍别墅的底层,是原主人的客厅,据讲解员介绍,当年巴尔扎克晚餐后经常在这里为主人和主人的邻居、朋友们有声有色地表演他作品中的各种人物。不少人曾回忆说,巴尔扎克是非常健谈的。我们不难想象,当作家进入他自己创造的角色后,会演出一幕幕多么精彩的场面。

巴尔扎克那时住在二楼上的一间小屋里,现在整个二层都成了展室。陈列相当系统地介绍了作家的家庭成员、友人,以及他本人的生活和创作,同时,也注意突出了作为作家故乡地区博物馆的特点。

在这里,我第一次看到意大利军街25号——巴尔扎克诞生的旧居的照片。这座房子在1940年战时的一次火灾后被彻底拆毁了。门前的雕像和纪念牌现完好地保存在萨舍。半身铜浮雕像是西加尔的作品,作者强调了巴尔扎克的沉思。双眉紧锁、嘴角露出一丝嘲讽的笑意,又颇有点"冷眼向洋"的味道。下面刻着作家的姓氏和生卒年份。另一块铜牌上刻着:奥诺雷·德·巴尔扎克诞生在这所房子里。作家的生日分别用共和历和公元历标出:七年牧月一日,1799年5月20日。可惜,粗心的雕刻家把作家忌辰记错了,最后一句竟写成了:1850年8月20日逝世于巴黎。博物馆在展出时将"20"划掉,改成了"18"。展览还介绍说,为纪念作家诞生一百周年,图尔市曾于1899年11月24日竖立了巴尔扎克的铜像,但在1942年2月2日被德寇劫掠,"巴尔扎克"竟化作了屠杀法国人民的炮弹。这真是人类文明史上的耻辱。

众所周知,巴尔扎克走上文学道路是很经过一番周折的,正是在这些周折中显示了巴尔扎克惊人的意志力。巴尔扎克的第一部文学习作,五幕诗剧《克伦威尔》在他生前从未出版过。到1925年,才第一次复制出版了由他母亲记录的手稿,这显然是为他通过"家庭考试"时准备的。面对这件珍贵的复制品,我自然想起了巴尔扎克在巴黎小阁楼上度过的饥寒交迫的日日夜夜,也想起了科学院院士安德里厄教授对该剧本的严酷判词:"我并不想使您(指巴尔扎克的母亲——笔者注)的儿子气馁,但是,我以为他还是别把时间花费在写作悲剧或喜剧上为好。”“除了文学，他干点什么都行。”我钦佩像莫泊桑那样有名师指点并“流星般”地进入文坛的作家，我更钦佩像巴尔扎克这样，在权威的“死刑判决书”面前毫不动摇，毅然走自己的路的作家。巴黎和萨舍的巴尔扎克博物馆都挂有安德里厄教授的肖像，无情的历史，只是作为巴尔扎克的反衬才把他的大名保留了下来，这也是一种嘲弄和惩罚吧。

巴尔扎克是个惯于“在清样上写作”的作家。他交付的手稿，只是名副其实的“草稿”。而在每次从印厂取回的清样上，他都要大加增删，涂抹修改，直至弄得满纸经纬纵横，面目全非。据说，排字工人常常拒绝排印他的校样，他也常常不得不为此而偿付极高的代价。因此，博物馆的陈列中自然少不了他的清样，这是作家勤奋、严谨、一丝不苟的创作态度的记录啊！

面对巴尔扎克校样的复制品，我总是习惯地要端详一番，尽管我不能逐字逐句地辨认他那潦草的手笔，也无力从他的改动中去考证作家思想、艺术变化的轨道，但它能使人产生一种快感，仿佛可以从中分享到作家艰辛耕耘的乐趣。这次，当我照例俯身察看橱窗中的一份校样时，我却意外地发现，这里陈列的不是他的小说创作，竟是巴尔扎克那篇题名为《中国和中国人》的文章。博物馆选择这样一件展品多半是出于偶然，但一个中国人在此时此地看到这篇文章，其愉快的心情是不难想见的。遗憾的是，我过去虽然知道有这样一篇文章，但却一直没有拜读过，因而不清楚作家对“中国和中国人”究竟有多少了解，是毁多还是誉多。只记得这是作家于1842年应朋友奥古斯特·波尔热之邀为他的《中国和中国人》一书所写的介绍文字，全文大概是分四部分在报刊上连载的,我们眼前摆着的是文章的前两页。我吃力地辨读着这份同样改动很大的清样,其中的一段文字特别引起了我的注意:"……由于一个十分欣赏这个奇特的民族的亲人(指其父——笔者注)的影响,我在童年时代就受到了中国和中国人的熏陶。这样,从十五岁起我又读了哈尔德和克罗蒂埃神甫关于中国的描写……其中大部分或多或少掺了假。总之,人们能够从理论上了解到的有关中国的一切我都了解了。"巴尔扎克曾对远方的中国抱有如此浓烈的兴趣,而且还广泛涉猎了有关材料,并能对真伪作出判断,这更激起了我要把这篇文章找来一读的欲望。

19 世纪三四十年代是照相术的草创时期。巴尔扎克有幸在 1842 年摄下了他平生唯一的一张照片,较之他众多的画像,这当然是一幅弥足珍贵的"实录"。此处展出的这张被装在小小的镜框里的大二吋照片虽是复制的,也已经褪色发黄。相上的巴尔扎克:大头,长发,短髭,穿着白衬衣,左手撂开衣领抚在胸前,裸露出粗壮的脖子,双眉微蹙,深邃的目光注视侧前方。有人认为,"这才真正是《人间喜剧》那个强壮的作者呢,这是在他完全自然放松的瞬间捕捉到的真实形象。"我想,这是对的。不过,在我过去看见这幅照片时也曾纳闷过,这位一贯注重仪表的先生,为什么会留下一帧不修边幅的照片呢?在博物馆里同时看到巴尔扎克的一只手的铜模及其说明时才似乎略有所悟。原来,巴尔扎克对自己的一双手十分得意,他的好友,诗人戈蒂埃曾作过这样的记述:"很少见到他那样漂亮的手,白白的,胖乎乎的小手指,粉红的指甲闪着光。在有人看他的手时,他就故意摆弄它们,露出了微笑……"大概正是出于这种浅薄的虚荣心,作家才有意地把那只左手放在显著地位上,使它也能留诸后世吧。这,只是笔者毫无恶意的揣测,不足为据。当然,我们还必须公正地指出,巴尔扎克的手,首先是勤劳的,是写下过难以数计的精彩文字的手。

在墙角上,我们看到一尊约一米多高的巴尔扎克裸体全身石膏像,挺着大肚子,两条粗壮的胳膊,交叉在胸前,显示出健壮的体魄和过人的活力。这是罗丹为巴尔扎克铜雕所作的许多草样之一。为完成文学家委员会委托的巴尔扎克雕像,罗丹付出了巨大的劳动。他曾来到作家的故乡寻找模特儿,以求能准确地表现这个"图尔人"的形象。人们告诉他:您应当到阿扎·勒·雷多去,那儿有一个叫作埃斯达瑞的车夫,甭提和巴尔扎克有多像了。在那一带大家就管他叫巴尔扎克。这真使罗丹喜出望外。他立即找到这个活着的"巴尔扎克",花费了一个多月的时间为他塑像。如果仅仅停留在对埃斯达瑞的临摹上,罗丹无疑能塑造出一个"甭提多像"的巴尔扎克来。但是他没有就此止步,他还在追求。巴尔扎克曾以雕塑为例指出,艺术家的任务不是"模仿"而是"表现"。罗丹殚精竭虑、捕捉到的"那一个"——饱览人间不平、洞察社会入微又日夜耕耘不息的巴尔扎克(这种铜像现有两座,均在巴黎,一座置放在罗丹博物馆的庭院里,一座在市内蒙帕那斯大街和拉斯巴依大街的交叉路口上),正是这一创作原则的体现。尽管它在当时招来了非议和嘲讽,但历史终究作出了公允的评价。

当我走近展览着各国译本的一排长长橱窗时,我惊喜地喊了起来:"这是我们中国的!"讲解员笑着说:"对,这是你们中国的译本。这里陈列的有日文、希伯来文、英文、土耳其文、意大利文、希腊文、西班牙文、荷兰文等多种文字的译本，使人对巴尔扎克的世界性影响留下深刻印象。两本翻开的中文本，放在醒目的位置上，是我们熟悉的人民文学出版社的大三十二开的译本，自然是傅雷先生的译笔。一本是《欧也妮·葛朗台》，一本是《都尔的本堂神甫和比哀兰德》。在异国他乡的博物馆里能看到来自祖国的译本是令人兴奋的。我之所以特别兴奋，还因为我有过遗憾，遗憾的是在巴黎的巴尔扎克博物馆里至今没有中国的译本。为此，我曾建议有关出版社在适当的时间赠送一批，以便各国巴尔扎克的爱好者也能了解我们中国在巴学上的成就。这也是促进各国文化交流的一个方面。在《全集》暂时还无望出齐时，能否考虑先赠送一些和这两处博物馆紧密关联的名著的译本呢？例如，把《高老头》《幻灭》等送给萨舍博物馆，把《贝姨》《邦斯舅舅》等送给巴黎博物馆。

最后，我们来到了巴尔扎克小小的居室。可贵的是这间屋子基本上保持了当年的原物和原状。陈设极其简单，可以说是仅有一个作家所最最必需的物品：一个小柜，一张床和床头小桌，一张写字台和一把椅子。在这些东西中，那张挂有黄色幔帐的软床，真是最奢侈的了。这张床既承受过主人极度疲劳的酣睡，也常常伴随主人度过不眠之夜，——巴尔扎克有时喜欢坐在床上、腿上放块垫板进行写作。靠窗的长方形写字台上，放着一盏油灯、一把咖啡壶、一架裁纸刀和一个墨水缸。这似乎是作家生命的凝聚。点了又熄、熄了又点的油灯终于不再亮了；热了又凉、凉了又热的咖啡壶再也不会散发出芳香；墨水缸干了，裁纸刀锈了……但是，它们化成了一叠叠厚厚的手稿，一叠叠改得面目全非的清样，又化成一版、再版……无数版的新书——去年，权威的七星丛书又出齐了一套新修订、注释的十二卷本《人间喜剧》，各种普及本的再版更是从未间断过。这说的是法国，世界各国的情况也是可以想见的。作家对人类的奉献始终是那么慷慨。

我倚着书桌眺望窗外。“天空是那么纯净，橡树是那么美丽，宁静是那么悠远。”（巴尔扎克语）但是，我在这里听到的回声，却不是一曲抒情的牧歌，而是一首充满不和谐音的交响乐——巴尔扎克的一生，巴尔扎克的创作。

1983 年 3 月草于巴黎

《人间喜剧》浮雕"长卷"

现在,罗丹为巴尔扎克雕塑的铜像遭到法国文学家协会拒绝的轶事,似乎是尽人皆知了。那么,这个协会要由它自己为巴尔扎克立碑的意图有没有最后实现呢?协会所立纪念雕像的作者是谁?雕像而今又在何处?

巴黎著名的爱丽舍田园大街北侧,离凯旋门不远的地方,有一条不太宽的马路,叫作巴尔扎克街。在19世纪中叶,它的名字是吉祥街。巴尔扎克曾在这里买下一所房子,并花费巨资进行修缮布置,以迎接远方的新娘。不料,他在乌克兰和韩斯卡夫人完婚后长途跋涉回到巴黎时,多种重病缠身,3个月后竟在这条并不吉祥的吉祥街辞别了人世。后人将它易名为巴尔扎克街,自然是为了纪念这位伟大的作家。

沿街而行,已经找不到作家的旧居,这多少使人有点怅然。街道的另一端,现有一个取名"巴尔扎克"的咖啡馆,然而不知里面能否喝到巴尔扎克式的黑咖啡。巴尔扎克街被宽阔的弗里德朗大道拦腰截断,两条马路的交叉处有一个小广场,文学家协会所立的巴尔扎克纪念像就坐落在这里。

这是一座石雕。它的底座就有3米多高,正面刻着作家的姓名和生卒年份:奥诺雷·德·巴尔扎克,1799—1850。背面特地用大字标明:此碑之建立系受托于文学家协会。底座上面,是巴尔扎克的坐像。作家穿着他那件富有个性特征的长袍,坐在条凳上,双手抱膝,侧低着头,沉浸在痛苦的思索中。这尊雕像和现在矗立在拉斯巴依路口罗丹的那座曾遭到非议的铜雕相比,除了那件白长袍是共同的之外,从立意到造型都大相径庭。一个取动,一个显静;一个昂扬亢奋,一个低回沉稳。我没有美术家的眼睛,也无意去裁断孰优孰劣。我认为,在偌大的巴黎,有两个风格各异的"巴尔扎克"不仅不足为怪,而且是理所当然,历来人们对他的理解不都是见仁见智的吗?

文学家协会的雕像上,在条凳左侧签署着作者的名字和作品的年代:阿·法尔吉埃,1900。法尔吉埃是文学家协会为巴尔扎克纪念像选中的第三位雕塑家。最初,雕像的重任交给了夏皮;夏皮于1891年去世后,由罗丹接任。罗丹的作品引起了争议,并最终遭到否定,于是又委托给法尔吉埃。巴尔扎克雕像的命运,也如其人一样坎坷多难,实际上法尔吉埃也并未能终善其事,他于1902年也离开了人世。雕像是由第四位雕塑家瓦斯罗最后帮助完成的(可见,雕像上的1900并不能表明作品真正完工的日期)。

瓦斯罗是巴尔扎克的一个崇拜者。他不仅最后完成了巴尔扎克的雕像,还留下一件很值得一书的遗作,这就是《人间喜剧》的大型浮雕。

早在1868年,瓦斯罗就为法兰西剧院雕塑过一尊巴尔扎克大理石半身像,这雕像现在陈列在巴尔扎克博物馆原客厅正中的壁炉上。1883年,当法国文学家协会决定为巴尔扎克建立纪念像时,他曾毛遂自荐,但未被接纳。然而,他并不气馁,而是自行开始动手设计制作巴尔扎克雕像的底座。

这个底座,由《人间喜剧》中的人物群像构成。这一设想,无疑是十分大胆而又具有丰富的思想力量的。据说,法尔吉埃生前曾同意采用瓦斯罗的群像浮雕作为他的雕像的底座,但法尔吉埃去世后,他的夫人推翻了这个决定。由于得不到应有的支持,到1904年死神夺去瓦斯罗的生命时,雕塑家的这一宏愿还只是体现为4块石膏模坯。所幸的是,巴黎巴尔扎克故居博物馆的创建人鲁瓦尤蒙没有忘记它们。他于1919年设法找到这些模坯,并妥善地保存起来。这样,在经历了80年的埋没之后,人们才得以在近两年对石膏模坯进行修整,并翻制成连为一体的大型铜浮雕——它从此成为一件独立的艺术珍品,并于1983年5月正式在巴尔扎克故居博物馆花园里的高大围墙上公开展出。

这座大型铜浮雕长6.6米,高1.3米,以一道宽边作为框架,上面正中醒目地刻着"巴尔扎克的人间喜剧"几个大字。令人费解的是,雕塑家不知出于什么考虑,竟然大胆篡改了巴尔扎克的分类标准。浮雕的左上方刻着:巴黎风俗研究——私人生活场景——哲理研究——巴黎生活场景。右上方着着:外省风俗研究——私人生活场景——乡村生活——政治研究[巴尔扎克原分类标题为:风俗研究(下分:私人生活场景,外省生活场景,巴黎生活场景,政治生活场景,军事生活场景,乡村生活场景);哲理研究;分析研究]。图像下面,和图中形象的主次相呼应,以大小不等的字体刻着人物形象的名字。

瓦斯罗构思巧妙地在画面的左下角安排了一个巴尔扎克坐

像。他手拿纸笔,微微抬起头,注视着眼前这一群形形色色的人物。你可以认为,这是作家在审度或欣赏着他的创造物;你也不妨设想,这是作家在专注地观察、记录社会的风情,千姿百态的形象正在吵吵嚷嚷地涌向他的笔端——"法国社会将要做历史家,我只能当它的书记员。"

整个画面由70多个形象组成,主次分明,层次清晰,配以画面深处淡写的背景,栩栩如生地构成一个19世纪法国社会的大千世界。诚然,与《人间喜剧》中近2500个人物相比,这里展现的还不及3%,可以说是微乎其微,但是,人们不难想见,为了选择这不到3%的形象并加以主体地再现,雕塑家花费了多少心血。

在画面上,可以看到中国读者较为熟悉的重要作品和人物。如《高利贷者》中的高布赛克,《贝姨》中的于洛男爵和夫人、贝姨和玛奈弗夫人,《夏倍上校》《邦斯舅舅》和《赛查·皮罗托盛衰记》中的同名主人公,《欧也妮·葛朗台》中的葛朗台父女,《幻灭》中的吕西安和他的妹妹、赛夏父子等。也有一些是在中国介绍得较少、但却并非不重要的形象,如《路易·朗贝尔》中的朗贝尔,《绝对之探求》中的克拉埃斯,《莫德斯特·密尼永》中的密尼永,《两个新嫁娘的回忆》中的列斯多拉德夫人,《贝阿特丽斯》中的莫班和贝阿特丽斯,等等。可以看出,瓦斯罗在创作时,曾经认真借鉴参考了前人为《人间喜剧》所画的各种插图。使人感到遗憾的是,雕塑家对巴尔扎克笔下没落的老贵族的形象没有给予应有的重视。而像纽沁根(《纽沁根银行》等)和蒂埃(《赛查·皮罗托盛衰记》等)这类心狠手辣的暴发户典型,也由于仅被安排在后景而显得不够醒目。

瓦斯罗把《高老头》中的群像——重要者如拉斯蒂涅、伏脱冷、鲍赛昂夫人，次要者如伏盖太太、朗日夫人等——置放在特殊显要位置上，是很有见地的。笔者在欣赏铜雕时，恰好遇到几位不知来自哪个国家的旅游者，他们对其他人物反映比较漠然，但当看到高老头临终时的场景（高老头躺在病榻上，前有跪着的长女雷斯多夫人，后有站立的皮安训医生）时便兴致勃勃地议论了起来。正如人们常说的，这部小说不论在法国还是在其他国家，都是《人间喜剧》中流传最广的一部作品。雕塑家的这一匠心处理，无疑能使浮雕更易为群众所接受和喜爱。另外，《高老头》被某些评论家看作“巴尔扎克式的小说”的正式开端是不无道理的。因为，它不仅标志着作家现实主义的成熟，其中的每个形象几乎都堪称典范，而且还是“人物再现”手法的发端，许多人物都在以后的作品中不断重复出现。因此，画面上突出他们，就具有了一以当十的概括作用。例如，迎面站在巴尔扎克跟前的玛赛，在《高老头》里虽然还只是个很不为人注目的配角，但在后来的二十几部作品中却扮演着越来越重要的角色，成为七月王朝时期平步青云的无耻政客的典型代表。雕塑家抓住了这个形象，就能够引人联想起那些和他相关的作品，联想起与他同类的政客。

雨果在巴尔扎克墓前曾经充满激情地说过：“……这就是他给我们留下来的作品、高大而坚固的作品、金岗岩层的雄伟的堆积、纪念碑！从今以后，他的声名在作品的顶尖熠熠发光。伟大人物给自己安装底座；未来负起安放雕像的责任。”一个多世纪过去了，历史证实了雨果的预言。巴尔扎克为自己安装的底座是牢固的，他的作品经受住了时间的严峻考验。而这座以他的作品为蓝本的铜雕底座，也终于在历尽沧桑后，同作家的雕像一起，接受千百万瞻仰者投下的崇敬的目光。

辑三

巴尔扎克生平、创作年表

巴尔扎克生平、创作年表

1746

7 月 22 日　巴尔扎克的父亲贝尔纳-弗朗索瓦·巴尔萨出生于法国南方塔尔纳省努盖里耶农庄，其父贝尔纳·巴尔萨(1716—1778)是农民，共有十一个孩子，贝尔纳-弗朗索瓦是长子，他自学成才，1776 年进入国王路易十六的枢密院任秘书，这时他悄悄将农民的姓氏巴尔萨改成具有市民气息的巴尔扎克。

1777

3 月 29 日(一说 6 月 23 日)巴尔扎克的挚友洛尔·德·贝尔尼夫人诞生。她对巴尔扎克的一生和创作产生过重大影响。

1778

10 月 22 日　巴尔扎克的母亲(原名安娜-夏洛特·洛尔·萨朗比耶)出生于巴黎一个资产者家庭。

1789

7 月 14 日　巴黎人民攻占巴士底监狱，法国资产阶级大革命爆发。

1797

1 月 30 日　巴尔扎克的父母在巴黎结婚，其时贝尔纳-弗朗索瓦五十岁,安娜-夏洛特·洛尔芳龄十八,并带来了一笔可观的财产。

1798

5月20日　洛尔·巴尔扎克生下了第一个男孩,由自己喂养,不幸只活了三十三天。

1799

5月20日　上午十一时,奥诺雷·巴尔扎克诞生于图尔市意大利军街25号(这座旧居毁于1940年的战火,时为国民街39号)。接受前一个孩子的教训,父母在奥诺雷降生后几个月,即将他送到离图尔不远的圣西尔村,寄养在奶娘家。

11月9日　拿破仑发动"雾月十八日"政变。

1800

9月29日　巴尔扎克的大妹洛尔出生,不久也被送到圣西尔村由奶娘抚养。巴尔扎克与她感情甚笃,终生密切来往。

1801

1月6日　韩斯卡夫人(闺名夏娃·热乌斯卡)出生于乌克兰。她后来成为巴尔扎克的妻子。

1802

4月18日　巴尔扎克的二妹洛朗丝诞生。在她5月13日受洗的证书上,贝尔纳-弗朗索瓦在自己的姓氏前赫然加上了标志贵族身份的"德"字。

是年2月　维克托·雨果降生。

1803

巴尔扎克兄妹离开圣西尔村回到父母身边,受家庭教师德拉埃小姐管教。母亲曾带他去巴黎探望外祖父母,这次短期旅行给他留下了深刻印象。

5月22日　外祖父去世。外祖母来到图尔与巴尔扎克一家共同生活。

10月13日　其父贝尔纳-弗朗索瓦被任命为图尔市救济院院长(直至1814年2月11日)。

12月23日　贝尔纳-弗朗索瓦又被任命为图尔市市长助理,负责公益事业(直至1808年5月8日)。

1804

4月　年仅五岁的巴尔扎克被送进图尔市的勒居埃小学读书(直至1807年)。

5月　拿破仑称帝。

是年,乔治·桑、欧仁·苏、圣-勃夫降生。

1807

6月22日　巴尔扎克被送到旺多姆学校寄宿(直至1813年)。作家在小说《路易·朗贝尔》中曾记述了这段生活。

12月21日　巴尔扎克的弟弟亨利-弗朗索瓦出世。传说此子是巴尔扎克的母亲与萨舍城堡的主人冉·德·马尔戈讷(1780—1858)的私生子(巴尔扎克在1848年6月19日给韩斯卡夫人的信中曾提到"德·马尔戈讷先生是亨利的父亲")。萨舍城堡是文艺复兴时期的建筑,位于图尔市西南卢瓦尔河流域著名的城堡风景区,19世纪初成为巴尔扎克母亲的朋友马尔戈讷的产业。巴尔扎克一生曾多次到此休息和写作。如他自己所说:"萨舍是我在思维的疆场上取得进展的见证。"20世纪50年代,梅达狄埃先生在此建立巴尔扎克博物馆。

同年　贝尔纳-弗朗索瓦发表他的第一本小册子《论防止偷

盗和凶杀的手段》。

1808

4 月　贝尔纳-弗朗索瓦发表第二本小册子《论受骗遭弃的少女造成的风化问题》。

4 月 30 日　巴尔扎克在旺多姆中学获得拉丁文课嘉奖,奖品为伏尔泰的《查理十二史》。

5 月 1 日　巴尔扎克给母亲写了一封信,这是保存至今的作家的第一封信。

1809

5 月　贝尔纳-弗朗索瓦发表第三本小册子《关于应由法国人完成的两项伟大义务的备忘录》。

学校给巴尔扎克的评语是:品行:优;性格:迟钝;心情:非常快乐。

1810

贝尔纳-弗朗索瓦发表第四本小册子《狂犬病的历史及预防的方法》。

学校给巴尔扎克的评语是:品行:优;性格:温顺;心情:快乐。

是年,缪塞降生。

1811

学校给巴尔扎克的评语是:品行:优;性格:天真;心情:快乐。巴尔扎克在同学中获得"诗人"的绰号,缘于他喜欢阅读和写诗。

戈蒂耶降生。

1812

巴尔扎克第二次获拉丁文翻译奖。

传说巴尔扎克在学校写过《意志论》一文,但无确凿材料证实。

1813

巴尔扎克终日如饥似渴地读书,阅读过度和用脑过度使之陷于呆滞、失神状态。

4月22日　巴尔扎克离开旺多姆学校回家治疗休养,为时一年,其间曾入冈赛学校走读数月。

1814

3月　反法联军进入巴黎。

4月20日　拿破仑退位,流放厄尔巴岛。

5月3日　路易十八回到巴黎。波旁王朝复辟。

7月　巴尔扎克入图尔中学走读。

9月　巴尔扎克在图尔中学获百合花奖章。

11月1日　贝尔纳-弗朗索瓦被任命为驻巴黎第一兵团军需官,举家迁往巴黎。此前,他发表了第五本小册子:《为了永远纪念亨利四世,法国人希望为他建造一座骑马塑像》。

巴尔扎克进勒彼特学校读书。

1815

3月20日　拿破仑发动“百日政变”。

6月22日　拿破仑“百日政变”失败,波旁王朝第二次复辟。

9月　巴尔扎克回冈赛学校就读,并在查里曼中学听课。

1816

11月　巴尔扎克通过中学毕业会考，入巴黎大学法学院学习，同时在吉约奈-梅尔维尔的律师事务所当见习生。

1817

巴尔扎克除学习法律，还经常去巴黎大学文学院及自然博物馆听课，他兴趣广泛，对哲学、文学及自然科学均表现出极大的热情，同时开始记“哲学和宗教笔记”。

1818

4月　巴尔扎克进帕赛的公证人事务所见习，其父母希望他将来接替帕赛当公证人。

巴尔扎克为计划中的论文《论灵魂的不朽》准备笔记。

卡尔·马克思诞生。

1819

1月4日　巴尔扎克通过法学院毕业会考。

4月1日　贝尔纳-弗朗索瓦退休。数月后，全家迁往距离巴黎二十多公里的维勒帕里西斯镇。

8月4日　巴尔扎克拒绝去公证人事务所当书记员，并央得父母同意给他两年时间尝试文学才能。于是巴尔扎克只身搬入巴黎莱迪吉耶尔街9号的一间阁楼。

巴尔扎克经常去附近的阿尔塞纳图书馆博览群书，并写关于笛卡儿的《哲学原理》及马勒伯朗士的《真理的探索》的阅读笔记。

巴尔扎克计划写小说《怪诞故事或斯台拉》、悲剧《苏拉》、喜歌剧《海盗》等。最后决定创作五幕诗体悲剧《克伦威尔》。

9月6日　巴尔扎克在给洛尔的信中写道：“请想想，如果我能使‘巴尔扎克’这个姓氏熠熠生辉,该有多么幸福！战胜默默无闻,是一件多么有意义的事!”

11 月　巴尔扎克给妹妹洛尔寄去《克伦威尔》的剧本提纲。

1820

5 月　巴尔扎克在困苦的生活条件下完成《克伦威尔》并在家中宣读,没有获得成功。一位学院院士读了他的剧本后说:“这位作者随便干什么都可以,就是不要搞文学。”但巴尔扎克不听任何人的劝阻,坚决在自己选定的道路上走下去。为了争取经济独立,他开始尝试写作流行小说。

同月　大妹洛尔与工程师絮尔维尔结婚。

8 月　模仿当时流行的“志怪体”小说,构思《法蒂尔娜》,草拟书信体小说《斯坦尼或哲学的谬误》开头部分。

9 月　结识小有名气的流行小说作家勒普瓦特万-莱格维尔(1793—1854),与之合作写作长篇小说《两个赫克托,或两个布列塔尼人的家庭》;1821 年 1 月以笔名维耶格莱发表。

12 月　巴尔扎克回到维勒帕里西斯镇与家人同住。

1821

年初　与勒普瓦特万合作,写作长篇小说《查理·布安特,或私生的堂兄》,11 月以笔名维耶格莱发表。

6 月　巴尔扎克与贝尔尼夫人(1777—1836)相识,成为终生密友。是年,巴尔扎克二十三岁,贝尔尼夫人已四十五岁。

夏季　与勒普瓦特万合作,写作长篇小说《比拉格的女继承人》和《冉·路易,或拾来的女孩》。

8 月　二妹洛朗丝与德·蒙泽格勒结婚。

1822

1 月 《比拉格的女继承人》出版。巴尔扎克接着与出版商签订了《克洛蒂尔德 · 德 · 吕西尼昂》的出版合同。

2 月 写作长篇小说《阿尔丹纳的神甫》《瓦纳 · 克洛尔》和《百岁老人》,同时写作通俗剧本《黑人》《科西嘉人》和《流浪汉》。

3 月 长篇小说《冉 · 路易》发表,署名"维耶格莱和雷奥诺爵士"。

7 月 《克洛蒂尔德 · 德 · 吕西尼昂》(《犹太美人》)发表,署名"雷奥诺爵士"。这是巴尔扎克独立发表的第一部作品。

11 月 巴尔扎克随全家迁回巴黎,以"贺拉斯 · 德 · 圣多班"的笔名发表长篇小说《百岁老人》和《阿尔丹纳的神甫》。

开始给《商报》《舵手》《海盗》《瘸腿魔鬼》等小报撰稿。

1823

1 月 巴尔扎克的三幕通俗剧《黑人》遭到快活剧院拒绝。

5 月 31 日 长篇小说《最后一个仙女,或新神灯》出版。

7 月—9 月 在都兰小住,起草长诗《馥多拉》,与正统主义者托马西(1795—1874)建立了友谊,在托马西影响下写作《论祈祷》。并构思悲剧《阿尔赛斯特》。

1824

2 月 出版小册子《论长子继承权》,未署名。

4 月 与人合作出版小册子《耶稣会会士不偏不倚的历史》,未署名。

5 月 长篇小说《阿奈特与罪人》出版,署名贺拉斯 · 圣多班。同时草拟随笔《夫妇规范》的计划,后来成为《婚姻生理学》

一书的基础。

6月　巴尔扎克全家再次迁往维勒帕里西斯镇。

8月　巴尔扎克只身迁居巴黎图尔农街2号。

同年　路易十八逝世。

1825

年初　在凡尔赛结识帝国时期的名媛阿布朗泰斯公爵夫人(1784—1838)。不久,双双坠入情网。是年公爵夫人四十一岁。巴尔扎克帮她撰写回忆录。

3月19日　匿名出版《老实人指南,或避免上当的艺术》。

4月—5月　与出版商于尔班·卡奈尔(1789—1867)合作,出版插图本《莫里哀全集》和《拉封丹全集》。雕刻家阿希勒·德韦里亚为这两本全集作插图,并成为巴尔扎克的挚友。

8月11日　二妹洛朗丝病逝。

9月　匿名发表长篇小说《瓦纳·克洛尔》,巴尔扎克的友人、批评家拉图什先后为该书写过两篇评沦。

12月31日　《莫里哀全集》第四卷出版,上载有巴尔扎克撰写,但未署名的《莫里哀生平》一文。

是年,巴尔扎克动手写作《婚姻生理学》。

查理十世继位。

1826

3月　巴尔扎克靠借债与巴尔比耶合伙盘下一家印刷所。为《拉封丹全集》撰写序言。以“闲逛者”的笔名在自己的印刷所出版《巴黎招牌评论及轶事辞典》。

4月　开始为新成立的《费加罗报》撰稿。

6月　在贝尔尼夫人的帮助下,巴尔扎克获得印刷业许可证，在沼泽-圣日耳曼街17号办厂。首先列入计划的，是印行《婚姻生理学，或某公关于夫妻幸福的沉思》。

7月29日　登记出版《拉封丹全集》最后的七、八两卷。巴尔扎克撰写署名文章《拉封丹生平概述》。

8月　巴尔扎克一家离开维勒帕里西斯镇，迁居凡尔赛莫尔巴街2号。

1827

7月　巴尔扎克印行维尼的长篇小说《散-马尔斯》。在贝尔尼夫人资助下，巴尔扎克与洛朗、巴尔比耶合作开办印刷公司，包括印刷厂和一家铸字厂。

是年，协助出版商卡奈尔编纂《浪漫主义年鉴》。

巴尔扎克开始与维克托·雨果、加斯巴尔·德·彭斯、阿道尔夫·德·圣瓦尔里、儒勒·德·雷塞吉埃等组成的文学团体发生联系。

1828

1月　由卡奈尔出版，巴尔扎克印刷的《浪漫主义年鉴》出版，其中收有巴尔扎克的两首诗：《少女颂》和《题在纪念册上的诗》。

2月　巴尔比耶退出印刷公司。另建洛朗、巴尔扎克、贝尔尼夫人公司。

3月　为躲债巴尔扎克暂住友人拉图什家。

4月　铸字厂倒闭。巴尔扎克以妹夫絮尔维尔之名住进卡西尼街1号。

8月　印刷厂倒闭。巴尔扎克负债六万法郎。巴尔扎克重新开始写作，先后构思历史小说《王后的女儿》《爆破队长》《服饰商之王》和《最后一个舒昂党人》等。

9月—10月　巴尔扎克为写《最后一个舒昂党人》到富热尔地区搜集历史素材，住在德·波姆勒将军家。

11月　在凡尔赛絮尔维尔家中写作《最后一个舒昂党人》。

1829

巴尔扎克走上文学道路决定性的一年。

4月　长篇小说《最后一个舒昂党人，或一八〇〇年的布列塔尼》出版，首次署名“奥诺雷·巴尔扎克”。这是作家创作走向成熟的标志，也是将收入《人间喜剧》的第一部作品。

6月19日　巴尔扎克的父亲贝尔纳-弗朗索瓦在巴黎病逝，享年八十三岁。

7月10日　雨果在家中举行剧本《黎塞留时代的一场决斗（玛丽蓉·德洛尔姆）》朗诵会，巴尔扎克应邀出席，出席者还有梅里美、大仲马、维尼、缪塞、圣勃夫、贝朗瑞、巴尔比耶、德拉克洛瓦等文艺界知名人士。

7月　巴尔扎克到布洛尼埃尔的贝尔尼夫人府小住，并写作短篇小说《家庭的和睦》。

10月　在马弗利埃与阿布朗泰斯公爵夫人在一起，并写作中篇小说《光荣与不幸》（后改名《猫打球商店》）。

12月　《婚姻生理学》出版，署名“一个年轻的单身汉”。

1830

1月26日 巴尔扎克和吉拉尔丹、瓦莱涅共同创办《政治报专刊》（此刊物维持了约五个月，巴尔扎克为之撰写了五十篇新书评介）。

1月28日　《时尚》杂志发表小说《刽子手》。

2月25日　雨果的剧作《欧那尼》在法兰西剧院首演。巴尔扎克亦参加捧场，但事后撰写了批评文章，对雨果的创作方法表示异议。

2月25日—3月11日—4月22日　《侧影》周刊发表文论《论艺术家》。

3月6日　《时尚》杂志发表《巴黎风俗·高利贷者》（《高布赛克》之雏形）。

3月20日　《时尚》杂志发表《巴黎风俗·妇女研究》，署名：《婚姻生理学》的作者。

4月1日　《侧影》周刊发表短篇小说《画室》（《家族复仇》片断）。

4月3日　《时尚》杂志发表杂文《拜访：在年轻小姐寄宿学校》。

4月5日　《猎鹰报》发表小说《发迹的绣花女》（即《双重家庭》片断）。

4月15日　《侧影》周刊发表新书介绍《永生之旅》。

4月17日　《时尚》杂志发表杂文《拜访：一位画家的画室》。

4月22日　《侧影》周刊发表特写《杂货商》（4月25日，又以《杂货商生理学》为题发表在《猎鹰报》上）。

4月　玛门-德·洛奈-瓦莱书屋出版《私人生活场景两卷集》，收《猫打球商店》《苏镇舞会》《约会》《刽子手》《双重家庭》《家庭的和睦》等。

5月3日　《猎鹰报》发表特写《雅各布画像》。

5月8日　《侧影》周刊发表随笔《江湖郎中》。

《时尚》杂志发表《两个梦》(《卡特琳娜·德·梅迪契》的第三部分)和杂文《游手好闲者与干活的人》。

5月13日　《侧影》周刊发表特写《图唐狄厄太太》。

5月15日—6月5日　《时尚》杂志发表小说《永别》。

5月20日　《侧影》周刊发表杂文《水族习性》。

5月22日　《时尚》杂志发表杂文《时髦用语》。

5月29日　《时尚》杂志发表杂文《论文学的时尚》和《午餐的新理论》。

5月—6月　巴尔扎克与贝尔尼夫人泛舟卢瓦尔河,在都兰地区的石榴园别墅小住,然后观光了《贝阿特丽丝》中描写的盖朗德。

6月3日—8日—7月15日　《侧影》周刊发表杂文《服饰生理学》。

6月12日　《时尚》杂志发表随笔《布洛涅森林和卢森堡公园》。

6月17日　《侧影》周刊发表杂文《关于植物园居民的道德哲学研究》。

6月26日　《时尚》杂志发表杂文《论城堡生活》。

7月27日—29日　巴黎爆发七月革命,结束了波旁复辟王朝的统治,建立以路易-菲力蒲为首的七月王朝(1830—1848),史称“光荣的三日”。其时,巴尔扎克滞留于石榴园。

8月15日—10月17日　《侧影》周刊发表杂文《美食生理学》。

9月10日左右　巴尔扎克回到巴黎。

9月30日—1831年3月31日　在《猎鹰报》陆续发表时事

政治述评《巴黎信札》(共十九封,每十天一封)。

10月2日 《时尚》杂志发表特写《加瓦尔尼》。

10月2日—23日—11月6日 在《时尚》杂志发表社会生活研究《风雅生活论》。

10月24日 《巴黎杂志》发表短篇小说《长寿药水》。

11月—1832年9月 为新创刊的《漫画》周刊撰写了一百多篇短文,使用的是亨利·B……、阿莱克斯伯爵、亚历山大·德·B……、阿尔弗雷德·库德赫、欧仁·莫里索等笔名。

11月13日 《时尚》杂志发表《魔宫喜剧》。

11月20日 《时尚》杂志发表《文学沙龙和捧场用语》。

11月21日—28日 《巴黎杂志》发表短篇小说《萨拉金》。

12月 《两世界杂志》发表《夜宵》(即《时尚》发表的《两个梦》)。

12月12日 《时尚》杂志发表杂文《什么不时髦》。

12月26日 《巴黎杂志》发表短篇小说《沙漠里的爱情》。

1831

1月 《两世界杂志》发表中篇小说《被诅咒的孩子》第一部分。

1月23日—30日 《巴黎杂志》发表《两次相遇》(后成为中篇小说《三十岁的女人》的第五章)。

2月27日 《巴黎杂志》发表短篇小说《新兵》。

3月9日 巴尔扎克出席在歌剧院举行的帕格尼尼首场音乐会。

3月27日 《巴黎杂志》发表《上帝的旨意》(后成为《三十岁的女人》的第四章)。

3 月—5 月　巴尔扎克有意作为候选人参加大选。

5 月 1 日　《巴黎杂志》发表短篇小说《逐客还乡》。

6 月　《两世界杂志》发表《放浪形骸》(《驴皮记》片断,7 月 14 日又在《阅览室》上发表)。

5 月 29 日　《巴黎杂志》发表《一个诗人的自杀》(《驴皮记》片断,6 月 4 日又在《阅览室》上发表)。

6 月 19 日　《巴黎杂志》发表《美人茵佩莉娅》(《都兰趣话》之一)。

7 月 31 日—8 月 7 日　《艺术家》发表短篇小说《玄妙的杰作》(9 月 24 日又在《阅览室》上发表)。

8 月 1 日　两卷本长篇小说《驴皮记》出版,前有作者的序言,第一次系统地阐释了巴尔扎克的创作思想。小说获得极大成功,9 月底以《哲理小说和故事》再版。再版时改为三卷本,前有批评家菲拉莱特·夏斯勒所写的"导言",并收入十二个短篇:《萨拉金》《魔宫喜剧》《刽子手》《被诅咒的孩子》(第一部分)、《长寿药水》《逐客还乡》《玄妙的杰作》《新兵》《妇女研究》《两个梦》《耶稣降临弗朗德勒》和《教堂》。

8 月 6 日　夏斯勒在《两院信使》报上撰文评介《驴皮记》(即为《哲理小说和故事》所写之"导言",8 月 10 日又发表在《猎鹰报》上)。

8 月 11 日　《漫画》周刊发表杂文《一年两遇》,抨击路易-菲力蒲政权在七月革命前后对人民态度的变化。

8 月 10 日—27 日　《巴黎杂志》发表《红房子旅馆》。

8 月—9 月　巴尔扎克结识女作家乔治·桑。

9 月 15 日—10 月 1 日　《两世界杂志》发表《约会》(《三十

岁的女人》的第一章)。

10月 巴尔扎克收到卡斯特里侯爵夫人用化名写来的第一封来信。巴尔扎克写了四页纸的回信。

11月21日—12月3日 里昂纺织工人起义。巴尔扎克在后来的中篇小说《纽沁根银行》等作品中有所反映。

12月18日—25日 《巴黎杂志》发表中篇小说《柯内留斯老板》。发表时未经作者同意做了删节,巴尔扎克十分不满。

1832

1月—5月 巴尔扎克热衷于上流社会的社交活动,经常出入交际花奥琳珀·佩利西埃(后成为作曲家罗西尼的妻子)、出版商莎菲·盏依和吉拉尔丹的沙龙。开始信奉正统主义。

1月底 与友人夏斯勒和拉布合作出版《棕色故事集》——署名"一个倒置的头",共收十个短篇,夏斯勒和拉布各四篇,巴尔扎克创作了首尾两篇:《从十一时到子夜的谈话》(即《法国式谈话的样品》)和《西班牙伟人》。

2月15日 《两世界杂志》发表短篇小说《信使》。

2月19日 《巴黎杂志》发表短篇小说《菲尔米亚尼夫人》。

2月19日—3月11日 《艺术家》发表中篇小说《和解》(又译《交易》),10月,又以《夏倍伯爵》为题发表在《大杂烩》第一卷上,最后定名为《夏倍上校》。

2月28日 巴尔扎克给卡斯特里侯爵夫人复信,表示接受邀请,将登门造访。

2月28日 俄国贵族韩斯卡夫人署名"外国女子"从敖德萨给巴尔扎克寄来第一封信,这封信对作家的一生产生了决定性的影响。韩斯卡夫人最后成为巴尔扎克夫人。

3月31日 《革新者》报发表《评拆除德·贝里公爵纪念堂的计划》,该文标志巴尔扎克向保王党靠拢。

4月2日 为回复2月28日“外国女子”的来信,巴尔扎克在《法兰西新闻》上刊登了一则启事:“2月28日给德·巴先生的来函收悉;他为无法回复而深感遗憾;如果说他的愿望未能在此公之于世,他希望这一沉默将得到理解。”韩斯卡夫人显然没能读到这则启事。5月,巴扎尔克收到了她的第二封信。

4月 《都兰趣话》第一组(十篇)出版(原题《趣话百篇》,计划写十组故事,每组十篇)。

4月15日 《两世界杂志》发表批评文章,尖锐批评《都兰趣话》。

4月29日 《巴黎杂志》发表《三十岁的女人》(实为后来发表的中篇小说《三十岁的女人》的第三章《时年三十岁》)。

5月 玛门-德·洛奈-瓦莱书屋再版《私人生活场景》时,《图尔的本堂神甫》以《独身者》为题,在该集中首次面世。

5月10日左右 巴尔扎克的文章《拒绝》在保王党的纪念文集《蓝宝石》中发表。

5月19日 保王党的《革新者》报发表巴尔扎克的《一个女人的一生》。

5月24日 《每日新闻》公布巴尔扎克为希农地区议员候选人,但巴尔扎克因病未能参加竞选,遂被取消候选人资格。

5月26日—6月2日 《革新者》发表《论保王党的处境》。

5月底 巴尔扎克的马车翻车,巴尔扎克头部受伤。

6月 巴尔扎克离开巴黎去萨舍写作《路易·朗贝尔》。

6月5日—6日 巴黎发生共和主义者反对七月王朝的

起义。

8月　巴尔扎克应卡斯特里夫人的邀请奔赴艾克斯温泉，不幸在途中从马车顶座摔下，大腿受伤。

9月9日—16日　《巴黎杂志》发表短篇小说《被遗弃的女人》。

9月—10月　巴尔扎克与德·卡斯特里侯爵夫人同游沙尔特勒大修道院，从中获得写《乡村医生》的灵感。随后又同游日内瓦。巴尔扎克未能得到卡斯特里夫人的爱情，悻悻而归。

10月下旬　一卷本《新哲理小说》问世，其中收有《柯内留斯老板》《菲尔米亚尼夫人》《红房子旅馆》《路易·朗贝尔》。

10月21日　《巴黎杂志》发表《就〈论人的轮回和复活〉一文致夏尔·诺迪耶的信》。

10月28日　《巴黎杂志》发表短篇小说《石榴园》。

11月23日　《巴黎杂志》发表《从巴黎到爪哇的旅行》。

12月23日　《巴黎杂志》发表中篇小说《玛拉娜母女》第一部分。

1833

1月13日　《巴黎杂志》以《迪阿尔夫人的故事》为题发表《玛拉娜母女》的第二部分。

1月31日　《路易·朗贝尔的思想历程》(即《路易·朗贝尔》)的单行本出版。

3月10日—17日—31日　《巴黎杂志》发表《十三人故事序》和《行会头子费拉居斯》(即《十三人故事》中的第一个中篇小说)的前三章。

4月中　《巴黎杂志》发表《费拉居斯》的第四章和结论。

4月中—5月　巴尔扎克疲劳过度，去昂古莱姆卡罗夫妇家休息。

5月　《青年法兰西回声》报发表《切莫触摸刀斧》（后易名《德·朗热公爵夫人》）的第二章。

6月13日　《小玩意儿》发表《都兰趣话》第二组十故事中的第八个故事：《默东的快乐神甫的布道词》。

6月19日　《欧洲文坛》发表《一个老兵在草棚里讲的皇帝的故事》（《乡村医生》片断）。

7月初　出版商玛门状告巴尔扎克拖延交稿日期，法院判决巴尔扎克应赔偿三千法郎。

7月20日　《都兰趣话》第二组十故事出版。

8月15日—18日—25日—9月5日　《欧洲文坛》发表社会生活研究《步态论》。

9月7日　《乡村医生》单行本出版。

9月8日　《欧洲文坛》发表《坚贞的情侣》（《都兰趣话》第三组十故事的第一个故事）。

9月19日　《欧洲文坛》发表《欧也妮·葛朗台》开头部分。

9月25日—10月1日　经过精心安排，巴尔扎克与"外国女子"韩斯卡夫人终于得以在瑞士风光秀丽的纳沙泰尔会面，这次会面使作家更深地坠入了爱河，从此两人频繁通信，巴尔扎克给韩斯卡夫人的大量书简，成为研究作家思想和创作弥足珍贵的材料。

9月26日　《世界漫谈》发表《佚名作者写于帝国时代的一部小说的片断》（后插入《外省的诗神》）。

10月13日　巴尔扎克与书商夏尔-贝歇夫人就《十九世纪

风俗研究》出版事宜签约。按计划，这套书共十二卷，将分为三个系列：《私人生活场景》《外省生活场景》和《巴黎生活场景》。这是作家“系列化”思想付诸实践的开端。

12月12日　《外省生活场景》之第一、二卷出版，其中首次出版的作品有《欧也妮·葛朗台》和《大名鼎鼎的戈迪萨尔》。

12月24日　巴扎尔克到达日内瓦与韩斯卡夫人再次相会，并将《欧也妮·葛朗台》的手稿赠送韩斯卡夫人。

是年，巴尔扎克结识诗人拉马丁，日后(1837)他把长篇小说《赛查·皮罗托盛衰记》题献给诗人。

1834

1月　巴尔扎克赴日内瓦与韩斯卡夫人约会，定情之日(26日)被他们称为“难忘的日子”。

2月11日　巴尔扎克从日内瓦回到巴黎。

2月23日　经韩斯卡夫人的表姐波托卡夫人引荐，巴尔扎克第一次拜访奥地利使馆。此后，他成为大使夫人——阿波尼伯爵夫人的座上客。

3月10日　《世界漫谈》发表《一个好主意在官场的遭遇》。

3月23日　巴尔扎克与维蒙签订《舒昂党人》第二版的出版合同。

4月初　巴尔扎克积劳成疾，到弗拉佩斯勒卡罗夫人家小憩。

4月9日—14日　里昂纺织工人第二次起义。

4月13日—14日　巴黎发生共和主义者起义。

4月19日　《十九世纪风俗研究》第十、十一卷(即《巴黎生活场景》之第三、四卷)出版，收除《金眼女郎》结尾部分外的《十三人故事》。

4 月 20 日　巴尔扎克回到巴黎，出席音乐学院贝多芬第五交响曲的演奏会。

4 月 26 日　巴尔扎克在慈善家阿佩尔特家里与维多克(伏脱冷之原型)及刽子手桑松父子共进晚餐。

5 月 31 日　《舒昂党人或一八〇〇年的布列塔尼》再版。

6 月 1 日　《巴黎杂志》发表中篇小说《塞拉菲塔》第一至第三部分。

6 月 4 日　据传巴尔扎克与一市民女子玛丽亚的私生女玛丽·德·弗列斯涅出生。

6 月 7 日　《婚姻生理学》再版。

6 月　巴尔扎克之弟亨利·德·巴尔扎克从莫里斯岛归来。

7 月 16 日　巴尔扎克中断与出版商戈斯兰的关系，改与威尔代签约出版《哲理研究》。

7 月 19 日　《巴黎杂志》发表《塞拉菲塔》第四章。

7 月 26 日　《乡村医生》再版。

8 月 11 日　巴尔扎克在给韩斯卡夫人的信中写道："您知道，敢于自称是正统派是需要勇气的，这个党太卑鄙了。法国的三大党都陷入了泥潭。噢，我可怜的祖国！"

8 月 22 日(?)　巴尔扎克在歌剧院遇到从威尼斯归来的乔治·桑。

8 月 26 日　巴尔扎克建议其友、小说家和戏剧家桑多以他提供的素材合作创作剧本。

9 月 20 日　《法兰西书目》刊载启事，称巴尔扎克之《私人生活场景》第三、四卷出版，第三卷为初版的长篇小说《绝对之探求》(后改收入《哲理研究》),又称《十九世纪巴黎新貌》;第四卷收《巴黎的年轻人》(后糅入《金眼女郎》)问世。

9月25日—10月18日　巴尔扎克疲惫不堪,去萨舍休息,开始写作《高老头》。

10月18日　巴尔扎克在给韩斯卡夫人的信中称他决定将全部作品总汇定名为《社会研究》。

10月26日　巴尔扎克在给韩斯卡夫人的信中阐述了《社会研究》的结构方案:分为《风俗研究》《哲学研究》和《分析研究》三部分,并指出它们将分别表现"效果""原因"和"原则"。未来《人间喜剧》的基本框架和主要思想业已形成。

10月30日　巴尔扎克与出版商签订关于再版《婚姻生理学》和重印《夏倍伯爵》的合同。

11月1日　巴尔扎克设宴招待共同在歌剧院订座听音乐的朋友们,其中有作家乔治·桑、诺迪耶和作曲家罗西尼等人。

11月2日　《巴黎杂志》发表巴尔扎克《给十九世纪法国作家的一封信》,提出了作家、艺术家的版权问题。

11月15日　《两世界杂志》发表批评家圣勃夫的长文《德·巴尔扎克先生——〈绝对之探求〉》。

12月　五卷本《哲理研究》出版,前有费利克斯·达文的《导言》,小说收入《驴皮记》和五个短篇,其中第一次发表的是《海滨惨剧》。

12月14日—28日　《巴黎杂志》发表《高老头》的前两部分。这是巴尔扎克首次使用人物再现法,即令过去作品中的人物重新出现在《高老头》中。

1835

1月6日　出版商威尔代和维蒙以三千五百法郎买下《高老头》印行一千二百册的版权。

1月18日—2月1日　《巴黎杂志》发表《高老头》第三、四部分。

1月26日　巴尔扎克完成《高老头》的写作。

1月底—2月初　巴尔扎克赴布洛尼埃尔探望贝尔尼夫人。

2月9日　巴尔扎克出席奥地利使馆的舞会，结识意大利望族基多博尼·维斯孔蒂伯爵夫妇。

3月2日　《高老头》单行本出版。

3月8日　《巴黎杂志》发表《〈高老头〉序》。

3月9日　威尔代与巴尔扎克签订新版《高老头》的合同。

3月初　巴尔扎克为躲债避往夏约郊区，以寡妇杜朗的名义在战斗街13号租下了一套房。在这个"秘密"巢穴中布置了一间和《金眼女郎》中桑·雷阿尔公馆那间客厅一样的客厅。

3月11日　从意大利旅行归来的画家奥古斯特·博尔热拜访巴尔扎克。

4月6日　在"多艺剧院"和"滑稽歌舞剧院"同时分别上演了以《高老头》为名的两出戏剧。

4月　维也纳宫廷特使勋伯格亲王到战斗街拜访巴尔扎克，巴尔扎克送给他《改邪归正的梅莫特》的清样，并托他将《金眼女郎》手稿捎给韩斯卡夫人。

4月—5月　巴尔扎克和基多博尼·维斯孔蒂夫人(1804—1883)交往频繁，在默东(凡尔赛一地名)度过了一段神秘的日子。

5月1日　《十九世纪风俗研究》第七卷(即收入《金眼女

郎》的《巴黎生活场景》第四卷）出版。

5月9日　巴尔扎克经斯图加特、慕尼黑等地赴维也纳，途中在海德堡西北的韦英汉宫，勋伯格亲王介绍他认识了埃朗博鲁女士（1807—1872），此人后来成为《幽谷百合》中阿贝拉尔的原型。

5月16日　巴尔扎克在维也纳与韩斯卡夫人会面。

5月20日　奥地利首相梅特涅接见巴尔扎克。

5月25日　《高老头》第三版出版。

5月28日　在梅特尼赫王妃陪同下，巴尔扎克参观了维也纳皇家珍宝馆。

5月31日　施瓦岑伯格亲王陪同巴尔扎克凭吊了瓦格拉姆战场。

6月　《改邪归正的梅莫特》在勒坎书屋的《故事荟萃》第6卷中发表。

6月4日　在受到维也纳贵族社会热情接待后，巴尔扎克离开维也纳。此次他与韩斯卡夫人分手后，直至1843年才重逢。

6月11日　巴尔扎克回到巴黎，向对外事务部递交了维也纳的外交信函。

6月12日　巴尔扎克提前将《幽谷百合》的重印权出售给威尔代。

6月13日　《短篇小说家作品集》第六卷出版，其中收入巴尔扎克的《改邪归正的梅莫特》。

7月4日　《十九世纪风俗研究》中的《私人生活场景》第一卷出版，前有费利克斯·达文的长篇《导言》。文中列出了《风俗研究》的六个组成部分：《私人生活场景》《外省生活场景》《巴黎生活场景》《政治生活场景》《军旅生活场景》和《乡村生活场景》。这表明巴尔扎克为日后《人间喜剧》设计蓝图的工作已经完成。

8月23日　《巴黎杂志》发表《路易·朗贝尔未发表的信》。

10月15日　巴尔扎克将《幽谷百合》的清样赠给邻居、挚友纳卡尔医生。巴尔扎克以他为原型塑造了皮安训的形象，作家去世后，巴尔扎克夫人（即韩斯卡夫人）把作家那根著名的手杖赠予纳卡尔医生作为纪念。

10月19日　巴尔扎克到达布洛尼埃尔，在此完成了小说《豌豆花》（后易名《婚约》），并为贝尔尼夫人朗读《幽谷百合》。这是他最后一次与贝尔尼夫人会面。稍后（11月25日），贝尔尼夫人之子去世，贝尔尼夫人因悲伤而拒绝再接待巴尔扎克。

10月—12月　《外乡人杂志》连载《豌豆花》。

11月22日—29日　《巴黎杂志》开始发表《幽谷百合》。

11月28日　《十九世纪风俗研究》的第二、九卷出版，收入的新作品为《豌豆花》（《婚约》）。

12月初　威尔代版《神秘之书》出版，收入《塞拉菲塔》未发表过的部分和修订过的新版《路易·朗贝尔》。

12月9日　出版商苏弗兰买下巴尔扎克青年时期小说的再版权，题目定为《贺拉斯·德·圣多班全集》。

12月24日　巴尔扎克买下《巴黎纪事》八分之六的股份，成为该报主编。主要合作者有：居斯塔夫·普朗什、夏尔·贝尔纳、泰奥菲尔·戈蒂耶等。此外还聘用了两位身无分文的贵族青年当秘书：贝卢瓦侯爵和格拉蒙伯爵。但实际上几乎所有的稿件和编辑工作都由巴尔扎克包揽，这份刊物支撑了半年。

12 月 27 日 《巴黎杂志》发表《幽谷百合》第二章。

1836

1 月 3 日 《巴黎纪事》发表《无神论者望弥撒》。

1月初 巴尔扎克起诉《巴黎杂志》的发行者比洛兹私自将《幽谷百合》未经修改的清样寄给了圣彼得堡的《外国杂志》,后者则因巴尔扎克不为他继续提供小说的剩余部分而索赔一万法郎。

1 月 9 日—10 日 巴尔扎克将《神秘之书》第二版、《乡村医生》的第三、四版售予威尔代。

1 月 10 日 《巴黎纪事》发表巴尔扎克以马尔·O'c 署名的文章,批评吉荣神甫的《自杀问题对话录》一文。

1 月 23 日 《法兰西书目》登载威尔代的启事,出售《神秘之书》第二版、《乡村医生》和《高老头》第三、四版等。

1 月 31 日—2 月 4 日—7 日—11 日—18 日 《巴黎纪事》发表《禁治产》。

2 月 巴尔扎克开始与一身份不明的青年女子路易丝建立通信关系。

2 月 14 日—18 日 贝尔纳在《巴黎纪事》上撰文评拉图什的小说《法朗士和玛丽》,文章是依据巴尔扎克的提纲写成的。

2 月 25 日 《巴黎纪事》发表巴尔扎克以马尔·O'c 署名的文章,评论达米诺阿夫人的《十九世纪的隐修院》。

2 月 25 日—7 月 24 日 巴尔扎克在《巴黎纪事》的《国际政治述评》栏上发表了四十一篇未署名的社论,评述政府的对外政策。

2 月 27 日 《乡村医生》第三版出版。

3 月 6 日　《巴黎纪事》发表《古物陈列室》开头部分。

3 月 13 日　以马尔·O'c 之名在《巴黎纪事》上撰文评《月亮里的发现》。

3 月 27 日　以马尔·O'c 之名在《巴黎纪事》上发表《答伪称小约翰·赫歇耳先生的〈月亮里的发现〉诸作者》。

3 月 28 日　巴尔扎克为《巴黎纪事》招引股东举行盛大晚宴。

4 月 2 日　《法兰西书目》刊载《苍白的贞妮》（即《瓦纳·克洛尔》的第二版，为《贺拉斯·圣多班全集》第九、十卷）出版的消息。

4 月 27 日—5 月 4 日　巴尔扎克因拒绝服兵役而被国民近卫军拘留。他在被称为“扁豆公馆”的拘留所继续修改《幽谷百合》。

5 月 12 日　以马尔·O'C 之名在《巴黎纪事》上撰文：《梯也尔先生的部、基佐先生的议院和反对党》。

5 月 27 日　巴尔扎克感谢吉拉尔丹夫人寄来她的著作《巴尔扎克先生的手杖》。

6 月 2 日　《巴黎纪事》发表《〈幽谷百合〉讼案纪实》。

6 月 3 日　法院裁决《幽谷百合》案巴尔扎克胜诉。

6 月 5 日　《巴黎纪事》发表《幽谷百合》一案的判决书和巴尔扎克的简要说明。

6 月 9 日　《巴黎纪事》发表《带荆冠的耶稣基督像》。

《幽谷百合》单行本出版。

6 月 19 日　受出版商贝歇夫人的催逼，巴尔扎克躲到萨舍，意欲完成其《十九世纪风俗研究》的剩余部分。在萨舍开始构思

《幻灭》。

7月3日或4日 《巴黎纪事》发生债务危机，巴尔扎克被迫赶回巴黎。

7月15—16日 《巴黎纪事》账号被冻结，杂志被迫停刊，巴尔扎克又欠下了近二万法郎的短期债务，过去欠下朋友的近三万法郎还不计算在内。幸得朋友们帮助才得以解决。

7月25日 巴尔扎克受维斯孔蒂伯爵夫人委托，去都灵处理遗产继承事宜，结伴同行的是女友玛尔布堤夫人，他们沿途游历了瑞士和意大利，都灵人误以为玛尔布堤是乔治·桑，给予了很高的礼遇。

7月27日 贝尔尼夫人在布洛尼埃尔病故。

8月22日 巴尔扎克回到巴黎，得知贝尔尼夫人的死讯，悲痛不已。

9月3日 《法兰西书目》刊载《最后一个仙女》的出版消息，前有桑多撰写的《贺拉斯·德·圣多班的生平和遭遇》一文，是为《贺拉斯·德·圣多班全集》之第一、二卷。

9月 为《巴黎纪事》的债务所迫，巴尔扎克拼命工作。他写作《老姑娘》《吕吉耶里兄弟的秘密》(《卡特琳娜·德·梅迪契》之第二部分)，并修改《被诅咒的孩子》的第一部分。

9月24日 《哲理研究》再版。

9月29日 巴尔扎克与欧祖和威尔代签订《都兰趣话》第三组十故事的出版协议。

10月1日 《法兰西书目》通告《阿尔丹纳的神甫》出版，该书为《贺拉斯·德·圣多班全集》第五、六卷。

10月9日—16日 《巴黎纪事》以《破碎的珍珠》为题，连载

《被诅咒的孩子》第二部分。

10 月 13 日　巴尔扎克以六百法郎的价格为《交谈阅读辞典》撰写了路易十三、路易十四、路易十五、路易十六、路易十七和路易十八的词条。

10 月 23 日—11 月 4 日　《新闻报》连载《老姑娘》。

10 月 30 日　《巴黎纪事》发表巴尔扎克《关于知识产权与盗版问题》的文章。

11 月 2 日　历史画家热拉尔举行盛大晚会,巴尔扎克、梅里美、斯丹达尔、德拉克罗瓦、巴朗什等应邀出席。

12 月 3 日　《阿奈特与罪人》出第二版,编为《贺拉斯·德·圣多班全集》第七、八卷。

12 月 4 日—11 日—18 日—1837 年 1 月 22 日　《巴黎纪事》连载《吕吉耶里兄弟的秘密》(《昔特琳娜·德·梅迪契》的第二部分)。

1837

1 月 11 日　热拉尔男爵去世,巴尔扎克参加其盛大葬礼。

2 月初　《十九世纪风俗研究》第七、八卷出版,标志着这一系列的完成。这两卷为《外省生活场景》之三、四卷,新收入的作品有《老姑娘》,首次面世的有《幻灭》(即《幻灭》三部曲的第一部《两个诗人》)。

2 月 14 日　巴尔扎克一为躲债,二为维斯孔蒂的遗产官司,再次奔赴意大利,开始了两个多月的意大利旅行。作家受到米兰社会的热情欢迎。雕塑家亚历山大·普迪纳蒂为其塑像。

3 月 1 日　路易·布朗热为巴尔扎克所画的画像展出。

3 月 4 日　《巫师》出版,这是 1822 年的《百岁老人》的再版，现收为《贺拉斯·德·圣多班全集》第三、四卷。

3月底—4月初　巴尔扎克在热那亚时听一商人谈到在撒丁岛上开采废弃银矿的可能性，引发了他的种种幻想。

4月　在佛罗伦萨，巴尔扎克仔细参观了皮蒂宫、梅迪契教堂和圣米尼亚多教堂等艺术宝库。

离开佛罗伦萨到波伦亚访问罗西尼。

5月3日　巴尔扎克回到巴黎。

5月　《冈巴拉》遭出版商拒绝，巴尔扎克想放弃这篇作品。

5月27日　出版商德洛瓦和勒库拒绝在《巴黎音乐报》上发表《玛西米拉·多尼》。

6月11日　《巴黎音乐报》登载巴尔扎克一封信，解释《冈巴拉》推迟发表的原因。

6月17日　"未发表过的遗作"《被开除教籍者》出版，为《贺拉斯·德·圣多班全集》第十五、十六卷。

7月1日　《苍白的贞妮》重印，收为上述《全集》第九、十卷。

7月1日—14日　《新闻报》连载中篇小说《卓越的女人》（后易名《公务员》）。

7月8日　《哲理研究》第十二、十三、十五、十六、十七卷出版，其中《无神论者望弥撒》《法西诺·卡讷》《不为人知的殉道者》《吕吉·耶里兄弟的秘密》和《被诅咒的孩子》第二部分等作品是首次成书（原载报刊）。

巴尔扎克在给韩斯卡夫人的信中谈到他拟在四年时间内以《社会研究》为总标题将全部作品编成五十卷出版。

7月23日—30日—8月6日—13日—20日　《巴黎音乐

报》,连载《冈巴拉》。

9月　巴尔扎克在巴黎郊区达弗赖镇一处名叫雅尔迪的地方买下一小块地产和一座小屋,并宣称将在此终老。

11月6日　在音乐学院的音乐会上,巴尔扎克深为贝多芬的交响乐所激动。他将贝多芬的乐曲引入了他正在写的小说《赛查·皮罗托盛衰记》。

12月2日　《都兰趣话》第三组十故事出版。

12月17日　《新闻报》通告《赛查·皮罗托》已开始出售。

1838

1月　疲惫不堪的巴尔扎克应邀躲到弗拉佩斯勒卡罗夫妇家中休息并继续创作《幻灭》。他想起撒丁岛的银矿,决定亲自走一趟。

2月24日—3月2日　巴尔扎克动身去撒丁岛之前专程到诺昂探望了乔治·桑。在3月2日的信中,巴尔扎克向韩斯卡夫人详细记述了这次会见。

3月15日　巴尔扎克离巴黎赴马赛、土伦等地。

3月23日—4月4日　巴尔扎克在科西嘉岛逗留,参观了拿破仑故居。

4月中　巴尔扎克抵撒丁岛,但银矿的开采权已被人捷足先登。

4月21日—6月6日　巴尔扎克在意大利热那亚、米兰、都灵等地旅行。

6月7日　阿布朗泰斯夫人去世。

7月21日　插图本《驴皮记》面世。这是巴尔扎克作品首次出版插图本,也是首次以《社会研究》为总题出版作品。

8月 巴尔扎克给珠尔玛·卡罗寄去《纽沁根银行》,下署:1838年8月,于雅尔迪。

8月31日 出版商夏庞蒂埃购入《婚姻生理学》新版权。

9月15日 巴尔扎克写完《〈卓越的女人〉序》。

9月22日—10月8日 《立宪报》发表《外省的竞争》(《古物陈列室》)。

10月 威尔代出版《卓越的女人》《纽沁根银行》和《电鳗》。

10月27日 《婚姻生理学》第三版问世。

10月30日 夏庞蒂埃以五百法郎的代价,请巴尔扎克为布里雅-萨瓦兰的《味觉生理学》作序。

11月1日 圣勃夫在《两世界杂志》上撰文抨击《卓越的女人》。

11月12日—13日 苏弗兰购买了《外省伟人在巴黎》《冈巴拉》《玛西米拉·多尼》和《古物陈列室》等作品的版权。

12月22日 《卓越的女人》、《纽沁根银行》和《电鳗》(《烟花女荣辱记》开头部分)再版,这是威尔代最后一次出版巴尔扎克的作品。

12月28日 巴尔扎克参加成立于4月16日的"文学家协会"。

12月31日—1839年1月24日 《世纪报》连载《夏娃的女儿》。

1839

1月1日—7日 《新闻报》连载《乡村教士》。

2月24日 巴尔扎克向文艺复兴剧院院委会朗读其剧本《家事学堂》,被拒绝。

3月8日　巴尔扎克在居斯蒂纳侯爵家朗读《家事学堂》，在座的有司汤达和戈蒂耶。该剧于1907年才首次发表，1910年在奥德翁剧院首演。

3月13日　《世纪报》通报苏弗兰版的《古物陈列室》附《冈巴拉》面世。

3月16日　夏庞蒂埃版的《乡村医生》（第五版）和《高老头》（第三版）面世。

3月24日　巴尔扎克当选为文学家协会委员。委员会成员中还有雨果、乔治·桑、大仲马、维勒曼等。

3月27日　《世纪报》通报"《红与黑》的作者"（司汤达）所写的《巴马修道院》面世。

3月底　巴尔扎克给司汤达写信，赞扬《巴马修道院》中对战斗场面的描写。

4月5日　巴尔扎克再次给司汤达尔写信赞扬《巴马修道院》。

文学家协会委任巴尔扎克为一个部门的主席，负责出版委员们的作品合集。

4月13日—26日—5月10日—19日　《世纪报》连载《贝阿特丽丝，或强迫的爱情》（第一、二部分）。

4月14日　巴尔扎克在给韩斯卡夫人的信中称《巴马修道院》为"近五十年来最好的书"。

4月　《外省伟人在巴黎》的序言定稿。

5月11日　萨瓦兰的《味觉生理学》再版，后附巴尔扎克的《现代兴奋剂》。

5月14日　巴尔扎克在雅尔迪购买了第二座小屋。

5月15日　苏弗兰将《贝阿特丽丝》的序言交付印刷。

5月18日　《新闻报》通报《驴皮记》第六版面世。

6月2日　巴尔扎克在雅尔迪花园里摔了一跤，腿部受伤，被迫卧床三周。

6月4日　《新闻报》发表《小报是怎么办起来的》(《外省大人物在巴黎》片断)。

6月15日　两卷本《外省大人物在巴黎》出版。

6月26日　《新闻报》通报附有新的"说明"的《幽谷百合》第三版问世。

6月30日—7月13日　《新闻报》发表《韦萝妮克》(《乡村教士》第二部分)。

7月22日　维克托·雨果到雅尔迪拜访巴尔扎克。

7月31日—8月1日　《新闻报》发表《韦萝妮克踏入坟墓》(《乡村教士》第三部分)。

8月16日　巴尔扎克当选文学家协会主席。

8月18日　《新闻报》发表巴尔扎克关于捍卫作家权益的一封信。

8月20日—26日　《新闻报》发表《一位巴黎王妃》(《卡迪央王妃的秘密》)。

8月25日　《法兰西音乐报》发表《罗西尼的〈摩西〉在威尼斯上演》(《玛西米拉·多尼》片断)。

8月26日　苏弗兰版两卷本《夏娃的女儿》并《玛西米拉·多尼》面世。

9月7日　由夏庞蒂埃出版的《巴尔塔扎尔·克拉埃或绝对之探求》第二版面世。

9月27日—29日 《世纪报》发表《关于贝莱城公证人佩台尔诉讼案的信》。佩台尔原为巴尔扎克认识的一位记者,后成为贝莱公证人。1838年,被控于11月1日夜杀害了自己的妻子和仆人。巴尔扎克认为这是件冤案,多方设法营救无效。佩台尔于1839年10月28日被处死。

9月29日—12月22日 《漫画》周刊发表《夫妻生活的烦恼》片断。

10月5日 夏庞蒂埃出版两卷本《私人生活场景》第四版。

10月12日 《巴黎日报》发表《无辜的、不幸的、受害的公证人的捍卫者》一文,署名:“我们最多产的小说家之一”。

10月21日—25日 《巴黎日报》发表《两个刽子手,十八世纪的感情故事》(《桑松回忆录》片断),署名:“我们最多产的小说家之一”。

11月5日—6日 《巴黎日报》发表《陌生人,恐怖时期的一段插曲》。署名:“我们最多产的小说家之一”。

11月9日 《欧也妮·葛朗台》第二版和两卷本《外省生活场景》第二版面世。

11月12日 巴尔扎克出席听取吉拉尔丹朗读自己的剧本《记者学校》。

11月25日或26日 苏弗兰版《贝阿特丽丝,或强迫的爱情》上市。

12月2日 雨果申报法兰西学院院士候选人资格。本来有意申报的巴尔扎克得知后即放弃此念。

12月7日 两卷本《巴黎生活场景》第二版问世。

12月25日 文学家协会召开大会,巴尔扎克再度当选为委员。

12 月　《皮埃尔·格拉苏》在《区别塔》文集中发表。

12 月 28 日　《赛查·皮罗托》第二版面世。

1840

1 月 4 日　《十三人故事》第二版出版，但只包括《费拉居斯》和《德·朗热公爵夫人》。

1 月 5 日—26 日　《漫画》周刊发表《夫妻生活的烦恼》片断。

1 月 9 日　雨果当选为文学家协会主席，巴尔扎克当选为副主席。

1 月 14 日　巴尔扎克将剧本《伏脱冷》提请审查。

1 月 14 日—27 日　《世纪报》连载《比哀兰特》。

1 月 18 日　《犹太美人》出版，为《贺拉斯·德·圣多班全集》第十一、十二卷。

1 月 23 日　审查委员会拒绝上演《伏脱冷》。

1 月(?)　巴尔扎克在一封给出版商的信中首次提到欲以《人间喜剧》为总题汇集他的全部作品。

2 月 22 日　巴尔扎克将剧本《伏脱冷》二稿提请审查。

2 月 27 日　二稿《伏脱冷》仍遭拒绝。

《世纪报》通报《一位巴黎王妃》(《即卡迪央王妃的秘密》)单行本上市。

3 月 5 日　《伏脱冷》获准由圣马丁门剧院上演。

3 月 14 日　《伏脱冷》在圣马丁门剧院首演。

3 月 15 日　内务部长雷缪查颁令禁演《伏脱冷》。据悉，禁演的原因是勒迈特扮演的主人公有意将伏脱冷装扮成路易-菲力蒲的形象。

圣马丁门剧院经理哈雷尔、大仲马、雨果等人为撤销对《伏脱冷》的禁演令奔走。

3 月 18 日　巴尔扎克病倒在妹妹洛尔家。

3 月 24 日　《伏脱冷》剧本面世。

3 月 28 日　圣马丁门剧院宣布破产。

4 月 4 日　第二版《伏脱冷》出版。

4 月 18 日　巴尔扎克向文学家协会委员会宣读他起草的《文学著作权法》草案。

4 月 25 日　内务部长同意巴尔扎克在五月至八月的四个月内上演他的一部戏剧。

5 月 30 日　《伏脱冷》第三版出版。

6 月 8 日　《漫画》周刊发表《夫妻生活的烦恼》片断。

7 月 11 日　《伏脱冷》第四版出版。

7 月 25 日　巴尔扎克创办的《巴黎评论》问世，每期都刊有他的文艺评论《关于文学、戏剧和艺术的信》及时事政治述评《俄国通讯》，第一期还刊载了他的短篇小说《泽·马尔卡斯》。

8 月 25 日　第二期《巴黎评论》出刊，载有短篇小说《异想天开的克洛丁娜》(即《浪荡王孙》)，并继续刊登《关于文学、戏剧和艺术的信》及《俄国通讯》。

8 月底—9 月初　苏弗兰出售《痛苦之书》，收入《冈巴拉》《逐客还乡》《玛西米拉·多尼》和《塞拉菲塔》。

9 月 18 日—19 日　应债权人富隆的要求，雅尔迪庄园的不动产被查封。

9 月 25 日　第三期，也是最后一期《巴黎评论》出刊，载有

《贝尔先生研究》，文章给予《巴马修道院》极高的评价。继续刊登《关于文学、戏剧和艺术的信》《俄国通讯》，并发表《论工人》一文。

9 月 26 日《堂 · 吉加达》出版，为《贺拉斯 · 德 · 圣多班全集》第十三、十四卷。

10 月 1 日　为了躲债，巴尔扎克以其女管家路易丝 · 布鲁尼奥尔的名义租下了巴黎城郊帕西镇下街 19 号住宅，并隐名埋姓称“布鲁尼奥尔先生”。这座住宅位于帕西小丘的山坡上，从下街拾级而下可见一小花园和一层平房，其底层有一后门朝向岩石街。这是一条僻静的小巷，可直通塞纳河畔。作家选择这一栖身之处，考虑之一便是有前后两扇门，便于逃避债权人的追逼。

（下街 19 号后改为雷努瓦尔街 47 号，自 1908 年起建成巴尔扎克故居博物馆至今。）

10 月或 11 月　苏弗兰出版两卷本《比哀兰特》，附《皮埃尔 · 格拉苏》。

11 月 15 日　《猎鹰报》发表《德 · 帕芙拉戈尼王妃》（《堂 · 吉拉达》片断）。

11 月 26 日　变卖雅尔迪房产的告示张贴，拍卖预订于 1841 年 1 月 7 日进行。

12 月 13 日　巴尔扎克出席柏辽兹的音乐会。

12 月 15 日　巴尔扎克去荣军院观看拿破仑的骨灰安放仪式。

12 月 19 日　新版《婚姻生理学》由夏庞蒂埃出版。

12 月 27 日　巴尔扎克在文学家协会的大会上再次当选为

委员。

1841

1月14日—2月20日　《商报》连载《一桩神秘案件》。

1月15日　巴尔扎克被任命为文学家协会名誉主席。

2月　在赫哲尔出版的《动物的私生活和公共生活场景》系列中发表了巴尔扎克的《一只英国母猫的苦闷》。

2月24日—3月4日　《新闻报》发表《两兄弟》(《搅水女人》第一部分)。

3月3日　巴尔扎克的小册子《关于著作权问题致法律委员会议员先生们的信》问世。

3月8日—9日—11日—13日　《信使报》连载《法拉贝什》(《乡村教士》片断)。

3月21日—28日　《艺术家》杂志发表《小客厅里的一个场景》(《妇女再研究》片断)。

3月23日—4月4日《世纪报》发表《勒加缪一家》(《加尔文派殉道者》,即《卡特琳娜·德·梅迪契》第一部分)。

4月—5月　《动物发迹指南》出版,属赫哲尔版《动物的私生活和公共生活场景》系列。

6月3日　巴尔扎克出席法兰西学院举行的维克托·雨果的入院仪式。

6月12日　巴尔扎克出席玛丽·德·阿古尔女士的晚宴,同时出席的还有安格尔、拉马丁、圣勃夫等。巴尔扎克与后者话不投机。

6月25日　在文学家协会委员会上,巴尔扎克提出成立“宣言起草委员会”的报告。

7 月 15 日　巴尔扎克在雅尔迪的房产被拍卖。

8 月 21 日　《法兰西书目》通报《公务员生理学》在《欧贝尔生理学》系列中出版。

8 月 25 日—9 月 23 日　《信使报》连载长篇小说《于絮尔·弥罗埃》。

9 月 4 日　《法兰西书目》通报由巴尔扎克和阿尔努勒·弗雷米合作的《巴黎和外省的食利者生理学》出版,该书由加瓦尔尼、多米埃、其尼埃和梅索尼埃等作插图。

9 月 5 日　巴尔扎克向文学家协会提出辞呈。

10 月 2 日　巴尔扎克与菲讷、赫哲尔、玻兰和杜博歇签订以《人间喜剧》为总题的《全集》出版合同。

10 月 5 日　巴尔扎克出席文学家协会委员会会议,他的辞呈被拒绝。

10 月 22 日　巴尔扎克的辞职函再次被拒绝。

10 月—11 月　《人间喜剧》第一卷开始印刷。

11 月　《非洲狮漫游巴黎》出版,属《动物的私生活和公共生活场景》系列。

11 月 10 日　韩斯卡夫人的丈夫文赛斯拉·韩斯基伯爵去世。

11 月 26 日—12 月 6 日　《新闻报》连载《两个新嫁娘》的第一部分。

12 月 8 日　巴尔扎克与奥德翁剧院签订上演《基诺拉的智谋》的合同。

12 月 24 日—28 日　《世纪报》连载中篇小说《假情妇》。

12 月 27 日—1842 年 1 月 3 日　《新闻报》发表《两个新嫁

娘》的第二部分。

12 月 29 日 巴尔扎克向剧团朗读剧本《基诺拉的智谋》。

12 月 31 日 《世纪报》通报《一个老兵在草棚里讲的皇帝的故事》(《乡村医生》片断)插图本由赫哲尔出版。

是年,热拉尔·塞甘(1805—1875)为巴尔扎克画的画像展出。

1842

1 月 5 日 巴尔扎克得知文赛斯拉·韩斯基去世的消息。

1 月 9 日—15 日 《新闻报》连载《两个新嫁娘》的第三、四部分。

1 月 16 日 巴尔扎克再度当选为文学家协会委员会委员。

1 月 20 日 巴尔扎克将《两个新嫁娘》题献给乔治·桑。

1 月 24 日 《基诺拉的智谋》在奥德翁剧院开排。

3 月 19 日 《基诺拉的智谋》首演,但反响不大。

4 月 9 日 《法兰西书目》通报剧本《基诺拉的智谋》出版。

4 月 10 日 《人间喜剧》广告刊出。

4 月 巴尔扎克请乔治·桑为《人间喜剧》作序。乔治·桑接受了这一要求,但到七月份又放弃了这个打算。

4 月 16 日 《法兰西书目》通报《人间喜剧》第一卷的第一部分出版。

5 月 29 日—6 月 11 日 《世纪报》连载《阿尔贝·萨瓦吕斯》。该作品在收入《人间喜剧》第一卷前,作家在清样上曾做多次修改。

6 月 4 日 夏庞蒂埃版《路易·朗贝尔》及《塞拉菲塔》面世。

6月25日 《人间喜剧》第一卷出版，其中包括：《猫打球商店》《苏镇舞会》《钱袋》《刽子手》《菲尔米亚尼夫人》《双重家庭》《家庭的和睦》《假情妇》《妇女研究》和《阿尔贝·萨瓦吕斯》。

7月 巴尔扎克完成《〈人间喜剧〉前言》，系统阐释了他的创作思想。

7月26日—9月4日 《立法报》连载《招摇撞骗的危险》(后易名《入世之初》)。

8月—9月 《两只小动物的爱情故事》出版，编入《动物界的私人生活和公众生活场景》系列。

9月 《家庭博览》发表《一位圣者的恶行》(《现代史拾遗》第一部分《德·拉尚特里夫人》片断)。

9月3日 《人间喜剧》第二卷出版，其中包括：《两个新嫁娘》《夏娃的女儿》《被遗弃的女人》《石榴园》《信使》《高布赛克》和《妇女再研究》。

10月 巴尔扎克将《幻灭》题献给维克托·雨果。

10月14日—15日—17日—18日 《立法报》发表巴尔扎克为博尔热的《中国和中国人》一书写的长篇评论文章。

10月27日—11月 《新闻报》连载《一个外省单身汉的生活》(《搅水女人》第二部分)。

11月19日 《人间喜剧》第三卷出版，其中包括：《三十岁的女人》《婚约》和《贝阿特丽丝》的第一部分。

11月20日 雕塑家大卫·德·昂热在雨果家晚餐时，征得巴尔扎克同意，拟为他塑一尊半身像。

11月21日—12月3日 巴尔扎克病倒，神经性头疼。

12 月 3 日　《王家纪念文集》出版,内载《一七九三年的一次弥撒》(即《恐怖时期的一段插曲》),巴尔扎克第一次在这个短篇上署名。

本年度内巴尔扎克曾着手写小说《瓦朗蒂娜和瓦朗坦》,但又放弃;还曾写意大利题材的小说《吉娜的奇想》,却一直没有发表。

1843

1 月　巴尔扎克修订《人间喜剧》第六卷。

1 月 21 日　巴尔扎克的《论巴黎报界》在许多作家的合集《伟大的城市——巴黎新貌》中发表。

1 月底　巴尔扎克结识博卡尔梅伯爵夫妇。作家后来把《夏倍上校》题献给伯爵夫人。

3 月 7 日　巴尔扎克出席雨果剧本《卫戍官》的首演。

3 月　《恐怖时期的一段插曲》单行本由苏弗兰出版。

3 月 17 日—19 日　《新闻报》连载中篇小说《奥诺丽纳》。

3 月 20 日—4 月 29 日　《信使报》连载《迪娜 · 皮耶德斐》(后易名《外省的诗神》)。

3 月 25 日　巴尔扎克与丹麦童话作家安徒生相识。

4 月　《人间喜剧》第五卷出版。

5 月　《人间喜剧》第六卷出版。

5 月 21 日—7 月 1 日　《巴黎人》杂志连载《爱斯苔,或一个老银行家的爱情》(《烟花女荣辱记》片断)。

6 月 9 日—19 日　《要闻报》开始发表《大卫 · 赛夏或发明家的苦恼》(《幻灭》第三部分)。

7 月 14 日　巴尔扎克到俄国使馆办理赴俄的签证。

7 月 21 日　巴尔扎克乘“德冯希尔号”轮船从敦刻尔克赴圣彼得堡。

7 月 22 日　《法兰西书目》通报第一版《外省的秘密》出版，内收《外省的诗神》。

7 月 29 日　巴尔扎克在彼得堡与韩斯卡夫人会面，这是他们 1835 年分别以来的第一次重逢。

《人间喜剧》第八卷出版，收《幻灭》。

9 月　《家庭博览》发表《德·拉尚特里夫人》（《现代史拾遗》的第一部分）。

9 月 16 日　新版《婚姻生理学》问世。

9 月 26 日　剧本《帕梅拉·吉罗》在快活剧院首演。

10 月 7 日　巴尔扎克离开彼得堡从陆路回国。

10 月 14 日　巴尔扎克抵柏林。

10 月 15 日　巴尔扎克赴法国驻柏林使馆晚宴。

10 月 28 日　剧本《帕梅拉·吉罗》出版。

11 月 3 日　巴尔扎克游览德国后回到巴黎。

12 月初　巴尔扎克病倒。

12 月 23 日—25 日　巴尔扎克在走访几位院士后，写信表示放弃申请法兰西学院院士。

1844

1 月 27 日　巴尔扎克的挚友、小说家、批评家夏尔·诺迪耶去世，巴尔扎克参加了 29 日的葬礼。

2 月 13 日　巴尔扎克与其友人、剧作家弗雷德里克·勒迈特出席观看《巴黎的秘密》首演。

3 月 2 日　杜蒙版《大卫·赛查》单行本出版。

4月4日—18日　《辩论报》连载《莫黛斯特·米尼翁》第一部分。

4月19日—5月　巴尔扎克患黄疸病。

5月17日—6月1日　《辩论报》连载《莫黛斯特·米尼翁》的第二部分。

6月29日　《入世之初》单行本出版。

7月5日—21日　《辩论报》连载《莫黛斯特·米尼翁》的第三部分。

7月26日　巴尔扎克拟出一份包括一百二十五部作品的《人间喜剧》总目录,其中有四十部有待创作。

8月17日　为出版《巴黎之魔》第二卷,赫哲尔买下巴尔扎克的许多文章。

8月　第22至27期《巴黎之魔》刊载《巴黎夫妻生活哲学》(《夫妻生活的烦恼》片断)。

9月10日　第29、30期《巴黎之魔》刊载《一个间谍在巴黎》(《不自知的喜剧演员》片断)。

9月28日　《人间喜剧》第七、九、十卷出版。

10月1日—16日　巴尔扎克患神经性头疼。

10月　《巴黎之魔》第34、35期刊载《女商贩》(《不自知的喜剧演员》片断)。

10月　《家庭博览》继续登载《德·拉尚特里夫人》。

10月12日　《新闻报》发表《黎塞留街的戈迪萨尔》(《戈迪萨尔第二》);10月15日的《巴黎之魔》也收登了同一作品。

10月或11月　波泰版《奥诺丽纳》及《浪荡王孙》面世。

11月　《家庭博览》登完《德·拉尚特里夫人》(《现代史拾

遗》第一部分)。

11月16日　《法兰西书目》通报《莫黛斯特·米尼翁》第一、二卷出版。

12月3日—21日　《新闻报》连载《农民》第一部分。

12月24日—1845年1月23日　《信使报》连载《一个正派女人的小手腕》(《贝阿特丽丝》的最后部分)。

1845

1月9日　《世纪报》通报《莫黛斯特·米尼翁》第三、四卷出版,附《沙漠里的爱情》和《恐怖时期的一段插曲》。

1月12日　大卫·德·昂热邀请巴尔扎克看他创作的作家半身雕像。

1月　《巴黎之魔》第二卷出版,内收《昔日的巴黎》。

巴尔扎克为《舒昂党人》写就一篇新序(《人间喜剧》第十三卷)。

3月11日　《新闻报》社长亚历山大·杜雅里埃在决斗中身亡,巴尔扎克参加了13日举行的葬礼。

3月或4月　第二卷《巴黎之魔》的第十二、十三期刊载《巴黎林荫大道的历史和生理学》。

4月25日　巴尔扎克离巴黎赴德累斯顿与韩斯卡夫人会面。

4月27日　巴尔扎克获荣誉勋位勋章。

5月—6月　巴尔扎克在德累斯顿与韩斯卡夫人及其女儿安娜相会,尔后他们游览了汉堡、科隆、斯图加特等地。

7月7日　巴尔扎克和韩斯卡夫人、安娜离开斯特拉斯堡,9日抵达巴黎。

7 月 12 日　《法兰西书目》通报《巴黎夫妻生活哲学》出版。

7 月　巴尔扎克等游览枫丹白露、鲁昂等地。

7 月底—8 月初　巴尔扎克偕韩斯卡夫人返回故乡，向她显摆“我们美丽的都兰”。

7 月 28 日　《世纪报》发表《风俗研究 I》：《巴黎一条街及街内一居民——一位学者的一天》。

8 月 4 日　巴尔扎克一行从都兰回到巴黎。

8 月 11 日　巴尔扎克与韩斯卡夫人抵斯特拉斯堡，由此前往荷兰、比利时旅行。

8 月 19 日　《世纪报》发表《帽子制造商》(《不自知的喜剧演员》片断)。

8 月 30 日　巴尔扎克回到巴黎，韩斯卡夫人仍留在布鲁塞尔。

8 月 31 日　巴尔扎克拒绝与新版《巴黎杂志》合作。

9 月 10 日　《世纪报》发表《风俗研究 Ⅲ》：《一个债主的狡计》(《经纪人》)。

10 月 4 日　巴尔扎克接韩斯卡夫人回到巴黎。

《法兰西书目》通报《夫妻生活的烦恼》面世。

10 月 23 日—11 月 14 日　巴尔扎克与韩斯卡夫人一行游览里昂、马赛及意大利那不勒斯等地。韩斯卡夫人等留在那不勒斯过冬，巴尔扎克于 11 月 17 日从马赛回到巴黎。

12 月 2 日—7 日　《新闻报》发表《夫妻生活的烦恼》第 25 至第 38 段，并附有由泰奥菲尔·戈蒂耶撰写但未署名的“导言”。

12 月 23 日　为完成《烟花女荣辱记》的第三部分，巴尔扎克认真地参观了塞纳河畔的监狱。

12月26日 巴尔扎克乘火车赴鲁昂。

是年《人间喜剧》第四、十一卷出版。

1846

1月1日 巴尔扎克在新年看望母亲受到冷遇。

1月11日 巴尔扎克的崇拜者基约拜访作家，希望能以作家的名字命名一条正在建造的船。

1月29日 巴尔扎克在卡斯特里夫人家晚餐，在座的有复辟时期的重臣、文学家、历史学家帕斯托雷侯爵。巴尔扎克将《卡特琳娜·德·梅迪契》题献给帕斯托雷。

1月30日 巴尔扎克同意将他的评论文章置于赫哲尔版的《巴马修道院》卷首。

2月底 巴尔扎克右腿受伤卧床。

3月16日 巴尔扎克离巴黎南下。

3月25日 巴尔扎克抵罗马与韩斯卡夫人重逢。在罗马期间，巴尔扎克仔细游览了城市，受到教皇的接见，并参加了在圣彼得广场举行的复活节庆祝活动。

4月14日—24日 《法兰西邮报》连载《不自知的喜剧演员》。

5月 巴尔扎克和韩斯卡夫人游览瑞士。

5月22日 《时代》杂志发表阿梅蒂·亚夏尔的文章，介绍巴尔扎克在1844年为《人间喜剧》拟定的作品目录。

5月28日 巴尔扎克回到巴黎，韩斯卡夫人赴法兰克福。

6月27日 新版《驴皮记》面世。

7月7日—29日 《时代》连载《预审》(《烟花女荣辱记》第

三部分)。

8月30日　巴尔扎克重赴德国与韩斯卡夫人会面。

9月15日　巴尔扎克返回巴黎。

9月19日　《人间喜剧》第十二、十三、十四、十五和十六卷出版。

9月28日　巴尔扎克买下吉祥街14号的一所房子,他晚年即在此居住。巴尔扎克逝世后,吉祥街改名巴尔扎克街,但房子毁于1882年。

10月4日　希波利特·卡斯蒂耶在《星期报》上发表《奥诺雷·德·巴尔扎克先生》一文,对作家的创作进行全面评价。

10月8日—12月3日　《立宪报》连载《贝姨》。

10月9日　巴尔扎克离开巴黎赴威斯巴登为韩斯卡夫人的女儿安娜做证婚人(10月13日婚礼)。

10月17日　巴尔扎克回到巴黎。

10月25日　《新闻报》发表《〈人间喜剧〉前言》。

12月1日　巴尔扎克痛苦地得知韩斯卡夫人流产。

12月17日　巴尔扎克再一次伤脚。

1847

1月14日　巴尔扎克在卡斯特里夫人家与诗人缪塞等共进晚餐。

2月4日　巴尔扎克赴法兰克福接韩斯卡夫人。

3月1日　《世纪报》设《文学博览》专栏,重新刊登《赛查·皮罗托》。

3月18日—5月10日　《立宪报》连载《邦斯舅舅》。

4月7日—5月2日　《君主主义联盟》报连载《阿尔西的议

员》。

4 月 13 日—5 月 4 日　《新闻报》连载《伏脱冷的最后显形》。

4 月 15 日　巴尔扎克从帕西镇迁入吉祥街。

5 月　巴尔扎克与韩斯卡夫人赴德。韩斯卡夫人留在法兰克福,巴尔扎克 13 日回到巴黎。

5 月底—6 月初　巴尔扎克患咽炎。

6 月 28 日　巴尔扎克立下遗嘱,将其所有动产、不动产留给韩斯卡夫人。

7 月 29 日　巴尔扎克在其妹家与途经巴黎的珠尔玛·卡罗共进晚餐。

8 月 6 日　萨舍主人马尔戈讷先生到吉祥街巴尔扎克家做客。

8 月 18 日　巴尔扎克与卡斯特里夫人在布洛涅森林散步。

8 月 21 日　巴尔扎克办理去俄国的护照签证。

9 月 5 日　巴尔扎克离开巴黎赴俄国。他途经布鲁塞尔、科隆、柏林、维也纳等地,于 9 月 13 日抵达韩斯卡夫人在乌克兰的领地威尔卓尼亚。巴尔扎克在乌克兰逗留至 1848 年 2 月。

9 月 7 日—11 月 1 日　《世纪报》的《文学博览》重新发表《穷亲戚》(《邦斯舅舅》和《贝姨》)。

9 月 18 日　新版《幽谷百合》面世。

10 月　巴尔扎克游览基辅。

12 月 18 日　尚弗勒里的《火星》报出版,前有献给巴尔扎克的长篇献辞。

1848

1月30日或31日　巴尔扎克离开威尔卓尼亚。

2月15日　巴尔扎克抵达巴黎。

2月22日—24日　巴黎爆发二月革命，推翻七月王朝。

2月24日　巴尔扎克随起义群众进入杜伊勒里宫。遇见青年作家尚弗勒里。

2月26日　法国建立共和国。

2月29日　巴尔扎克向拉马丁引荐他的妹夫絮尔维尔。

3月17日　巴尔扎克同意作为议会选举的候选人。

3月18日　巴尔扎克在《辩论报》和《立宪报》上发表《候选人书》。

4月初　巴尔扎克患眼疾，仍坚持《后母》一剧的创作。

4月9日　巴尔扎克给历史剧团团长奥斯坦和演员玛丽多瓦尔朗读《后母》的剧本。

4月19日　在《立宪报》上发表《政治信仰声明》。

4月29日　议会选举结果公布，巴尔扎克落选。

5月3日　在卡斯特里夫人家，巴尔扎克观看缪塞剧本《逢场作戏》的小型演出。

5月25日　剧本《后母》在历史剧院首演。巴尔扎克的戏剧创作首次获得成功，评论界发出一致的赞扬。

5月30日　巴尔扎克拜访共和国剧院经理，允诺为他写一出新戏《小市民》。

6月3日　巴尔扎克最后一次去萨舍，在那里停留了一个月。

6月23日—26日　巴黎工人起义，终被残酷镇压。

6 月 24 日　新版《婚姻生理学》面世。

7 月 6 日　巴尔扎克回到巴黎。

7 月 8 日　巴尔扎克参加夏多布里昂葬礼(7 月 4 日逝世)。

7 月 20 日　由于二月革命后沙皇政府禁止法国人入境,巴尔扎克分别写信给宪兵长官奥尔洛夫和教育部长乌瓦洛夫,请求他们帮助办理入境签证。

7 月 25 日　巴尔扎克以文学家协会前主席的身份出席法兰西研究院文学问题讨论会。

7 月 29 日—31 日　《共和主义旁观者报》重载《德·拉尚特里夫人》。

8 月 1 日—9 月 3 日　《共和主义旁观者报》连载《初入教门》(《现代史拾遗》第二部分)。这是巴尔扎克自己经手发表的最后一部小说。

8 月 17 日　巴尔扎克向法兰西剧院委员会朗读剧本《麦卡泰》(后改为《投机商》)的一至四幕,获一致好评。

8 月 20 日　巴尔扎克收到奥尔洛夫准许进入俄罗斯的回信。

8 月 22 日　警察局为巴尔扎克签发出国护照。

8 月 26 日　剧本《后母》出版。

8 月 29 日　俄国当局同意给巴尔扎克签证。

9 月 15 日　巴尔扎克致函法兰西学院,表示希望能接替夏多布里昂成为院士。

9 月 20 日　巴尔扎克离开巴黎赴乌克兰。

10 月 2 日　巴尔扎克抵威尔卓尼亚。

11 月 18 日　收有《穷亲戚》(包括《贝姨》《邦斯舅舅》)的

《人间喜剧》第十七卷出版，这是巴尔扎克生前出版的最后一卷，被称作他的“天鹅之歌”。

1849

1月11日　法兰西学院为夏多布里昂逝世进行补选，巴尔扎克因只得了四票而落选。

1月14日　竞技剧场上演克莱维勒根据《贝姨》改编的话剧《玛奈弗夫人或放荡老爹》。

1月18日　法兰西学院因冉·瓦杜去世进行补选，在三轮投票中巴尔扎克得票分别为两票（维尼和雨果）、一票（雨果）和零票。

4月30日　巴尔扎克给妹妹的信中谈到他心脏肥大，病情很重。

5月　巴尔扎克赴基辅。22日返威尔卓尼亚。

6月　巴尔扎克病情严重。

韩斯卡夫人呈请尼古拉一世批准，在她与一法国人结婚后仍拥有俄国的不动产。

7月2日　沙皇拒绝了韩斯卡夫人的要求。

8月　巴尔扎克病情好转，他希望能在9月中旬返回法国。

9月中—10月　巴尔扎克病重，头疼、发烧、支气管炎，卧床不起。

11月10日　新版《欧也妮·葛朗台》问世。

是年内，《世纪报》的《文学博览》再次发表《十三人故事》的第一、二部分。

1850

1月初　巴尔扎克患重感冒。

1月底—2月初　在基辅,巴尔扎克病重,卧床二十余日。

基辅省长设午宴招待巴尔扎克。

3月14日　在别尔季切夫的圣巴尔巴拉教堂,巴尔扎克和夏娃(韩斯卡夫人)举行婚礼。当晚,他们回到威尔卓尼亚。

3月17日　巴尔扎克在给珠尔玛·卡罗的信中写道:“三天前,我娶了那位我唯一曾经爱过、现在比任何时候都更爱、至死都会深爱的女人。……我没有幸福的青春,没有鲜花盛开的春天,但我将有一个最辉煌的夏天和最温馨的秋天。”

4月23日　快活剧院未经作者同意擅自重演《伏脱冷》一剧。

4月24日　巴尔扎克夫妇离开威尔卓尼亚回法国。他们途经布劳迪、克拉科夫、德累斯顿、法兰克福等地,旅途劳顿更加重了巴尔扎克的病情。

5月16日—17日　巴尔扎克在《辩论报》和《立宪报》上公开抗议《伏脱冷》未经他许可的演出。17日,《伏脱冷》停演。

5月20日或21日　巴尔扎克夫妇抵达巴黎。

5月30日　纳卡尔和另外三位医生为巴尔扎克会诊。

6月1日　巴尔扎克写下最后一封亲笔信。这封信是写给他非常信任的奥古斯特·费萨尔先生的,费萨尔经管作家晚年的一切财务事宜。

6月4日　巴尔扎克和夫人办理公证:一方去世后,所有财产归另一方。

6月15日　巴尔扎克赴市政厅看望塞纳省总书记梅罗。

6月20日　巴尔扎克由夫人代笔写信给戈蒂耶。在信的末尾,作家写下一行附言并签名:“我既不能读,也不能写。”这是巴尔扎克留在人世间的最后一行字。

7月4日　《世纪报》透露,共和国总统询问巴尔扎克先生的健康状况。

7月6日　参与会诊的一位医生路易告诉雨果,巴尔扎克“活不到六个星期”。

7月9日　纳卡尔大夫诊断巴尔扎克患腹膜炎,并用水蛭治疗。

7月18日(?)　雨果探望巴尔扎克,他们“谈了很多,争论了政治”。

7月24日　巴尔扎克患水肿。抽水。

7月底或8月初　雨果夫人探视巴尔扎克。

8月5日　巴尔扎克夫人给费萨尔先生写信:“这个可怜人走到尽头了。”

8月18日　雨果夫人探视巴尔扎克,但因病情严重,未能与病人会面。

晚饭后,约9时,雨果探视巴尔扎克,病人已处于弥留状态。

晚11时半,巴尔扎克逝世。

8月20日　巴尔扎克遗体停放在圣尼古拉教堂。

8月21日　巴尔扎克葬礼于上午11时开始。送葬队伍浩浩荡荡,自动前来送葬的多为“第三等级”。执绋者为维克托·雨果、亚历山大·仲马、圣勃夫和内务部长巴罗什。巴罗什对雨果说:“这是位杰出的人物。”雨果答:“这是位天才。”

黄昏,送葬队伍才到达巴尔扎克下葬的拉雪兹神甫墓地。

雨果在暮色中致悼词："在最伟大的人物当中，巴尔扎克是头等的一个；在最优秀的人物当中，巴尔扎克是出类拔萃的一个。……他的全部著作仅仅汇成了一部书……作者题为'喜剧'，其实也可称作'历史'。……愿意也罢，不愿意也罢；同意也罢，不同意也罢；这部庞大而又奇特的作品的作者，就在自己不知道的时候，加入了革命作家的强大的行列。……他的一生是短促的，然而也是饱满的；作品比岁月更多。"

1854

7月26日—10月28日　遗作《小市民》在《故乡报》上连载。未完成部分由夏尔·拉布应巴尔扎克夫人的请求续完。

遗作《阿尔西的议员》由波泰书屋出版。巴尔扎克生前只完成了作品的第一部分，余下的部分亦由拉布续成。

巴尔扎克的母亲去世。

1855

《人间喜剧》第十八卷由卢西欧接替菲讷书屋出版，其中收入《伏脱冷的最后化身》（《烟花女荣辱记》第四部分）、《初入教门》（《现代史拾遗》第二部分）、《农民》和《夫妻生活的烦恼》。

同年出版的还有第十九卷《戏剧集》和第二十卷《都兰趣话》。

1856—1857

《小市民》由波泰书屋出版。

1871

巴尔扎克的妹妹洛尔去世。

1882

巴尔扎克夫人去世。

材料主要依据加尼埃兄弟出版社的五卷本巴尔扎克《通信集》和“七星文库”《人间喜剧》中的《年表》(编者为罗杰·皮埃罗);并参照拉鲁斯版的《巴尔扎克辞典》(编者为费里克斯·龙格)和作家出版社的中文本《巴尔扎克年谱》(编者为丽列叶娃,译者王梁之)。

黄晋凯　曹久梅　编

辑四

神秘驴皮(剧作,黄晋凯著)

人物：智者，男，百岁老人
　　　李甲，男，三十左右
　　　丽丽，女，二十出头
　　　老记，男，老少皆可

第一场

时间：黄昏

地点：河边。立着一块牌子："禁止游泳、垂钓"。

老树上挂着一张驴皮。

幕启，智者裹着羊皮袄，一动不动地蹲坐在树下。

李甲提一瓶二锅头晃晃悠悠地上。

李甲：（口齿不清地）夕阳……无限……好，（读牌子）禁止……游……泳，咳咳，可没……禁止……

智者：（仿佛从地狱里飘出来的声音）小兄弟，别想不开！

李甲：（一惊，四处寻视）你……是……什么人？

智者：我是什么人无关紧要，要紧的是你要明白你自己是什么人，你到底想干什么。

李甲：这……倒是个……有意思的……问题。我还真没想过。是啊，我是什么人？好人？坏人？死人？活人？半死不活的人？……唉，不过，我是什么人，我要干什么，这关你屁事！

智者：话别说得那么难听嘛。小伙子，你要是打这儿扑通跳下去了，不就跟我有关系啦？公安局还不得审我仨月啊。

李甲：跳……下去？我干吗要跳下去？

智者：随便说说，打个比方嘛。

李甲：(若有所悟地)唔，不对，不对，随便说说，你说点什么不好……干吗非得说我跳下去……跳下去不就沉底儿了吗？不就……玩完了吗……不就没命了吗……不就……死了吗。

智者：你怕死吗？

李甲：怕死？我会怕死？可……凭什么你要咒我死？

智者：神经过敏了不是？你要不想死，怕什么人家说死。我今年整整一百岁，我还不想死，也从来不怕人骂我老不死。

李甲：您……一百岁？您还不想死？……那您一定活得很开心，活得有滋有味？

智者：说不上开心不开心，活着而已。

李甲：活着而已……唔，有点意思。

智者：你信不信，天下百分之九十九的人都是为活着而活着，而且百分之九十九的人都想能活一天就多活一天……

李甲：可能……

智者：(滔滔不绝地)谁都知道人总有一死，谁都觉着自己活得挺累，可是谁又都不愿意去死，你说怪不怪？

李甲：……不见得吧……

智者：不见得？你可能是个例外。可是，我敢说，你也不是例外。

李甲：你到底想说什么？

智者：我倒要问你，你到底想干什么？

李甲：(疑惑地)你……真的看出……(猛然看到树上挂着的

驴皮，激愤地）啊，又是一个骗子，又是一个骗钱的麻衣神相。这路神仙我见多了，可人家都是拣好听的说。这个说我吉人天相，那个说我艳福不浅，从来没遇到过你这么恶毒的骗子，连句人话都不会说。我老实告诉你，我兜里最后几块钱都换了这瓶酒了，一无所有，就剩命一条，想骗钱你是没门儿了。

智者：这就对了，年轻人，真人面前别说假话，就剩命一条，现在连这小命也不想要了，对吧？骗钱？想骗钱我就不找你这号倒霉蛋了。

李甲：那你要干吗？

智者：我要救你一命。

李甲：嘿嘿……想救我命？你是谁？是菩萨？神仙？上帝？真主？（举起酒瓶）看见没有，等这酒见了底儿，我就和这世界拜拜了。

智者：你真有这决心？

李甲：你不信？我李某从来说一不二。你凭什么说服我？凭你的三寸不烂之舌？凭什么"留得青山在，不怕没柴烧"之类的陈词滥调，告诉你，现在环境法规定了，留得青山在，也不准乱砍柴，不能乱砍柴，还是没柴烧。哈哈……

智者：呵呵，不简单，还懂环境法。咱们留住青山不烧柴，种块试验田玩玩，怎么样？

李甲：什么意思？

智者：要是有办法满足你的一切欲望，想要什么就能得到什么，你还会去寻死吗？

李甲：开玩笑。

智者：回答我，死，还是不死？

李甲:……

智者:好了,不用说了,从你的眼神里我已经看到了答案,你不会去死。是呀,人为什么要寻短见?无非是公司破产了,官位被占了,职称被抢了,钱财被骗了,情人跟别人跑了……欲望,欲望,欲望把多少人逼上了绝路。为了实现不了的欲望,强者去杀人,弱者去自杀,这样的故事咱们听得还少吗?!可现在,你可以得到的比你曾经失去的要多几十倍、几百倍、几千倍了,你还会去选择死吗?

李甲:你还在拿一个快死的人开涮?

智者:不,不,绝不是逗你玩儿。在你喝完最后一口酒之前,你再回答我一个问题:要是随你挑,你最最想要的是什么?

李甲:……

智者:敞开了想,往大了想。

李甲:……当大总统,跟他妈的布什一样,想他妈打谁就打谁,想他妈管谁就管谁……不,我要美女,甭管是坐台小姐还是环球小姐,甭管是东洋妞儿还是西洋妞儿,一个电话,随叫随到,嘻嘻,那多过瘾……不,不,我还是要钱,要多多的钱,您说呢,有了钱就什么都有了。

智者:流行病,真是流行病,好像全世界的人都在挤着往钱眼儿里钻。人这种东西说复杂也复杂,说简单也真简单。

李甲:其实,世界上最该枪毙的,就是那个发明钞票的人!

智者:好了,你的幽默感回来了,咱们可以谈正事了。(他指指树上挂的驴皮,质地奇特,上面刻印着各种古怪的符号)你看看这个。

李甲:这是什么?

智者:驴皮。

李甲:驴皮?

智者:对,一块野驴皮,是我在青藏高原上游荡的时候,一个巫师送给我的。

李甲:这玩意儿能值多少钱?

智者:无价之宝!你好好看看这上面的铭文,它既不是刻上去的,也不是烙上去的,这是真正的"天书"。

李甲:(仔细端详,揉搓)是有点儿神。

智者:还有更神的呢,——你想听听这些神符的寓意吗?

李甲:当然想听。

智者:

吾助君为所欲为

君之命系于吾身

欲达则吾小

吾没则君没

——听懂了吗?

李甲:好像懂了,又好像没懂。

智者:它是说:我可以帮你得到你想要的一切,但是你得把小命交给我。你每实现一个愿望,我就会相应地缩小一块儿,到我缩没了,你的小命也就完蛋了。

李甲:(疑惑地)这好像有点儿玄。……这是真的,还是在耍我?

智者:是不是真的,我也说不准。但我绝不是在耍你。信不信由你,要不要也由你。我说过,咱们是在种试验田,我正是想让你来证明它是不是真的。

李甲:你为什么要选我来证明?

智者:不,你不是第一个,我也不知道你会不会是最后一个。一个人,死要有勇气,生更要有勇气,而直面死亡的生存,就更不是一件轻松的事情。好多哭着闹着要死要活的人,见到这个特殊的约定反而傻眼了,谁都不敢拿性命去下这个残酷的赌注。

李甲:(冲向驴皮)我敢,我敢!

智者:(挡住)你别后悔。

李甲:我有什么可后悔的,无产阶级失去的只有一条锁链。(把酒瓶递给智者)给,剩下的酒孝敬您老人家了,不成敬意,只是表示我的决心。

智者:(接过酒瓶,喝一口)好,为你的决心干杯! 行,这块神皮归你了。

李甲:(从树上拿下驴皮)宝贝,你可得是信得过产品啊,我拿性命作赌,你又点着了我心中的邪火,你要是假冒伪劣可把我坑了。(把驴皮紧紧搂在胸前,念念有词地)我要发财,我要发大财,我要有多多的钱……

(手机铃声大作,把驴皮搭在木牌上,掏出手机)

李甲:这会儿还有谁来电话。(接手机)喂,谁啊? 丽丽? 你还有脸给我打电话? ……什么? 我在哪儿? 我在地狱门口呢……

丽丽:(电话里声音突然扩大)你千万别死,千万别死!

李甲:你还管我死不死? 别猫哭耗子了,要不是你跟张三那王八蛋把我的钱拐跑了,我至于落到这地步吗?

丽丽:(电话)你听我说,我把张三给蹬了,钱还在我手里,我这就回来还给你。

李甲:你这臭婊子,你不是要跟张三上东京吗,你又要什么鬼花样，你现在在哪儿呢？

丽丽：（电话）我在机场，张三已经上飞机了，我这就回来。亲爱的，我舍不得你啊！

李甲：别来这一套。

丽丽：（电话，撒娇地）真的，谁骗你是小狗！哎，宝贝，你昨天买的彩票还在吧？

李甲：彩票？对了，我昨天还买了两块钱彩票哪（翻兜，翻出一张团得皱皱巴巴的彩票），在，在这儿，怎么啦？

丽丽：（电话）号码是12345678？

李甲：对，12345678。

丽丽：（电话）我刚在机场的电视里看到，你中大奖啦！

李甲：中大奖？……多少钱？

丽丽：（电话）五百万。

李甲：什么？你再说一遍！

丽丽：（电话）五——百——万！亲爱的，我爱你，我爱死你了！

李甲：（大喊）我也爱你，丽丽，我爱五百万！我爱死五百万了！

（静场。李甲与智者面面相觑）

李甲：（指驴皮，疑惑地）是它？

智者：（将信将疑地）是它。

李甲：真灵？

智者：像是……真灵。

李甲：（用力拥抱智者）你真是活神仙，老爷子，你就是我亲爸爸，不，亲爷爷……

智者:(推开他)得了,得了,我才不要你这号儿子呢。……小伙子,别高兴过头了,你不过是把自杀延期了。

李甲:行了,行了,别扫我的兴,我才不管那么多呢,今朝有酒今朝醉……(抬头)月亮出来了,我好像早就忘了天上是有月亮的,天上有月亮真好。……月亮走,我也走,老爷子,谢谢您,我该去享受生活了。(拿起驴皮,驴皮明显地缩小了一半)咦?……怎么这么小?剩一半了?……我就那么一会儿,半条命就没了?(惊愕)

智者:五百万——半条命,值不值?

李甲:(抱着驴皮向后台走去,自言自语)五百万,半条命,五百万,半条命……(下)

智者:值不值?谁知道呢?

第二场

空台。

李甲:(边打手机边上)什么?炒股?算了吧,那么多能人都套牢了,我还往里扎啊……跟你合伙拍电视剧?你那两下子,拍个"拉洋片"差不多了,不赔死才怪呢……什么?你以为我这钱是天上掉馅饼啊,……是,这不是血汗钱,可这是我用半条命换来的!……你不懂,以后再慢慢告诉你……投资房地产?咱们一点儿背景都没有,敢玩那个?你自称是点子大王,闹半天也就这些馊点子?……

丽丽:(风风火火地上,搂着李甲就不停地亲脸蛋)亲爱的,好消息,好消息!

李甲:(继续打电话)谁?还不是那小骚货,丽丽……没有,见我中了彩票她就把张三给蹬了,又跑回我这儿来了。……你让我把她蹬了?不行,她现在可甜啦,缠得紧着呢……

丽丽:谁啊?

李甲:(对丽丽)王大麻子。

丽丽:(抢过手机)王大麻子,你浑蛋,闭上你的臭嘴!(关掉手机)

李甲:这王大麻子,我以为他有多少点子呢,我看他的点子还没他脸上的点子多呢。

丽丽:他都出什么主意啦?

李甲:都是瞎扯淡。听听你有什么好消息?

丽丽：我搞到了一份(神秘地)绝密文件。

李甲：绝密文件？我要那玩意儿干吗？让我出卖情报，叛国投敌啊？

丽丽：我还不至于那么冒傻气。

李甲：那你说说，你的文件跟咱们发大财有什么关系？

丽丽：我问你，你想不想当官？

李甲：当官？开国际玩笑！长这么大，我连个小组长都没当过，这会儿当什么官啊。再说，当官有什么好？那点儿工资不够我花三天的。

丽丽：错，错，——大错特错！你没听人说，“工资基本不花，老婆基本不用”，当官的谁靠工资过日子啊？

李甲：当官多不自在。

丽丽：我在那些哥们儿里走了一圈，就提一个问题，手里有点本钱，干什么增值最快，骗钱最多？

李甲：他们怎么说？

丽丽：答案空前一致：当官！刘六还给我搞了份详细的论证报告，结论是一年内增值最低是百分之一百，官做得越大，增值速度越快。

李甲：别胡吹乱侃了，就算我愿意，我上哪儿当去啊。

丽丽：只要你愿意，咱就有办法

李甲：看你口气大的。

丽丽：不是我的口气大，是我相信钱的威力大。这跟做买卖一样，首先你得舍得投入。

李甲：投入？

丽丽：说白了，就是拿钱开道。我今天给你带来的绝密文件,就是刘六论证报告的附件——“报价单”。

李甲:报价单?

丽丽:嘿嘿,新鲜吧。你听听价码:

县长,代码是老 A,100 万

副县长,代码是老 K,80 万

公安、工商、税务局长,代码是“圈儿”(Q)60 万

其他局长,代码是“勾儿”(J)40 万

李甲:100 万一个县长?那什么时候才能把这 100 万捞回来啊?一个县能有多少油水可捞啊,还要百分百增值。

丽丽:你可真够木的。就从这张报价单上你就可以算出利润来。你投入 100 万当上了县长,权就到了你手里,你卖两个副县长,就是 160 万;卖三个局长,又是 180 万。刨去上交部分,200 万是稳拿的。第二年,你还可以免去几个,再任命几个……

李甲:(听呆了)哦……哦……

丽丽:这还不算白吃白喝,逢年过节的送礼,求你办事的红包……

李甲:(心动)可……就我这点水儿,干得了吗?

丽丽:瞧你这点儿出息!有个大人物早就说过,世界上没有比当官更容易的事儿了,一个人要是不会当官,他肯定什么也干不了。抢银行,你敢吗?掏腰包,你行吗?要当县长呢,指手画脚,胡说八道,大家都会对你点头哈腰的,谁敢说个“不”字,你犯什么难啊!就连你放个屁,都会有人说,哟,谁洒的巴黎香水啊?

李甲:哈哈……你这个小妖精。……这么说,这县长……我买?

丽丽:买!

李甲:这官……我当?

丽丽:当!

李甲:(沉吟片刻)好,就听你的。

(一脸严肃地)丽丽,这玩笑开得可有点大了。

丽丽:别这么认真好不好,咱们就当是赌他一把。

李甲:对,人生就是一场赌博,咱们这回就豪赌一把……

(转向观众)哥们儿,你们听着,就这么定了,我——李甲,可要当官啦!(暗场)

(智者出现在台角)

智者:就这么着,李甲这混混儿就当上了县太爷。人生是一场赌博,这小子又赢了一局。是福是祸,谁能说得清。

第三场

李甲的县长办公室。

左侧斜放着一张长沙发，沙发后面醒目地挂着那张驴皮。驴皮已明显地缩小了很多，仅余四分之一左右。右侧斜放着一张办公桌，一把转椅。椅子后面挂着一幅歪歪扭扭的"手书"——"无欲则刚——李甲自勉"。椅背上搭着一件军大衣。

李甲身着西装，歪打领带，不失"土气"。

李甲：（接电话，目光一直盯着驴皮）不，你现在别来，千万别来……要来你明天上班的时候来，对……什么？……我跟你说过，我不要，什么都不要！（挂断电话）真烦人！（走近驴皮，端详。电话铃响，接听）噢，刘秘书，是，都这么晚了，你怎么还没回去？……看我没走，怕我有事？不用，我处理完几个文件就走，你不用等了。回去吧。……让厨房做点夜宵？别，别，别麻烦人家……不……不要……（不耐烦地，越说越气）我说不要就不要！（挂断电话，凝神片刻）这些家伙，个个都想要我的命。"你要这个吗？你要那个吗？"我什么都不要，我要我的命！（抚摸驴皮）你看看，我的小命就剩这一丁点儿了，我还能要什么？我还敢要什么？小命没了，要这要那还有什么意思，不管怎么着，我只能说"不"，千万不能说"要"……什么都不能"要"……

丽丽：（边喊边进）我的李大县长，你现在好风光啊，我只能在电视上见到你的尊容了。（欲拥抱李）

李甲：严肃点儿，这是办公室。

丽丽:办公室怎么啦?(转身锁门)关起门来不就是咱俩的世界。

李甲:这么晚了,你来干什么?

丽丽:我来和你做爱。

李甲:做爱?你疯了?

丽丽:(猛地掀开风衣,露出里面的三点装)我就是疯了,想你想疯了……(把李按倒在沙发上狂吻)

李甲:正经点儿,这是办公室……

丽丽:在县长办公室里做爱,多刺激啊!……(边吻边喃喃地)你说:你要,你要……

李甲:不……

丽丽:说要……

李甲:不!(猛地将丽丽推倒在地)不,(边喘粗气边说)不,我不能……

丽丽:你不能?你有毛病?

李甲:不,不是。(站起,披上军大衣紧紧地裹住身体)

丽丽:人家说了,男子汉什么都能说,就是不能说"不能"。

李甲:(有口难辩地)不,你别逼我。

丽丽:(坐在地上撒娇)你不要我了,当了县长,你玩的女人多了,看不上我了……

李甲:(把她扶到沙发上)别瞎说了,我跟你说实话,打当上这县长,我还从来没沾过女人呢。

丽丽:我倒是听说了,谁知道是真是假!

李甲:骗你是小狗儿。

丽丽:好,我信,我信——;(挑逗地)那,今天晚上我好好陪陪你，咱们痛痛快快地玩一把。

李甲：（难以自持地迎合丽丽的亲吻）别，别，丽丽，别这样……（突然猛醒，起身大吼）不，不能，我不要！你别害我！

丽丽：（被他的吼声镇住，不解地）你这是怎么啦？谁害你啦？……（喃喃地）当了官变得连点人味儿都没了。

李甲：（坐到办公桌前，尽力使自己平静下来）你骂吧，骂个痛快！……其实，要骂官，你还真不应该骂我，不是吹牛，现在像我这样的好官还真不太多。

丽丽：我不管你是好官还是赖官，反正你不能对不起我。你别忘了，你这县长可是我给你买来的。

李甲：忘不了，绝忘不了，宝贝。……丽丽，我打心眼儿里感谢你，你让我大开眼界，让我明白了当官有多威风，多过瘾。一大帮人围着你屁股后头转，你刚掏出烟卷，就有人给你打着了火；你刚打个喷嚏，保健医就跑来抢救，又是输液又是输氧，给你折腾个够；你刚说要出去走走，汽车就开到了门口，还前有开道车后有警卫车，就像要给我出殡……这么说吧，除了上茅房不得不“亲自”之外，大小事你都用不着“亲自”去做。

丽丽：瞧瞧，多派啊，你整个人都增值了。

李甲：怪不得有那么多人想当官，当上官的人又都赖着不肯下台。

丽丽：多新鲜啊，一下台就都成了“狗不理”了。

李甲：我刚进这办公室不几天，就收到了这么一摞效忠信。说什么“盼星星，盼月亮，终于盼来了李县长”。这是哪儿跟哪儿啊！他知道我李某人是打哪儿来的？还有更邪乎的，说十年前就想能跟着我搞改革开放。你知道我十年前在干吗？

丽丽:十年前?我哪儿知道啊?

李甲:我他妈正在大牢里啃窝窝头哪,我那时候可真想让他们给我开放开放!

丽丽:您老人家还有这光荣历史哪。

李甲:哥们儿混到今天容易吗?有的信里说我“英明伟大”,你猜怎么着,我还真觉着我挺“英明伟大”的。

丽丽:臭美得你。

李甲:你还别瞧不起咱哥们儿。年底,我做总结报告,念得那个顺溜,一点儿没磕绊,没念一个错别字,还有点儿……怎么说来着,噢,对了,抑扬顿挫,愣把这几百人的会场给镇了。做完报告,掌声雷动。县办主任说,这在咱县是开天辟地头一回。

丽丽:就你那点文化水儿?

李甲:架不住咱真下功夫啊!我把我的小学老师请来,关起门来准备了三天三夜。把所有不会念的字都注了音,还掺上点洋文,光这 WTO 就练了几十遍,W-T-O,怎么样?听起来还有点洋味儿吧。

丽丽:看来你这县长还真当出点味儿了。

李甲:(认真地)丽丽,你看咱是啥人,一个不三不四的混混儿,要文化没文化,要技术没技术,就靠背个倒爷包东奔西颠地挣个辛苦钱。可咱心眼儿不坏,没偷没抢没干过坏事儿啊。那回你在吧?火车站上娘儿俩让人掏了腰包,哭得死去活来的,咱二话没说就给了她一张百元大钞,感动得她直磕头。

丽丽:是,那回我挺服你的。可你蹲大牢……

李甲:嘿,别提了,说我是盲流。我跟张三从广州趸货回来。好不容易找了间出租房,片儿警就来了。张三那小子贼,赶紧就塞了两张。我那会儿年轻气盛，就不吃这一套，还跟他顶了几句，小子二话没说就给我铐走了，既不审也不判，生生就在号子里扔了我一年半。

丽丽：这帮家伙真黑。

李甲：我当了这几个月父母官，看到比这黑的事多着呢。这不，我快刀斩乱麻地处理了两件冤案，"李青天"的名声就传出来了。

丽丽：你拿人家多少好处？

李甲：秉公办事，一个子儿没拿。倒真有递红包的，老百姓都知道，不递红包办不成事。可人家受了好几年委屈了，咱还能昧着良心收黑钱啊！

丽丽：嘿嘿嘿，你这当"青天"的，咱们这100万老本啥时候捞回来啊？

李甲：我看悬，看着老百姓那苦哈哈的样子，真不忍心再敲诈他们。

丽丽：你卖官啊！买官的人挣来的肯定都是黑心钱。

李甲：可你想过没有，把官卖给这些家伙，老百姓不更要倒霉了。有个镇长，是个出了名的恶霸，好多人跑来告他的状。我还没来得及调查处理，他自己就找上门来了。你猜他要干吗？他要当公安局长！口气还大得要命，要出多少"赞助"都行。你说说，这钱咱能收吗？这官能给吗？

丽丽：是啊，要都让这号人掌权，咱们小老百姓还有活路吗？

李甲：为这事儿，我三天三夜没合眼，脑袋都快擎出犄角来了。他要给我拍下100万，咱们的本儿不就回来了吗？可看着他那副眯着小眼奸笑的样子，想起告状信里那些血泪控诉，我就想狠狠揍他一顿。立马把他拉出去毙了。

丽丽：那……咱们是不是卖给那些好一点儿的坏蛋，或者……有点儿坏的好人，就像你这号的。

李甲：这话怎么说的，我现在可是大大的好人。

丽丽：你真像报纸电视上吹的那样，是个“酒财色一概不沾”，“对什么都说‘不’”的好县长？

李甲：说实话，不是不想，是不敢。我现在只想好好活下去，多活一天是一天。

丽丽：至于嘛？那么多大贪小贪都活得好好的，官儿还越当越大，要杀头且轮不到你呢。

李甲：你不明白，这会儿跟你说不清楚。

丽丽：好，你说不清楚，我可要跟你说清楚。咱们可是有言在先，我帮你把这官儿买下来，捞的好处咱们一人一半。你当清官贪官我不管，你可别把我的那份儿也做了贡献。我今天来就是要钱来了，你要不拿出20万来，我就赖着不走。

李甲：我现在真的没钱。

丽丽：你有没有我不管，你要把我逼急了，我就把你买官的事儿给捅出去。

李甲：别，别，我明白，千万别……（敲门声）

李甲：谁啊？

老记：（门外）李县长吗？我是省报的记者。

李甲：（慌忙帮丽丽把风衣整好）有人来了，你先回去吧，宝贝，我亏待不了你……（哄着将丽丽从另侧推下，脱掉军大衣，整装，开门）你是……

老记：我是省报的，这是记者证。

李甲:请进,请进。下班时间,一般我是不接待不认识的人的,这时候来的人多半都是来走后门的,怀着不可告人的目的送礼、送红包……我的规定是,有事一律上班时间在办公室里谈,带着礼来的免谈。你是记者,我想不会是有求于我吧?哈哈……咱们就破个例吧。

老记:谢谢,谢谢,谢谢您在百忙之中接待我。您上任后的好多特殊规定,都让人耳目一新,传为佳话。所以宣传部特别指定我要采访您,宣传您。

李甲:我有什么可宣传的?不过是做了点儿该做的事罢了。

老记:您真谦虚。(环视)就您这间办公室,就值得好好写一写。多朴素啊。我走过的县政府多了,就连那山沟里的贫困县里,也没见过您这么简陋的县长办公室啊。(拿出相机四处乱照)"无欲则刚",这是您的墨宝?"李甲自勉",好,太好了!

李甲:这是我一辈子的座右铭。(旁白)其实,这是我昨天才学来的,请教了半天才闹明白是什么意思。

老记:真了不起,自律,是啊,我们有多少干部就栽在这无限膨胀的欲望上。我要建议全国的县长都到您这儿来参观学习,让全国的县长办公室都挂上您的字幅,中国的县长要都能像您这样严于律己,像您这样懂得"无欲则刚"的道理,我们国家就大有希望了。……唔,这字也好,刚劲有力。

李甲:不行,不行,我的字可不行,写着玩的,只能自己看看,随时给自己提个醒。人民公仆嘛,我们很多同志都忘记了"公仆"这两个字的含义。仆人嘛,就是要侍候主人的,结果现在是主人还没吃饱肚子呢,仆人倒先大吃大喝起来了。

老记:是啊,主仆颠倒,大家都见怪不怪了。

李甲：其实，一个人的需要是很简单的，吃饱睡好，不就完了。我不像有些人，出门非要坐奥迪，住宿非得五星级，有那个必要吗？纯粹是摆谱！老百姓对咱们干部作风是很反感的，说咱们是“上午围着轮子转，中午围着盘子转，下午围着骰子转，晚上围着裙子转”。这成什么话啊！

老记：深刻，太深刻了！所以我们一定要大树特树您这样的典型。（举起相机要给驴皮照相）这是什么？挺有特色的。

李甲：（阻挡）别照，这个可别照。这是一个朋友从国外带给我的纪念品。

老记：女朋友？

李甲：……呃，好朋友，老朋友……它具有特殊意义，属个人隐私……

老记：噢，个人隐私。说到个人隐私，我想请问李县长有什么别的隐私可以向我透露的吗？

李甲：你要什么隐私？你们这些记者就喜欢弄些隐私啊、绯闻啊来大事炒作。文风得好好整整啊！

老记：您说得对，我只不过随便问问。我们当记者的，写一个人，总是想了解得越全面越好。您知道，现在的读者对“高大全”式的英雄不感兴趣，也不相信。所以，我们写人物讲究多视角、立体感、全方位……

李甲：我是个老粗，不懂你们这些花里胡哨的东西。

老记：这么说吧，人无完人，凡人总会有不那么光彩的一面，或者说，谁都会做过些见不得人的事情……

李甲：见不得人的事情？

老记：噢，这话说得重了点儿，应该说是谁都会有些不愿让外人知道的事情。至于能不能把它挖出来,那就看记者的本事了。

李甲:你这是什么意思?

老记:呃,没什么意思。为了全面了解您的业绩,在进这间办公室之前,我已经在县里整整跑了一个星期了。您在老百姓当中口碑极好,谁都知道咱们县来了个爱说“不”的县长,不贪财,不贪酒,不贪色,一身正气,两袖清风。

李甲:中国的老百姓是世界上最好的老百姓。他们恨透了贪官,你只要稍微正一点,只要给他们办几件实事,他们就拥护你,爱戴你,甚至歌颂你。吴镇文艺队还专门为我编了个节目要到县里来演,我没同意。

老记:我也在上上下下、黑道白道搞了些调查,听到些稀奇古怪的事,想请您证实一下。

李甲:什么事儿?

老记:听说——(点燃一支烟,慢悠悠地吸了两口)咱们县换届的时候,……有过一份“报价单”?

(静场)

李甲:什……什么“报价单”?

老记:我也不清楚,想向您请教。

李甲:我……不知道,……没听说。

老记:(吸烟)比方说,您县长这顶乌纱帽值多少钱,您总该知道吧?

李甲:你……你胡说什么!

老记:别激动。您知道,我们当记者的胡说是要吃官司的,所以,我得认真跟您核实。

李甲:你是在审问……

老记:不,不,审问是公检法的事儿,一到那儿事情可就复杂了。我只是核实,核实我所采访到的材料。

李甲:(无奈地)你打算怎么着?

老记:我一个记者能有什么打算,无非是舞文弄墨,把听到、看到的写成文章。我已经跟总编联系了,告诉他我这里有重点文章要发,他答应把后天头版的整个版面留给我。

李甲:你准备……

老记:李县长,这文章怎么发,还得请您帮忙决定。

李甲:我怎么帮忙?

老记:我已经写好了"红"与"黑"两篇文章,由您决定发哪一篇。

李甲:我来决定?

老记:是啊,够仗义吧。"红"的标题是《无欲则刚》,副标题:一位对诱惑永远说"不"的廉政县长。

李甲:黑的呢?

老记:《猜猜看:县长售价是多少?》

李甲:你……你真卑鄙。

老记:要说卑鄙,是您卑鄙在前,我卑鄙在后。再说,作为记者,我写的一红一黑两篇文章,材料全是翔实可靠的,绝对经得起考验。

(沉默)

李甲:开个价吧。

老记:就你买乌纱帽的那个价吧。

李甲:壹……(急止)

老记：对，说下去……壹佰万，是这个数吧？

李甲：（怒）你，……你这是敲诈！

老记：冷静点，县长大人。话别说得那么难听，好些事儿是只能做不能说的。

李甲：你也太黑了。

老记：我不是说了吗，决定权完全在您。您要选“黑”，我二话不说，立马就走。

李甲：（无力地摆了摆手）

老记：您要选“红”，我给您个账号，您保证24小时内把钱打到账号上，我保证48小时之内文章见报。

李甲：你赢了。浑蛋！

老记：痛快！咱们这叫双赢。那我就告辞了，过两天我给您送报来，包您满意。（欲出，折回）噢，对了，文章还得配张标准相呢，你站好，别动，笑笑……

（李甲立于台中央，随他摆布，古怪的笑容，拍照）

【过场】

智者：（模仿）“站好，别动，笑笑……”笑得出来吗？笑得比哭还难看。李甲这小子还真能来事儿，“无欲则刚”，其实他是想说“无欲则活”。可这命，原本就是由无数欲望组成的，无欲的生命还算生命吗？没有七情六欲的生命还值得留恋吗？看来，错，还不在欲望本身。

结局

景同前。

李甲:(独白)梦,一个梦,是一场游戏还是一场梦?……在我想死的时候,我活下来了,还活得风风光光、红红火火的……可在我正活得有滋有味,想干出点名堂的时候……一切都完蛋了……(作举枪状)一百万买官……砰!……一百万买假新闻……砰!哦,不对,我可没买假新闻,我的"英雄事迹"可都是正儿八经的,没掺一点水分……咳,现在还说这干嘛,寿数已定,在劫难逃……可我也得死个干干净净,明明白白……砰,砰!两个一百万,枪毙两回……哈哈哈,真逗,一个人枪毙两回,这是什么滋味?头一回我准会哆嗦,两腿发软,挪不动步,我得让丽丽搀着我去……算了吧,到那会儿那骚娘们儿不知道早跑哪儿去了,还是自个儿挺住,这种事儿看来谁也指不上……第二回再枪毙可能就没事儿了,有经验了……(作举枪状)砰!

老记:(提一大捆报纸和两瓶酒兴冲冲上)李县长,您这是干吗哪?

李甲:("举枪"对老记)砰!……枪毙!

老记:(一惊)枪毙?

李甲:对,枪毙完我,就枪毙你,砰!……

老记:您别吓唬我好不好。(打开报纸)来,来,您看看,咱说话是算数的,整整一版,图文并茂,您看看这大标准相,多精神,多帅!

李甲:(翻看报纸)"无欲则刚",你真行,把我这狗屁书法也给照登出来了。

老记:您这横幅好啊,警世箴言,多有教育意义啊。真是掷地有声,一字千金啊!

李甲:一字千金说不上,一字25万可是千真万确的。

老记:又来了,咱们别谈钱好不好?再谈钱就不亲了。你这点儿小钱花得绝不冤枉。

李甲:小钱,你管100万就叫小钱?

老记:你别急,听我说。我跟北京的哥们儿联系过了,已经有两家大报同意转载,咱们再想法儿上个中央电视台,来个"东方之子""名人访谈"什么的,您就立马大红大紫,名扬神州大地了!

李甲:臭名远扬。

老记:现在正在大树特树廉政典型,这报道一出去,您就等着瞧好吧。用不了一年半载的,您就是李市长、李省长了。

李甲:吹牛到底犯法不犯法?

老记:吹牛要算犯法,我们这些当记者的还有饭吃吗?那些当官儿的还能混得下去吗?

丽丽:(举着一张报纸风风火火地上)李大县长,李大县长,你又上报了,还有大照片……

李甲:(冷冷地)知道了,知道了,咋呼什么。(指着桌上厚厚的一叠报纸)我正准备上街卖呢。

丽丽:哟,都送来这么多啦,我这马屁又没拍上。我以为我准是第一个来报喜的呢。

李甲:报喜还愁没人抢功?

老记:我是想让县里尽快地把这报纸发下去,让各级干部好好学习学习。

丽丽:这是……

李甲:来,认识认识,这位是省里的名记,这篇大作的作者。

丽丽:您的文章写得太棒了,把他写神了,特感人。

老记:(伸手)您是……

丽丽:大伙儿都管我叫丽丽,我也不知道我姓什么了。我是李县长的……

李甲:亲密战友,本案的同案犯,不过,只是协从。

丽丽:这是什么意思?

老记:李县长很有幽默感,总爱开玩笑。

李甲:开玩笑?是啊,开玩笑。人生可能就是个大玩笑,咱们这次玩笑看来是开得太大了点儿。

丽丽:(疑惑地)出什么事儿了吗?

李甲:丽丽,你把这张报纸收好,留个纪念。这篇文章里除了那些花里胡哨的烂词外,所说的事,可都是实打实的。

老记:这没错儿,所有的事儿,我都调查落实了,件件经得起考验。

李甲:谢谢,谢谢!你真是给我立了一块不错的墓碑。过去,我好像从来没愁过名声什么的,我们这种平头百姓要名声干什么?可最近,我特别希望别人能承认我是个好人。

老记:您岂止是好人,您是英雄,模范县长……

李甲:不,不,别给我戴高帽,我知道自己吃几粒干饭。我不是什么英雄模范,我也不稀罕县长省长的官衔,我只希望以后你们提起我的时候会说:“这小子还不赖,尽管干过不少蠢事,但还是个好人。”

丽丽:你这话怎么听起来怪怪的。

李甲:(对老记)老记,你见多识广,我问你,人的欲望有头吗?

老记:俗话说,欲壑难填。

李甲:是啊,欲壑难填,有了一万,想要十万,有了十万,想要一百万;当了县长,当了市长,想当省长……

老记:人,就像是上了发条的机器狗,只要发条不断,脚步就永远也停不下来。

李甲:除非撞到了墙上。

老记:是啊,千万不能撞墙。

李甲:(沉思良久)可是,老兄,这回咱们可是撞墙啦。

老记:不会吧,这事天知地知你知我知,不会有问题吧。

李甲:既然我知的事你能知,你知的事就能保证不会有他知吗?

老记:这……

李甲:说实话,你我的欲望都膨胀过头了。出了格,过了头,就会遭报应,就要受惩罚,这是天经地义的。

丽丽:是不是已经……

李甲:不,暂时还没有。……一个人怎么想都行,可不是怎么干都行的。你说呢?别人管不了,自己还有良心管着吧?

丽丽:现在,听到“良心”这词儿还挺新鲜的,你是不是有病啊?

李甲:真可能,我也觉着我哪儿有点不对劲。

老记:是啊,这词儿没准在电脑上都被删除了。

李甲:可在我脑子里没法儿删除。……老兄,你别怪我不仗义。

老记:(紧张地)你要干什么?

李甲:(平静地)我已经把我的事原原本本给上面写清楚了。

老记、丽丽:(同时惊叫)你疯啦?

李甲:材料没寄出之前,我真觉得我要疯了。可一寄走,我就轻松了。我好像又找回了自己,又成了实实在在的我。

老记:(气急败坏地)你把我毁了,彻底地毁了!你这个王八蛋,我怎么会遇上你这样的缺德鬼!

李甲:是你自己毁了你自己,这一点你最清楚。

老记:(继续歇斯底里地)完了,全完了,房子车子完了,升官发财没戏了,老婆孩子也跟着倒霉了……(冲过去揪着李甲的衣领)姓李的,我跟你拼了!

李甲:松手,松手……我一个要死的人,你跟我拼什么?你要给我撂倒了,我还省得挨枪子了。……我可以告诉你,我并没有出卖你……

老记:你甭跟我耍花腔。

李甲:材料里我压根儿没提你敲诈的事儿。

老记:那你……

李甲:我说,为了感谢你写了篇好文章,我主动送给你的100万,你还死活不肯要,是我偷偷把钱打到你账号上的。

老记:(扑通跪倒在地)哎呀,我的妈呀,你可把我吓着了。你可真是个大好人,大圣人,活菩萨……

李甲:起来,起来,别出洋相。

(警车笛声,由远而近)

老记：（神色紧张地）这是……

李甲：这是来找我的。（打开酒瓶，倒酒）这是你拿来的庆功酒吧，来，咱们干一杯，算是你们为我送行吧。

老记：（哆哆嗦嗦地接酒语无伦次地）没事儿，李县长，没事儿的，二十年后又一条好汉……以后，我年年给您去上坟……给您烧纸钱……您要花多少我给您烧多少……

李甲：亏你想得出来。

丽丽：（可怜巴巴地）李哥，那我怎么办啊？

李甲：（递给她一存折）彩票奖还剩300万，给，丽丽，找个像模像样的男人，本本分分地过日子，实实在在地做点事儿。（拥抱丽丽，丽丽抽泣）我的愿望都实现了，财也发了，官也当了，（注视逐渐缩小的驴皮）我也该心满意足地走了。

（暗场）

智者：（上）谢谢，谢谢，谢谢各位捧场。回家咱们先甭忙着打开电视机看肥皂剧，大伙儿费神再给琢磨琢磨，看看还能有什么更好的结局方案。拜托，拜托！

（全剧终）

此剧受巴尔扎克小说《驴皮记》启迪

2002年12月　初稿

2003年7月　二稿

2004年3月　三稿

附录

纪念恩师

师恩如山

吴康茹

1986年9月我考入中国人民大学中文系开始了三年的硕士研究生生活。原本是赵澧先生名下的弟子,但是因为本科所修习的是法国文学及法语,于是赵先生就请黄晋凯先生指导我。因此三年硕士,名分上我是赵先生的学生,但实际上我是黄先生一手带出来的。从这个意义上说,我实属黄先生的大弟子。

刚入学时初生牛犊,不知天高地厚。先生让我翻译法国唯美主义大师戈蒂耶的文章《〈莫班小姐〉序言》,我很快就译完上交了。不想先生竟然将我的初稿认真地校改了一个多月,等修改完毕将手稿还我时,满篇都批红了,连整篇标点符号都修改了一遍。先生并没说什么,只是开玩笑地询问我想要多少分。接到先生批改的初稿后,我脸红了半个月,乃至整个研究生三年,直到今天每当想起还耳根发烫、冷汗涓流。我才知道学无止境,才知道自己文学功底的欠缺,才懂得要老老实实做学问。

先生才高八斗,功力深厚,风流儒雅,但他从不显现,反而总是十分谦逊。他对弟子们很少批评,总是针对每人的不足,点到为止,留足面子。反而对弟子的情感、思想、生活,十分关心。我们每每感受到他那如父亲般的爱,带着鼓励与期望,坚信我们都能成才。

三年学习,除了爱,感触最深的是先生的完美。治家治学、待人接物,为儿、为夫、为父、为师、为友,无论哪个方面,都做得完美。对老母他尽心竭力、寸草春晖;对师母他浪漫情深,两人的故事如同莎士比亚的爱情剧,常被身边人们羡慕传诵;对一双儿女,他是慈父,就像对我们一样,也是宽容而满怀期望;对弟子他爱而不纵,宽而自威,在他面前我们不敢有丝毫松懈。其实对先生的景仰更来自于他自己的为人为学。先生达观睿智,参透世事而不消极。无论他出任人民大学科研处处长还是中国高等教育学会外国文学专业委员会会长,都长于管理,举重若轻。在上世纪60—70年代"文革"期间被差遣至江西干校劳动,后来回京又因出身被冷落时,他能泰然处之,心底毫无涟漪。先生表面待人随和,骨子里却爱憎分明,赞成的倾心相助,反对的寸步不退,真正地外圆内方。他的高洁品格,深深地影响着我们。师兄弟姐妹们,也都学他,达则兼济天下,穷则独善其身;人不知而不愠;悲天悯人,心系苍生。

1989年7月硕士毕业,我离开了人民大学及先生,来到首师大中文系教书。当时这个学校名称还是北京师范学院。起初我并不知道,黄先生曾有一段在北京师院中文系外国文学教研室执教的辉煌经历。直至多年后,我才从先生口中知道了他这段经历,为此感到很高兴,并以能承继先生衣钵而感到骄傲。来这个学校,首先遇到的就是本科学法语、研究生学西方文论,来这里却要我教授外国文学课。我深受先生的教诲及影响,不急不慌地从作品一本一本地认真读起;不能保证每次上课句句珠玑,但可以保证都是我自己所悟而非拾人牙慧、道听途说。如今三十年下来，我的外国文学课真的可以达到千锤百炼、句句珠玑了，内心自信可以面对先生了。

再有就是慢工细做，发表文章很少，不能保证每篇精彩，但能保证发自真心。每每犯傻耽误了职称，先生听罢则含笑赞许，轻轻说道“身外之物”。

如今，我也带研究生，每每学先生，关爱、鼓励、以身作则。即便遇到朽木不雕的学生，也不怒其不争，而是想想当时先生是如何对待不知天高地厚的我的，不过多付出些心血罢了。而当你付出后，学生并非草木之心，总是被感动而奋起的。

每当被委屈、被误会、被冷落之时，先生那豁达的淡定，自信的傲笑就浮现在眼前，总给我智慧和能量。是先生教会我，人是渺小的，但也要尽心做有意义的事。每每听到我们的一些点滴进步，先生都会开怀含笑，如品鲜茗。

最难忘先生晚年，拖着重病之躯，硬撑着参加我主办的学术会议，给我助威。他那睿智的发言《人只是会思想的芦苇吗?》，意喻深远、发人警醒、振聋发聩、醍醐灌顶！以至于会议结束多日，学友们还在津津地回味着他那“会思想的芦苇”之寓！

先生虽然离我们而去，但他那博大精深的人格魅力却永远滋养着我们，取之不尽用之不竭！在我们眼里，他就像那苏东坡，顺也好逆也好，不影响他济世悯怀；善也罢恶也罢，不影响他心系苍生。他所做的每件事都那么有意义，所有智慧并没有惠及自己，而是献给了他所爱的人。愿更多的好人能像我们一样，有幸得到先生那无穷精神财富的滋养！

今天缅怀先生，让我想起先生面对病魔那句豪言壮语：“视死如归”。先生藐视死亡、达观从容的态度太让后辈敬佩了。他回复我们的短信，如“区区小恙，何足挂齿”，似乎在笑我们竟然看不破。先生对人生既拿得起，又放得下，这样的入世与出世的精髓，我们又能学到几成？从先生身上，真正能体会何为君子之风：“知命、知礼、知言”。先生的一生，“其生也荣，其死也哀”。对我而言，先生如日月也，无得而逾焉。师恩如山，我会永远缅怀恩师君子之风的。

2018 年 2 月

等待戈多

纪念恩师黄晋凯先生

王以培

清晨起来,我就听见黄老师在叫我,叫我起来和他谈谈,不是谈工作,是谈家常,和平时一样。我于是天不亮就匆匆起身,赶到门口的早早开门的咖啡屋,坐下来写点什么,纪念黄老师——是的,我的恩师黄晋凯先生三个月之前,已经去世了。

当然,黄老师还在,在今晨的雨天,用他习惯的方式,抽着烟,去烟雾中等我;而来见黄老师,什么也不用准备,只需备好一份轻松愉快的心情,即便是在今日,我们依然可以在南方的雨天,随便说说——

知道吗,黄老师,在您的遗作中,学生看见大量手稿,未完成的论文、笔记,想起我八年前去世的父亲。我的父亲研究英国历史,您研究法国文学,有些相似之处。简言之,外国文学历史,一辈子也研究不完,一辈子,感觉像是刚开了个头——我的父亲和您一样,去世之后留下大量未完成的手稿,一书房落灰的书。而作为您的学生,如今也体会到了,研究外国文学意味着什么——

一辈子去和一位远在异国他乡的灵魂交换、交融,您选择了巴尔扎克,学生选择了兰波。或者反过来说,巴尔扎克或兰波的灵魂要来中国,就选择了您和我。

作为学生,本来不敢,也不该这么说,可您走后,当学生重回我们平时经常交流的您的书房,实在被满书架的《巴尔扎克全集》(包括法文原本和中译本)震撼了——雨果说:"巴尔扎克的作品比他的岁月还多。"而作为外国文学的研究者,学生这才体会到,原来这位文学巨匠的煌煌巨作,竟然也漫到您的生活里来了,让一个远在异世异乡的人,甘愿将自己的灵魂与岁月投入集中——而这其中的辛酸与甘苦,几人解得?

是不是可以这样说:一名外国文学的研究者,当他在文学与人生道路上,偶尔与一位伟大的灵魂相遇相逢,此生的灵魂便发生了质变;也正是因一个异国他乡的灵魂附体,我们的生命与灵魂,从此获得了新的光明与力量的源泉?而外国文学对于一个人,或一个民族的意义也是如此?

是吗,黄老师?您还是像往常一样,抽着烟微笑着,不置可否;而学生这些年来,恰恰在这不置可否中,找到"答案":文学本身只可意会,难以言传,就像美国女诗人艾米莉·狄金森所说:"我们能猜出的谜,我们很快就看不起。"而黄老师,对我们来说,您从前是个谜,今后更是一个解不开的生命谜团。

而作为一个研究者,您用生命告诉我们,做人做学问都要学会隐藏自己,不要太"自我"。学生如今真正相信,没有一点牺牲精神,或者说隐士气质,人很难做成学问。而当一个人将自我隐藏时,真正的"大我",才能从字里行间显现。孔子"述而不作,信而好古",而研究外国文学的人,或许也是如此:"述而不作",却从异国他乡,引来人类灵魂的光芒。

是这样吗?黄老师,您还是不说话,像从前一样,耐心倾听学生的倾诉，无论他们的想法多么幼稚，甚至错误。

既然如此，您今日叫学生来，学生就接着说——

还记得1987年我从北京国际关系学院法语系刚毕业，就报考并考上了当时中国人民大学中文系世界文学专业的您的研究生。记得在当年的专业外语考试您出的题目中，有一段巴尔扎克《高老头》的翻译，是法译中，我之前碰巧对照原文，看过傅雷先生的译本，所以后来考试侥幸通过。而成为您的研究生，是我人生重大的转折点：之前我年纪轻轻，诸事不顺；之后时来运转——人越大，越相信命运。还记得当年，我把研究生录取通知书挂在一只彩色气球上，气球飘在我初恋的房间，回想起当时的幸福，至今热泪盈眶。而不知为何，今日回想起当年的专业法语考试，脑海里竟蹦出一个试卷上出现过的词和词组：deuil，阳性名词，意思是"哀悼""悲伤"。être plongé dans le deuil，意思是"沉浸在悲伤中"，porter le deuil，意思是"服丧""戴孝"。而此时此刻，如果用这个词造个句，我就会说：Je suis plongé dans le deuil（"我沉浸在悲哀之中"）。是的，黄老师，说到这里，悲从中来。

记得在学生读研期间，您正在主编《外国文学研究资料丛书》，这套书后来陆续在中国人民大学出版社出版，包括《象征主义·意象派》《唯美主义》《未来主义·超现实主义》《荒诞派戏剧》，当时，您把很多翻译诗歌、戏剧和散文诗的任务交给我。回想起来，那是学生翻译道路的"光辉起点"。而这里所说的"光辉"二字，不是在说自己翻译得好，而是另外两个意义上的"光辉"：一是这些文学作品本身"光辉灿烂"，比如兰波诗歌及书信，马拉美的诗歌《骰子一掷绝不会破坏偶然》，阿尔弗莱德·雅里的戏剧《乌布王》，让·热内的戏剧《阳台》。而"光辉"的第二层含义就是您给学生的指点——印象最深的是，您还选了洛特雷亚蒙的《马尔多罗之歌》的头两个章节，约两万多字；译的时候，学生就感觉很难，但很兴奋，何况当时自己正沉醉在法国象征主义诗歌的迷梦之中……交稿之后，您在上面做了密密麻麻的批注、修改。返还时，您忍不住说了句："真费劲，比我自己翻译还累。"而学生深知这意味着什么——仿佛一位将军，尽全力将年轻的战士扶上战马。

是的，黄老师，回想起来，学生正是从那时起，踏上漫漫征程。

再一回头，您已经走了，学生还是不敢相信。而转眼之间，学生自己也已从教二十多年，若是说一点教学体会，简言之，就是一个教师的可贵之处，不在于如何难倒学生，而是让学生在充分认识自我的前提下，发现并成为最好的自己。如今，学生仍在这战马上孤单前行。也不知这算不算是"得了您的真传"，黄老师？

您还是不回答，却仍在鼓励我继续说下去——

曾几何时，黄老师，您正深入研究巴尔扎克之时，学生还沉醉在象征主义诗歌的翻译与创作中。当时自以为超前，甚至窃以为，黄老师所研究的巴尔扎克，连同"批判现实主义"，所谓"典型环境中的典型人物"有些落伍了。而直到有一天，当学生终于彻底告别了象征主义，感觉好不容易从一场"世纪末的颓废情绪"中爬出来，再看黄老师，却忽然间比学生更"颓废"——可不是吗？您晚年"一反常态"，忽然沉浸在了"荒诞派戏剧"的研究中，一度让学生百思不得其解。这是怎么了？当学生终于走出迷梦，回到现实的大地上，怎么一向脚踏实地，深入现实，研究巴尔扎克的专家黄老师，您却忽然“荒诞”起来了？

说实话，黄老师，后来您赐予的您的作品《尤内斯库画传》，学生并没有好好看；原因不是不重视您的学问，而是对“荒诞”本身并没有切身体会，以为自己经过多年努力，终于返回了现实主义的“正道”，怎么黄老师您又走偏了？

而直到您溘然离世，走得那么突然；也就是在最近这些日子，学生才逐步意识到，什么是“荒诞”，什么是“等待戈多”——时光流逝，回想这些年，自己的人生经历了太多生离死别，先是父母相继离世；这些日子，又经历了与恩师黄晋凯先生的诀别永别。

在您离世之后，黄老师，学生们还像往常一样，去北京圆明园花园一楼您的家中探望，温暖的阳光大客厅，忽然空寂；空寂之中，就连阳光也显得那么凄凉，连同温柔缠绵的波斯猫，门前的鲜花、果树，还有学生与师母的促膝谈心、温暖回忆；一切的一切，都空空如也；在也不在，不在也在。而无论怎么说，怎么想，无论在现实世界做出怎么的努力——作为您的弟子，我和师弟、师妹们都商量好了，今后还要常去看望师母，和您在的时候一样——可是无论如何，黄老师，您不在了，面对这比一切“现实”都更真、更无情的“存在”，我忽然意识到什么是“荒诞”了——

那天去看师母，在我们最熟悉不过的阳光大客厅，师母正在整理您的遗物；从前是您在说话、抽烟，在开玩笑，我们在阳光里美美享受着各种“讽刺挖苦”——您总是认真严肃地开玩笑，让人在笑过之后想哭，想哭之时又想笑……而终于这一次，您撒手人寰，扔下师母和孩子，还有我们一群傻傻的学生，这是怎样一个玩笑！

也许这就是“荒诞”吧，黄老师，学生如今才体会到，作为一名外国文学的研究者，临终前一定带着诸多遗憾。就像您常说的："翻译是一门遗憾的艺术；上课也是一门遗憾的艺术。"原来作为一名教师，一名外国文学研究者，命中注定，将在"遗憾"之中了此残生——因为别说是"外国文学"，就是其中一位作家，比如像巴尔扎克这样的大作家，后人穷其一生也研究不完。而面对浩如烟海的文史书籍、真相真理，任何研究者的生命，何其短暂！

黄老师，我们一生都在努力，在"等待"不是吗？每次从您家里离开，总等着下次再来；反正"来日方长"不是吗？这么多年，学生只要想来拜访，就随时上门，"给您一个惊喜"；而您从来没有一次说"没时间"，或有别的事情；学生也早已习惯了您就像圆明园花园一样一直在那里，确定无疑。可是，您忽然间就不在了，永远不在了。现如今，我们还等什么？回想当年，又等来了什么？

而作为一名"知识分子"，一代接一代，何尝不是一直在等，等一个更好的明天，更好的时代，更加光辉的未来，等迟到的真相、真理，早日到来；而一个脚踏实地的"现实主义者"，奋斗一生，最终实现的，是理想，还是"荒诞"？

——这么多年，黄老师，您从来没跟我们说过"什么是文学"，总是跟我们"顾左右而言他"，让我们用自己的心，在生命中，直接去探求真理——直到看见您的遗作手稿，在神秘莫测的字里行间，学生似乎听见一个微弱的声音——

生命苦短，百年人生，等不来一个理想时代；与其在等待中错过了一生，不如在错误中，不错过生命；在任何时代，空旷的人生舞台上，放上一堆椅子，等待戈多。

2018 年元月

祭恩师黄晋凯先生

一

微笑，浅笑，苦笑
淡然一笑
您带着笑声走了
像蟋蟀在深秋
停止了鸣叫
瑞雪祥烟
回归深山

一根会思想的芦苇
垂下头
一只雪白的波斯猫
跳上屋檐
从空中圆明园花园衔来
雕梁画栋
金橘，葡萄
夕阳，火烈鸟
供奉在您的灵前

骰子一掷
绝不会破坏偶然
死亡只会打乱时间
重构我们相聚的时空

只
是
天
塌
了
夜间坠落的金瓦
刻满文字
字里行间
弥漫着您的笑容：

水流东海不回头
日落西山还见面

二

再去看您，不用带花
鲜花都长满了，从圆明园花园
漫过茫茫黑夜。再去听课
已没有铃声，也没有讲坛
唯有蟋蟀在野地里
瑟瑟弹琴

课堂变成天堂
星星填满作业本
只留一个空
空出您的笑容

您又笑了，笑我们看不破：
“区区小恙，何足挂齿”
区区人生，白驹过隙

过隙便颠倒过来：
四下空空如也
唯有逝去的岁月
历历在目，真真切切！

三

赶回来，北京降温
黑夜裹紧了陌生人
揭开城市面纱
尽是故人

人人改头换面
您看着我们
只是摘下死亡的面具
重生再生

不是死亡放大了您
而是您缩小了死亡
您这一走
让我更加确信

死亡并不真实

您明明还在
走了？
那才叫不可能！

2017 年 10 月 12 日

芦苇与树

纪念恩师黄晋凯先生

吴晓妮

2017 年 4 月下旬进京出差之际，去看望了病中的黄老师。什么都没带，连一束花都没来得及买。看着被疾病折磨得十分虚弱的老师，我手足无措。黄老师平静地告诉我何时确诊为肺癌，像是在讲述别人的事。他和师母耐心地给我讲解目前的治疗方案。黄老师动听的男中音，前所未有地变得沙哑。他告诉我院子里那棵杏花今春开得十分灿烂，给他的病中时日带来莫大的安慰。

黄老师爱花。第一次见他，是我的研究生面试。面试开始之前，我有幸和黄老师单独坐在人民大学中文系一间办公室聊天。他谈话时喜欢笑，那笑声总在多重内涵之间敏捷切换：有时是嘲讽，有时是欣赏，有时是不置可否，有时是赞同。他是一个敏锐的聆听者，一个真正的对话者，从来不会不顾及对方的感受而独自滔滔不绝。我当时有些紧张，但也很放松，因为直觉到说什么实话他都能理解。黄老师身旁有一盆花，不记得是什么花，只记得有花瓣落在了他的肩臂上。我留意观察他的反应。他没有像人们在一般情况下那样轻率地把花瓣从身上拂去，而是十分轻柔地用手指把花瓣拈起来，放在了桌上。那一瞬间，我认定他是一个善良的人，一个可深交的朋友。那是1995年的春天，距现在二十三年了。二十三年的事实证明了我那一瞬间的判断是多么准确。

怕老师疲劳，也怕自己抵御不了内心的张皇与悲伤，我坐了不久便告辞。黄老师说新的治疗方法已起了作用，他是幸运的，之前多次闯过鬼门关，这次也有信心。他看出我的恐慌，在鼓励我。为什么反而是病人在安抚健康的人呢？

2017年4月22日那天下午风沙很大，我在海淀区的街头失魂落魄，惶惶如丧家之犬；接着又在北大东门地铁站里呆坐，身前身后是开往相反方向的列车，人们上车下车，只有我无所适从。晚上忙完工作上的事情，躲进人民大学对面的当代商城，在那些过了二十年自己仍然买不起的商品间徘徊，向远在加拿大的师妹倾诉忧伤……

第二天是世界读书日，天气很好，我去故宫看了阿富汗国宝展览，心情渐渐舒朗，给黄老师发了短信讲述自己看展览的感受。这么多年，每次看到好的展览，听了好的音乐会，或者到了新地方，有了新经历，都会以邮件、电话或短信的形式和老师分享。

晚上九点多，突然收到黄老师的短信："央视很给你捧场嘛！"

我编的《水墨戏剧》出现在当晚央视的"中国好书"颁奖典礼上，头一天在黄老师面前随意地提了一句，他当时不动声色，却记在心里，还准时收看了。

这条短信给了我信心，让我觉得奇迹可以发生，黄老师这次仍然能够战胜病魔，一切都会好起来，都会像以前一样。

回到上海，再次卷入工作的洪流中。过一两周会给黄老师发条短信问候，他总是会回应。不敢打电话，怕他说话时肺部会痛，会耗费体力，虽然有时很想听到老师的声音，听到他嘲讽的笑声。

6月中旬进京时，我带了自己排印的黄老师的戏剧作品《五百万》，想给他一个惊喜。研究之余兼顾创作，我想是黄老师一直以来的愿望。《五百万》创作于2002年，是受巴尔扎克《驴皮记》启迪的一部讽刺剧，之后2003年和2004年作过修订。黄老师当年寄了一份手稿的复印件给我，我一直奉若珍宝，从桂林搬家到上海时也带着它。《五百万》所体现的黄老师的讽刺艺术和批判精神，与法国文学从莫里哀到巴尔扎克的传统是一脉相承的。做了多年图书编辑，有一个愿望就是给黄老师出书。《五百万》的剧本似乎被我们大家都遗忘了，可能黄老师自己也淡忘了。我手中有一本法文袖珍版的《恶之花》，有一天翻看时突然想，如果把黄老师这部剧本也做成《恶之花》这样便于携带的小书，大家一定喜欢。在设计师朋友的帮助下，黄老师的手稿版《五百万》在最短的时间内变成了一本蓝色的“非卖品”小书；虽然是非正式出版物，我当仁不让又十分荣幸地把自己作为责任编辑署了上去，提早完成了给黄老师做书的愿望。

黄老师果然喜欢这本小书，师母说他很珍视，一直放在病床的床头。

《五百万》此次收入这部《巴尔扎克长短录》，作为第四辑，用了黄老师当初为剧本准备的另一个标题“神秘驴皮”，以更为明确地彰显这部作品和巴尔扎克的精神关联。黄老师热爱戏剧,青年时期还导演过戏剧。在这部剧本中,我们可以读到黄老师对现实的关注与思考,读到他作为一个研究者却毫无书斋气、学究气的生动语言;读出他对巴尔扎克的理解是如何深入骨髓,读出他后来研究荒诞派戏剧的思想脉络;最重要的,是借由黄老师的指引,理解到巴尔扎克在今天仍具有的深刻意义。

6月那次聚首是我最后一次见黄老师,是人生最美好的回忆之一。我和师兄王以培、师姐吴康茹齐聚在黄老师家,师生谈笑风生。比起春天那时候,黄老师的健康有了奇迹般的起色,我们都对他的康复充满了信心,感觉天都亮了起来。我们一起吃了院子那棵杏树结的美丽果实,它们摆在茶几上,充满生机,像塞尚的静物一样意蕴非凡。我们还一起聆听了以培兄新作《清庙》里的诗朗诵。黄老师好听的声音不再沙哑,谈吐时的机智与幽默像往常一样远胜于我们这些愚钝的晚辈。

我记得我们还讨论了以培兄的《我寻苦难》中的诗句,有一句"我要是绫罗绸缎就好了",原诗句是"我要是一床缎子铺盖就好了",在我的建议下改成了现在这样。以培兄本是要夸奖我改得好,但这件事摆放在黄老师的评判面前,我突然觉得很惭愧,我怎么能越俎代庖去改诗人的诗句呢?我问黄老师我这样改是否太过分,他说作为编辑,错误的不通的表述当然要改,但诗歌创作需要有语言的自由度,不必拘泥。他说得云淡风轻,却句句入心。多年来黄老师对我们的教诲都是这样在亲切相处的点滴中言传身教。

2015年我向黄老师约好了他的这部《巴尔扎克长短录》,这本书里除了收入黄老师早年的那部《巴尔扎克与〈人间喜剧〉》，还收入了多年来黄老师关于巴尔扎克的多篇研究文章。黄老师当时打算为这本书再完成一篇长文《〈哲理研究〉之研究》，以之作为自己巴尔扎克研究的收官之作（遗憾的是这篇文章最终没有完成）。虽然在等着老师交稿，但我们其实并不怎么谈到这本书，也许是都不想为对方增添负担的缘故。我担心催稿给他的身体健康造成压力；他出于一贯的谦逊，一定是觉得把这样一部学术著作交给我，会增加出版社的经济压力。所以我们都顺其自然地等待着。我回顾了2016年和黄老师的电邮往来，我们谈论最多的竟然是足球和欧洲杯。2017年初黄老师病发之后，四月和六月见到他时，我们也没有谈到这个话题。我觉得或者我希望未来还很长，特别是六月份看到黄老师病情明显好转之后。

上世纪90年代入了黄门之后，黄老师送我的第一本书就是他的《巴尔扎克与〈人间喜剧〉》。但其实多年来我并未仔细想过他和巴尔扎克之间的精神关联，因为除了巴尔扎克，黄老师喜欢的作家还有很多；除了文学，他感兴趣的领域也很多。我们这些学生对艺术、音乐、足球、旅行的兴趣都能在黄老师这里找到共鸣。在照拂我们的精神发展方面，他总是那么宽容，以一种像大海一样的包容，鼓励我们开阔视野、多方面吸收营养；任何健康的、浪漫的、诗意的、有想象力的行为都在他广阔的理解范畴下得以合法地生长存活。我想这不仅是法国文学的精神，更是世界文学的精神；黄老师的精神世界的广度与世界文学的精神广度是完全吻合的。现在回想起来，当年能够投在他门下学习世界文学，真是今生最幸运最幸福的事。

回到巴尔扎克。波德莱尔说，巴尔扎克的作品中，所有灵魂都是充满了意志的武器，而这正是巴尔扎克本人。而上世纪80年代在巴黎省吃俭用，将购得的《巴尔扎克全集》扛回北京的巴尔扎克研究者黄晋凯先生，他的意志力显然也绝非常人可比。在作为这本《巴尔扎克长短录》序言的那篇讲话中，黄老师探讨了芦苇和大树的问题。帕斯卡尔取芦苇作喻，我想他是意在芦苇的敏感，微风吹来，它都会有所触动，而思想者正当如此敏锐；黄老师追问芦苇的比喻，是看到了芦苇的脆弱和没有根基，无法像一棵大树那样独自屹立。在黄老师眼里，文学家中的大树应当就是巴尔扎克这样的巨人，虽然他对巴尔扎克的弱点和局限性也看得很清楚。作为巴尔扎克研究者的黄老师，能够反诘帕斯卡尔芦苇的纤弱，我想这不仅完全符合逻辑，而且显示了他和巴尔扎克强大精神的共通性。

但其实黄老师不是一个爱唱高调的英雄主义者，他崇尚的是独立而丰富敏感的个体，这样一种全面的个体，在风和日丽时可以是敏感优美的芦苇，在风暴来临时可以是巍然挺立的大树。黄老师自己不就兼具芦苇与树的优点吗？他的诘问在今日给我的启示是，我们也许不一定需要在芦苇和大树之间作出或此或彼的选择，但我们一定要作为一个独立的个体来反观自己的生存状态，并时刻意识到每一个人作为个体的价值与尊严。

中文版《巴尔扎克全集》的出版，正是基于黄老师从巴黎带回的那套法文版全集；对国内巴尔扎克翻译与研究的推动，黄老师可谓功不可没。读了他那篇萨舍巴尔扎克博物馆随笔，更加体会到他对巴尔扎克的深入理解，以及对巴尔扎克与中国、中文之间关联的极大关注，深深为之触动。黄老师从不喜欢标榜，也不喜欢那种带有宣传色彩的东西。作为一个外国文学研究者，他很智慧地在外来与本土之间找到了自己的平衡。我没有听他唱过任何民族主义、爱国主义的高调，但他一直在向学生强调，作为一个外国文学研究者，学好中文同样重要；他自己对于中文的自豪与热爱，与他对法语的欣赏和熟稔从来不构成矛盾，从来都是相得益彰。

7月26日是黄老师生日，早上我给老师发了条短信，迟迟没有收到回复。到下午我忍不住打了电话。这是我得知黄老师病情后几个月以来第一次打他家里的电话。电话通了，听筒那一边竟然传来黄老师的声音，像往常他接电话时一样平静亲切。我十分惊喜，因为从声音听得出他精神状况不错。他告诉我上午刚去了医院，他问主治大夫自己还能活多久，大夫说再活十来年没问题。他说这是最好的生日礼物。我完全表示赞同，在心里千恩万谢地感激着那位伟大的医生带来的福音。

师母说黄老师精神稍好一点就会坐到书桌前。我们都知道他在跟死神争分夺秒，急切地想要回到工作中。但他对我们一直都保持着乐观的举重若轻的姿态，说“区区小恙，何足挂齿”，不想让我们担忧，不愿为我们添麻烦。一般的探视他都婉拒了，因为他既不想让别人操心，也不想让大家看到他被病痛折磨的样子。

8月到9月，其实凶险的病情一直在伺机出击。我能直觉地听到病魔沉重的脚步，心一直是揪着的，但我却像中了魔法一样，被牢牢地捆缚在上海，没能去医院守护黄老师，没能去减轻一丝师母的疲劳。京沪之间多么方便的交通，五个小时就能消除的距离，我却没能在关键的这段时间里克服。任何理由都是站不住脚的，这是我心中永远的遗憾和歉疚。

10月10日傍晚,突然就收到噩耗:黄老师走了。他10月8日晚上11时50分离世。10日傍晚我收到消息时,黄老师的遗体当天已火化了。家人按照他的意愿,没有举行遗体告别仪式和追悼会。他就这样突然走了,静悄悄地离开了。

我当时在老家陪母亲刚过完中秋,还没有回到上海。那个傍晚十分美丽,巍峨蜿蜒的终南山横亘在南方,日落后的西方天空有着奇异的云彩。眼前这一切正是对黄老师人生落幕的最好图解。他化作祥云,化作远山,归入大地与天空的永恒中了。

“死去何所道,托体同山阿。”

2018年2月

附:以下是去年10月以来写的几首纪念黄老师的文字,称不上诗,只是当时心境的一种记录,献给恩师,想来他定会以一贯的宽容笑纳。

致恩师

一

再来北京
北京已没了您的身影
窗外花园盛开着月季
灰喜鹊告诉我
您一切都好
正和天南海北的故人喝茶聊天

二

还记得
第一年到北京
下雪了
我用公共电话打给您说
黄老师,下雪了!
仿佛发生了大事
您毫不意外
在电话那头温暖地笑着
纵容着这个
小小的学生

三

我想学习您
拥有完美的一生

每个乐章
每个间歇
每个音符
每个休止

直至
深邃的终曲
余音未了的寂静

没有谢幕
没有告别

四

深刻深情之人
不多
您是一个

不说废话之人
也不多
您是一个

有情有义
有风骨之人
更少
您是一个

五

您生前最后一个生日
我没有送礼物
想淡化它
这样它就不会是最后一个

它到底还是成了最后一个

那天下午
电话里听到您的声音
它传递了医生的鼓舞
让我觉得未来还很长

所以我甚至没有在这本小书上请您签名
那就像心里的空白
当时间将我们抛弃在昨日的站台上
看着命运嘲弄的时钟

我们有时错拍
有时慢拍
有时在理应出发之际
毫无理性地休止

六

恩师百日忌辰

巴尔扎克全集
静静的
电脑和钢琴键盘
也静静的

寒风中花木萧疏

灰喜鹊飞来探望
猫咪暗自思想

都在等待

仿佛春天一到
仿佛门铃一响
您就会回来

后　记

晋凯走了，走得平静，安详，最后还露出了些许笑容。但我知道，他有太多的不舍：舍不得相识相恋共同生活了六十多年的我，舍不得他可爱的一双儿女，舍不得他心中总在挂念的弟子们，舍不得他毕生从事的欧美文学，更割舍不下的是他未完成的巴尔扎克研究。他一直准备为这本《巴尔扎克长短录》写一篇《〈哲理研究〉之研究》，重病期间，只要有精神，就埋头读原著，记笔记，写提纲。直到有一天，他轻声对我说，我没力气完成了。我知道，这对他来说是最痛苦的事。对待病痛他乐观，豁达，藐视，但不能写作，需要别人照顾，是他无论如何不能忍受的。在他看来，这样活着就没有意义了。

他从戴红领巾的时候起，就喜欢阅读外国文学著作。每周末一次不落地去中苏友协听苏俄文学讲座。为了进一步学习外国文学，他选择法语作为工具，考入了北大西语系法语专业。毕业后分配到大学从事外国文学教学，直至退休。虽然中间曾多次被推荐到高等学校、博物馆等单位做领导工作，都被他谢绝了。他心甘情愿地做一名普通的外国文学教师，终身从事自己喜爱的工作。

80年代初，他有幸被公派去巴黎第四大学进修。利用这千载难逢的机会，他在紧张的学习之余，跑遍巴黎的大小书店、博物馆收集有关巴尔扎克的资料。当时公派学生的助学金勉强能维持最低生活水平，他硬是从牙缝里省下钱，买下了最新出版的《巴尔扎克全集》。在接他回国的火车站上，搬下来的是十几个大大小小装满书籍资料的纸箱。他对我说，”对不起，没能给你们带回什么，都买了书。”要知道当时正值出国买彩电、冰箱、洗衣机三大件的热潮，以至于女儿在参加全国小学生作文比赛写《我的爸爸》时，写到爸爸仅从国外带回十几箱书，老师的批语是“不真实”。他告诉我说，这套书比彩电可贵多了，这当时是国内唯一一套最新版的《巴尔扎克全集》。当他知道人民文学出版社正在准备翻译出版《巴尔扎克全集》时，毫不犹豫地送上了自己买的这套书。从此，他和巴尔扎克结下了不解之缘，在改革开放后全国第一部高校外国文学教材《外国文学简编》中撰写巴尔扎克篇章，出版了《巴尔扎克与〈人间喜剧〉》一书和多篇巴尔扎克散论。从《巴尔扎克与〈人间喜剧〉》中你可以看出，他对巴尔扎克作品分析和深入研究的功底。晚年主要从事荒诞派戏剧研究，翻译了多部尤内斯库的戏剧，出版了《尤内斯库画传》。

他勤于写作，但不是一个多产的笔者。每次收拾他的书桌，都会清理出大量未完成的手稿，五花八门，有诗歌、剧本、小说、散文，等等。他经常有感而发，但思想缜密，对文字又要求极其严格，稍有不满或没有把思路理顺就绝不拿出来。多年来在报刊杂志发表的文章随笔，已成册为《无味集》即将出版。遗憾的是，花费他一生心血撰写的这两本书，没能在他生前出版。现在这两本书的面世，总可告慰他的在天之灵了。

感谢责任编辑吴晓妮为这本书出版花费的心血。晓妮是黄晋凯最器重的学生之一。黄晋凯经常为她的坚强、勤奋好学和做出的成绩而赞不绝口。也感谢吴康茹精心整理黄晋凯最后在公开场合的讲话和王以培写的纪念诗句。黄晋凯经常挂在嘴边上的话是:“这些走向社会的学生是我的老师。”这是发自他内心的话语。在学生为他召开的追思会上听到了学生们的发言,使我更深地体会到了这句话的内涵。他们在各自的岗位上辛勤地付出,抵御来自各方的干扰,坚定地走自己的路,在平凡的岗位上做着不平凡的事。从他们的身上我看到了黄晋凯的影子,他们也是黄晋凯生命的延续。作为一名普通的教师,看到这些,他可以含笑九泉了。

金　陵

2018 年 5 月 8 日